KB268328

선비와 애기마님

선비와 애기마님

초판 1쇄 찍은 날 § 2006년 12월 20일
초판 1쇄 펴낸 날 § 2006년 12월 30일

지은이 § 이정숙
펴낸이 § 서경석

편집장 § 문혜영
편집책임 § 이종민
편집 § 한지윤

펴낸곳 § 도서출판 청어람
등록번호 § 제1081-1-89호
등록일자 § 1999. 5. 31
어람번호 § 제5-0121호

주소 § 경기도 부천시 원미구 심곡1동 350-1 남성B/D 3F (우) 420-011
전화 § 032-656-4452 팩스 § 032-656-4453
http://www.chungeoram.com
E-mail § eoram99@chollian.net

ⓒ 이정숙, 2006

ISBN 89-251-0465-2 03810

선비와
애기마님

• 이정숙 지음 •

도서출판
청어람

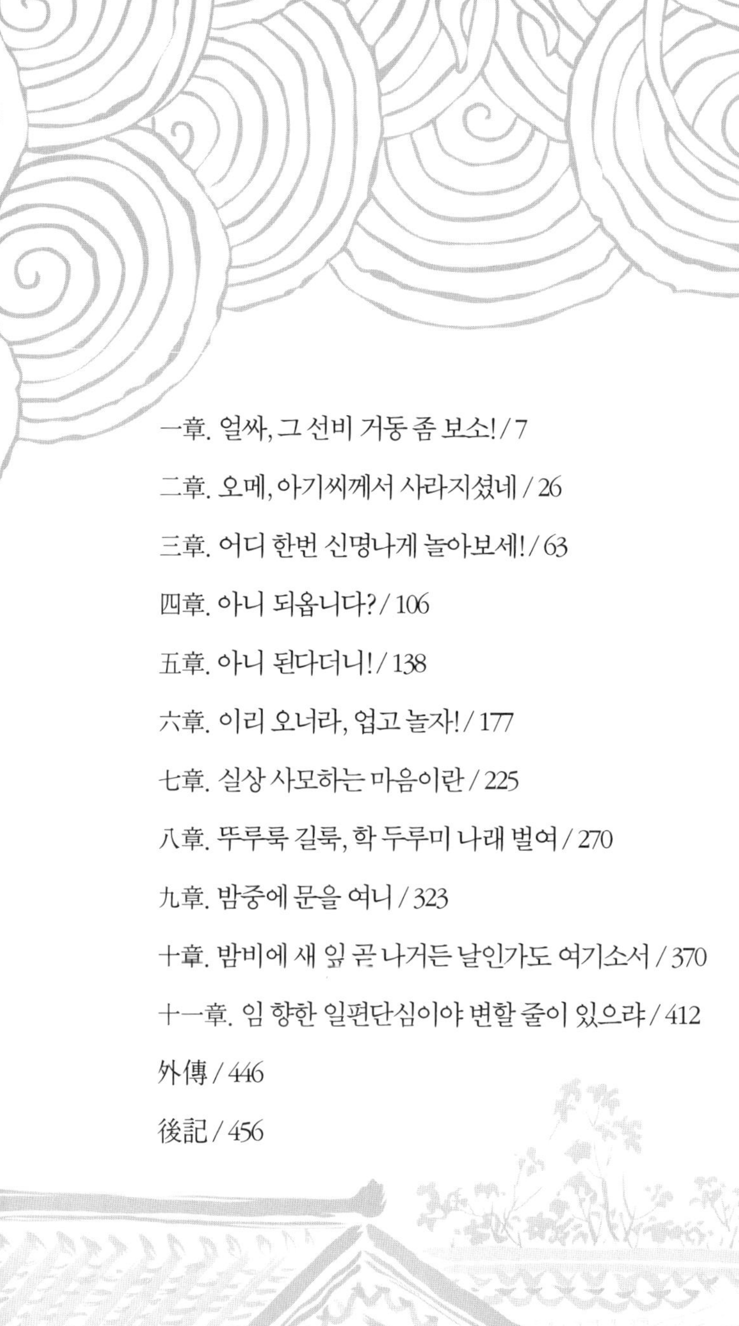

一章. 얼싸, 그 선비 거동 좀 보소! / 7

二章. 오메, 아기씨께서 사라지셨네 / 26

三章. 어디 한번 신명나게 놀아보세! / 63

四章. 아니 되옵니다? / 106

五章. 아니 된다더니! / 138

六章. 이리 오너라, 업고 놀자! / 177

七章. 실상 사모하는 마음이란 / 225

八章. 뚜루룩 길룩, 학 두루미 나래 벌여 / 270

九章. 밤중에 문을 여니 / 323

十章. 밤비에 새 잎 곧 나거든 날인가도 여기소서 / 370

十一章. 임 향한 일편단심이야 변할 줄이 있으랴 / 412

外傳 / 446

後記 / 456

一章. 얼싸, 그 선비 거동 좀 보소!

기름을 먹여 반질반질한 종이 패를 든 선비들의 용모가 하나같이 청수했다. 유유상종이라, 반듯한 이목구비에 입고 있는 옷은 하나같이 옥색의 아름다운 저고리, 수려한 이마에 귀한 [1]옥관자, 반듯하게 둘러진 고운 망건[巾]을 보건데 필시 사대부가 자제들의 회동이 틀림없었다.

선비들은 귀티 나는 포와 갓은 벽에 걸이놓은 채 동그랗게 모여 앉아 자못 심각한 표정으로 손가락 굵기만한 종이 쪽지를 들고 있었다.

"이보게, 권. 좀 봐주면서 하세나."

1)옥관자:망건에 달아, 망건 줄을 꿰는 고리

기방에 모여 2)투전에 손을 대고 있는 선비들은 열여덟에서 많이 잡아도 스물을 갓 넘어 보이는 용모들이었다.

때마침 한 선비가 유약한 기색을 감추지 않으며 '권'이라 불린 선비에게 넌지시 애걸을 했다. 그러자 반듯한 인상의 사대부 자제들 틈에서도 특히 빛이 나는 용모를 가진 권이 고개를 들었다. 넓고 평평한 이마는 잔잔한 호수의 평온함과 시원스러움을, 쭉 뻗은 산줄기처럼 높이 선 콧날은 당당함과 사내다움을 드러내고 있었다. 마치 여인처럼 붉은 권의 입술이 슬쩍 말려 올라가더니 오만하고 화통한 웃음을 흘렸다.

"자자, 투전이란 본디 몇백 민만 들이면 몇만 석의 추수를 얻는 게 아니던가. 이 유익한 놀이를 하는데 어찌 즐기지는 않고 그리 얼어들 있는가."

투전뿐 아니라 3)골패, 4)쌍륙까지 도박에 한해서는 귀신의 재주를 타고났다고 소문난 권은 유유자적이었다. 그러나 이미 많은 판돈을 잃은 다른 선비들의 얼굴색은 좀처럼 제 색을 찾지 못했다.

유권이 누구던가. 투전목 팔십 장을 한 번 보면 제아무리 섞

----

2)투전: 조선시대 가장 유행하던 도박, 투패라고도 불린다
3)골패: 도박의 한 종류. 가로세로 대략 1~2㎝ 되는 납작하고 네모진 검은 나무 바탕에 상아나 짐승 뼈를 붙이고 여러 가지 수를 나타내는 크고 작은 구멍을 새긴 것
4)쌍륙: 남성보다 여성 사이에 유행하던 놀이 방법. 두 개의 주사위를 던져 나오는 사위대로 말을 써서 먼저 궁(宮)에 들여보내는 것을 겨루는 경기

어 뒤집어놓아도 뒷면의 그림을 단박에 알아맞히는 인물이 아닌가. 혹자들은 그것을 하늘이 내린 재주라는 표현까지 썼다. 귀신도 혀를 찰 정도로 놀음에 이골이 난 인물이 바로 유권이었다.

그러니 객기를 부려 유권을 상대한 사대부 자제들의 머릿속에, 이러다가 가산까지 탕진하여 5)유개(流丐)가 되는 건 아닌가 하는 걱정이 드는 것이다.

"어디 이거 지루해서 대적하겠나. 아무래도 다른 놀이판으로 가봐야 쓰겠네."

선비들의 사정이 그러하든 말든 권은 한껏 거드름을 피우며 한가롭게 하품까지 찌익 흘리고는 일어서려는 시늉을 했다. 그때 애걸을 하는 선비 옆에서 이제나저제나 눈치를 보고 앉아 있던 턱이 뾰족한 선비가 갑자기 엽전이 수북이 쌓인 가운데에 투전 패를 턱 내려놓더니 히죽 웃었다.

"6)삼팔돛대가보네. 자, 이번 판은 내가 이긴 것 같군."

승리자의 미소를 만면에 담은 턱이 뾰족한 선비는 그야말로 득의양양했다. 아무리 유권이라도 전판에서 가장 점수가 높다는 땅(땡)이 나왔으니 이번에는 아닐 것이다. 땅이 아닌 이상은 가보가 높은 패이니 자신의 승리이리라. 그런 생각에 흐뭇한 미

----

5)유개(流丐): 떠돌이 거지

6)삼팔돛대가보: 각각 숫자의 의미를 담은 글자가 적힌 종이쪽지 안에 있는 숫자 중 3, 8, 8을 합해 가보(땡이 아닌 경우 가장 높은 끗수인 9가 되는 경우)가 된 경우를 이르는 말

소를 지으며 엽전을 끌어 모으려는 순간 엽전 무더기 위로 보란 듯 권의 패가 떨어져 내렸다. 권이 피식 웃으며 말했다.

"8땅이네. 유감이군. 자네의 가보가 아까워서 말이지."

권이 혀를 쯧쯧 차는 동시에 선비들의 얼굴이 일시에 새하얗게 질렸다. 말들은 안 하고 있었지만, 어찌 이럴 수 있느냐고 통곡이라도 하고 싶은 면상들이었다. 완전히 이긴 놀음이라고 자부하고 있던 턱이 뾰족한 선비 역시 8땅을 맞고 휘청거리고 있었고.

"자, 모두 조심들 하게. 대명률에 의거하면 놀이 여하를 막론하고 놀음을 하다가 걸릴 시에는 장 팔십 대라고 하니, 그래 가지고는 둔부가 남아나겠는가 말일세. 하하하."

통쾌하게 웃어 젖힌 권은 그 말을 끝으로 도포와 갓을 챙겨 기방을 홀연히 나섰다. 그야말로 싹쓸이를 한 후였다. 물론 벌어들인 돈도 이미 완벽하게 챙긴 뒤였고.

"역시 하늘이 낸 재주며 귀신의 지혜일세."

졌다는 듯, 한 선비가 아직도 기가 막힌 얼굴로 중얼거렸다.

"천하에 끝내 있어서는 안 되는 것이 잡기라고 하지만 저 사람 정도 되면 잡기를 넘어 재능이 아닌가 싶네."

"그러게 말일세."

권이 사라진 문을 보며 양반 댁 자제들이 저마다 한숨을 내쉬며 중얼거렸다. 비록 재물을 잃었다고는 하나 그 기이한 신기(神技)를 인정하는 기색들이었다. 사실 타고난 권의 재능에는 모든 이들이 이와 똑같은 반응을 보이곤 했다. 다만 그 재주가 투전에 내렸다는 것이 손가락질을 받을 일이라는 것뿐.

그러나 단 한 번만 보는 것으로 끝이라고 하니 막말로 신기가 아니고 무엇이겠는가. 제아무리 종이를 섞어 뒤집어놓아도 단 한 번 기억으로 종이 뒷면의 숫자를 일일이 다 기억하고 읽어낸다는 것은 시력이나 머리가 좋다는 것 이상의 어떤 능력의 기운이 느껴지는 바였다. 권 또한 자신의 그런 재능 탓에 더욱 투전에 몰입하는 것일 테고.

"훈수를 좀 내달라고 하여도 도무지 넘어오지도 않고, 장안의 기생 홍생이까지 앞세웠는데도 눈썹 하나 까딱하지 않더란 말이지."

"두게. 본디 권은 주색잡기 중에서도 색(色)이란 건 도통 모르는 인물이지 않은가."

"그것도 참 신기한 일 아닌가? 마시고 투전질 하고 노는 것은 잘하는 위인이 도통 여자는 찾지 않으니. 혹시 소문처럼 권의 몸에 어떤 문제가 있는 것이……."

"예끼! 이 사람!"

선비들이 혹시라도 누가 들을까 하여 얼른 손사래를 쳤다. 그럴 수밖에 없는 것이, 권의 가문이 어떤 가문인가. 왕실의 핏줄을 이어받은 명가 중의 명가이니 함부로 헛소문을 퍼뜨렸다가는 경을 칠 일이 생길 수도 있는 게다. 기방에 모인 선비들은 그저 저마다 혀를 끌끌 차는 것으로 하루해를 보냈다.

허나 그들의 말처럼 권은 술과 놀음은 좋아해도 어쩐 일인지
여색에는 도통 관심이 없는, 그야말로 특이한 위인이라는 사실
이었다.

＊

"또 놀음판에서 오는 길이더냐!"

영창문이 벌컥 열리면서 동시에 날아온 부친 유경춘의 벼락
같은 고함 소리에, 흐뭇한 얼굴로 사랑채로 들어서던 권의 몸이
멈칫하더니 땅을 꾹 밟고 섰다. 위엄있는 부친 앞이라 차마 말
은 못하고 있었지만 간이 콩알로 변하는 순간이었다.

7)반물 들인 모시 포에 정자관을 쓴 부친 유경춘이 못마땅한
기색을 그 엄한 눈매에 숨기지 않고 드러내고 있으니 그럴 만도
했다. 제아무리 장안에 8)왈자로 소문난 권이라도 부친의 짙은
눈썹이 꿈틀거리면 간부터 떨어지고 마는 것이다. 게다가 그중
에서도 제일 막내였기에 더더욱 하늘처럼 높은 부친 앞인지라
권은 알아서 고개를 떨구는 시늉을 했다.

'어허, 어찌 입궁은 안 하시고 저리 나를 살피고 계신 것인가.'

허나 속으로는 그런 부친이 귀찮아서 한껏 성을 내고 있는 꼴

----

7)반물: 검은 빛을 띤 짙은 남색
8)왈자: 언행(言行)이 단정(端正)하지 못하고 수선스러운 사람, 건달과 같은 의
미로 해석

이었다.

"대과가 내일모레인데, 대체 어디에 정신을 팔고 다니는 것이냐!"

부친은 삼 년마다 한 번씩 있는 대과에 응시하기를 바라시는 바였다. 그러나 권은 학문에 정진했어야 할 삼 년 동안 더욱 심기일전하여 투전에 박차를 가한 차였다. 그 인물 자체가 입신이고 양명이고 도통 관심이 없었으니, 그렇다고 투전하느라 학업을 게을리하였다는 소리는 차마 할 수 없어 그나마 한다는 소리가 이러했다.

"정확한 말로 내일모레는 아니지요."

"뭐, 뭐시라!"

실제로도 과거는 달포나 뒤에 있으니 맞는 말이 아닌가. 그러나 권의 신소리가 꼬장꼬장한 부친에게 통할 리가 없었다. 부친께서 당장이라도 들고 있는 장죽(긴 담뱃대)을 던져 버릴 기세였기에 권은 자중하는 듯 고개를 조아렸다.

사실 일전에도 부친 앞에서 막내 자식의 특권을 내세워 귀여운 척 망언을 내뱉었다가 멍석말이를 당할 뻔한 적이 있었다. 그러니까 계속해서 과거 시험으로 자신을 닦달하시는 부친께 이렇게 대거리를 올렸던 것이다.

"과거 시험이야 힘깨나 쓰는 무리배들을 재물로 잘 회유하여 자리만 잘 맡으면 응당 합격이 수월해지고, 그것도 안 되면 9)거벽

----

9)거벽: 대리 답안지를 써주던 사람

을 써서 답안지를 내면 되는 것을요. 어차피 소자, 문벌이 있으니 성균관 홍문관으로 분관하여 출세하는 것이야 당연지사고, 외모 또한 청수하니 입신양명은 따놓은 당상이 아니겠는지요.”

그렇게 입을 놀렸다가 호시탐탐 권을 노리던 부친의 장죽이 결국 이마에 정통으로 내리꽂혔다. 이마가 어찌나 퉁퉁 부어올랐는지 며칠 동안이나 가족과 벗들에게 웃음거리가 되었던 일은 두고두고 맺힌 한이었다.

허나 권은 진심으로 억울했다.

‘아니, 내가 대관절 무엇을 잘못 말했다는 것인가!’

탱탱 부어오른 이마를 문지르며 권은 속으로 울부짖었다. 남의 깊은 속사정은 들어보지도 않고 뻔뻔하다느니, 한심하다느니 손가락질을 하며 욕질을 한 이들에게 오히려 권은 당당하게 외쳐 줄 말이 있었다.

본디 과거장이란 곳이 어떠한 곳인가! 젊은이들이 갈고닦은 학문을 뽐내는 신성한 장소가 아닌가 말이다. 헌데 금일(今日) 과거장의 모습이란 게 대체 어떤 꼴이냐. 힘을 내세운 잡배들이 등장하여 몽둥이까지 휘두르면서 제 주인의 시험지를 먼저 올리려고 전쟁판으로 만들고 있는 실정이다. 어디 그뿐인가. 답안지를 전문적으로 대신 작성하여 주는 거벽까지 등장하여, 당최 시(侍) 자와 대(待) 자도 구분 못하는 자가 장원을 차지하는 상황이니 어찌 이것이 애당초 과거장의 모습이란 말인가!

그러니 젊은 피를 가지고 있는 자라면 응당 썩어버린 현실을 개탄해야 할 터. 그리하여 딴에는 재물과 문벌이면 모든 것이 다 되는 문벌우선주의의 폐해를 따끔하게 비판하고자 짐짓 폼을 잡으며 한 말이었건만.

"이런 방자한 놈을 봤나! 지금 뉘 앞에서 그런 막돼먹은 소리를 내뱉는 게냐! 제 놈이 죽고자 작정을 하였구나, 방자한 노오오옴!"

부친의 무시무시한 불호령과 함께 장죽이 화살처럼 빠른 속도로 날아왔으니, 그 장죽이 이마로 와서 꽂히지 않으면 어디로 갔겠는가. 한 마디로 제아무리 큰 뜻을 품은 말이라고 해도 말하는 주체가 글러먹는 바람에 깐죽거리는 소리로밖에 비치지 않았다는 것이다.

"그러기에 누울 자리를 보고 발을 뻗으라고, 투전 놀음에만 빠져 있는 인사가 그런 말을 하니, 네 녀석이나 잘하라는 소리가 나오는 것이 아니더냐."

모친께서도 그렇게 냉정한 말로 막내 자식의 여린 마음을 후벼 파며 자식 편을 들어주지 않았다. 한 마디로 현실 비판을 할 자격도 없는 자식 놈은 그저 조용히 있으라는 말씀이셨다.

어쨌거나 장죽이 날아간 직후 모친께서 부친을 막아주시어 목침까지 날아오는 일은 없었으니 불행 중 다행이었다. 장죽과 목침은 그 경중부터가 다르니 묵직한 목침에 맞았으면 이마가 조금 붓는 것은 애교요, 아마도 지금쯤 사경을 헤매고 있었을 것이다. 어찌 되었든 귀한 막내아들의 말은 농으로도 들어주지 않는 인물이 바로 권의 부친인 유경춘이었다.

그분으로 말할 것 같으면, 본디 그 성정 뻣뻣하기가 풀 먹인 모시요, 깐깐하기가 대꼬챙이처럼 곧은 인물이자 갑갑하기가 벽창호보다 더 두꺼운 분이었다. 허나 불행하게도 그런 특징은 왈자라 소문난 막내아들에게만 해당되는 특징이었고, 실상은 무작정 꽉꽉 막힌 분만은 아니어서 보이지 않는 잔정도 많았고 또 이유가 있는 잘못에는 너그러웠다. 그런 합리적인 성정이시니 도리를 아시는 호인이시라고 아랫것들부터 시작하여 모든 사람들에게 존경을 받았다.

그런 부친의 대쪽 같은 가르침을 받아 권의 위 삼 형제는 두루두루 출세하여 홍문관이고 승정원이고 말만 하면 다 아는 [10]청현직에 종사하고 있었다. 그런데 오로지 막내 자식인 권만이 놀음에 빠져 정신을 차리지 못하고 있으니 부친의 근심 섞인 무시가 이만저만이 아니었다.

"크허어엄. 천하에 모웃난 놈!"

부친이 뱃속에서부터 우려서 끌려올린 단단한 질타로 언짢은 속내를 표현했다. 모르는 사이 산삼이라도 드신 건지 어찌 저리도 온몸의 정기가 무섭게 넘치시고, 또 그 기운으로 이리 살 떨리는 타박을 하실 수 있는지 대단하다고 생각하는 권이었다.

어쨌거나 부친은 차라리 외면이 낫겠다는 듯 몸을 옆으로 휙 돌려 앉았다. 그 기함 같은 타박에는 어쩔 수 없이 권의 고개가

---

10)청현직: 권력이 집중된 관직을 말한다

저절로 수그려졌다. 그러나 저 영창문에서 북풍보다 더 예리한 찬바람이 쌩쌩 날아들어 권의 폐부를 콕콕 쑤셔도 어쩐 일인지 놀음을 그만두어야겠다는 생각은 털끝만치도 들지 않았다.

'평상시보다 훨씬 더 노한 아버님이시니 큰일이로구나. 이러하다가 자칫 금족령이라도 떨어지면 투전이고 뭐고 손도 못 댈 게 아닌가!'

고개를 숙이고 있는 권은 그렇게 태평하기만 했다. 손발이 묶이는 것이야말로 권에게는 가장 두려운 벌이었다. 그런 생각에 미치자 뜨끔한 권이 갑자기 고개를 들더니 듣기 좋은 소리를 좔좔 읊어내기 시작했다.

"소자, 불민하여 아버님께 염려를 끼쳐 드리니 불효 중에 이런 불효가 어디 있겠사옵니까. 대저 자식으로 나면 부모에게 응당 효도를 해야 하고, 그 효도 중에 으뜸이⋯⋯."

"시끄럽다. 들으나마나 한 말!"

약발도 한두 번이지, 단맛이 뚝뚝 떨어지는 말이 통하는 것도 한때뿐인가 보다. 하긴 이제 부친께서는 권이 콩으로 메주를 쑨다고 해도 믿지 않을뿐더러, 그 메주로 권을 칠 지경이었다. 몇 번 열심히 학업에 매진하겠다는 감언이설에 배신을 당한 경력이 있기에 이제는 권이 어떤 말을 해도 부친께는 통하지 않는 실정이었다.

결국 밑천이 다 드러난 권은 일언지하에 막힌 말을 도로 입으로 주워 담으며 이러지도 저러지도 못하고 서 있었다. 그러면서

도 문득 의심스러운 것은, 부친의 호통이야 늘 있는 사실이라고
해도 오늘따라 그 강도가 심한 것 같다는 사실이었다. 매우 노
기탱천 할 시에는 간혹 장죽이 날아오기는 했으나, 이토록 불호
령에 불호령을 거듭하는 일은 거의 없지 않았는가.

"나는 할 말을 다 했으니 이제 부인께서 저놈에게 그 사실을
알리시오."

바로 그때, 옆으로 돌아앉은 부친이 그렇게 말하고는 장죽에
담배를 채웠다. 홀로 계신 줄 알았더니 영창문 쪽으로 인기척이
보이며 서운하게도 모친의 얼굴이 나타났다.

'아니, 지금껏 그곳에 계셨으면서 모른 체하시고 계셨더란 말
씀이십니까! 저리 아버님께서 닦달을 하시는데, 소자의 어머님
이 맞다면 조금이라도 자식 역성을 들어주셨어야 옳지 않느냔
말입니다!'

권은 차마 입 밖으로 내지 못하는 투정을 부리며 모친을 원망
스럽게 쳐다보았다. 그러나 모친께서는 그저 못 본 체로 일관하
시며 비단 치마 저고리를 우아하게 여미고는 권 쪽으로 돌아앉
아 입을 열었다.

"수삼 일 내로 혼례가 있을 터이니 그리 알거라."

이것이 무슨 마른하늘에 날벼락이고, 한참 노는 투전판에 포
졸들 들이닥치는 소리란 말인가! 매몰찬 모친의 말이 떨어진 순
간 권의 얼굴이 새하얗게 질리더니 갑자기 잘 붙어 있던 사지가
후들후들 떨리기 시작했다. 그가 단정치 않은 걸음걸이로 영창

문 쪽으로 다가가더니 갈라진 목소리로 되물었다.

"무, 무슨 말씀이신지요."

"무얼 그리 놀라느냐. 상투를 틀고 혼기가 찼으면 응당 반려를 맞아야 하거늘."

"하오나 어머니, 소자……."

마음에 차고 넘치는 말은 한 보따리이나 모친은 자식이 보따리의 매듭을 풀기도 전에 고개를 홱 돌려 그런 자식을 외면했다. 그 모습은 단 한 마디의 반론도 듣지 않으시겠다는 뜻이 명백하리니.

"소자, 아직 이루어놓은 바가 한 가지도 없으니……."

"혼기가 지나도 한참이 지났느니라. 이미 결정된 일이니 그리 알고 처를 맞이하기 전에 학업에 더 매진해야 옳을 것이다. 어서 처소로 가거라."

아니, 대관절 어머니께서는 언제 작두를 끌고 오셔서는 저리도 자식의 말을 싹둑싹둑 자르시는 것인가! 권은 채 끝맺지 못한 말이 아쉬워 울상을 했다.

탁!

허니 이미 매몰찬 소리와 함께 영창문은 닫혀 버렸고, 볕 좋은 봄날 때아닌 찬바람이 권을 한바탕 휩쓸고 돌아 지나갔다. 담벼락에 매달려 있던 오동잎마저 우수수 떨어지니 권의 하얀 얼굴이 조바심으로 더욱 하얗게 질렸다.

말씀 끝내시자마자 매정하게 닫혀 버린 영창문. 만약 손이라도 엎고 있었다면 손가락 하나는 절단 났을 정도로 차갑고 단호하게도 닫으시던 그 기운! 그 의미는 더 이상 논할 필요도 없고 말할 가치도 없다는 뜻의 반증이었다.

그제야 부친께서 오늘따라 더욱 역정을 내신 이유를 알 것도 같았다. 실상 권의 형님들이 십육 세, 십칠 세에 각기 혼인을 하였으니 권은 그에 비해 늦은 편이었다. 그러나 여색에 도통 관심이 없고 오로지 투전에만 전신을 헌납하고픈 권으로서는 지금도 너무 이르다는 생각뿐이었다. 도무지 처(妻)를 맞는다는 게 귀찮고 싫기만 했다. 지금껏 놀음을 하는 데 있어 부친만이 감시자였거늘, 혼인을 하면 공식적인 감시자와 불평불만꾼을 하나 더 늘리는 격이 아니고 무언가.

그에 이대로 물러날 수는 없다고 판단한 권은 매정하게 닫힌 영창문에 대고 목 놓아 부르짖기 시작했다.

"어머님! 소자가 불민하여 여태껏 학업을 게을리하였습니다. 그 죄를 지금 백배 통감하오나, 어찌 처자를 책임질 만한 능력도 없는 위인이……."

"놀음꾼이 집안에 먹칠을 한 죄로 당장 멍석말이를 해야 네 처소로 돌아가겠느냐!"

무슨 말이라도 하여 시기를 늦추고자 했던 권이었건만 몇 마디도 하지 못한 채 오히려 영창문 밖으로 흘러나온 어머니의 목소리에 막혀 버리고 말았다. 어깨를 늘어뜨린 권이 천천히 중얼거렸다.

"어머님 뜻이 그리 단호하시다면야⋯⋯."

멍석말이라는 말에 그대로 입을 닫고 자신의 처소로 곧장 향하는 권이었다.

결국, 도무지 쓰잘데기없는 혼인이라는 것을 하여 평생을 옆에서 귀찮게 하며 머무를 여인을 맞아야 할 상황인 것이다. 부디 명줄 짧은 조강지처가 낭창낭창 걸어와 죽은 듯이 살아주기를 바라며 처소로 걸어가고 있는 그 선비 거동 좀 보소.

"이것이 무슨 때아닌 날벼락이란 말인가."

권은 한숨을 폭 내쉬며 중얼거렸다. 과연, 놀음에 빠져 있느라 남녀 간의 운우지정을 모르는 것이 이유인가, 아니면 기방에서 선비들이 소리 죽여 중얼거린 것처럼 결정적인 그 기능이 가동이 되지 않는 것이 이유인가. 그 이유야 며느리도 모르겠으나 권에게 있어 여인이라는 의미는 귀찮은 장신구의 존재밖에 되지 않는다는 것은 확실했다.

"제 처소로 간 듯합니다."

권이 어찌하여 음양의 결합이란 것이 세상에 존재해야 하는 것인지에 대한 심각한 탐구를 하며 휘청거리는 몸을 이끌고 제 처소로 가고 있을 그 즈음, 큰 사랑에선 권의 모친 안씨 부인이 유 대감을 보며 입을 열었다. 유 대감은 여전히 못마땅한 얼굴로 혀를 쯧쯧 차며 장죽을 털고는 짙은 눈썹을 찌푸렸다.

"돌아가신 아버님 대에 이미 정해진 양가 간의 약속이지 않소. 관표지교라, 두터운 우애의 어르신들께서 양가의 자손들을 맺어주기를 원하셨으나 내 대에 그 원을 이루지 못하고 자식대로 넘어가게 되었소. 장차 사돈 될 댁도 오랜 세월 성사되길 기다린 약속이오. 천운으로 그 댁에 여식이 생겨 그 나이 열다섯이 될 때까지 기다린 것이니 이제 서둘러야 할 것이오.”

대감의 말처럼 권의 혼인이 늦은 이유는 바로 이것이었다. 바로 서로 사돈을 맺기로 한 상대 가문 규수의 나이가 열다섯이 될 때까지 기다린 탓이었다. 권의 부친 유경춘은 [11]현숙 옹주의 장남으로 현재 이조판서까지 지내고 있으니 권의 가문은 명문가 중의 명문가였다. 유경춘의 부친, 즉 권의 조부께서 우애가 두터운 벗과 함께 서로 자식끼리 혼인을 시키자는 약조를 했다. 허나 기이하게도 두 집안 모두 아들만 내리 태어나니 약속은 어쩔 수 없이 자식대(代)로 이어졌다.

그런데 기가 막히게도 자식대의 사정도 전대와 크게 다르지 않았다. 안씨 부인마저도 권까지 내리 삼형제만 생산을 하고, 상대 가문 역시 아들만 두 형제였다. 허나 하늘이 무심하지 않으시어 다행스럽게도 저쪽 가문에서 권이 태어난 지 삼 년 후에 여식을 보았다. 현재 권의 나이 열여덟, 규수의 나이 열다섯이니 그야말로 하늘이 내린 짝으로 제격이었다.

“천생배필입니다, 대감. 이제야 아버님의 원을 풀어드리게 되었습니다.”

---

11)현숙 옹주: 왕의 후궁에게서 태어난 왕녀

시아버님께서 돌아가신 지 벌써 이태 전, 안씨 부인은 그렇게 말하며 기꺼워했고, 효성이 지극하기로 소문난 유 대감 역시 입가에 온화한 미소가 떠나지 않았다. 실상은 금방까지 제 구실 못하는 자식 때문에 이마에 주름이 가 있었으나, 아버님께서 하고자 하셨던 바를 자신의 자식대에서라도 이룰 수 있게 되었으니 이제야 아버님을 뵐 면목이 선 것이다. 그리 못했다면 또 약속은 후대로 이어질 것이고, 그리되면 생전에 확인하지 못하고 먼저 세상을 떠야 하니 이 어찌 불상사가 아니겠는가.

"무엇 때문에 태어났는지 도통 모를 자식이었소만, 아버님의 원을 들어드리려 태어난 아이가 바로 저 아이가 아닌가 싶소."

유 대감이라고 당신 속으로 난 자식을 흉보고 싶겠냐만, 막내 자식 하고 다니는 꼴이 하도 요상하여 통(퉁명스러운 핀잔)을 놓는 것이다. 어찌 되었든 그런 용도로라도 제 할 바를 하면 아비 입장에서는 기껍기 그지없었다.

"혼인을 치르고 처자를 두면 제 놈도 정신을 차리겠지요. 지금처럼 평생 놀음만 하고 살겠습니까. 그저 현명한 아내가 지아비를 옳은 길로 인도하기를 바랄 뿐입니다."

안씨 부인 역시 제 속으로 나은 자식이니 두고두고 흉보기는 마음이 측은하여 되도록 좋은 말로 탄식의 말을 흘렸다. 부인의 속내를 알아차린 유 대감은 장죽을 피워 물며 고개를 끄덕였다. 그러나 천하에 쓸모없는 행태만 하고 돌아다니는 막내 자식의 꼴을 떠올리니 또다시 대감의 이마에 내천 자가 그려졌다.

"허, 그것참."

아무리 생각을 하고 또 해보아도 권의 그런 특징이 누구를 닮은 것인지 몰라 유 대감은 장죽을 물고서 또 혀를 찼다.

권이 어찌나 투전에 골몰을 하는지, 보다 못한 유 대감이 한번은 투전을 못하도록 금족령을 내리고 후당에 가둔 일이 있었다. 허나 이런 기가 찬 일이 있나. 도통 포기를 모르는 인사가 바로 그 막내 자식 놈이었으니, 뒷골 당기게도 권이 후당으로까지 투전꾼들을 불러 모은 것이다. 그 꼴마저 참 가관이었는데, 병풍으로 사면을 가리고 촛불을 켜놓은 채 투전에 골몰을 하고 있는 것이 아닌가. 한 마디로 벼락이 내리쳐도 꼼짝 않고 투전을 할 인물이 바로 그 기가 막힌 막내 자식이었다.

실상 몰래 권을 지켜보고 있던 유 대감은 그 모습에 아연실색하지 않을 수 없었다. 하도 기가 막혀 말도 안 나와 한참 그 꼴을 지켜보는데 더욱 신기한 일이 생겼다. 대관절 다른 사람의 투전 패를 모두 읽어내는 권의 그 말도 안 되는 기량이 한심한 동시에 신통방통 신기하여 유 대감도 그만 탄복을 한 것이다. 그리하여 유 대감은 현장을 잡고도 제대로 벌을 주지도 못하고 물러난 일이 있었다.

"장차 사돈어른 되실 분께서 일찍이 학문에 뜻을 두시어 낙향하여 은거하고 계시니 부인께서 한시라도 빨리 기별을 넣도록 하세요. 필시 그쪽 집안에서도 준비를 하고 있을 터이니 되도록 빠르게 혼사를 치를 수 있도록 각별히 신경 써야 할 것이오."

과거지사는 잊어버리고 어쨌거나 자식을 사람 만들어보고자 유 대감은 이 혼인에 모든 기대를 걸고 있는 형국이었다. 안씨 부인 역시 막내 자식이 부디 어질고 현명한 처를 맞아 제발 사람 노릇하고 살기를 원하며 고개를 끄덕였다.

이 방법, 저 방법 모든 방도를 다 동원해 보아도 도무지 그 놀음병이 고쳐지지 않으니 마지막 기대를 이 혼사에 걸어보는 것이다. 제 몫 못하는 자식을 아무것도 모르는 규수에게 내놓은 것이 미안하기는 하였지만, 어차피 오랜 약속 끝에 맺어질 수밖에 없는 운명을 각각 타고났으니 어찌하겠는가.

피할 수 없는 인연(因緣)이라, 그것이 위안이라면 위안이었다.

실상 약조를 하신 양가의 어른은 두 분 모두 이미 운명을 달리하셨으나, 그 중요성이 유언과도 같은 말씀을 받들기 위해 안씨 부인은 혼례 준비를 서두를 생각에 여념이 없었다.

二章. 오메, 아기씨께서 사라지셨네

뒤로는 경관이 뛰어난 푸른 산을 두고 앞으로는 찰진 논이 너르게 펼쳐져 있는 평지 가운데에 하늘로 날아갈 듯 멋진 처마곡선을 자랑하는 'ㅁ'자형 기와집이 서 있다. 사랑채 뒤쪽의 가장 높은 곳에 자리잡은 사당 아래 운치있는 누마루가 마련된 사랑채, 또한 안채, 행랑채가 넓은 대가 댁을 두르며 연결되어 있었다.

바람에 흔들리는 잔가지 소리마저 들릴 정도로 고요하기만 한 경관, 높고 푸르른 산 뒤로 해가 모습을 드러내자 정적에 싸여 있던 대가 댁도 사람들의 활발한 움직임으로 기지개를 켰다. 그러나 실상 머슴들은 이미 종종걸음으로 보이지 않게 대가 댁의 넓은 곳곳을 돌아다니면서 새벽을 연 후였다. 그때 갑자기 천천히 아침을 맞던 시골 동리의 기와집 내부가 소란스러워지기 시작했다.

기와집 가장 안쪽에 자리한 안채의 중문이 수선스럽게 활짝 열리더니 무명 저고리를 걸친 수염 덥수룩한 행랑아범이 휘청휘청 뛰어들어 섰다. 헐레벌떡 문을 넘어선 아범이 놀란 기색이 역력히 드러나는 큰 소리로 안을 향해 고하기 시작했다.

"마님! 마님! 큰일이 났습니다요! 마님!"

들리는 것이라고는 새소리, 매미 소리밖에 없던 고요한 사위가 갑작스런 소란에 한번 들렸다가 내려앉을 정도의 균열이 갔다. 평소에는 거의 찾을 수 없는 소란에 안방마님이 대청마루로 나와 섰다. 방금 아침 소세를 마쳐 단아한 마님께서 품위있게 미간을 살짝 찌푸리고는 너른 마당에서 요란을 떨고 있는 행랑아범을 꾸짖었다.

"아니, 웬 소란이냐. 혼례 일을 정한 지 며칠이나 되었다고 이리 수선스러운 게야."

늦게 얻은 귀하디귀한 고명딸의 혼례 일을 받아놓고 분주한 일이 많기는 했으나 아침부터 소란스러운 기운이 집안에 감도는 것이 마땅치 않았던 것이다. 호사다마(好事多魔)라고 좋은 일을 앞두고는 작은 일에도 신경이 쓰이는 게 당연지사였다. 게다가 여식을 시집보내는 가문은 현 이조판서를 지내고 있는 명문가 중의 명문가가 아닌가. 지금은 사소한 한 가지라도 흠이 잡혀서는 안 되었고, 또 모든 일에 하나하나 민감하도록 신경이 쓰이는 시기였다. 그래서 그렇게나 단단히 주의를 주었건만 그게 며칠 전이라고 저리 경솔하게 구는 것인지.

"쯧쯧."

마님은 수선을 떠는 아랫것이 마음에 들지 않아 혀를 찼다.

"마, 마님, 소인이……."

행랑아범은 안방마님의 어투에 꾸짖는 기색이 잔뜩 담겨 있어 마음이 무거웠으나 지금 입속에 품고 있는 말의 무거움만큼이야 할까 싶었다. 곧 천지가 진동할 일을 고해야 하는 행랑아범은 이대로 딱 목숨을 내놓고만 싶었다. 해서 행랑아범은 쉬이 떨어지지 않는 입을 우물거리며 머뭇거리고만 있었다. 그런 행랑아범의 기색을 우아한 얼굴로 지켜보고 있던 안방마님은 아무래도 그 모습이 영 수상스러워 곧 꾸짖던 기색을 풀고서 평상시의 온화한 화색을 풍겼다.

옆에서 행랑아범을 따라 들어온 그의 처 진주댁도 마치 죄지은 사람마냥 기가 죽어 고개를 수그리고 있었다. 장씨 부인은 좋은 일을 앞두고 아랫것들을 나무라는 경솔한 행동을 보인 자신을 잠시 탓하고는 한풀 누그러뜨린 어조로 입을 열었다.

"그래, 대관절 무슨 일이관데 그리 망설이는 게냐."

"자, 자네가 고해 올리게."

마치 아침나절 도둑질이라도 하고 온 사람처럼 안절부절못하던 행랑아범이 고개를 숙인 채 진주댁의 팔을 툭 치며 말하자,

진주댁이 12)식겁하여 고개를 번쩍 들었다. 무엇이 그리 불안한지 정신없이 흔들리는 동공에 장씨 부인의 시선이 내려앉았다. 진주댁이 까칠까칠한 입술을 축이고서 초조한 얼굴로 입을 열었다.

"마, 마님. 아, 아기씨께서…… 안 계십니다요."

또 무슨 말이라고.

장씨 부인 황당하다는 듯 설핏 웃고서 느리게 입을 열었다.

"부연이가 혼례 일을 앞두고 마음이 심란한가 보구나. 그래, 후원이라도 거닐고 있는 게냐."

여유로운 장씨 부인의 말에 진주댁은 갑갑하여 제 가슴을 속으로 팡팡 쳤다.

"그, 그것이 아니옵고……. 후원에도 아니 계시옵니다요."

"그래? 허면 오라버니를 보고자 사랑채라도 건너간 게지."

"사, 사랑채에도 아니 계시고, 후원에도 아니 계십니다요. 그러니까 그것이……."

할 말은 않고 계속하여 말이 음식인 듯 우물우물 삼키고만 있는 진주댁을 안방마님이 답답하다는 듯 쳐다보았다. 아침부터 별것도 아닌 일로 소란스럽게 만들더니, 두 부부가 하는 행태가 실로 요상했다.

"갑갑증이 이는구나. 아니 계시면 찾으면 될 것을, 어찌하여 이리 곱씹고 있단 말이더냐."

---

12)식겁: 뜻밖에 놀라 겁을 먹음

"마님! 실은 아기씨께서 집안에 계시지 않습니다요. 사라지셨습니다요!"

결국 이실직고 쏟아낸 말에 장씨 부인의 눈이 화등잔만하게 커졌다. 곧 그토록 단정하고 우아하게 서 계시던 마님이 새되고 큰 소리를 내는 지경에 이르렀다.

"그게 무슨 말이더냐? 어서 알기 쉽게 설명하지 못할까!"

설마 그런 일이라고는 한 치의 의심도 해보지 못했던 안방마님의 입술 끝이 파르르 떨렸다. 대관절 사라졌다니, 그게 무슨 말이란 말인가. 도통 문밖 출입도 하지 않던 그 아이가 이 시간에 어디를 갔다는 말인가!

"어서 말하지 못할까!"

그래도 부부가 똑같이 겁에 질린 채 머뭇거리고만 있자 장씨 부인이 소리를 버럭 질렀다. 그 소리에 행랑아범은 눈을 질끈 감았고, 진주댁은 어깨를 들썩했다. 곧 진주댁이 모기만한 소리로 말을 보탰다.

"바, 방이 깨끗하게 비워져 있고, 농마다 문이 열려 있고 옷가지들이 사라진 것이……."

"뭐, 뭐시라! 지금 무슨 말을 하는 게야! 우리 부연이가 납치라도 당했다는 말이냐!"

나란히 고개를 숙이고 선 행랑아범과 진주댁의 몸이 또 다른 의미로 움찔거렸다. 그럴수록 장씨 부인의 얼굴색은 더더욱 하얗게 질렸다. 행랑아범과 진주댁이 무슨 의미라도 주고받듯 서로를 슬쩍 쳐다보았다가 그래도 도저히 용기가 안 나는지 또다시 고개를 푹 숙였다.

“마님, 그저 죽여주십시오.”

“정녕 이리할 테냐!”

결국 애간장이 녹아내린 장씨 부인이 어느새 토방을 디디고 내려서서 호통을 쳤다. 심장이 벌렁벌렁 뛰고 입속이 바짝바짝 마른 장씨 부인이 치마를 홱 여미며 차갑게 소리쳤다.

“가자, 부연이 처소로.”

“마, 마님, 저기 사실은…… 납치가 아니라, 그것이 뭐시냐. 지금 가셔도 소용이 없으십니다요.”

더듬더듬 흘러나오는 진주댁의 무거운 말에 막 중문으로 향하던 장씨 부인의 걸음이 멈췄다. 토씨 하나 틀리지 않고 말 그대로 환장하겠구나. 장씨 부인이 매서운 눈길로 진주댁을 쏘아보며 다그쳤다.

“그러니 그게 무슨 말인지 어서 말하지 못할까!”

“그러니까 그것이……. 소, 소아야, 게 있으면 어서 이리로 와 보니라.”

갑작스런 부름에 중문 앞의 고운 [13]다복솔 뒤에서 몸을 감추고 서 있던 소아라는 계집종이 모습을 나타냈다. 장씨 부인뿐 아니라 이 댁 사람들 모두가 어여삐 여기는 총명한 눈동자를 지닌 금년 열다섯의 새까만 계집아이였다. 대를 잇는 천한 피를

---

13)다복솔: 가지가 빈틈없게 많이 퍼져 소복하게 된 어린 소나무

타고났다지만 그 발랄하기가 주위를 환하게 밝혀주고, 한 번 본 문자는 잊지 않을 정도로 총명하여 어깨너머로도 어느새 언문을 깨친 계집종이었다.

장씨 부인은 이제 제법 여물어 처녀의 티가 묻어나는 소아를 흘끗 쳐다보았다. 허나 지금 장씨 부인은 평소의 온화함을 잃고 있는 상황이라 어찌하여 소아가 부름을 받는 것인지 돌아볼 겨를이 없었다. 그저 귀한 여식, 부연의 행방만이 애가 타도록 궁금할 뿐이었다.

"부연 아기씨가 대관절 어찌 되었다는 말이냐. 소아, 네가 알고 있는 사실이냐!"

장씨 부인이 다그쳤지만 믿고 있던 소아마저 꿀 먹은 벙어리처럼 말이 없자 장씨 부인의 속에서 천불이 일었다. 평심을 잃은 장씨 부인의 눈 속에 이글이글 이는 불길이 소아를 후려치기라도 할 듯 무섭게 향하자 얼른 진주댁이 나섰다.

"마, 마님, 실은 아기씨 소세 물을 받아 방으로 간 아이가 소아입니다요. 아기씨가 계시지 않은 것을 처음 발견한 아이도 소아이고요. 그런데 소아가 아기씨 방에서 서신을…… 발견했다고 하여…….."

어려운 말을 고하는 진주댁의 온몸에서 저절로 식은땀이 삘삘 흘렀다. 진주댁의 말을 듣고 있던 장씨 부인의 시선이 소아에게로 빠르게 돌아갔다. 반듯한 이마 아래 자리잡은 동그란 눈동자에 당황스러운 기색을 숨기지 못하고 있던 소아가 곧 품에 품고 있던 서신을 조심스럽게 꺼내 장씨 부인에게 내밀었다. 장씨 부인은 떨리는 손으로 서신을 빼앗듯 가져와 활짝 펼쳤다.

도르륵 도르륵. 눈동자 굴러가는 소리까지 들릴 정도로 조용한 사위였다. 곧 빠르게 서신을 읽어 내려가던 장씨 부인의 손이 덜덜 떨리기 시작했다. 어찌나 힘이 들어가 후들후들 떨리는지 얇은 한지가 찢어지기 바로 직전, 장씨 부인이 급기야 흙 마당으로 허물어져 내렸다.

"마님!"

결국 일이 나버리자 행랑아범과 진주댁이 14)덴겁하여 마님께 달려들었다. 옆에 선 소아도 감히 어쩔 줄을 몰라 했다.

"아이고, 아이고! 가슴이야!"

통곡 소리와 함께 장씨 부인이 가슴을 쥐어뜯었다. 소아는 그 커다란 눈에 놀라움과 당혹스러움을 가득 담은 채 장씨 부인을 애틋하게 바라보았다.

서신을 읽지 않았으면 그나마 다행이련만, 어찌하여 그 서신이 자신처럼 천한 년의 눈에 띄었는고. 그리하여 어찌하여 그것을 읽었는고. 온통 어질러진 주인 없는 방에 덩그러니 놓여 있던 서신이 살래살래 손짓을 하는 바람에 호기심을 누르지 못하고 그것을 펴보아 이 사단이 난 것이다.

'아아, 내가 까막눈이었다면 얼마나 좋았을꼬.'

어린 계집종, 소아는 그런 생각을 하며 통탄에 빠져서는 언문

---

14)덴겁하다: 뜻밖의 일을 당하여 놀라 허둥지둥하다

을 깨친 자신의 처지를 원망스러워했다. 타고난 바가 호기심이 왕성하고 욕심이 많아 언문을 깨치고 싶은 욕구를 이기지 못하고 이루어냈건만, 아기씨의 비보나 읽으려고 그렇게 노력을 하였단 말인가.

원수로다! 때려죽일 이년의 호기심이로다!

호기심이 없었다면 글에 욕심을 내지도, 그리하여 아기씨의 서신을 읽어보지도 못했을 것이 아닌가. 천한 계집종으로 났으면, 그저 무식하게 주는 밥 꾸역꾸역 먹고 하라는 일만 하며 살면 될 것을. 그러면 일평생 골치 아플 일도 없고, 속 썩일 상황도 없을 것을.

"아이고, 이게 무슨 하늘이 무너질 소리란 말이냐. 아이고!"

평소 그리 위엄을 갖춘 단아함으로 칭송을 받던 장씨 부인이 흙바닥에 무너진 채 오열하는 모습을 지켜보는 아랫것들의 눈시울이 뜨거워졌다. 세상천지에 이보다 더한 불효와 패악이 어디 있단 말인가. 그것도 그리 단정하고 효성 지극하신 아기씨께서 그런 천하의 몹쓸 일을 벌이셨다니, 감히 그 누가 이 말을 믿겠는가.

"뭐, 뭐 하소. 얼른 마님을 옮겨 드리지 않고!"

진주댁이 보다 못해 버럭 소리를 치자 행랑아범이 퍼뜩 정신을 차리고는 혼절하기 직전의 사람처럼 숨이 깔딱깔딱 넘어가고 있는 장씨 부인을 들쳐 업고 대청마루로 빠르게 올랐다. 소아도 발을 동동 구르며 작은 두 손을 꼼지락거려 치마저고리를 움켜쥐었다.

"그렇지만 사랑의 도피라니…… 너무 아름다운 선택이었어요, 아기씨."

그러나 안방 문이 닫히는 순간 소아의 입에서 아련하게 흘러나온 말은 그런 것이었다. 아직은 철없기만 한 계집아이, 그럼에도 꿈꾸듯 아련한 그 눈망울은 깨끗하기만 했다. 동시에 자신에게는 아직 다가오지 않은 사랑이라는 것에 대한 막연한 설렘이 담겨 있었다.

실상 집안이 발칵 뒤집힌 이런 시국에도 열에 들뜬 소리나 읊어대고 있는 소아나 엄청난 일을 저지른 부연 아기씨나 다를 바가 없었던 것이다. 아기씨이고, 계집종이고 똑같이 곤란한 본성품을 타고난 것일까, 아니면 그 집의 터가 나쁜 것일까…….

한차례 풍랑이 휩쓸고 지나간 이후 심하도록 정적이 감도는 큰 사랑채에 흰 띠로 머리를 싸맨 장씨 부인과 대감마님, 행랑아범, 진주댁, 그리고 소아가 앉아 있었다. 혼절했던 장씨 부인은 이불에 눕혀지는 순간 갑자기 눈을 번쩍 뜨고는 벌떡 일어났다. 그 모습이 어찌나 귀신처럼 오싹한지 놀란 행랑아범이 털퍼덕 엉덩방아를 찧을 정도였다. 그러나 장씨 부인은 한 치의 곁도 안 두고서 스스로 일어나더니 그 길로 큰 사랑채로 걸음을 하였다.

그리고 부연 아기씨의 행방불명 소식을 맨 처음 전한 세 아랫것들을 즉시 큰 사랑채로 불러 모았다. 그야말로 오늘 부연 아기씨 덕분에 아랫것들만 초주검 나게 생긴 것이다. 허나 장씨 부인은 머리를 싸매고 끙끙 대며 앉아 있을 뿐 노여운 기색은 비추지 않았다. 애간장만 탈 뿐 죄없는 아랫것들을 억울하게 닦달하실 분이 아니라는 것을 사실 소아뿐 아니라 모두들 알고 있었다.

그러니 대쪽같이 올곧기로 소문 난 대감마님께는 이 죄송스러운 소식을 또 어찌 전해야 할까. 결국 장씨 부인이 그 짐을 떠안았고, 소식을 들은 대감마님은 잠시 동안 노여움과 놀라움으로 일신을 가누지 못했다. 어진 수염이 덜덜 떨릴 정도로 충격을 받는 것은 어쩌면 당연한 일이었으니, 아랫것들이 제 님과 함께 나풀나풀 떠나 버린 부연 아기씨에 대한 원망을 하지 않을 수 없었다.

허나 지금까지도 이해가 안 가는 것은, 어떻게 그 여리고 정숙한 아기씨께서 감히 그런 무서운 행동을 실행에 옮기셨는가.

"그래, 이 일을 아는 자들이 또 있더냐."

침묵 속에서 대감마님이 그 굵직한 목소리로 입을 열었다. 차분한 음성이었으나 여전히 턱수염은 파르르 떨리고 있었다. 아랫것들 앞에서 참고 또 참고 있음이 분명하리라. 평생을 학문에만 뜻을 둔 성리학자 본연의 단호하고 위엄있는 모습이었다.

"저, 저희들만 알고 있습니다요. 입을 다물고 있었구만요."

행랑아범이 얼른 나서서 고하자 대감마님이 길고 긴 한숨을 흘렸다.

"그래, 소아라고 했느냐. 언문을 깨쳤다고. 너는 아가씨의 서신을 읽었더냐."

높고 높은 대감마님의 친언을 들은 어린 처녀 소아는 놀라 경황을 찾지 못해 그 자리에서 넙죽 엎드렸다.

"주, 죽을죄를 졌습니다. 이년이 경황이 없어서 서신을 펼쳐 보았습니다."

"흐음."

대감마님의 침울한 시선이 소아에게서 황망하게 떠나왔다. 그 오른편에서 무릎에 팔을 얹어 이마를 받친 채 앉아 있던 장씨 부인이 힘없는 목소리로 입을 열었다.

"너를 탓하려는 게 아니니 그만 일어나거라. 어디 서신을 읽은 것이 잘못이더냐. 그런 서신을 남기고 부모의 얼굴에 먹칠을 한 그 아이의 잘못이…… 큰 게 아니겠느냐."

결국 장씨 부인은 제 감정을 이기지 못하고 말을 하던 중에 눈물을 쏟고 말았다. 서신에 담긴 내용은 부모님에 대한 죄스러움과 사죄, 그럼에도 자신의 길을 찾아가겠다는 고집이 서려 있었다. 그러니 미리 알았다고 한들 때려서 다리라도 분질러 억지로 눌러 앉히지 않고서야 말릴 수 있었겠는가, 몰랐었다고 탓할 수 있겠는가. 굳이 이 사단의 이유를 찾자면, 혼례 일을 잡은 게 원인이라면 원인일 터였다.

신랑 집에서 청혼서와 사주가 도착한 날부터 흐려지던 부연 아기씨의 낯빛이 혼인서와 혼인 날짜를 적은 택일단자를 보내던 날 완전히 황망해진 것을 장씨 부인인들 알았을까, 대감마님인들 알았을까. 집안의 경사이자, 대대손손 자랑스러운 일일 명문가와의 혼례였다. 헌데 시아버님께서 손수 정하셨던 그 경사스러운 혼례가 제 여식의 심장을 후벼 파 야반도주를 하게 만든 것이다. 그것도 천하디천한 머슴과 눈이 맞았으니 죽어서 조상을 어떤 낯으로 볼꼬.

〈부디 소녀를 찾지 말아주셔요. 이 천인공노할 죄는 평생을 힘겹게 도망 다니는 것으로 달게 받게끔 해주시어요. 이미 정인을 가슴에 품은 소녀는 이 혼인이 불가하옵니다. 죄송스럽고 죄송스러운 마음에 심장이 부너지나 이리 할 수밖에 없는 소녀의 마음을 헤아려 주십사 감히 이리 애걸하옵니다.

소녀, 눈물이 앞을 가리어 더는 잇지 못하겠습니다.

어머님, 아버님. 불민한 소녀를 용서하지 마셔요.〉

그렇게 끝난 서신, 그리고 서신 곳곳에 묻은 눈물 자국, 그 때문에 번진 먹물까지.

그 모든 것을 떠올리니 밉다, 밉다 원망스러워도 제 속으로 낳은 자식이라 장씨 부인의 심장이 다시금 저며지듯 아파오는 것이다. 어디까지가 창피한 것이고, 어디까지가 배신감에 치를 떨어야 하는 것이며, 어디까지가 한심한 여식 년을 가여워해야 하는 것인지 도무지 분간이 가지 않는 어미의 마음이었다.

"마님……."

애간장이 타 들어가는 장씨 부인을 바라보는 소아의 눈가도 젖어왔다. 실상 마음으로는 부연 아기씨에게 존경의 마음을 표현하고 그 용기에 감탄을 하고 있었다지만, 장씨 부인과 대감마님의 모습을 직접 접하고 보니 아름다운 선택이라는 팔자 좋은 생각을 한 자신이 그렇게 한심할 수 없었다.

부연 아기씨는 절대로 저질러서는 안 되는 짓을 저질렀다. 단지 불효를 넘어서 아가씨는 나라의 지엄한 국법까지 어겼다. 그것은 비단 사대부가 아니더라도 여인으로 났으면 절대 하여서는 안 되는 수치가 아닌가. 하물며 도리를 배우고 익힌 아기씨임에야 더욱 그러한 것이다. 이것은 부연 아기씨 본인으로서도 차마 입에 올리기 수치스러운 일일 테지만, 그로 인해 집안 사람들이 받아야 할 모멸감과 손가락질은 도저히 상상을 못할 정도였다. 세상이 몇 번 뒤집혔다가 바로 선다고 해도 절대 받아들여지지 않을 망종 중의 망종이었다.

'그래도 사랑하여서 그리하신 것을요.'

그러나 그렇세나 다짐하고 다짐하였건만 끝끝내 소아는 부연 아기씨를 감싸고 싶은 마음이 드는 것이다. 그것은 부연 아기씨가 자신을 계집종이 아닌 벗 대하듯 잘해주신 것과는 무관한 마음으로서, 오로지 부연 아기씨 자체로만 보아도 사랑스러운 사람이기 때문이었다. 그런 아기씨이니 마음을 주고받은 정인을 신분이 맞지 않는다 하여 버릴 수 없었을 것이다. 차라리 그 신분을 버렸으면 버렸지.

'과연 부연 아기씨의 정인으로 거듭난 동이, 네가 부럽구나. 나 좀 보렴, 그런 칠칠치 못한 생각만 하고 있어. 지금 이 급박한 상황에서도 말이야.'

동이는 그 신분이 아까울 정도로 아름다운 얼굴에 성격은 물처럼 고요한 사내였다. 나이는 부연보다 다섯이 연상이요, 말하기보다는 사색하기를, 행동하기보다는 숙고(熟考)하기를 먼저 했다. 늘 행랑채의 한구석에서 그림을 그리거나 깊은 생각에 잠겨 있었다. 붓끝에서 느껴지는 힘이 가히 천재라 부를 만했는데 부연 아기씨가 특히 동이의 그림을 아끼고 소아만 알 수 있도록 남몰래 칭찬하곤 했었다. 이따금씩 먼 곳을 보고 있는 동이의 시선이 사실은 홍예문을 지나가는 부연 아기씨의 흔적을, 연못가를 거닐고 있는 부연 아기씨의 향기를 쫓고 있었다는 것을 소아도, 그 누구도 알지 못했던 것이다. 어쩌면 그림으로 자신의 마음을 전하고, 또 그 그림을 아낌으로써 부연 아기씨도 동이에게 자신의 마음을 전한 것이 아니었을지.

스스로를 향해 혀를 차는 소아의 귓가로 행랑아범의 불끈 힘이 들어간 목소리가 흘러들었다.

"당장 아범들과 함께 아기씨를 찾아보겠습니다요. 그리 멀리 가지는 못했을 거구만요."

그 말을 하면서도 행랑아범은 부연 아기씨와 함께 야반도주

지 않는 날이 하루 이틀, 여드레가 지나자 하나둘 조금씩 눈치를 채기 시작하여 도대체 앞뒤가 맞지 않는 추측성 소문이 걷잡을 수 없이 불어났다. 그뿐이면 다행이건만, 때마침 동이까지 보이지 않으니 말하기 좋아하는 축들이 사태의 중요성을 모르고 입방아를 찧기 시작한 것이다. 본디 다정한 아기씨인지라 아랫것들과도 조근조근 대화를 잘 나누었으나 동이에게는 특별히 잘해준 것을 기억하고 있다는 둥, 설마 하늘이 뒤집힐 일이 일어난 것이 아니냐는 둥…….

모두들 어찌나 갸륵할 정도로 부연 아기씨의 행방을 궁금해하고 걱정들을 하는지 소아는 머리가 딱딱 아플 지경이었다. 때때마다 소아를 꼬여내 일의 정황을 알고 싶어하는 축들도 많았다. 상전의 눈치를 보며 조용히들 떠들고 있다고는 해도, 쉬이쉬이 경망스러운 손짓들을 해대는 꼴들을 보니 대문 안 사람들은 거의 모두가 알아버린 모양이었다.

결국 소문이 담을 넘어가기 직전, 노한 대감마님께서 소문의 근원부터 발본색원했다. 그리고 처음으로 무시무시한 형벌을 내리니 바로 매타작과 멍석말이의 만남이었다. 그 온화하고 풀내음 향기롭던 기와집에서 며칠 동안 비명과 신음 소리가 진동을 하니, 그것도 참으로 소아로서는 못 볼 일이었다.

다행히 이후로는 높은 담에 둘러싸인 본댁의 하인들은 모두 약속이라도 한 듯 입을 꾹꾹 다물었다. 부연 아기씨가 없어도 있는 척 소세 물도 들여가고 아침이면 밥상도 들여가고 이불도

때맞춰 깔고 올리기를 반복했다. 마치 단명(短命)한 귀한 자손에게 하듯 귀신과 살아온 며칠이었다.

내 자식이 아니라 선언하신 대감마님은 그날 이후 한 번도 부연 아기씨를 찾지 않고 입에 올리지조차 않으시니 완전히 정이 떨어지신 것이 분명했다. 학문에만 뜻을 둔 유생이니 여식의 천인공노할 행동에 치를 떠는 것은 어쩌면 당연한 일이었다. 곱디곱게 키운 고명딸이 저지른 패악을 절대로 인정할 수 없으신 성정이었다. 딸이 아니라 다른 이가 그리하였다고 해도 이해하지 못하실 분이거늘 오죽하겠는가. 그러니 이제 부연 아기씨는 이 댁에서도, 부모에게서도 완전히 잊혀진 사람이 되어야 했다.

"내 자식이 아니니라. 그러하면 내 아씨도 아닌 게냐?"

소아는 빨래 방망이를 휘리릭 물가에 던져 놓고 이제 대감마님의 여식이 아닌 아기씨와 자신의 관계를 셈하고 있는 중이었다. 시냇물이 돌돌돌 흘러내려 가며 그런 소아를 비웃듯 쳐다보고 있었다.

"아니야. 지금은 너무 화가 나 그리하시는 것일 테지. 사실은 대감마님도 아기씨를 걱정하고 계실 게야. 틀림없어."

소아는 던져 둔 빨래 방망이를 다시 집어 들고 아기씨의 무사를 기원하였다. 말짱 황이 된 혼사에 대한 것도 잠시 고민을 해보았지만, 그런 일을 자신이 고민해 봐야 무슨 소용이 있으랴 싶어 애당초 그만두었다.

"여기 있었구나."

한창 콧노래를 흥얼거리며 방망이질을 하고 있는데 어미 되는 김천댁이 달려오더니 갑자기 소아의 방망이를 옮겨 쥐고 등을 떠밀기 시작했다.

"어여 가봐. 마님께서 부르신다."

"마님께서요?"

"혹시 부연 아기씨 때문에 뭘 물으시면 서신을 읽은 죄뿐, 더이상은 모른다고 딱 잡아떼야 한다. 마님께서 요즘 몸도 안 좋으시고 계속 자리를 보존하고 계시니 쓸데없는 말을 종알거려 심사 무겁게 하지 말고. 알아들었지?"

"잡아떼기는요, 아는 대로 알려 드려야죠. 부연 아기씨 생사도 모르는데 마님께서 얼마나 적적하시고 또 기가 막히시겠어요."

뭣도 모르는 소아의 잘난 척이 나오자 소아의 모친이 자신의 가슴을 팡팡 쳤다.

"아, 글쎄 이것아. 네가 상관할 일이 아니래도! 윗분들 일에는 되도록 귀 막고 눈 감고 있어야 옳은 게야. 알아들었지?"

"걱정하지 마세요, 소아가 다 알아서 할 테니. 어머니, 그럼 빨래 가지고 오세요. 먼저 갈게요."

본디 사내로 태어났어야 옳았을 여식이라고 얼마나 생각을 했던가. 볼 것 없는 신분임에도 이리저리 무에 그리 관심이 많은지 한시도 가만히 있질 못하다가 결국 머리에 괜스레 먹물까지 넣었다. 대관절 궁금한 것이 있으면 참지 못하고 저렇게 설쳐 대니, 늘 물가에 내놓은 어린아이처럼 여겨져 어미로서 근심이 가득한 것이다.

"휴우, 내가 저것 때문에 제 명에 못 살겠구나."

아니나 다를까, 이번 일에 또다시 소아가 관련되어 있어 어미는 쌓아둔 한숨을 내쉬었다. 여식으로 났으면 그저 조용히 고분고분 부모 말 잘 듣고 있다가 적당한 짝 만나 자식 낳고 살면 그뿐인 것을, 무엇이 그리도 궁금하고 하고 싶고 말을 섞고 싶은 것인지 늘 눈동자가 반질반질한 것이다. 뿐이랴, 사내에게나 있을 법한 호기와 장난기가 넘치는 아이이니 그 어미로서 좌불안석이 따로 없었다.

부연 아기씨가 혼례를 올리면 몸종으로 한양을 따라 올라가겠다고 한동안 설쳐 대어 어미를 불안하게 하더니, 이제 혼인이고 뭐고 다 글러 버린 상황에서까지 서신을 읽은 당사자로 이리 어미 심장을 덜컥덜컥 떨어지게 하는 것이다. 허나 대감마님의 성정이 다소 고집과 기운이 있다 하시나 본디 온화하시고, 안방마님 역시 아랫것들에게 늘 호인이시니 별다른 일이야 있겠느냐, 그리 바라는 것이다.

비실비실 안채로 가보니, 안방마님과 부연 아기씨의 두 오라버님 중 큰오라버님 되시는 큰 서방님께서 앉아 계셨다. 대감마님께서 낙향하실 때 두 자식들은 이미 관직에 있었던 터라 그대로 한양에 머물렀다. 아마도 15)경각사의 부승지(副承旨)로 계신

---

15)경각사: 관아를 통틀어 이르는 말

큰 서방님께서 부연 아기씨의 은밀한 소식을 접하시고 놀라 걸음에 달려 내려오신 것이리라.

기와집의 종들 외에는 그 누구도 부연 아기씨의 소식을 알지 못했다. 지난번의 몸서리치는 매타작 이후 혹여 어린 자식들이 멋모르고 나불거리다가 경을 칠까 걱정이 되어 이제는 종들 사이에서도 서로 쉬쉬할 뿐 아니라 아직 사실을 모르고 있는 어린 것들에게는 입도 뻥긋하지 않고 있는 형국이었다.

그러니 이 기와집 안의 비밀스러운 일들에 대해 전혀 모르고 있는 이들은 아마도 꽃다운 아기씨가 대가 댁과의 혼례로 설레는 마음을 한땀한땀 바늘땀에 고이 담아 진정시키면서 신부 되기를 기다리고 있겠구나, 짐작할 것이었다.

'그나저나 큰 서방님께서 내려오시다니 걱정이야. 참으로 안 뵙고 싶은 분인데.'

영문도 모르고 안채로 불려온 소아는 그런 생각을 하며 바로 넙죽 엎드렸다. 그때 갑자기 소아의 뒤통수로 큰 서방님의 천지가 진동할 말씀이 떨어져 내렸다.

"네가 부연 아기씨의 흉내를 내주어야 하겠다."

큰 서방님의 위엄있는 목소리에 기가 죽어 땅바닥에 닿아 있던 소아의 눈이 휘둥그레졌다. 그 말뜻을 단박에 알아차리지 못한 것은 차치하고라도, 부연 아기씨와 십 년 이상의 나이 차가 지는 큰 서방님은 그 성격마저 불같으시니 뭐라고 대꾸할 용기도 없었다.

저것이 대관절 무슨 말씀이라지?

그러나 실상은 무슨 뜻인지 이해가 가지 않아 대꾸를 못하고 있다는 말이 더 옳았다. 아무 말도 못하고 엎드린 소아에게 큰 서방님 대신 안방마님이 부드러운 목소리로 말을 이었다.

"대감마님께서 아기씨를 자식 취급하지 않기로 하시고 다시는 입에도 올리지 말라고 하시지 않았느냐. 없는 자식 취급하신다는 대감마님의 말씀은 사실일 터니, 혹여 부연 아기씨를 데리고 오더라도 이 집 안에 발 들여놓기는 힘들 것이야. 그러나 어미 마음이 어디 그러할 수 있겠느냐. 대감마님의 성정을 거스르지 않도록 뜻을 따르는 체를 하겠지만, 나는 나대로 입이 무거운 자들을 부려 아씨를 찾을 것이니라. 다만 문제는 이 사실이 알려질 시에 관직에 있는 큰 서방님과 둘째 서방님의 체면과 그리고 최씨 문중이 아니더냐."

장씨 부인이라고 아무것도 모르는 어린 계집종을 앉혀놓고 이런 치부가 담긴 말을 늘어놓는 것이 쉽겠는가. 수치심에 온 얼굴이 화끈거려 어깨까지 뻐근할 정도였다. 허나 이미 벌어진 일, 작으나마 하나씩 해결하고 싶은 마음이 간절해서 소아라도 붙들고 이런 말들을 흘리고 있는 것이다.

이틀 전까지 자리를 보존하던 장씨 부인은 큰아들이 온 이후로 자리를 털고 일어났다. 그렇다고 그 근심의 깊이가 얕아졌겠느냐만, 수심이 가득 담겨 있다손 치더라도 소아에게 향하는 장씨 부인의 어조는 부드러웠다. 실상 지금 장씨 부인이 체통이

깎이는 것을 무릅쓰고 소아를 붙들고 이런 말을 하는 데는 다 이유가 있었으니, 일단은 먼저 해결해야 할 일의 적임자가 소아이기 때문이었다.

"어머니, 신부 바꿔치기이옵니다."

이대로 부연 아기씨의 야반도주 사실이 새어나가 파혼을 당하여 가문이 망신을 당할 것이냐, 아니면 감쪽같이 이 사실을 숨겨 살아남느냐. 두 가지 갈림길에서 선택은 한 가지였다. 결국 큰 서방님이 먼저 계략을 짜냈으니, 바로 어젯밤 은밀히 모친께 전한 대로 부연 아기씨가 있는 것처럼 흉내를 내는 것이었다. 큰 서방님의 계략을 들은 안방마님은 당연히 기함을 했다.

"어찌 인두겁을 쓰고 그런 천인공노할 짓을 하겠느냐! 못한다. 대감께서도 경을 칠 것이야."

큰아들을 탓하며 그렇게 고개를 내저었다.

"천인공노할 짓은 이미 부연이가 저질렀습니다. 정녕 어머니께서는, 아니, 아버님께서는 이런 사실이 알려지더라도 괜찮으시겠습니까? 아니, 후대에까지 부연이의 이름이 추악하게 전해져 최씨 족보가 어지럽혀지는 것을 참으실 수 있으시겠습니까. 천한 종놈의 피가 우리 가문에 섞이는 것을 용납하실 수 있으시겠습니까."

큰아들의 그 말에는 장씨 부인도 아무 말도 하지 못했다. 생각하면 할수록 억울하고 통탄할 일이었다. 어여쁜 딸자식을 도둑맞은 것도 억울한데, 그 이름이 더러운 오물처럼 남아 손가락질을 받을 생각을 하니 앞이 깜깜해졌다.

장씨 부인이 처음과 다르게 망설이는 기색을 보이자 부연의 첫째 오라비는 더욱 모친을 다그쳤다. 말로야 문중이니 족보니 듣기 좋은 말로 떠벌여 댔지만, 실상은 한양에서 자신의 입지가 흔들리는 것을 우려하여 짜낸 계책이라는 것을 장씨 부인이 알 리가 없었다. 그저 큰아들의 말을 듣고 있자니 따라야 할 도리밖에 없다는 생각만이 커져 가는 것이다. 결국 장씨 부인은 차마 대감마님께 의논을 하지 못한 채 큰 서방님의 말만 듣고 결정을 내렸다.

"소아가 글깨나 읽을 줄 알고, 용모 반듯한 데다 총명한 기운이 눈동자 가득 넘쳐 나니 그 이상 적임자는 없을 듯하구나."

그런 사연으로 부연의 허수아비 노릇을 할 계집으로 소아가 지목 받게 된 것이다. 그저 누구든 좋다는 입장의 큰 서방님으로서는 소아가 총명하다고까지 하니 더욱 적임자라며 쾌재를 불렀다. 그러니까 당사자는 생각지도 못할 그런 결정이 난 것이 바로 어제의 일이었다.

"대감, 큰 아이가 이런 뜻을 넌지시 비쳤는데 말입니다."

그렇다고 대감마님께 끝내 의논을 하지 않을 수는 없었던 장씨 부인이 그렇게 은근히 운을 떼며 대감마님께 여쭌 것이 또 오늘 아침의 일이었다. 그러나 노발대발하실 줄 알았던 대감마님은 그저 눈만 감은 채 이렇다 저렇다 말씀이 없었다. 다만 반대를 하지 않는 것은 찬성하는 것과 같으니 장씨 부인은 남편의 의중을 긍정으로 알아차렸다. 수치를 제일의 악으로 여기는 대감마님도 여식의 행동거지를 만천하에 드러내는 것은 겁이 났던 게다.

"내 들으니 네가 언문을 깨쳤다 하고, 부연과 더불어 16) '내훈' 정도는 새겼다고 들었다. 그 사실이 맞느냐."

부드러운 안방마님과 달리 엄하기만 한 큰 서방님의 물음에 소아는 그저 나 죽었네, 하고 고개만 끄덕였다. 물론 천민은 글을 배울 수도 없거니와 배워서도 안 되었지만 소아는 부연 아기씨의 도움으로 언문은 물론이거니와 한서(漢書)도 많이 접했다. 한 번은 그런 사실이 들켜 치도곤이 날 뻔했으나, 소아와 말벗을 하고 싶은 마음에 자신이 소아를 꼬드겼다는 부연 아기씨의 재치로 넘길 수 있었다. 물론 처음부터 글을 배우고 싶은 욕심을 낸 사람이 소아였고 어진 심성의 부연 아기씨가 그런 소아의 마음을 알아차려 준 것이지만 말이다.

그렇게 어려운 글들을 익힌 소아였으나, 안방마님과 달리 큰 서방님은 못된 인사로 소문이 난 위인이라 소아는 알아서 몸을 사리고 있는 상황이었다.

"네년이 그렇게 법도에 어긋나는 짓거리까지 하며 곁에서 지냈으면서도 미리 나쁜 짓을 막지 못하였다는 말이냐!"

당장이라도 그런 말을 쏟아내며 눈에서 불을 쏟아낸다고 해

---

16) '내훈' : 성종의 어머니 소혜왕후(昭惠王后)가 1475년(성종 6) 부녀자의 교육을 위해 편찬한 책

도 모자람이 없는 위인이었던 것이다. 지금에야 위엄있는 관직에 올라서 점잔을 빼고 앉아 있다지만 종놈들 구박하고 안하무인이기로 소문난 사람이 바로 큰 서방님이었다. 게다가 은근슬쩍 오입질로도 아주 유명한 인물인데다 무얼 가져오라 명령하는 즉시 대령하지 않으면 바로 몽둥이가 날아오는, 아주 불같은 성격의 소유자였던 것이다.

저런 번갯불에 콩 볶아먹을 만큼 경솔하고 제멋대로인 성정으로 조정 일을 하니 해마다 가뭄이 들지 않고 배기겠냐고, 소아는 겉으로는 고개를 끄덕거리면서도 사실 속으로 욕질을 하고 있었다. 허나 다행히도 그런 탓은 하지 않으시고 다만 또다시 되묻는 말씀이,

"부연이와 가깝게 지낸 것이 사실이라면 학문과 더불어 조신한 몸가짐 정도는 익혔으렷다."

그런 말씀을 하시는 게다. 부연 아기씨가 자신과 더불어 서책을 보자 하시고, 그 선하고 어진 성품으로 자신을 동무인 양 친절하게 대해주신 이유가 이리 닦달을 받으라고 그리하신 것은 아닐 터.

"조신한 몸가짐…… 이시라면 본디 이년이 타고난 바가 천하여서……."

"되었다. 그저 너는 부연이가 되어 흉내만 내면 되니, 그 이상을 바라는 것도 무리일 테지."

자신의 의사는 완전히 묵살당한 채 자꾸만 이어지는 밑도 끝

도 없는 말에 소아의 속이 부글부글 끓어올랐다. 상전의 명이니 따라야 하는 것은 당연했지만 도무지 소아의 생각이 큰 서방님의 계략과 합치를 보지 못했다. 부연 아기씨께서 그동안 소아에게 잘해주신 것이 이리 자신의 자리를 대신하게 하려고 미리 수를 쓰신 것은 아니지 않은가.

'그러니 어찌 저처럼 천한 계집이 아기씨의 흉내를 낼 수 있으리라 생각하시는 것입니까.'

소아는 경을 칠까 두려워 소리는 내지 못하고 그저 큰 서방님과 안방마님이 야속해 속으로만 원망을 쏟아냈다.

"내, 어미가 되어 아기씨 생사도 확인 못하고 이대로 그냥 둘 수는 없느니라. 대감마님께서 저리 완고하셔도 마지막까지 가서 찾아내고야 말 터이니. 소아야, 서방님 말대로 네가 당분간 부연 아기씨의 흉내를 내주어야 하겠다. 알겠느냐."

거부의 여지가 없는 안방마님의 명령에 고개를 조아리고 있던 소아가 천천히 입을 열었다.

"이년, 감히 부연 아기씨의 흉내를 내라 하시니 안방마님의 명을 따르는 것이 당연합니다. 하오나 혹여 혼례 일까지 부연 아기씨를 모셔오지 못하시면 그 후에는 어찌해야 할는지요."

그 질문을 하는 순간 큰 서방님의 눈매가 사납게 번뜩이는 것을 소아도 느꼈다. 그러나 겁에 질린 살들이 바들바들 떨릴지언정 꼭 묻고 넘어가야 할 문제였다.

소아의 진지하고도 총명한 물음에 큰 서방님과 장씨 부인이 서로 얼굴을 마주 보며 잠시 할 말을 잊었다. '어허, 저 계집이 무엄하군요. 허나 총기있는 아이일수록 이 일에 제격이니 다행은 다행입니다' 큰 서방님이 눈으로 그런 말을 하자, 알아들은 장씨 부인이 천천히 입을 열었다.

"출가외인이라, 여식은 혼인을 하고 나면 그 댁 귀신이 되는 게다. 네가 부연 아기씨가 되어 한양으로 갈 것이다."

각오를 단단히 한 장씨 부인이 매섭게 못을 박자 급기야 소아의 얼굴이 하얗게 질리며 그 함초롱한 얼굴이 번쩍 들렸다. 그러자 큰 서방님이 그런 소아의 얼굴을 가만히 들여다보더니 고개를 끄덕였다.

"조금만 단장하고 꾸미면 여느 규수 못지않겠구나. 고운 얼굴이로다."

허어, 어찌 저리 태평한 인물일꼬!

큰 서방님은 자신의 계획에 맞아 떨어지는 소아의 고운 얼굴이 만족스러운 마음만 그득한 모양이었지만, 소아는 그런 칭찬이 오히려 오소리를 잡는 덫으로밖에 들리지 않았다.

지금 이 순간, 큰 서방님의 저 귀하신 입에 조용히 수를 놓아 막아버렸으면 좋겠구나.

"하오나 어찌 이년처럼 천한 것이 그리 큰 대가 댁으로 가서 아씨인 척 흉내를 낼 수 있겠는지요. 들통나는 것은 하루 이틀 상간의 문제일 것입니다. 무지한 이년이 대감마님과 안방마님께 폐를 끼치게 될 것이 자명하니, 부디 그 분부를 거두어주세요."

“어법도 그만하면 못 배운 티는 나지 않는구나.”

큰 서방님! 제발 정신을 차리소서!

소아는 도무지 자신의 말이 통하지 않는 두 어른을 보고 있자니 애간장이 다 타 들어갔다.

“이년이 아기씨의 흉내를 낸다 한들, 그 귀하신 본성의 반에 반이라도 따라가겠사옵니까. 불가능한 일입니다. 이년이 아기씨를 욕보이다니요, 안 될 일입니다. 간청하온데 부디 분부를 거두어주시기를 바라옵니다.”

후의 일을 생각만 해도 간담이 서늘해진 소아는 명백하게 자신의 뜻을 밝혔다. 그 어투가 워낙 확고한지라 안방마님과 큰 서방님이 다시 서로의 얼굴을 마주 보다가 천천히 눈을 감았다가 떴다.

실상 큰 서방님은 부연 아기씨의 낭군 될 사람에 대한 소문을 익히 들어 너무나 잘 알고 있었다. 학문에는 뜻이 없고 놀음에만 정신이 팔린 장안의 왈자라고 하니, 선대의 유언이 아니었다면 귀한 고명딸인 부연에게 가당치도 않은 상대였다. 아깝고도 아까운 누이동생이라는 생각이 하루에도 열두 번은 더 들었지만, 그나마 위로가 되었던 것은 그 가문의 문벌과 재물 때문이었다.

그런 와중에 이런 일이 일어났으니 기왕지사 이렇게 된 일, 소아로 하여금 부연의 추행을 덮는 것과 동시에 한량 매제(妹弟)에게 귀한 여동생이 아닌 주어도 하나도 아깝지 않은 계집종을 보

내는 것이니 도랑 치고 가재 잡는 격이었다. 게다가 공식적으로
는 여전히 명문가의 사돈이니, 그야말로 도랑 치고 가재 잡는 데
다가 때아닌 월척까지 거두는 일거삼득이 따로 없었다.

그 모든 것이 큰 서방님의 간교한 머리에서 나온 계책이었다.
게다가 장씨 부인 또한 바로 어제 큰 서방님이 귀띔으로 사위
될 인사에 대해 알려주어 대충은 그런 사실을 알고 있었다. 다
듣고 나니 소아가 측은하지 않은 마음은 아니었지만, 신분이고
뭐고 박차고 나가 고생할 딸의 입장에서 생각했을 때는 조금이
라도 이 자리가 덜 아까워야 마음이 놓이는 것도 사실이었다.

허나 이런 뒤 사연들을 어린 계집종에게 미주알고주알 알려
줄 필요는 없다는 판단이었다. 곧 정색을 한 큰 서방님이 위엄
을 갖추고는 천천히 입을 열었다.

"물론 들통날 수도 있겠으나, 그렇지 않을 수도 있지 않겠느
냐. 네가 이 상황을 넘길 수 있도록 해준다면 우리 가문에 커다
란 보은을 하는 것이다. 그 은혜는 두고두고 잊지 않을 것이야."

"큰 서방님, 이년의 천한 어미 아비와 미흡한 남동생을 돌봐
주신 은혜는 항상 가슴 깊이 새기고 있습니다. 하지만 이러한
행동은 그쪽 집안을 생각했을 때 절대 해서는 안 될 일이라 생
각합니다. 어찌 천한 이년으로 하여금 감히 사대부를 능멸하라
하시는지요."

도무지 회유가 먹히지 않는 당찬 소아의 대꾸에 큰 서방님은
잠시 할 말을 잊었다. '아니, 이년이 시키면 시키는 대로 따르면

될 것이지, 어찌 이리 할 말이 많으냐! 내 당장 네년의 잘난 혀를 뽑아내리라!' 당장이라도 그런 말을 쏟아내고 싶은 심정이었지만 곁에 어머니가 계시고 또한 또박또박 의견을 밝히는 소아의 표정이 너무나 확고하고 진지한지라 아무리 천것이라도 함부로 무시할 수가 없었다.

계집에게서 저런 눈빛과 용기를 느낀 것은 거의 처음이나 다름없었다. 그것도 천한 종년의 입에서 나온 말이 저렇듯 당당하니 큰 서방님은 더더욱 함부로 입을 열지 못했다.

그리하여 큰 서방님이 머리를 살살 굴리니.

"듣자하니 신랑 될 사람이 장안에 이름난 호인이라 발각이 되더라도 네 일신의 안위에는 그리 위엄이 닥치지는 않을 것이다."

물론 좔좔 쏟아져 나오는 그 모든 말은 모조리 거짓이었다. 천하의 호인이 아니라 천하를 무시하고 사는 한량이 바로 그 신랑 될 위인이 아닌가. 허나 언 발의 오줌 누기 식으로 이 순간만 잘 넘겨 회유를 하면 제깟 것이 감히 어쩔 것이랴, 생각한 게다.

그러나 몇 발이나 물러선 큰 서방님의 부드러운 권유에도 소아는 요지부동이었다. 햇볕에 타 까만 얼굴에서 눈동자만 반질반질한 소아가 또다시 반론을 펼쳤다.

"천한 이년의 일신의 안위에 대해 말씀드리고자 한 바가 아닙니다. 하늘이 반상의 구분을 엄격히 구분해 놓았는데, 어찌 이년이 하늘의 이치를 거스르고 감히 반가의 규수인 양 상대방을 능멸할 수 있겠는지요. 이년이 안방마님과 부연 아기씨께 은혜를 갚는 길은 이 분부를 거절하는 것이라 생각합니다. 그 대가로 벌을 받게 되더라도 이년, 그리할 수는 없습니다. 차라리 이년을 죽여주시옵소서.”

“좋다, 그러하면 내 너를 죽이겠다.”

옴마나!

그리해 주십사 하였다고 바로 얼굴을 붉으락푸르락하시며 그리하겠다고 나오시니 그 성정 참으로 급하시옵니다.

큰 서방님의 서슬 퍼런 협박에 소아의 의지가 살짝 꺾이려 들었다. 큰 서방님은 안방마님이나 대감마님과 달리 다혈질이라는 것을 잠시 잊었던 것이다. 앞으로는 말을 조금 더 가리어 고하여야겠구나, 간담이 서늘해진 소아는 그리 생각을 하며 자중을 맹세했다.

한편 이렇게 말해도 쳐내고, 저렇게 말해도 잘난 말을 족족 쏟아내며 쳐내는 소아 때문에 화가 머리꼭지까지 오른 큰 서방님이 이를 갈며 소리치자 안방마님이 슬쩍 나섰다. 자식의 다혈질적인 성정은 누구도 아닌 어미 되는 장씨 부인이 가장 잘 알았다. 이대로 두어 강요와 거부를 지속하고 있는 두 사람 사이에 돌이킬 수 없는 골을 만들어서는 안 되겠다는 생각이었다.

“자네, 그리 야박하게 말하지 말게. 이 아이 또한 당연한 말을 올리는 것이고 쉬이 받아들일 수 있는 일은 아니지 않은가.”

그 속에서 나온 자식과 달리 사려 깊고 온화한 장씨 부인의 말에 큰 서방님은 어쩔 수 없이 고개를 조아렸다. 소아는 완전히 다른 어머니와 자식의 모습을 보면서 밭은 좋으나 그 밭에서 싹을 틔운 종자가 영 좋지 않다는 생각을 하며 혀를 찼다.

동시에 안방마님께서 저리 타이르듯 말씀을 하시니 큰 서방님이 닦달을 할 때보다 오히려 더 죄송스러운 마음이 드는 것이다. 허나 그것 또한 안방마님의 회유하는 듯하며 실상은 강요하는 방법의 하나였다는 것을 소아는 모르고 있었다.

"어머님, 이런 사정까지 이 아이에게 다 내보이고 여기에서 접을 수는 없는 노릇입니다. 이것은 문중의 위신이 달린 바, 이 아이가 끝까지 말을 듣지 않는다면 살려둘 수도 없는 노릇입니다."

여전히 큰 서방님의 노선은 닦달을 하는 방법을 택하신 모양이니, 회유와 강제 사이에서 소아는 어찌할 바를 모르겠다. 살자니 양심이 작은 계집아이를 괴롭히고, 절대 받자올 수 없다고 계속 거절하자니 목숨이 간당간당한 것이다. 그러나 소아는 비록 죽임을 당하더라도 마지막까지 올바른 소리를 하기로 강단지게 마음먹었다.

"마님, 이년이 살고자 하여 그릇된 분부를 받자와 양 사대부를 능멸하는 것이 진정 옳은 것인지요. 천한 이년이 아씨의 자리를 차지하는 것은 부연 아기씨까지 욕보이는 것입니다. 그 고운 성정으로 이년에게 너무나 많은 은혜를 주신 부연 아기씨를 욕보이느니 차라리 이년이 혀를 깨물겠습니다. 부디 가여운 이년에게 선처를 내려주세요.”

항시 나긋나긋하고 기품이 있었던 부연 아기씨와 동무처럼 가까이 지내온 지난 날들이었다. 그래서 소아는 틈만 나면 부연 아기씨가 말씀하시고 행동하시는 거동을 열심히 보고 있다가 뒷간에서 홀로 연습을 하곤 했다. 물론 그런 모습을 어미에게 자주 들켜 그때마다 귀를 비틀어 잡혀 끌려가곤 했었다.

어쨌거나 바로 그때 흉내 내던 어투가 몸에 배어 있어 그런지 소아의 말은 청산유수였다. 그 입성만 아니라면 필시 어느 귀한 댁 규수의 어법에 조금도 뒤지지 않았다. 물론 양쪽 귀 모두 제대로 달린 장씨 부인과 큰 서방님이니, 두 사람도 소아의 모습을 지켜보며 내심 감탄하는 중이었다.

해서 소아는 오로지 제 고집을 아뢰려는 목적이었으나, 안방마님과 큰 서방님은 소아가 말을 하면 할수록 더욱 이 계획에 적합한 아이라고 확신하고 있는 처지였다.

장씨 부인의 부드러운 말도 통하지 않자 옆에서 꾹꾹 눌러 참고 있던 큰 서방님이 다시 한 번 화를 버럭 냈다.

“네가 실로 고집이 세구나. 감히 뉘 앞이라고 상전의 명을 거역하는 것도 모자라 따박따박 제 의견을 밝힌단 말이냐. 이 또한 큰 죄임을 글깨나 읽었다는 것이 모르고 있더란 말이냐!”

그 소리가 어찌나 큰지 기와가 들썩거릴 정도였다. 피가 몰려 검붉게 일그러진 얼굴로 큰 서방님이 당장이라도 멍석말이를 하라 지시할 것처럼 노기가 탱천하여 이어 외쳤다.

"어디 감히 상전의 명을 거역하는 짓거리를 하고 있을까!"

'그러니 어쩌겠는지요. 덥석 말씀을 받잡자니 이년 도저히 입이 떨어지지 않는 것을요.'

소아도 답답하여 속으로 울상을 짓고 말았다. 여기에서 죽으나, 부연 아기씨 대신 한양으로 갔다가 들통나서 죽임을 당하나 매한가지일 것이다. 그러니 차라리 낯선 타향보다 고향에서 이 한 목숨 버리는 게 낫겠다는 생각이 들었다.

그때 소아를 가만히 지켜보며 생각하시던 안방마님께서 입을 열었다.

"네가 본디 고집이 있고, 옳고 그른 것에 대한 판단이 놀라울 정도로 명확한 아이라는 것은 익히 들었다. 허니 이리 상전을 애먹이는 것에 대해서는 내 평정심을 발휘하여 일절 함구하겠다. 다만 네가 뜻을 따라주고 부연 아기씨의 역할을 충실히 해낸다면 네 어미와 아비의 면천(免賤)을 시켜주겠다."

그 말에 큰 서방님의 눈이 휘둥그레졌다. '뭘 그렇게까지 하십니까. 그저 몇 대 패서 강제로 신방에 밀어 넣으면 되는 것을요!' 그렇게 말하고 싶어서 근질근질한 얼굴 같았다. 큰 서방님이 그 정도였으니 소아도 더하면 더하지 덜하지는 않았다.

침을 꼴깍 삼킨 소아가 천천히 되물었다.

"며, 면천이라 하시었습니까?"

장씨 부인의 표정이 비장했다. 제 재물을 남에게 나눠 주는 것을 제일 싫어하는 큰 서방님이 '그렇게까지 하실 것 없사오니다!' 라는 뜻을 눈에 담아 열렬히 외치고 있었지만 장씨 부인은 큰 자식을 철저히 외면한 채 고운 수가 놓인 옷자락 끝을 홱 여 미며 대답했다.

"그렇다, 면천이라 하였느니. 허나 이런 말까지 하였는데도 끝까지 말을 듣지 않는다면 이후로는 모든 결정을 큰 서방님의 뜻에 따르도록 할 것이야."

三章. 어디 한번 신명나게 놀아보세!

기약없이 하루하루가 흘러가고 결국 혼례 일이 목전으로 다가왔다. [17]면천(免賤)이라는 말에 혹한 것이냐, 아니면 큰 서방님의 수중에 목숨이 왔다리 갔다리 할 것에 대한 두려움이 앞선 것이냐. 무엇이 우선이었느냐 묻는다면 소아도 딱히 할 말은 없었다.

자세한 것이야 소아의 처지로서는 알 수가 없었지만 안방마님께서 소아에게만 푸념처럼 흘린 말씀을 주워들어 조합한 바에 의하면 큰 서방님의 은밀한 명령으로 이번 일을 알고 있는 행랑 아범을 위시하여 추격대가 조직된 것 같다. 믿을 만한 사람을 재

---

17)면천(免賤): 천민의 신분을 면하고 평민이 됨, 또는 그렇게 해주던 일

물로 사서 몇 해 전에 병에 걸려 죽은 동이 어미의 고향인 남해 쪽으로 사람을 풀어놓은 것 같았지만 딱히 부연 아기씨의 흔적을 찾지도, 닮은 이를 봤다는 사람도 아직은 없는 것 같았다.

본래 아비가 없는 동이였다. 거기에 몇 해 전 어미까지 하루아침에 병으로 잃고 말았으니 얼마나 가슴 아팠겠는가. 그때의 동이를 생각하면 소아는 지금도 가슴이 아렸다. 어쩌면 부연 아기씨도 그때 동이를 위로해 주신 걸까? 이제는 별의별 게 다 궁금해지고 있었다.

어쨌거나 부연 아기씨를 찾지 못한 채 기약도 없이 날짜만 흘러가니 안방마님도 더 망설일 여유가 없는 처지였다. 그러니 저리 온화한 얼굴을 하고서 호랑이의 아가리 속으로 자신을 던져넣겠다고 으름장을 놓으신 것이겠지. 안방마님은 어떻게 해서든 허깨비로라도 이 혼례를 성사시키고야 말겠다는 뜻이 확고한 얼굴이었다.

결국 밭이고 씨고 한통속이라는 말을 소아는 절감할 수 있었다. 온화하신 안방마님을 보며 도대체 얄미운 저 큰 서방님이 누구를 닮았는지 궁금했었는데 이제 보니 똑 닮았던 것이다. 아니, 알고 보니 안방마님이 한술 더 떴다. 결국 화르르 끓는 성정으로 이 귀신 결혼식을 목전까지 오게 만들었으니.

"대체 무엇 때문에 이렇게까지 하시는 걸까."

소아는 사대부의 체면에 대한 것을 피부로 느낄 수 없기에, 대체 무엇이 그리 겁이 나는 것인지 의아할 뿐이었다. 체통, 체면, 위신, 가문에 먹칠……. 그 어떤 것도 소아로서는 이해가 가지 않았다. 그만큼 먼 거리에 있는 말이기 때문일지도.

체통과 체면이라……. 세상에서 가장 큰 통(桶)이고, 세상에서 가장 값비싼 면(麵)이로구나.

"만약 내가 동이와 눈이 맞아 혼례를 앞두고 도망을 쳤대도 일이 이리 커졌을까? 아니, 그럴 리가 없지. 그저 색기(色氣)가 넘쳐 나는 천한 계집년이라고 수군거릴 뿐, 그 이상의 수치나 소문은 없었겠지."

문제는 도망간 당사자가 부연 아기씨라는 것, 그리고 부연 아기씨가 양반 최씨 문중의 여식이라는 것이었다.

소아는 난생 처음으로 자신이 이리 태어난 것에 대해 하늘에 원망하는 마음이 들었다. 한 번도 그런 생각 따위 해본 적 없었다. 그저 어미 아비가 서로를 아끼시어 자신과 남동생을 낳았다. 그게 다였다.

할 일이 산더미처럼 쌓여 있어도 소아는 행복했었다. 여름에는 고단하고 겨울에는 추워도 상관없었다. 더우면 개울물에 발목을 담그면 되고 추우면 이불을 덮어쓰면 된다. 여름에는 시원스레 녹음이 푸르러서 좋고 겨울은 온 세상이 하얗게 아름다워지니 좋았다. 생전 무엇이 대단히 괴롭고 미치도록 까다롭단 말인가.

나무를 해오는 남동생의 지게에 올라 능금을 아그작 아그작 깨물어 먹는 하루하루가 행복했다. 나풀나풀한 예쁜 댕기가 없어도, 꽃신을 신지 않아도, 평생 새 옷을 입어본 적이 없어도 좋았다. 댕기가 없으면 어미가 머리를 더 단단히 매주었고, 꽃신이 없으면 아비가 업어주었던 것이다.

다 해진 저고리에 천을 덧대 기우다가 팔 들어갈 구멍까지 막아버리더라도, 빨래 방망이를 너무 세게 두드려 그나마 해진 옷이 완전히 구멍이 나 어미에게 어깻죽지를 호되게 맞았어도 소아는 모든 게 좋았다. 낙천적인 성격을 타고난 탓이었다. 그런데 지금 소아는 처음으로 제 신세가 바람 앞의 등불, 아니, 상전 앞의 가랑잎처럼 한심스럽게 느껴진 것이다.

"아기씨를 죽은 자식 취급하는 한이 있더라도 남의 이목을 끌어 손가락질을 받지는 않겠다는 게 바로 사대부의 자존심이라니, 그 허영 한번 신분만큼이나 높고도 높구나!"

소아는 한숨을 폭 내쉬고 안채로 향했다. 본디 천것으로 태어난 소아였기에 혼례 일 전까지 팔자에 없던 사대부 규수로서의 수업을 받아야 한다는 지엄한 명령이 떨어졌기 때문이다. 도무지 어렵고 거추장스럽기만 한 치장, 행동거지, 어법들을 안방마님의 호랑이처럼 무서운 호통 속에서 배우고 있자니 소아는 정신을 못 차릴 지경이었다.

걷는 것도 사뿐사뿐, 치맛자락 아래로 버선코만 살짝 보이도록 나비처럼 걸어야 한단다. 웃는 것도 치아가 보이지 않도록 조심조심, 기꺼운 일이 있어도 그저 연하게 웃어야 한단다.

목청이 다 드러나게 웃어서 가끔씩 웃다가 밥알도 튀어나오는 소아로서는 그 모든 허례허식을 배우느라 말 그대로 복장이 터질 것만 같았다.

선머슴처럼 더펄거리며 이집저집 일 참견하고 다니던 것도 이제는 그리운 옛일이었다. 그저 그림처럼 앉아 서책을 읽고 고이고이 수를 놓아야 한다니 창살 없는 지옥이 바로 여기, 이곳이었다. 할 말이 마음에 끓어 넘쳐도 입을 닫고 귀를 막아야 사대부 규수라고 하니.

'휴우, 도대체 이게 사람 사는 꼴이야?'

돈을 쥐어주며 하라고 해도 고개를 젓겠으나…….

사실 돈은 돈대로 주는 데다 면천도 시켜주고 게다가 상전에게 꼬박꼬박 말대답한 것에 대한 죄까지 묻지 않겠다니 그야말로 이문이 남는 장사이긴 했다. 게다가 상황 자체가 안 하지 않고는 못 배기는 현실이니 그저 죽은 듯 따르고 있는 것이다. 어쨌거나 그 생짜 고생에 소아의 얼굴이 눈에 띄게 바짝바짝 말라갔다.

허나 어려운 것은 어려운 것, 사실 좋은 점도 있기는 있었다.

'휴우, 이젠 팔자가 바뀌어서 등잔불 아래에서 꼬박꼬박 졸아가며 옷을 기워 입지 않아도 되고, 읽고 싶은 서책이 있으면 내 마음 만족할 때까지 읽을 수도 있어. 또 산해진미 맛난 음식으로 매 끼니 호강을 하니 일신이 노곤하여 안락함에 콧노래가 절로 나올 상황이 아니고 뭐야. 기쁘구나, 기꺼워 죽겠어.'

그렇게 좋은 척, 행복한 척해보았지만 그런 기쁨은 채 얼마 가

지 못했다. 일부러 자신을 속이며 기뻐하는 척해보아도, 종국에
는 겁이 나서 학질에 걸린 것처럼 온몸이 달달 떨리는 것이다.

마음이 바위처럼 무거우니 고기를 씹어도 꼭 모래를 씹는 것
마냥 버석거리고, 살갗에 착착 감기는 비단 저고리도 수의처럼
두렵기만 했다. 좀이 쑤시도록 반듯한 자세로 앉아 수를 놓다가
도 갑자기 바늘로 머리를 벅벅 긁고만 싶으니 소아는 부연 아기
씨가 괜스레 원망스러워지기까지 했다.

"'예기'에 따르면 남과 함께 음식을 먹을 때는 배가 부르도록
먹지 말며, 남과 함께 밥을 먹을 때에는 손을 적시지 말아야 한
다 하였다. 밥술은 밥을 뭉치지 말며, 밥숟가락은 크게 뜨지 말
며, 물 마시듯 들어 먹지 말아야 한다 하였느니라."

안방마님께서 손수 하나하나 사대부의 예법을 가르쳐 줄 때
마다 소아의 작은 머리는 터지기 일보 직전이었다.

뿐만이랴. 이도 쑤시지 말라, 음식을 보고 혀도 차지 말라 하
니 음식이 사람보다 상전이다. 그것도 모자라 어느 것을 굳이
먼저 먹으려고 하지 말라는 말까지 들었을 때에는 식탐만큼은
사내보다 더한 소아의 기가 팍 죽었다.

"'논어'의 향당 편에는 쉰밥이나 살이 뭉그러진 생선은 먹지
말라고 했느니라. 색깔이 나쁜 것도 먹지 말아야 하고 익지 않
은 것도 안 되느니라. 간이 맞지 않은 음식은 먹지 말아야 하느
니. 고기 역시 비록 많다 해도 식욕이 나는 대로 먹지 말아야 할
것이다."

말라, 말라, 말라.

이것도 말라 하시고 저것도 말라 하시니 제법 규수인 양 폼을 잡고 앉아 있는 소아가 먼저 말라 죽겠다.

살이 뭉그러진 생선은 곱게 펴서 먹으면 되고, 색깔이 나쁜 것은 보지 않고 먹으면 되고, 익지 않은 것은 날것인 양 먹으면 되는 것을. 종년 주제에 무엇을 가릴 처지람. 없어서 못 먹었던 시절이 바로 엊그젠데 먹지 말라고만 하니 환장하겠다.

'간이 맞지 않은 음식이 나오면 먹고 손가락을 빨면 짭짤하니 간이 맞을 것이고, 고기는 식욕이 나는 대로 먹지 않으려 해도 정신 차리고 보면 다 먹은 후일 것 같은데 뭘 어찌하라는 말씀이신지.'

소아는 안방마님이 훈시를 할 때마다 속으로 토를 달아가며 그나마 무료한 시간을 달랬다. 그럴 수밖에 없는 것이 먹는 데 대한 예법을 배우는 데만도 한나절이 훨씬 넘었다. 그 시간 동안 한숨 쉬느라 반을 흘리고 나머지 반은 속으로 대거리를 하느라 흘리니, 사실 소아의 머릿속으로 들어가는 지식은 반도 되지 않았다. 본래 총명한 소아였지만 지식들을 억지로 쑤셔 넣으라고 닦날하니 하기 싫었던 것이다.

식사 예법만도 이만큼인데, 나머지 예법까지 모두 배우고 나면 살아나 있을지 걱정이 들었다.

"이제는 걷고 앉는 예법이니라. 공수란 두 손을 모아 앞으로 가지런히 잡는 게다. 반드시 어른들 앞에서는 공수를 하고 있어야 예의에 어긋나지 않느니라."

안방마님의 지엄한 설명에 따라 소아도 다소곳이 공수를 하고 앉았다.

딱!

그런데 바로 그 순간 눈물이 찔끔 나올 정도로 매서운 회초리가 날아들어 소아의 손등을 후려쳤다. 동시에 안방마님의 벼락 같은 질책이 쏟아졌다.

"아니지 않느냐! 이렇게 엄지를 엇갈려 깍지 끼고 나머지 네 손가락을 포개야지!"

"이, 이렇게요?"

딱!

"여자는 오른손이 위로 가야 하질 않느냐!"

요, 요렇게요?

딱!

"아니래도!"

그, 그럼 요, 요로코롬 하면 되겠습니까.

"그래, 바로 그것이니라. 잘했다."

"휴우."

칭찬이 나오자마자 소아의 입에서 저도 모르게 안도의 한숨이 흘러나왔다. 순간 안방마님의 눈총이 장대비처럼 쏟아졌다. 그 눈초리가 하도 매서워 소아는 딸꾹질을 절로 흘렸다.

"허나 상(喪)이 있거나 흉사(凶事) 시에는 평상시와 반대로 왼

손이 위로 가게 하는 게다. 알겠느냐.”

“예.”

소아가 배운 대로 다소곳이 대답을 하자 그나마 장씨 부인이 만족스러운 미소를 지었다. 회초리질을 하기는 하였으나, 역시 총명한 아이라 배운 대로 모든 것을 족족 이해하기는 했다. 그 증거로 벌써 며칠 전과 행동거지 자체가 틀렸던 것이다.

손을 모은 공수 자세로 치맛자락을 잘 가다듬어 발이 보이지 않도록 앉아 시선을 15도 정도 아래로 두고 있으니 타고난 반듯한 이마가 단아하게 드러났다. 그 자태가 조심스러운 목소리와 어우러져 천민의 때를 벗는 것은 이제 시간문제인 듯 보였다.

‘손이 어느 쪽이 위로 올라와 있든, 어른을 공경하는 마음이 있으면 되고 돌아가신 분을 우러르는 마음이 있으면 되거늘. 오른손을 위로 올렸다 하여 망자(亡者)가 관에서 살아나와 손 위치를 바로 잡아주고 다시 들어가는 것도 아니고. 참으로 나오느니 한숨이로구나.’

그러나 이 철없는 계집아이는 속으로 그렇게 투덜거리고만 있으니, 갈 길이 멀고도 멀도다.

“자, 이제 일어나 걸어보거라.”

안방마님의 훈시에 소아가 다소곳이 자리에서 일어났다. 그리고 버선코가 살짝 보이도록 걸음을 옮기며 배운 대로 시선은 네다섯 보 앞쪽 바닥을 바라보며 걷는데, 휙! 찰싹! 어김없이 매서운 회초리가 다시 소아의 손등을 치고 지나갔다.

'하이고, 깜짝이야. 마님, 이래 가지고 가짜 새색시 손이 남아 나겠습니까!'

소아는 그런 항변을 누르고는 화끈거리는 손등을 매만지고 싶어 울상을 지으며 장씨 부인을 쳐다보았다. 눈이 마주치는 순간 장씨 부인이 얼굴이 빨개질 정도로 노하여 벼락을 내리쳤다.

"네가 천기더냐. 치맛자락은 왼쪽으로 여며야 하거늘!"

헉! 처, 천기라 하신다면…….

소아는 식겁하여 어쩔 줄 몰라 하며 대번에 치맛자락 방향을 바꿨다. 그제야 치켜떴던 눈을 푼 장씨 부인이 말을 이었다.

"또한 부엌일을 할 때는 치맛자락이 끌리지 않도록 허리끈을 매도 흠이 되지 않으니, 허나 안방이나 마당, 그리고 손님들 앞 에서는 끈이나 행주치마를 절대 보이지 말아야 할 것이다."

"그러하면 마당에서 일을 하고 있을 때 손님이 갑자기 나타나 시면 어찌해야 하는지요."

자연스럽게 질문을 했던 소아는 안방마님의 잔설이 휘몰아치 는 차가운 눈초리에 그만 입을 닫고 말았다.

경을 칠 말을 종알거린 이유 안에 불만스러운 마음이 담겨 있 었던 것도 사실이었으니…… 휴우, 매타작이 이어지겠구나 싶 다. 아니나 다를까, 예상처럼 어김없이 회초리가 날아들어 소아 의 손등을 사정없이 내리쳤다.

'이리 손을 내려치시면 공수를 어찌하라는 것인가요? 손이 있어야 공수도 하잖습니까.'

소아는 질문 한 번 잘못했다가 된통 당하고는 완전히 기가 죽었다. 이후로도 끝이 없이 이어지는 안방마님의 엄격한 가르침을 삐져나오려는 하품을 겨우 밀어 넣어가며 소아가 배운 것은.

사대부 여인이란 궁금한 것을 질문해서는 절대 안 된다는 게로구나…….

✽

택일단자가 도착하고 [18]연길이 정해진 후 안씨 부인은 혼례일의 전일에 당도하도록 시기를 맞춰 혼수와 혼서를 넣은 혼수함을 신부 집으로 보냈다. 그것을 보고 권은 홀로 생각했다.

'이로써 빼도 박도 못하게 처를 맞이해야 하겠구나. 오호, 통재로다!'

[19]납폐는 안씨 부인이 최대한 신경을 써서 함이고, 함에 채워 넣는 청홍사, 청홍지, [20]부용향까지 요란하도록 화려한 것으로 마련했다. 또한 척 보기에도 아름다운 색색의 비단을 아낌없이 넣고 [21]별전을 연결해 만든 열쇠 패까지 갖추었으니 막내며느리

---

18)연길: 신부 집에서 택일단자를 보냄으로 정혼이 성립되는 것
19)납폐: 신부용 혼수(婚需)와 혼서(婚書) 및 물목(物目)을 넣은 혼수함
20)부용향: 손가락 크기로 5, 6치 되는 큰 모양의 향으로 신행길에 향꽂이에 꽂아 신부 앞에 가면서 피운다. 주위를 정화시키고 잡귀를 쫓는다고 한다
21)별전: 일종의 기념화로서 상평통보처럼 유통되지 않고, 당시의 왕실 또는 사대부 등 상류사회의 패물이나 장식품으로 사용되었다

를 맞는 기쁨이 절절 넘친다는 뜻이었다.

허나 단 한 사람, 쓴 탕약이라도 앞에 둔 듯 오만상을 찌푸리고 앉은 인물이 있었으니 바로 예비 신랑인 권이었다.

손이 근질근질하여 투전판으로 도망가려던 권은 길목에서 안씨 부인에게 덜미를 잡혔다. 그리고 그대로 안채로 붙들려 가 식전부터 장황한 사설을 듣고 있었다.

"무릇 혼인이라는 것은 인륜지대사로서 부부가 사랑으로 결합하여 서로 공경하며 참아가는 도리를 지켜 평생 동안의 고락을 함께하여 보금자리를 마련하는 것이리라."

어느새 모친의 목소리는 꿈속으로 훠이훠이 날아다녔다. 볕 좋은 날 별로 관심도 가지 않는 모친의 지루한 일장연설을 듣고 있자니 권은 저도 모르게 꾸벅꾸벅 졸기 시작했다. 까딱까딱, 맥없이 흔들리는 머리가 방아를 찧고 있었다. 한시라도 빨리 투전판으로 가서 한 판 거하게 놀고 싶은 마음만 그득하니, 기왕지사 이렇게 된 것 그놈의 혼례라는 것이 어서어서 끝나 버렸으면 좋겠다는 마음만 들었다.

"그러하기 위해서는 부부간에 도리를 다하고, 또한 반드시 책임이라는 것을 머릿속에 새겨야 하는 것이니……."

자식이 머리로 방아를 찧든 말든 안씨 부인은 도리를 다하기 위해 우이독경도 서럽다 울고 갈 훈시를 지속했다. 입으로는 좔좔 말을 쏟아내며 눈으로는 꾸벅꾸벅 졸고 있는 자식 놈의 모습을 보고 있자니 속에서 천불이 일었다. 이럴 줄 알았으면 회초리라도 준비해야 했었다며 가슴을 팡팡 치면서도 안씨 부인은 훈시를 멈추지 않았다.

한마디로 소아가 안방마님에게 붙들려 팔자에도 없는 사대부 규수 수업을 받고 있는 동안, 권도 모친뿐 아니라 형님들에게까지 돌아가면서 붙들려 저러한 소리들을 귀에 못이 박히도록 듣는 처지였던 것이다.

"거참, 뒷목이 다 뻐근하구나."

영 끝나지 않을 것 같던 모친의 일장연설이 멈추자마자 권은 그길로 달려나와 중얼거리며 안채를 나섰다. 무엇이 그리 미덥지 않은지 훈계에 또 훈계를 거듭하는 모친 때문에, 권은 그야말로 모든 것이 귀찮기만 했다.

권은 바쁘게 돌아가는 집 내부를 휘이 둘러보았다. 날이 밝으면 신부를 데리러 22)친영을 하러 떠나야 하니 온 집안이 그 준비로 들썩들썩했다. 그러나 권은 갑갑하고 갑갑한 마음만 들었다. 그래서 심드렁한 눈으로 집안 돌아가는 풍경을 보고 있다가 기와집을 몰래 나와서 벗들과 약조한 곳으로 걸음을 옮기었다.

"어서 오게."

약조한 장소인 기방으로 들어서니 친근하게 지내는 벗들이 반색을 하고 권을 맞았다. 그 면면들이 함께 투전을 벌이던 그 얼굴들이었다. 그러나 오늘은 투전을 하기 위해 모인 것이 아니어서 산해진미가 그득한 술상이 상다리가 휘어질 정도로 차려

----
22)친영: 신랑이 신부의 집에 가서 혼례를 하고, 신부를 맞아오는 일

져 있었다.

"자, 내 축하주 한 잔 받게나."

권이 외출복 차림새 그대로 상석에 앉자 만면 가득 웃음을 띤 선비가 술잔부터 권했다. 기방에 모인 선비들 중, 처를 맞이한 명실상부한 유부남은 둘뿐이니 나머지 셋은 아직 혼자 몸이었다. 모두들 혼례를 올린다는 권을 축하하기 위해 한걸음에 달려온 것이다.

"축하주인지 고배(苦杯)인지는 신부의 얼굴을 봐야 알 것이 아닌가."

권이 술을 한 번에 입속에 털어 넣으며 중얼거리자 선비들이 피식피식 웃음을 흘렸다.

"하하. 권 자네도 참 쓸데없는 소리를 다 하는군 그래. 처는 처일 뿐인데, 고우면 무엇 하고 곱지 않다 한들 또 무엇 하겠는가."

말하는 본새들이 오입깨나 하는 인물들이 내뱉은 말들이었다. 하기야 기방에서 한 해의 반을 보내는 인물들이니 오죽하겠는가. 권 자체가 서책은 거들떠도 보지 않고 투전판만 쑤시고 다니니, 주위에 있는 인물들도 이리 한량들만 득시글거리는 형국이었다. 다 자업자득이 아니고 무엇이겠는가.

"처는 처일 뿐이라니, 그건 또 무슨 뜻인가."

허나 투전에만 골몰하고 세상사를 전혀 모르는 권은 닳을 대로 닳은 선비들의 말을 이해하지 못해 되물었다.

"그 사람 참, 순진하고도 순진하군. 그러니까 그 뜻인 즉, 매주 덩어리를 데려다가 놓든 옥구슬처럼 반질반질한 인물을 데려다가 놓든 처는 그 이상의 의미가 없다는 말일세. 본디 완전히 내 것인데 무엇이 그리 애달프고 고우냐, 이 말이지."

"흐음. 그러니까 다 이긴 놀음판이고, 적수가 없는 지루한 투전놀이라 그 뜻인가?"

"하하. 누가 놀음꾼 아니랄까 봐 모든 게 다 그쪽으로만 연결되는가 보네."

"본디 말이란 건 상대방이 알아듣기 쉽도록 설명해 주어야 옳은 것이네. 그리 이해하니 금세 수긍이 가는군 그래."

권이 허허 웃으며 술잔을 다시 비우자, 잠시 빌 틈도 없이 또 술잔이 채워졌다. 그때 일전에 가보를 내고도 권의 8땅에 맞아 놀음판에서 패한 턱이 뾰족한 선비가 한 마디를 거들었다.

"그런데 자네는 어찌 그리 여색에 무감한가? 아니면 이미 마음에 둔 여인이 따로 있어 다른 곳에는 눈을 돌리지 않는 것인가?"

술잔을 들어올리던 권의 시선이 턱이 뾰족한 선비에게 지긋이 향했다. 겉만 청수한 그 얼굴이 살짝 찌푸려지더니 멈추었던 잔을 벌컥 들이키고는 턱이 뾰족한 선비에게 잔을 내밀었다.

"말도 안 되는 소리 말고 한 잔 받게. 자네 가보가 아직도 아까워 내 한 잔 따르겠네."

"어허, 어찌 다 잊은 일을 들추어 속을 쓰리게 하는가."

"자네 얼굴을 보니 저절로 생각이 나는 걸 어찌하란 말인가. 하하."

처음에는 오만상을 찌푸리고 기방으로 들어온 주제에 어느새 마음껏 술을 즐기고 있는 권을 가만히 살펴보며 술잔을 받아 든 턱이 뾰족한 선비가 천천히 입을 열었다.

"그것도 아니면 자네…… 혹시 소문처럼 불구인 것인가?"

순간 권의 입에서 술이 뿜어져 나왔다. 선비들은 턱이 뾰족한 선비를 힐끗힐끗 쳐다보며 왜 그런 소리를 하느냐는 듯 고개를 저어 보였다. 그러나 사실 안 그래도 궁금했던 일이었거니와 미리 말을 맞춰놓은 사연도 있기에 절대로 심하게 저지하지는 않았다. 곧 입술을 닦은 권이 정색을 하고 다시 물었다.

"자네 지금 뭐라고 했나? 내가 잘못 들은 건 아닐 테지?"

방 안이 일시에 고요해졌다. 권의 얼굴에 타격받은 자존심에 대한 상처가 고스란히 드러나 있었기 때문이다. 그러나 본래 궁금한 게 있으면 못 참는 성정의 턱이 뾰족한 선비는 권의 표정이 어떻든 말든 냅다 말을 던지는 것이었다.

"내관처럼 이쪽이 영 아니 되는 게 아닌가 이 말일세."

사실 턱이 뾰족한 선비뿐 아니라 모두들 내도록 의심스럽던 말이 화제로 떠오르자 다른 선비들의 시선도 일제히 권에게 집중되었다. 그것은 자기들끼리 그런 말들을 주고받으면서 확신을 하지 않은 이상은 나올 수 없는 분위기였다. 처음에는 당황스러웠던 권이었지만 이제는 황당하다는 듯 헛웃음을 흘리며 벗들을 차례차례로 하나씩 둘러보았다.

"설마 모두들 그리 믿는 것들은 아니겠지?"

설마, 하고 물었지만 선비들의 표정은 제각각 말할 수 없이 진지했다. 순간 권의 등줄기로 식은땀이 흘러내렸다. 허어, 이건 또 무슨 난감한 일인가.

"자네들, 정말⋯⋯."

"혹여 시험해 본 일은 있는가?"

역시 턱이 뾰족한 선비가 모두를 대표해 대뜸 물어오자 권이 기어오르는 화를 지그시 누르고는 되물었다.

"시험이라니?"

"답답하이. 되는지 안 되는지 직접 여색을 가까이 한 일이 있었는가 말일세."

"그거야⋯⋯ 되는지 안 되는지 일부러 시험해 볼 일까지야 무에가 있는가."

권의 대답에 이번에는 다른 선비가 쪼르르 나섰다.

"허어, 그렇다면 새벽에는 어떠한가? 불끈, 위용을 드날리기는 한 건가?"

"시끄럽네들! 말이 되는 소리들을 해야지 원."

괜스레 얼굴이 붉어진 권이 한손을 크게 치며 손사래까지 했다. 그러나 어쩐지 마음 한쪽에 의심이 들며 자신이 없어지고 있었다. 새벽이라⋯⋯. 워낙 술과 놀음에 절어 살았고 그런 것에 전혀 관심을 두지 않아 생각지도 못했던 것이다.

생각해 보니 어느 때부터 그런 일이 없었던 것 같기도 하다. 그런 생각에 이르자 '혹여 내가 정말 불구가 아닌가. 이리 급제도 하지 못하고 있다가 혹여 내관으로 끌려가는 것은 아닌가' 하는 오만가지 생각들이 권의 뒤통수를 사정없이 후려치기 시작했다.

이제 의심이 확증으로 굳어졌는지 선비들이 숨을 죽인 채 권을 탐색하듯 지켜보고 있었다. 그 눈초리들이 하도 요상하여 권의 등에서 식은땀이 재차 흘러 흥건히 고이기까지 했다. 권은 이대로는 당하겠다 싶어 괜히 큰 소리를 버럭버럭 쳤다.

"마, 마음으로 정이 가고, 고운 마음이 있어야 안고 싶어지는 것이지. 내 아직 고운 여인을 만나지 못해 그런 게 아닌가!"

그러나 전혀 통하지 않는다는 듯, 한 선비가 고개를 저으며 실소를 흘렸다.

"그 또한 우스운 말이군. 고운 계집이야 장안에 널렸거늘 이 계집은 되고 저 계집은 안 된다니 우습지 않은가. 그래, 만에 하나 진심 어린 마음이 가지 않아 안고 싶은 마음이 없다는 말이 맞다 하여도 그것도 또한 이상허이. 본디 그놈의 욕정이라는 것이 어디 그리 가려가면서 올라오느냐 이 말일세. 게다가 자네 같은 경우는 꽃 같은 기생이 눈앞에 있어도 사내로서의 욕심을 내지 않았던 사람이 아닌가?"

"그러게 말일세. 곱다 함은 기생만한 인물들이 더 있을까. 허나 기생에게 눈 돌리는 자네를 보지를 못했으니."

"내 보기에도 자네에게 심각한 문제가 있는 것 같으이. 혼례를 올리기 전에 점검을 받아봐야 하지 않겠나?"

모두들 물 만난 고기처럼 저마다 한 마디씩 대장부 자존심에 금이 가는 소리를 해대고 있으니 권의 얼굴이 분기탱천한 부친의 얼굴만큼이나 경직되기 시작했다. 어디 장죽이라도 있으면 저놈들의 이마에 하나씩 꽂아주고 싶구나!

생각하던 권이 갑자기 어흠 어흠, 보란 듯이 크게 헛기침을 하는 둥 유난을 떨고는 입을 열었다.

"내 보기에는 자네들이 이상한 부류들일세. 어찌 사내다움의 척도를 욕구의 대소(大小)로 구분하지?"

"그러하면 자네가 생각하는 사내다움의 척도는 무엇인가? 투전 패를 잘 들여다보는 것인가?"

"어허, 자네들이 날을 잡았군 그래. 허허허."

내심 웃으며 무마하려는 권이었으나, 실상 속은 부글부글 끓고 있었다.

'이 사람들이 평소 돈 잃은 화풀이를 지금 몰아서 하려 드는군. 두고 보자. 이 원수는 다음 판에서 앙갚음을 해줄 터이니.'

이를 드륵드륵 갈며 성진 갈아서는 술상을 확 엎어버리고 싶은 분노를 참았다.

"여하튼 자네들의 생각에 나는 동조할 수 없네. 욕구라니, 허참. 그것이 금수와 다를 바가 아니고 무엇인가. 무릇 사내로 났으면 내가 책임지고자 하여 마지막까지 지켜야 할 정인에게 몸과 마음을 쏟는 것이 당연지사가 아닌가!"

"변명이로군."

"변명이 맞네."

"변명 아니면 핑계로세."

"변명 중에 가장 화려한 변명이었네."

들을 필요도 없다는 듯 쏟아지는 선비들의 말들의 홍수에 급기야 권의 얼굴이 아궁이의 불처럼 빨갛게 달아올랐다. 이 사람들이 부지깽이도 아니고 어찌하여 이리 사나이의 분노를 들쑤셔댄단 말인가!

허나 권은 도저히 이들의 말을 수긍할 수가 없다. 어디 여인에게만 정절이 해당된다더냐, 사내에게도 정절과 정조가 필요한 것이니!

지금껏 당연히 그리 생각하고 있었으나…….

'혹여 진정 변명인 것은 아닐까?'

워낙 벗들이 확고한 표정을 하고 있으니 그런 생각이 스멀스멀 기어오르는 것이다.

'그럴 리가…….'

철쭉이 온 천지를 곱게 물들이는 봄날, 보는 순간 가슴이 두근 반 세 근 반 정신없이 설레어 처녀총각 두 볼이 마치 산천을 덮고 있는 철쭉의 그것처럼 연분홍빛으로 물드는 것, 바로 그것이 남녀지정이라고 생각하고 있었다. 헌데 그것이 과연 무능한 사내의 변명 같은 헛생각일 뿐이라면.

‘설마 나는 혹시 고자(鼓子)란 말인가!’

콰쾅! 천지가 진동하고 땅이 열두 번은 꺼지는 충격에 휘말려 권이 정신을 못 차리고 있을 때 한 선비가 권의 어깨에 다정스레 손을 얹고는 말했다.

“자자, 벗 좋다는 것이 무엇인가. 아니 그래도 오늘 밤 자네가 제대로 기능이 되는지 안 되는지 우리가 자리를 마련해 놓았으니 자네는 너무 걱정 말게나.”

선비들이 미리 짜놓았던 말을 줄줄 흘려대자 권의 뚜렷한 얼굴 선이 흐트러지며 상심이 퍼져 갔다. 물론 그 변화를 지켜보던 선비들은 속으로는 쾌재를 부르고 있었다. 이것이야말로 그동안 권에게 당했던 것에 대한 멋진 보복이며 재미있는 놀이였던 것이다. 그렇다고 권이 손해 보는 것이야 없을 테니 선비들은 더욱 양심에 꺼릴 것이 없었다. 오히려 벗으로서 여색에 관심이 없는 남아를 도와 남녀지정에 눈을 뜨게 해주는 것이니 칭찬받을 일이 아니고 무언가. 물론 놀음판에서 잃은 돈에 대한 복수로 일부러 사내의 자존심을 살살 긁고 있는 일거양득도 있었고.

본디 사내가 하나에 정신이 팔리면 다른 것에는 무관심할 수 있는 것이다. 권 같은 경우는 그 신기(神技) 어린 재주로 인해 놀음에 너무 골몰하느라 여색에 미처 신경을 쓰지 못한 경우가 되겠지. 그러니 그것을 어찌 내관에 비할 수 있겠는가.

물론 정상적인 남자와는 너무나 다른 권의 행동 때문에 그의 능력이란 것에 살짝 의심이 가기도 했으나, 실상 이번 일은 선비들의 장난기가 다분한 수작이었다. 어쨌든 그런 장난기가 발동하여 이렇듯 권을 몰아세워 혼례 일 전에 기방에 밀어 넣으려는 계략을 알지 못하는 권의 얼굴 근심은 더욱 깊어만 갔다.

"자리라니? 자네들 설마 나로 하여금 기생과 밤을 보내라는 말인가?"

"모든 일에는 연습이라는 것이 있네. 학문도 그렇듯, 모든 일에는 이 연습이라는 것이 아주 중요하다는 말이지."

"그러하다고 첫날밤을 연습하라는 게, 이게 무슨 궤변인가."

"허나 궤변도 이론의 한 갈래지. 자자, 오늘 밤 가희아가 자네를 모실 터이니 자네의 사내다움을 시험해 보게나. 가희아란 년이 자네 때문에 상사병에 걸렸다고 저리 요란을 떨지 않나. 그러니 자네는 응당 그 가여움을 어루만져 주어야지. 그게 바로 사내다움일세. 허허."

"그렇지. 게다가 가희아가 누군가, 장안에 내로라하는 사내들이 탐내는 여인이 바로 그 이름일세. 그러니 그 미색과 총명함은 의심할 필요가 없지. 그저 자네는 오늘 밤, 가희아를 열정적으로 품어주면 되는 것이네."

모두들 마치 독려하듯 권을 몰아붙이는 바람에 권의 얼굴이 더욱 하얗게 질렸다. 권이 엉덩이를 뒤로 쭉 빼며 중얼거렸다.

"가, 가희아라니……. 나는 그런 이름 따위 알지도 못하네."

"어허, 혹여 자네 도망가려는 생각을 하고 있는 건가? 그리하면 우리는 자네의 결백을 믿을 수가 없네. 좋네, 우리는 우리대로 오해를 할 수밖에 없겠군.”

선비들의 작당은 점점 더 심해지고 권은 계속해서 구석으로 몰리고 있었다.

“쯧쯧. 권, 자네 그런 말 아는가? 때리는 남편과는 살아도 못하는 남편과는 못산다 하네. 어허, 어찌할꼬.”

그런 말을 흘리며 권을 쳐다보는 선비들의 표정에 내관을 앞에 둔 듯한 가여운 기색이 스쳤다.

뭐, 뭐시라! 결국 성격상 참지 못한 권이 주먹을 불끈 쥔 채 분연히 외치고 말았으니.

“좋네. 내 오늘 밤 가희아를 꼴딱 넘겨주겠네!”

그리하여 권은 비틀비틀 술에 떡이 되어 그날 밤 밀실로 향하고 있었다.

‘어허, 꼴딱 넘겨주겠다는 소리까지는 하지 말 걸 그랬군.’

권은 그런 소리를 속내로 중얼거리며 실상은 또렷한 정신을 취한 체하고 있는 실정이었다. 큰소리 뻥뻥 쳐대던 그때와 달리 맨 정신으로는 도저히 쳐놓은 대로 가희아가 기다리고 있는 방으로 들어설 수가 없을 것 같았다. 그래서 되는 대로 술을 마셔댔는데 어쩐 일인지 갈수록 정신은 또렷해지기만 했다.

그렇다고 줄행랑을 놓자니 평생 비웃음 소리가 귓전을 떠나지 않을 것 같고, 그렇게 되면 정말 빼도 박도 못하고 의심까지

덤으로 얹어질 상황이니 권의 입장이 보통 곤란한 게 아니다.

"나는 두려운 것인가?"

아니었다. 사실은 두렵다기보다는 마음이 끌리지 않는다는 게 올바른 심정이었다. 그렇다면 두려움 따위, 이겨주면 되겠지! 권은 호탕하게 생각하고는 두 주먹을 불끈 쥐었다.

드르륵!

어쨌거나 남아일언중천금이니, 큰소리친 대로 어찌어찌하여 밤은 보내야겠기에 권은 힘주어 문을 열고 그 힘 그대로 저벅저벅 발소리를 내어 등잔불이 켜진 안으로 들어섰다. 순간 산수화가 멋들어지게 그려진 병풍과 광나는 장롱이 무게있게 자리한 방 안에서 여인의 인형(人形)이 스르르 일어섰다.

헉!

간단한 주안상을 앞에 두고 앉아 있던 그 여인이 일어서니 어둑어둑한 방 안이 일순간 환해졌다. 그 정도로 여인은 아름다운 용모를 가졌다. 벗들의 호언장담이 거짓은 아니었던 모양이라는 생각이 들었다.

여인은 샛노란 윗저고리에 홍시처럼 붉은 다홍 치마저고리를 받쳐 입고 있었다. 숨 쉬는 이라고는 둘밖에 없는 방 안에서 이런 기가 막힌 미인을 접하고 있자니 권의 시선도 자연히 그 여인에게 향할 수밖에 없었다. 미색이라는 것이 바로 이런 데 쓰는 말이로구나, 권의 목에서 감탄이 절로 나왔다.

'거 보라고들. 만약 고자라면 이런 반응이 가당키나 하겠는가? 나도 놋그릇과 은수저를 구분할 수 있다 이걸세! 어디 자네들 모두 다음 판에서 보자고들! 아주 싹쓸이를 해줄 터이니.'

권은 괜히 의심을 받은 자신이 억울해 벗들에게 이를 드륵드륵 갈아주었다. 그때 병풍과 일치되어 그림인 양 서 있던 여인이 천천히 입을 열었다.

"이년, 가희아라 하옵니다."

말을 하는 것을 보니 사람은 사람이로군.

문간에서 쩡 얼어 서 있던 권은 곧 정신을 챙기고는 탁 소리 나게 문을 닫고 단정하게 펴진 원앙금침 위로 옮겨 앉았다. 엉덩이 밑으로 푹신한 기운이 느껴졌다.

"어흠."

짐짓 무게있게 헛기침을 해 보았으나 사실 여인이 입을 연 순간부터 권은 곤궁하기 그지없었다. 앉긴 앉았는데 이제 무얼 어찌해야 하는 것인지. 대충 이 정도에서 통성명만 하고 서로의 갈 길을 가주었으면 좋겠구면.

어허, 어찌 이리 난감한지 모르겠구나.

사르륵.

그때 비단이 쓸리는 소리와 함께 얹은머리를 한 여인이 치마를 소복이 만들어 자리에 앉았다. 금박으로 수놓은 꽃무늬가 치마 단을 아름답게 차지잡고 있었다. 기생이라 하면 의당 보이곤 하는 교태 어린 눈웃음도, 경박한 행동거지도 함부로 보이지 않았다. 그저 마치 반가의 규수인 양 치맛자락을 정리하여 다소곳이 앉은 모양이 아름다운 여인이었다. 고운 비단 저고리도 그 미모에 더욱 빛을 얹어주고 있고.

시선을 다른 곳에 두고 있던 권이 천천히 고개를 돌려 가희아를 바라보았다. 백분(白粉)과 색분(色粉)으로 곱게 단장한 얼굴을 보고 있자니 기분은 좋았다. 계속하여 이런 징조가 나타나는 것을 보니 확실히 사내로서 기능이 없다는 것은 어불성설일 터.

"네가 나로 하여금 만나고자 하였더냐."

자신감을 얻은 권이 가희아의 고운 얼굴을 흘끗 훑으며 짐짓 말을 던지자 등잔불에 비친 갸름한 얼굴에 홍조가 붉게 번졌다.

'어허, 내가 그동안 오해를 하였구나. 기생 중에 이리 조신하고 부드러운 여인이 있었다니.'

권은 마치 수줍은 꽃봉오리처럼 동그랗게 앉아 있는 여인에게 점점 마음이 동했다. 권이 바라는 이상적인 여성상은 은근한 향기를 풍기는 여인이었다. 지금 가희아라는 기생이 바로 그런 모습을 하고 있으니, 마음이 뿌듯해지며 자신감이 불쑥불쑥 솟는 것이다. 역시 자신은 사내로서 단 한 치의 부끄러움도 없는 건강한 몸인 것이로다.

"감히 주제를 모르고 그리 바라었사옵니다. 문득 지나가시는 모습을 본 날 이후 가슴에 생채기가 생겼습니다."

가슴에 생채기라······.

곱고 고운 여인이 말도 참으로 동하게 하는구나.

허나······ 그뿐이었다. 기이하게도 저 개안(開眼)이 될 정도로 빛이 나는 미모와 다소곳한 자태가 보기 좋기는 하였으나, 그저 보기에만 좋을 뿐 어서 방을 나가고 싶다는 생각만 불쑥불쑥 드는 것이다. 화선지에 쳐 놓은 난을 감상할 뿐 끌어안고 자거나 함께 뒹굴고 싶지 않은 것과 같은 이치랄까.

어쩌면 이 방의 용도가 바로 한이불 속에서 눕게 하게끔 만들어진 것이 분명하기에 더욱 그런 생각이 든 건지도 모르겠다. 벗들이 워낙 남녀지정 운운하며 닦달을 해대니 마음이 어쩐지 더욱 멀어졌다. 닦달하면 하기 싫어지는 것이 바로 권의 본 특징이기도 했다.

'어허, 그저 그림으로 앞에 걸려 있으면 좋겠다는 생각만 드니, 이것 참 난제(難題)로세.'

권은 답답한 마음에 애꿎은 술잔만 채우고 비우기를 반복했다. 기생이되 조신한 몸가짐을 보이고 있는 함초롱한 여인의 수줍음은 흡족한데 말이지.

"너도 한 잔 받아라."

권이 묵묵히 술잔만 비우는 동안 모로 틀고 앉아 고개를 숙이고 있던 여인이 천천히 그 섬섬옥수를 내밀었다. 술잔이 그 손에 쥐어지자마자 잔을 채워주니 다소곳이 고개를 돌리고 있던 여인이 그대로 잔을 비웠다. 그 옆 선 또한 참으로 고운 여인이나…….

"아니 되겠다. 내가 사실은 혼례 일을 앞두고 있다. 그만 일어나겠다."

　술잔을 내려놓은 권이 벌떡 일어나는 순간, 가희아도 눈을 동그랗게 뜨고 함께 일어섰다. 아무래도 갑작스런 자신의 태도에 놀란 것이 당연할 터이니 권은 미안한 마음이 들었다. 헌데 그 순간 갑자기 가희아라는 여인이 맥없이 픽 쓰러지듯 권의 가슴으로 안겨드는 것이다.

　"서방님, 이리 가시면 아니 되옵니다!"

　얼떨결에 그 몸을 떠받쳤던 권은 물컹한 살이 느껴지는 순간 화들짝 놀라 저도 모르게 손을 놓아버렸다. 그러자 당연히 맥없이 권에게 의지하고 있던 가희아의 몸이 그대로 방바닥에 엎어져 내렸다.

　"아이고머니나!"

　그 바람에 치마가 풀썩하고 들춰진 틈으로 하얀 속곳이 삐죽 보였다.

　"어허, 이것 참."

　권은 민망함에 얼굴을 붉히고 얼른 시선을 돌렸다. 그 사이, 우습고 우스운 모습으로 넘어졌던 가희아는 곧 매무새를 가다듬고 자리에서 일어서 바로 섰다. 허나 권의 마음은 이미 천천히 떠나고 있었다. 이상하게도 여체가 쓰러지듯 안겨온 순간 확 끼쳐 온 분내가 그리 좋은 기분이 들게 하지 아니했던 탓이다.

　어머니에게서 맡던 분내와 여인에게서 맡는 분내가 다른 것은 당연지사인데, 어찌 더욱 마음이 가야 할 여인의 분내가 이리 불쾌하게 느껴지는가. 순간 권의 의식 속에 불안한 마음이 꿈틀거리며 자리잡았다. 어쩌면 자신은 진정 사내로서의 기능에 무언가 대단한 결함을 가진 것이 아닐까?

“서방님, 어찌 이리 소녀에게 모멸을 주시는지요!”

가희아가 금방이라도 눈물을 뚝뚝 떨어뜨릴 듯 애처롭게 떨며 애원했다. 한 마리 상처받은 새처럼 어깨를 바르르 떨며 가희아가 가까이 다가오자 권은 분내보다 더 불쾌한 이 마음의 근원이 정확히 무엇인지 가희아의 그 말에서 알아차렸다.

“그리 부르지 말거라. 내가 무얼 어찌하였다고 그리 부르느냐.”

서방님이라는 호칭이 싫었던 게다. 이 무슨 깔끔을 떠는 척이냐고 묻는다면 할 말이 없었지만 어찌 되었든 듣기 좋지 않았다. 서방님이라, 기생이 사내를 부르는 호칭으로 그리 유난스러운 것도 아니었건만…….

허나 문제는 자신이 바로 내일 혼례를 올릴 몸이라는 것이었다. 비록 놀음에 정신이 팔려 올바른 자식 노릇을 하지 못하고는 있으나, 혼례 일을 목전에 둔 상황에서 기방을 드나들며 음란한 짓을 벌일 만큼 교육이 엉망은 아니었다. 마치 천장에서 부친의 엄한 얼굴이 어흠 어흠, 꾸짖는 것만 같아 오금이 저려왔다. 서방님이라는 호칭으로 불린 순간, 화가 난 부친의 얼굴이 천둥처럼 떠오르며 수치심이 든 것이다.

대저 국상 때는 나랏법으로도 성관계를 하지 않도록 정해져 있는 바, 비록 지금이 국상은 아니나 국상만큼이나 중요한 두 가문의 혼례를 앞둔 중요 시점에서 놀음은 하더라도 간음은 할 수 없다는 것이 놀음꾼인 권의 나름대로의 철칙이라면 철칙이었다.

이놈아, 오십보백보라는 것을 모르는구나.

부친이 들으셨다면 필시 그리 꾸짖었을 테지만, 그 생각만큼은 기특하니 칭찬해 주셨을지도 모르겠다는 생각도 들었다.

어찌하였든 권은 얼른 기방에서 벗어나고 싶은 마음만 그득하여 일부러 엄하게 내뱉었다.

"내가 잠시 생각을 잘못하였다. 나는 그대로 갈 것이니 너는 내 앞을 막지 말아야 할 것이다."

"은애하옵니다!"

나름대로 점잖게 꾸짖었다 생각했는데 갑자기 가희아가 보기 좋게 달려들어 권의 앞을 막아섰다. 그 무슨 소리냐, 당장 비키지 못할…… 까, 라고 호통을 치려고 했던 권의 동작이 일시에 정지했다. 권의 앞을 득달처럼 막아선 가희아가 그것도 모자라 권의 큰 손을 끌어 대뜸 자신의 불룩한 젖가슴 위에 척! 하고 얹은 것이다.

'이, 이 무슨 해괴한 짓이냐!'

순간 권의 얼굴에서 핏기가 싹 가셨다. 그러나 하도 기가 막혀 그런 말이 목구멍에서 맴돌기만 할 뿐 당최 나오질 않고 있었다. 그저 눈만 둥그렇게 커져서 가희아를 내려다보고 있자니, 여체의 굴곡이 그대로 느껴지는 성숙한 젖가슴에서 여인의 향기가 물씬 풍겨왔다. 손바닥으로 심장이 옮겨간 듯 핏줄이 툭툭 불거지고 심장이 팔딱팔딱 뛰니 미칠 노릇이었다.

'소, 소, 손을 놓아라!'

이번에도 여전히 말은 나가지 않고 목 안에서만 맴도는 형국이었다. 허나 권의 당황스러움을 아는지 모르는지 가희아는 더욱 대담하게 권의 두 팔 사이로 자신의 양팔을 끼우고는 탄탄한 권의 가슴에 하얀 얼굴을 폭 파묻었다.

쩡!

그대로 얼어버린 권의 심장 위에서 가희아의 숨결이 고스란히 전해져 왔다. 권은 가희아라는 이 여인을 도무지 이해할 수 없었다. 그리 수줍은 꽃인 양 앉아 있던 여인은 도대체 어디에 가고, 이리 저돌적인 여인이 앞에 있단 말인가! 권은 혹여 자신이 은연중에 무슨 실수를 하여 여인이 갑자기 실성한 것이 아닌가, 그런 걱정까지 하고 있었다.

구미호인가, 사람으로 둔갑한 천년 묵은 여우인가!

그런 생각이 드는 순간 더욱더 요부의 냄새가 풀풀 풍기는 가희아에게 오만정이 떨어지려 했다.

실상을 파고들자면, 우연히 지나다가 훤칠한 권을 보게 된 가희아는 그날로 상사병을 앓기 시작했다. 허나 기방은 출입하되 여색에는 관심이 없는 사내가 권이었으니, 욕심 많은 기녀의 욕망만 하염없이 커져만 갔다. 저 청수한 선비의 품에 안기면 얼마나 행복할까나, 가희아는 그날 이후 그런 노래를 부르게 되었고 이제나저제나 이리 대면할 기회만을 노리고 있었다.

　"권을 공략하려면 다소곳하고 정숙한 여인의 흉내를 내야 할 것이다. 의외로 앞뒤 꽉꽉 막히고 순진하여 평소처럼 달려들면 경을 칠 것이야. 살살 긁어 마음을 열게 한 후에 요부의 기질을 십분 발휘하더라도 늦지는 않을 터. 그때가 되면 가희아, 네 재능을 활용하여 마지막까지 녹이면 되는 게다."

　그리하여 드디어 고대하던 자리를 마련하게 된 지금, 권의 친우들의 조언을 그대로 따라 그림처럼 앉아 있었던 것이다. 그러면 자신의 모습에 반한 권이 그대로 자신을 품을 것이다.
　그것이 예정된 계획이었다. 헌데 사모하는 낭군님께서는 그녀의 그런 사정을 봐주지 않고서 혼례 일을 앞두었다는 가슴에 대못을 치는 말을 남기고 훌쩍 가버리려 하는 것이다. 그러니 정숙한 여인이고 뭐고 일단 내 님의 품에 얼싸 안기고 봐야겠다는 마음만 급해졌다. 사정이 그러하여 눌러두었던 요부의 기질을 개방시켰더니 억압받았던 그 기(氣)가 기다렸다는 듯 술술 흘러나와 마침내 제 숨통을 튼 게다.
　반드시 오늘 밤, 운우지정(雲雨之情)을 나누어 서방님의 심장에 가희아 이름 석 자를 새기고야 말겠습니다.
　"처음 도련님을 뵌 순간부터 이년이 보는 곳마다 온통 도련님이 계셨습니다. 가여운 이년을 부디 내치지 말아주셔요."

듣는 이로 하여금 애간장이 녹을 정도로 애절한 목소리, 이따금씩 흘려주는 감질나는 붉은 호흡이 권을 살살 긁어댔다. 허나 막상 동(動)하여야 할 당사자인 권의 몸은 더욱더 막대기처럼 뻣뻣해지기만 하니. 즉 말 그대로 놀라움과 거부로 굳어지는 것이었으나 그것을 긴장한 것이라 제멋대로 오해한 가희아의 표정에 만족감이 피어올랐다.

"이년, 병이 깊어 도련님을 뵈올 날만 손꼽아 기다렸사옵니다."

그러면서 은근슬쩍 손가락을 옮겨 단단히 묶여져 있는 갓끈을 살살 풀어냈다. 갓이 훌렁 뒤로 넘어가자 권의 입이 기가 막혀 쩍 벌어지더니 요상한 소리가 흘러나왔다.

'그러니까 그 정숙한 여인은 도무지 어디로 사라졌다는 말이더냐!'

그런 괴로운 마음을 토로하자 그것을 또 격정을 담은 신음 소리로 착각한 가희아의 대범한 손길이 이제 가슴 쪽으로 움직여 그 단단함을 손끝으로 흠뻑 느꼈다.

만날 투전판에 앉아 팔 운동을 많이 하시어 그런 것인가, 아니면 타고나시길 그러한 것인가. 다른 사내에게서는 느낄 수 없는 남성다운 단단함이 온몸에서 묻어나는구나. 아, 탄탄하고 실하기도 하여라.

가희아는 만족스러운 미소를 붉은 입술에 머금으며 서방님의 탱탱함에 흠뻑 취했다. 실상 그것은 민망함과 기막힘에 얼음처럼 굳어버린 뻣뻣함인 것임을 가희아가 알 리가 없었다. 환희를 기대하고 있는 가희아의 손길이 사내의 가슴에서 점점 더 은밀하게 아래로 내려가고 있었다.

'이, 이것이 대체 무슨 남세스러운…….'

허나 아무리 이 상황이 남세스럽더라도, 도무지 어떤 변화도 느껴지지 않는 자신의 몸만큼이나 남세스러울까. 그저 끔찍한 마음에 목석처럼 굳는 것도 반응이라면 반응이려나?

행여나! 대관절 그게 무슨 반응이더란 말이냐!

정녕, 고자였던가. 권은 자신이 완벽한 불구라는 것을 깨닫는 순간 너무나 처참해져 망연자실했다. 그것을 자신의 매력에 매료되어 완전히 넋이 나간 것으로 착각한 가희아는 이제 본격적인 작업에 들어가야 할 때임을 체감했다. 그래서 열이면 열, 사내들을 녹이곤 했던 눈웃음을 살살 치며 천천히 자신의 저고리를 스스로 벗어 내렸다.

사르륵. 비단이 맞부딪치는 소리와 함께 저고리가 바닥으로 떨어져 내리는 순간, 금방이라도 젖내가 날 것 같은 여인의 속살이 얇은 속저고리를 통해 고스란히 비쳤다.

"아이, 부끄럽습니다."

얼씨구.

저 혼자 옷을 훌렁훌렁 벗더니 저가 오히려 부끄럽다고 난장을 치는 가희아를 권은 그저 망연자실한 얼굴로 쳐다보기만 했다. 이제야 권은 왜 이 상황이 더 끔찍해지는지 알 것 같았다.

이 여인의 모습이 처음과 완전히 달라진 것이다. 아니, 그것은 변한 게 아닌 것 같았다. 단지 처음부터 숨기고 있었던 것일 뿐.

권은 기가 막혀 가희아를 멍하니 내려다보았다. 여인의 뺨이 복숭앗빛으로 수줍게 물들고 있었다. 헌데 정말 놀라운 것은 얼굴은 저리 수줍어 빨개지고 있으면서도, 손은 남실남실 뻗어 나와 권의 큰손을 끌어 치마저고리를 풀 수 있도록 매듭에 정확히 위치시키고 있으니 실로 대단한 방향감각이었다.

부끄러운 척 고개를 돌린 여인아, 과연 감(感) 하나는 기똥차게 좋은 여인이로다! 허허허.

"아이, 서방님. 기다리다가 날 새겠사옵니다."

교태 어린 콧소리를 홍홍 내뱉으며 가희아는 곧 치마 저고리를 벗겨 내릴 사내의 우악스러운 손길을 이제나저제나 기다리고 있었다. 허나 아무리 시각이 지나도 소식이 없어 가희아가 곱게 흘긴 눈을 권에게 맞추었다. 역시 목석처럼 굳은 사내의 시선이 가희아를 가만히 응시하고 있었다.

'무, 무엇이지?'

당황스러운 마음에 가희아는 일순간 모골이 송연해졌다. 문득 시내의 눈빛에 차가운 기색이 도는 것을 그제야 천천히 깨달은 것이다. 그것을 느끼게끔 하는 권의 무심하면서도 찬 눈매였다.

제아무리 명성 드높은 사내도, 위엄있는 사대부도 이 가희아의 앞에서는 허물어지고 말았거늘, 어찌 이 사내는 이리 목석처럼만 군다는 말인가.

가희아는 초조해졌다. 허나 값진 보물일수록 손에 넣는 것이 더딘 법, 그게 자연의 이치가 아니고 무엇이겠는가. 아무래도 이 사내는 여인이 스스로 옷을 벗는 것을 즐기는 축인 게로다.

"호호, 그리하면 그리하다 말씀을 하셔야지요."

갑자기 가희아가 코를 찡긋해 오며 소리 높여 웃었다. 허나 권으로서는 무엇이 그리한 것인지 전혀 이해하지 못해 얼떨떨하기만 했다. 그런 권을 두고 가희아가 스스로 매듭을 풀어 내리자 곱게 수놓은 단을 덧댄 스란치마가 사르륵 벗겨져 내렸다. 치마가 바닥에 떨어지자 곧 눈처럼 새하얀 속저고리와 속치마가 드러났다. 그 사이로 뽀얀 살결이 요동을 치며 사내의 손길을 기다리고 있었다.

이, 이 여인은 대관절 어찌 이리 옷을 훌렁훌렁 벗는 것인가.

권이 뒷걸음질 치려는 순간 가희아가 속저고리까지 벗어 던지더니, 그 까만 눈동자를 들어 권의 눈을 마주 보았다. 그리고 드러난 젖가슴 둔덕에 권의 손을 끌어 얹자 손바닥이 움찔했다. 그 미세한 차이를 느낀 가희아가 고운 입술을 살짝 말아 올리고서, 쥐고 있던 권의 손을 이리저리 움직여 부풀어 오른 젖가슴 둔덕을 양껏 느낄 수 있게 안내를 했다.

바라고 바라던 바로 그 사내의 손맛인지라, 가만히 느끼고만 있어도 몸이 화끈 뜨거워지며 욕정이 끓어올랐다. 가희아의 입술 사이에서 갸르릉, 하는 묘한 신음 소리가 새어나왔다.

“서방님…….”

순간 권의 눈이 번쩍 떠지더니 우지끈! 별안간 손에 힘이 번쩍 들어갔다. 옳거니, 드디어 신호가 온 것이라 생각한 가희아의 얼굴에 만족스러운 웃음기가 번졌다.

허나 다음 순간 이어진 일은, 벌써 열두 번도 속치마 속으로 쑥 들어왔어야 옳았을 사내의 손이 냉큼 멀어진 것이었으니…….

“서방님?”

가희아는 믿기지 않아 권을 다시 불렀다. 그러나 이제 완전히 정신을 챙긴 권의 짙은 눈썹과 날카로운 눈매에서는 예리함이 번뜩이고 있었다.

“그리 부르지 말라고 분명히 말을 하였거늘! 어찌 너는 혼례일을 앞두었다고 내 직접 언급하였는데도 이 내 말을 무시하는 것이더냐!”

그렇게 큰 소리를 땅땅 친 권은 그대로 가희아의 어깨를 툭 치고 지나갔다. 권이 스쳐 지나가는 순간 가희아의 얼굴이 망연자실해졌다. 그대로 정적이 흘렀다.

헛!

그러나 다음 순간 여인의 목에서 기가 막히다는 뜻이 명백한 헛웃음 소리가 새어나왔다. 그 소리를 들은 권의 걸음이 문 앞에서 우뚝 멈췄다. 노기가 서린 그의 얼굴에서 단호한 말이 흘러나왔다.

"가희아라고 했더냐? 도대체 어디까지 하려는 것인지 지켜보았더니 방종이 끝이 없구나. 불쾌하기 그지없도다."

권은 눈동자에 서릿발처럼 차가운 기색과 불쾌함을 드러내고서 문을 벌컥 열었다. 순간 몸을 홱 돌린 가희아가 모멸감을 이기지 못해 빽 소리를 쳤다.

"항간에 도는 소문이 사실이었나 봅니다?"

떠보듯, 빈정거리듯, 어쨌거나 독을 품은 그 말에 권의 몸이 움찔했다. 그가 천천히 고개를 돌렸다.

"지금 소문이라고 했느냐?"

"그렇습니다. 서방님께서 사내의 구실을 못한다는 소리 말입니다."

오랫동안 노려왔던 사냥감이 아무렇지도 않게 자신을 버리고 가고 있었다. 그 충격과 서운함이 말도 못할 정도로 컸던지, 가희아의 입에서 매몰차고 건방진 소리가 튀어나가고 말았다. 감히 명문가의 자제에게 일개 기생 따위가 빈정거린 것이다.

당연히 빈정거림을 당한 권의 얼굴이 싸늘해졌다.

탁!

문이 닫히는 소리와 함께 그가 뚜벅뚜벅 되돌아와서 섰다.

"네가 감히 이 나를 무시하는 말을 내뱉고도 무사하리라고 보느냐."

낮고도 낮은 소리가 잇 사이로 새어나왔다. 그 서슬에 가희아의 얼굴도 일순간 긴장한 듯 가늘게 떨렸다. 허나 장안을 들썩이게 하는 기생 가희아의 이름이 괜히 나온 말은 아닐 터.

"어디 제 말이 틀렸는지요? 아니라면 이년에게 보여주시면 되는 것 아니겠습니까? 이대로 나가시면 제 요망한 혀가 무슨 말을 놀릴지, 저도 모르겠사옵니다. 호호호."

그 정도로 오그라들 간을 가졌으면 기생으로서 이리 살아남지도 못했을 것이다. 가희아가 작정하고 권을 도발하는 순간 권이 짙은 눈썹을 찌푸리고는 천천히 입을 열었다.

"네가 정녕 나를 자극하고자 하는구나. 좋다, 어디 한번 네 의도대로 해보자!"

그 즉시 권은 가희아를 품에 안고 요 위로 쓰러져 내렸다. 순간 의도대로 일이 성사되어 만족한 가희아의 입에서 까르르 요망한 웃음소리가 흘러나왔다. 모로 가도 한양만 가면 된다고, 그의 자존심을 건드려 얻은 결과이기는 하였으나 바라는 님의 품에 안기면 얼싸, 모든 것이 좋은 것이다.

마음이 동하지 않으니 몸이 동하지 않는 게다, 권은 지금 그 담백한 진리를 깨닫지 못한 채 가희아에게 남성다움을 드러내려고 으르렁거리고 있었다. 이러다가 순진한 사내의 동정이 요부의 손에 넘어가게 생겼다.

권의 손길이 바쁘게 오가더니 우악스럽게 속치마와 속바지들을 뜯어내듯 벗겨 버렸다. 커다란 손이 몇 번 지나간 자리를 따라 번데기가 허물을 벗듯 얇은 천이 사라지고, 곧 드러난 뽀얀 살결에서 단내가 성큼 풍겨왔다.

에헤라, 살판났구나.

가희아는 콧소리를 가릉거렸다. 드디어 바라고 바라던 때가 오니 얼굴빛에 화색이 돌며 교태 섞인 신음이 절로 흘러나왔다. 생각했던 대로 청수한 외모에 풍채 좋은 도련님의 압박을 받으며 누워 있자니 별천지가 따로 없었다. 내리 눌러오는 힘도, 드러난 어깨를 더듬어 내려가는 감질나는 손길도 모두 영원히 내 것으로 만들리라.

그 감미로운 혀 맛을 느끼고 싶어 권의 뒷머리를 끌어당기며 요사를 부려보지만, 어쩐지 입술은 다가오지 않고 곧바로 거친 호흡이 목덜미로 돌진했다. 그것은 또 그것대로 괜찮겠지. 뜨겁고 눅눅한 숨결이 목덜미를 적시자 가희아가 흡, 하고 절로 숨을 삼켰다. 가희아는 자신의 은밀한 곳이 화끈거리다 못해 젖어드는 것을 느끼며 농염한 몸놀림으로 유연하게 몸을 휘었다. 그러자 건장한 사내의 몸이 기대했던 대로 틈바구니마다 딱딱 맞으며 환락의 길로 이끌었다. 잘근잘근 물어가며 목덜미를 탐하는 이 사내, 이 사내의 거친 숨결을 받아들이고 있자니 숨이 깔딱깔딱 넘어갔다.

허나, 무릉도원의 입구에 발을 들이밀기 바로 직전, 목줄기를 훑고 젖가슴으로 내려가던 권의 사나운 기운이 정지했다. 곧장 가희아의 얼굴에 짜증이 덕지덕지 묻어났다.

"아이, 서방님. 어찌 또 멈추시나요?"

그래도 가희아는 지그시 속내를 누르고는 사내들의 애간장을 녹이던 콧소리를 섞어 권의 너른 등을 끌어당겼다. 급히 먹은 밥은 반드시 체하는 게다. 그리 오래도록 기다린 사내가 이제 바로 품 안에 있으니 조금 더 기다린다고 천지가 진동하기야 하겠는가. 허나 권은 또다시 목석처럼 굳어져 움직이지 않았다. 그대로 가희아를 덮쳐 누른 채 미동도 없이 엎드려 있는 것이다.

이윽고 그 큰 몸이 한바탕 꿈을 꾼 것처럼 떨어져 나가는 순간, 가희아의 얇은 입술이 바들바들 떨리고 턱마저도 파르르 떨렸다. 독기를 품은 찢어진 눈으로 잔뜩 그를 흘기었으나, 권은 가희아를 쳐다보지 않고서 바닥에 떨어져 뒹구는 갓을 쓰고 고쳐 맬 뿐이었다.

"그만 가겠다."

그리고 잘났다고 하는 소리가 그런 것이었으니……. 결국 음식을 바로 앞에 두고 삼키지 못한 가희아의 화가 폭발해 버리고 말았다. 그녀가 벌떡 일어나더니 맨가슴을 드러낸 채 바락바락 소리치기 시작했다.

"대체 이년이 무에가 부족한가요? 어찌하여 이리 이년을 무시하시는 것입니까!"

어찌나 날카롭게 소리를 치는지 귀가 윙, 울릴 정도였다. 권은 잠시 먹었던 귀가 돌아오기를 힘없이 기다리고 있다가 문쪽으로 몸을 돌렸다. 그리고 바로 문 앞에서 정지하더니 어깨를 쭉 늘어뜨린 채 가희아를 반쯤 돌아보았다.

어떤 열정도 담기지 않은 눈, 바로 그 눈에 가희아의 심장에 환멸이 일었다. 그 환멸을 읽은 권이 스스로에게 고스란히 경멸을 쏟아 붓고는 천천히 입을 열었다.

"무어라고 생각해도 좋다. 그러나 나는 너를 무시하는 것이 아니다. 다만 너를 품고 싶은 마음이 없을 뿐."

마음으로 끌리지 않는 여인을 자존심이 상하는 소리를 들었다 하여 안을 수는 없는 노릇, 그것이 그나마 자신을 위한 변명이었다. 허나 제아무리 욕정을 불러일으키려 해도 도무지 일어서지 않는 그놈의 물건 때문에 착잡한 마음을 이 여인이 어찌 알리오. 마치 붙어버린 듯 몸에서 떨어지지 않는 기둥인 것이다. 그 달짝지근한 숨결도, 농밀한 젖가슴도, 탄력으로 몸부림치는 허벅지도, 하얀 살결도 아무런 도화선이 되지 못한 것이다.

천천히 문이 열리는 순간, 그 자리에 철퍼덕 주저앉은 가희아가 비웃음을 잔뜩 바르고서 악독한 말을 쏟아냈다.

"호호. 고자 서방님, 살펴가시어요. 맨몸이라 쫓아나가지 못하는 무례를 부디 용서하시길."

탁!

문이 닫히고 사내의 몸이 방밖으로 사라졌다. 허나 창호지에 비친 그림자는 한동안 움직이지 못했다. 사내는 고개를 숙인 채 스스로를 한심해하고 서 있었다. 과연 친우들의 그 말들이 사실이었도다.

‘나는 사내로 태어나 가장 중요한 능력이 없구나. 투전에 너무나 많은 능력을 타고나 하늘이 내게 꼭 필요한 한 가지를 가져가신 게로구나.’

스스로 자학하고 있자니 이 명줄만 긴 한 세상이 야속할 따름이다. 가희아가 남긴 마지막 비웃음이 머릿속을 천둥처럼 울리며, 성 불구인 사내를 지옥불 속에 빠뜨리고 있었다.

‘아무것도 모르고 각시 될 준비를 하고 있는 얼굴 모르는 그 규수가 가엾도다.’

통탄에 통탄을 거듭할 일이로다. 하늘도 울고, 별도 울고, 달도 울고, 이 주인도 우는데 도통 이놈의 중요한 물건이 도무지 울 생각을 하덜 않는구나! 우르릉 쾅쾅!

四章. 아니 되옵니다?

어찌어찌하여 혼례 날이 밝았다. 경기도 작은 마을에서 은거하며 어진 유학자로 칭송받는 대감마님의 곱고 고운 고명 따님, 부연 아기씨의 혼례로 마을 전체가 들썩였다. 허나 주인 없는 혼례로서, 가짜 색시가 오들오들 떨며 혼례를 기다리고 있다는 것을 그 마을 사람들은 누구도 알지 못했다. 그저 아무것도 모르는 마을 사람들은 저마다 밭에서는 갈던 쟁기를 팽개치고, 들에서는 나물 뜯던 광주리를 던져 놓은 채 잔칫집으로 몰려들기에 바빴다.

드디어 고개를 넘어 신랑의 모습이 나타나자 구경꾼들의 입에서 탄성이 터져 나왔다. 당당하게 마상(馬上)에 앉은 저 신수

훤한 선비가 신랑 될 분이로구나. 모두들 저마다 귀엣말을 하느라 정신이 없었다. 안 그래도 잘난 얼굴이 사모관대를 하여 더욱 청수하니 돋보였다. 붓끝으로 거침없이 그은 획처럼 뚜렷하고도 숱 짙은 눈썹 하며, 먹물만큼이나 검은 눈동자에 담긴 당당한 표정 하며, 말고삐를 쥐고 있는 힘 있는 손짓까지, 모든 것이 동네 아낙들을 호호 낄낄 눈웃음치게 했다.

멀고 먼 [23]초행걸음에 피곤할 만도 하련만 말의 반동으로 인한 흔들림 외에 신랑의 단단한 몸짓에는 어떤 흐트러짐도 없었다. 바리바리 짐을 진 상객과 [24]후행, [25]소동들이 말을 탄 신랑의 앞뒤에서 경쾌하게 걸었다. [26]흑단령에 붉은 구슬을 단 [27]빗갓을 쓰고 [28]목화를 신은 함진아비들의 신수도 신랑만큼이나 훤했다.

곧 신랑 일행의 앞으로 신부 집에서 보낸 안내인인 인첩이 당도했다. 권은 인첩을 따라 정방에서 간단한 요기를 하고 난 후 혼례를 올려야 할 신부 집으로 다시 향하였다.

'이리하여 결국 그 가여운 여인을 대면하게 되었도다.'

신부의 마을에서 가장 큰 기와집 앞에 당도한 권은 [29]팔미리

---

23)초행걸음: 신랑과 그 일행이 신부의 집으로 가는 것.
24)후행: 신랑의 근친 중 2명을 이름
25)소동: 초행걸음을 함께한 어린아이 2명
26)흑단령: 옷깃이 둥근 형태의 검은 상복(常服)
27)빗갓: 기울어지게 쓴 갓
28)목화: 사모관대를 할 때 신던 신. 바닥은 나무나 가죽으로 만들고 검은빛의 사슴 가죽으로 목을 길게 만들었다. 모양은 장화와 비슷하다
29)팔미리: 신부 집에서 신랑을 맞이하는 어린 소년

가 나와 자신을 맞는 순간에도 그런 생각에만 빠진 채였다. 부정을 퇴치하는 의미로 대문 앞에 놓인 짚불을 넘으면서도, 모란 병풍과 혼례상이 놓여 있는 안마당으로 향하면서도 계속하여 마음은 무겁기만 했다. 생각 같아서는 지금 밟고 가고 있는 멍석에 돌돌 말려 두드려 맞는 한이 있더라도 부친께 이 혼례를 물려주십사, 청하고 싶은 마음만 굴뚝이었다.

"거참, 신랑 신수 한번 훤하구나."

큰 서방님이 혼례의 첫째 순서인 30)전안례를 하기 위해 들어서는 신랑을 보며 한 마디를 했다. 듣기로는 놀음판에만 미쳐 돌아다니는 한량이라 하였는데, 청색의 단령 위에 학과 구름 모양의 수가 놓인 흉배를 두르고, 허리에 각대, 발에 목화를 신고 당당하게 들어서는 키 큰 사내의 모습을 보니 소문도 믿을 건 못 되는구나 싶었다.

그 인상이 다소 어둡고 약간 찌푸려져 있다고는 해도, 혼례를 앞두고 긴장한 것이라 생각하면 일전어치도 이상할 바가 없었다. 오히려 사색 깊은 짙은 윤곽이 사내다운 생김을 더욱 부추겨 주어, 제아무리 놀음판에 미친 인사라고 해도 위풍당당한 외견이라는 데는 이의가 없었다.

'제 복을 제가 차다니. 부연아, 너 어찌 그리 가여우냐. 내가 이리 아까운데 어머님 마음은 오죽할꼬.'

큰 서방님은 신랑의 얼굴을 보는 순간, 왈자라고 무시했던 마

---

30)전안례: 혼인식의 첫 번째 순서로 신랑이 목안(나무기러기)을 드리는 의식

음을 대번에 후회하고 있었다. 무릇 사내란 그 외양이 당당하면 그 얼마나 이득이 많은가. 게다가 저 눈빛도 한량 왈자 패거리의 그것이라고 하기에 건달패로 소문난 [31]별감들의 그것과는 비교할 바가 되지 않았다. 무엇에 미쳐 있든 생김 하나는 서글서글하니 잘생겼으니, 아깝고도 아깝도다. 무엇보다 옹주의 손자로서 그 문벌 또한 얼마나 명문인가 말이다. 놀음에 미친 왈자라는 단점이 한 번에 다 가려질 만큼의 장점을 저 사내는 태어날 때부터 손에 움켜쥐고 난 것이다.

아니나 다를까, 목안(나무기러기)을 받기 위해 초례상으로 향하는 안씨 부인의 얼굴에도 숨길 수 없는 안타까움이 드리워져 있었다. 신랑을 쳐다보는 그 시선에 아깝고도 아까운 기색이 뚝뚝 떨어지니, 그 깊은 의미를 아는 이는 이중에 큰 서방님뿐이었다.

곧 모두 자리를 잡자 전안례가 시작되었다.

[32]기럭아비가 [33]청홍보에 싸인 목안을 고이 들어 주홍 보자기를 덮은 전안상에 놓았다. 한 번 짝을 잃으면 다른 짝을 찾지 않고 홀로 지내는 기특함을 가진 새가 기러기라, 신랑 신부는 기

---

31)별감: 왕명의 전달을 맡아보던 관직. 격이 떨어지는 일을 하기는 했으나 임금을 가까이 모시므로 위세는 높았다. 화려한 치장과 사치를 즐기며 도성 내의 왈자로 유명했다
32)기럭아비: 목안을 신랑 집에서 신부 집까지 가지고 가는 이. 함진아비라고도 한다
33)청홍보: 청색 홍색 보자기

러기처럼 영원한 사랑의 서약을 기원하는 것이다. 권이 34)재배를 하자 장모인 안씨 부인이 목안을 고이 들어 치마폭에 조심스레 감싸 안고는 신부 방으로 가서 눈물을 머금고 훌쩍 던졌다.

'부연아, 이 가여운 것아. 어찌 그리 떠나서 이 어미 마음에 못을 박느냐. 대체 정(情)이라는 것이 무엇이관데 그리 무서운 일을 저질렀던 말이냐. 너로 인하여 아버지께 죄를 짓고, 또 이 반듯하니 잘생긴 신랑에게도, 사돈댁에도 이리 씻을 수 없는 죄를 짓는 게 아니더냐.'

부연 아기씨가 이 자리에 있었다면, 응당 부연 아기씨의 자녀운을 점치는 의미가 되었을 이 의식이 안씨 부인의 눈물 어린 마음과 함께 끝났다. 하필이면 방 안으로 떨어진 목안이 바로 서는 순간, 구경꾼들이 신이 나서 소리쳤다.

"아들이로세! 아들이야!"

안씨 부인의 마음을 알 리 없는 구경꾼들만 흥에 겨웠다. 허나 시집을 가는 규수가 부연 아기씨가 아니라는 사실을 알고 있는 이 댁의 하인들은 아무런 말도 하지 못하고 뒤로 물러났다. 그 기막힌 혼례를 지켜보는 이들 중에는 가장 마음이 착잡할 소아의 부모도 끼어 있었다.

"한양의 대가 댁으로 가면 제가 좋아하는 쇠고기는 원없이 먹을 것이 아니에요."

며칠 전 마지막으로 친부모와 대면을 했을 때, 소아가 짐짓

---

34)재배: 두 번 절을 하는 것

아무렇지 않은 체하며 한 말이었다. 그때를 떠올리니, 소아의 어미 눈에서 눈물이 절로 흘렀다. 면천은 바라지 않으니 차라리 도망을 가자, 혹여 시집가서 발각되면 살아나지 못한다, 그런 말을 하며 소아의 팔을 끌었으나 소아는 끝내 말을 듣지 않았다. 오히려 싱긋 웃더니 그 어른스러운 시선으로 남동생을 바라보며 한다는 말이,

"너는 이제 천한 노비가 아니야. 글공부도 하여서 부모님을 정성껏 모셔야 한다."

하면서 영문도 모르게 눈을 꿈뻑거리고 있는 남동생의 머리를 쓰다듬는 것이다. 그 모습 보며 소아의 어미 아비는 또 눈시울을 적셔야 했다. 행여 부모가 걱정할까 하여 마지막까지 웃는 모습만 보이고 사라진 딸이었다. 그러나 홀로 앉아 있을 때는 남몰래 한숨짓는 것을 어찌 어미가 모를까.

"아들이로세! 아들!"

사정을 모르는 축들이 소리치며 떠들고 있는 말에 애간장이 타는 사람은 안방마님과 소아의 부모뿐이 아니었다. 그 외에도 결정적으로 한 사람이 더 있었으니, 바로 권이었다.

'아들이라…… 자식이라…….'

하늘을 보아야 별을 딴다고, 뭐가 되어야 아들이고 딸이고 얻는 것이 아닌가. 자신이 불구라 철석같이 믿고 있는 권의 타 들어가는 속마음을 여기 모인 사람들 중 누가 알겠는가. 허나 의식의 순서대로 다시 재배를 올린 권은 갑갑한 마음을 끌어안고

[35)]대례상으로 돌아갔다.

이어 두 번째 의식인 36)교배례가 시작되었다.

대례상에 촛대와 송죽, 청홍 보자기로 싼 장 닭, 쌀이고 밤이고 대추가 그득 차려져 있었다. 권은 실상 쪼그라드는 속내였지만 겉으로는 당당한 척하며 모란병풍 앞에 거나하게 차려진 대례상 앞에 버티고 섰다. 그러자 구경꾼들이 탄성을 자아내며 훤칠한 신랑을 주시했다. 이어 족두리를 쓰고 연지를 찍은 신부가 천천히 모습을 드러냈다. 일순간 구경꾼들의 시선이 수모의 부축을 받으며 나오는 부연 아기씨에게로 우르르 쏠리고, 권이 목울대를 울리며 침을 꿀꺽 삼켰다.

어찌할꼬. 어찌할꼬.

"곱다, 고와."

권이 난감하든 말든 구경꾼들이 저마다 한 마디씩 뱉고 있었다.

'응? 고와?'

그러나 권도 사내인지라 그 말에는 귀가 솔깃하여 신부를 재빨리 살폈다. 순간 동편에 선 권이 속으로 혀를 차며 중얼거렸다.

'어허, 나는 얼굴이 보이지도 않는데 모두들 눈도 밝구나.'

물론 그다지 관심이 없는 신부였으나, 어찌 되었든 처 될 사

----

35)대례상: 신랑 신부가 마주 보고 혼례를 올리는 상
36)교배례: 신랑과 신부가 첫 대면하여 백년해로를 서약하는 의식

람이니 흘끗 쳐다보았는데 자신은 도무지 이마 끝밖에 보이지 않는데 모두들 곱다고 하니 기가 막히기만 했다.

"하늘에서 내려온 선녀로다."

백포를 밟고 조심조심 걸어나오는 저 아리따운 신부가 부연 아기씨가 아니라는 것을 알 리가 없는 구경꾼들이 또다시 입방정을 떨자 권은 설레설레 고개를 흔들었다. 뿐이랴, 신랑 측의 동행들도 비슷한 말을 떠들어대고 있어서 권은 더욱 혀를 찼다.

고개를 저리도 박은 듯 숙이고 있어 도통 얼굴이 보이지 않는데 무어가 곱고 무어가 선녀란 말인가. 허나 실상은 모두들 백분을 바르고 곱게, 아니, 짙은 단장을 한 그 차림만 보고 실컷 입방정을 놀리고 있는 형국이었다.

반면 소아는 후들거리는 다리를 겨우 지탱하고서 수모의 도움으로 겨우 걷는 중이었다. 혹여 누군가가 저를 알아보아 이 자리에서 끌려 나가 매타작을 당하는 것은 아닌가, 동헌으로 끌려가 모든 죄를 뒤집어쓰고 옥에 갇히는 것은 아닌가, 별의별 상상이 다 들어 간담이 서늘했다.

'대체 내가 무슨 죄를 져서, 축복받아야 할 신부 치장을 하고서 이 꼴로 오금을 저려야 한단 말이냐.'

죄는 무슨 죄이겠는가. 첫째는 천민으로 태어난 죄요, 둘째는 호기심 많은 천민으로 태어난 죄요, 셋째는 그 호기심으로 언문을 깨친 천민으로 태어난 죄지.

교형 선고를 받고 눈물을 주르륵 흘리는 제 모습이 눈앞에서

둥둥 떠다니니 과연 이것이 사람이 할 짓인가 싶었다.

다행인 것은 반상의 구분이 엄격하여 기와집 아기씨의 얼굴을 함부로 접할 수 있는 동리 사람들이 없었다는 것이다. 게다가 외출을 하여도 항시 장옷을 쓰고 얼굴을 가리고 다니니 부연 아기씨가 어떻게 생긴 규수인지 동리 사람들이 알 바가 아니었다. 안채에서만 조용조용 걸어다니며 책과 수틀과 다만 하나 더, 동이에게만 빠져 있던 부연 아기씨였으니 알아챌 사람들이 없다는 것을 알고 있음에도 이리 가슴이 두방망이질 치고 있었다.

자신도 자신이지만, 저를 귀한 규수인 양 속임을 당한 채 저기에서 신부를 기다리고 있는 얼굴도 모르는 신랑도 가여웠다. 그럼에도 어쩔 수 없이 이렇게 다가서자니 소아는 제 처지가 도살장으로 끌려가는 소와 다를 바가 없는 것 같다.

온통 무거운 마음에, 한 걸음 한 걸음 걷는 것이 가시밭길이라. 귀한 선비를 지아비로 맞이하여 앞으로 눈물로 지샐 수많은 나날들을 생각하니 까마득하고 까마득하도다.

하루하루 들킬 것을 염려하면서 앞으로 어찌 살아갈 것이며, 감히 천하디천한 자신이 어떻게 귀한 사대부 자제와 말을 섞고 또 그 시선을 받으며 살아간단 말인가. 매 순간 간담이 서늘하여 살아나 질는지 모르겠다.

'허나 쇠고기, 배불리 먹을 수 있는 쇠고기를 생각하자꾸나.'

그런 우스갯소리로 위로를 하여보아도 이 비상시국이 전혀 위로가 되지 못했다. 그저 동생 생각, 부모 생각하며 소아는 떨어지지 않는 걸음을 떼고 있는 중이었다.

'저, 저분이로구나.'

호화롭게 차려져 있는 대례상이 겨우 시야 안으로 들어오는 순간, 그 건너편에 서 있는 청색의 기운을 느끼자마자 소아는 저도 모르게 멈칫했다. 이 시국에 얼굴 같은 게 들어올 리 없었고, 그저 청색의 사내가 서 있을 뿐이었다. 일순간 굳어버린 소아의 몸이 도살장 앞에서 멈춘 소처럼 정지하였으나, 교육을 단단히 받은 수모들이 여유롭게 상황을 넘겨 소아를 이끌었다. 허나 소아는 이제 이 수모들마저도 원망스럽기만 했다.

'용서하시어요. 아니, 용서하지 마셔요. 천한 제가 감히 귀한 도련님의 맞은편에 서옵니다. 이년, 감히 거짓으로 도련님의 지어미가 될 자리에 서고 있다고는 하나 도련님께 죄스러운 이 마음만은 진심이옵니다. 가능하다면 부연 아기씨께 누가 되지 않도록, 그리하여 도련님께 누가 되지 않도록 성실하게 살아갈 것이옵니다. 그러니 이리 서는 것을 용서하셔요.'

소아는 다시 한 번 마음을 단단히 먹고 수모의 도움을 받아 신부기 서는 서편에서 상을 마주 보고 자리를 잡았다.

흐음, 심드렁한 눈으로 서 있던 권은 다시 한 번 짧은 찰나를 이용해 신부를 살펴보았다. 안 먹을 감이라도 궁금하기는 한 것이니 신부 좀 보자, 하는 생각이었다. 곱다 고와를 연발하는 구경꾼들의 호들갑 때문에 권의 모든 의식은 지금 오로지 신부의 얼굴을 보는 것뿐이었다.

신부가 입고 있는 홍색 비단 활옷에 연꽃, 모란꽃, 온갖 십장생들이 살아 있듯 수놓여 있었다. 또한 자주색 비단에 금박으로 꽃무늬를 입힌 앞 댕기가 비녀를 따라 곱게 드리워져 있고, 칠보 자수로 장식된 도투락댕기도 화려했다. 허나 색동 소매 끝에 덧붙여진 눈처럼 새하얀 한삼이 이마 위치에서 길게 늘어뜨려져 있어 곱게 단장했을 그 얼굴을 가리고 있으니 생김이 도통 보이지를 않았다. 신부의 얼굴이 지엄하신 임금의 얼굴도 아닐진대, 어찌 저리 꽁꽁 싸맸는고. 그럼에도 구경꾼들은 여전히 선녀 같다느니, 곱다느니 그런 말을 연발하고 있으니 권은 역정이 버럭 나려 했다.

'허면 모두들 도투락댕기더러 곱다는 말이더냐!'

하긴 저리 붙어 있으니 안 보일 만도 하겠군. 권은 양쪽에서 신부를 부축하고 있는 수모가 다른 신부들의 경우보다 더욱 꼭 붙어 있는 것 같아 그런 생각을 했다. 허나 신부가 많이 긴장하여 그런 것이려니 하고 대수롭지 않게 넘기고 말았다. 반면 그 이유를 알고 있는 이 댁 종들은 슬쩍 고개를 돌려 버리고.

소아는 수모의 도움을 받아 신랑에게 두 번 절을 하였다. 헌데 하필이면 수모가 너무 꼭 붙어 있는 데다 절이 익숙하지 않은 십오 년을 지낸 탓에 그만 실수를 하고 말았으니.

'옴마나!'

기절초풍하게도 두 번째 절을 하는 순간 소아의 몸이 뒤로 발라당 넘어간 것이다.

"하하하하!"

"호호호호!"

순간 양갓집 아기씨가 실수를 하는 진기한 광경에 구경꾼들이 신나게 웃어 젖히기 시작했다. 반면 신부댁 사람들의 얼굴은 홍시처럼 벌겋게 달아올랐다. 안방마님은 지끈거리는 이마를 누르고, 대감마님은 민망함에 시선을 돌렸다. 큰 서방님과 작은 서방님은 각각 혀를 끌끌 차거나 헛기침을 하고, 또한 사실을 알고 있으나 함구할 수밖에 없는 그 처들은 서로의 얼굴을 쳐다보았다가 곧 황망히 시선을 돌려 흙바닥 아무 곳이나 짚으니 그 반응 한번 제각각이었다. 그러나 그 속에서 권만이 여유로웠다.

'쯧쯧, 이목이 집중된 이런 자리에서 실수를 하였으니 얼마나 창피할꼬.'

그런 생각을 하니 일견 민망하면서도 참으로 가여웠다. 한편으로는 그런 마음이었으나 사실 권의 목적은 다른 데 있었던 바, 신부의 얼굴에 대한 호기심이 도무지 그치지를 않았던 것이다.

이때로다!

신부가 넘어지는 순간 이마 앞을 가리고 있던 한삼이 살짝 흔들린 것을 포착한 권이 그렇게 외치며 재빨리 신부의 얼굴을 살폈으나…… 허어, 그 신부 몸놀림이 어찌나 날랜지 바로 장막이 쳐지며 궁금하고도 궁금한 그 얼굴이 마치 구름 뒤로 숨어버린 달처럼 쏙 사라지는 것이다.

'허……. 동작 한번 빠른 각시로다.'

권은 허무하여 고개를 설레설레 흔들었다.

'혼례상 앞에서 엉덩방아를 찧는 신부라…….'

어찌 되었든 그 또한 할 일 없는 한량 신랑과 구색은 조금 맞질 않는가. 권은 그렇게 생각하며 피식 웃었다. 다만 정은 조금 떨어지는 단점이 있다 하더라도 말이다.

겨우 수모의 도움을 받아 바로 선 소아는 어찌나 얼굴이 화끈거리는지 이대로 쥐구멍이 있으면 들어가고만 싶은 심정이었다. 안방마님은 얼마나 놀라셨을 것이며, 대감마님은 또 얼마나 민망하실 것인가. 제 부모님은 얼마나 창피하실 것이며, 큰 서방님은 또 얼마나 이를 갈고 계실 것인가.

'아야야, 엉덩이가 주인을 잘못 만나 사람들 앞에서 방아 타령을 하는구나. 바로 그 순간에 무거워져서 나 몰라라 나자빠지면 나더러 어쩌라는 말이야. 그렇게 연습을 했는데도 이 모양이니 나는 왜 이리 모자랄까.'

설마 이것이 암담한 미래를 암시하는 불안한 징조는 아닌가 하여 소아의 가슴이 콩닥콩닥 뛰었다. 아니하여도 죄스러운 마음이 가득이거늘, 주책을 부리는 신부를 지켜보고 있을 신랑 되실 분을 생각하니 소아의 눈앞이 깜깜해졌다.

'부디 저분께서 천하에 다시없는 악독한 분이시기를. 그리하여 이 죄 많은 년을 단죄하여 주시기를, 아니면 천하에 다시없

는 한량이시기를, 그리하여 부연 아기씨께 조금은 덜 죄송스럽기를.'

소아는 바라고 바랐다.

'부디 내 처가 지금처럼 실수를 자주 하는 사람이기를, 그리하여 독수공방을 시키어도 다른 불평불만을 하지 못하도록 약점이 많이 잡히어 굳건히 홀로 세월을 감내해 내기를.'

권 역시 바라고 바랐다.

백년가약을 맺고 있는 신랑 신부의 머릿속에 제각각 발칙한 동상이몽이 모락모락 피어오르고 있었다.

어찌 되었든 권은 옷매무새를 바로 하고 선 신부를 향해 예에 따라 한 번 절을 하였다. 그리고 다시 한 번 더 반복하고 서니 이제 백년해로를 할 신랑 신부로서 두 남녀의 연이 완전히 얽혔다.

그리고 마지막 절차인 37)합근례가 다가왔다.

신랑이 신부의 얼굴 보기를 호시탐탐 노리고 있든 말든, 약점을 잡고 싶어하든 말든, 신부가 지체 높은 신랑에게 속으로 사죄에 사죄를 드리고 있든 말든 합근례 절차가 이어지고 신랑 신부는 세 번에 걸쳐 술을 나눠 마셨는데, 이를 합환주라 한다.

이로써 길고 긴 혼례 의식이 끝이 나고, 씨실과 날실이 만나

---

37)합근례: 신랑 신부가 한 표주박을 둘로 나눈 잔에 술을 따라 나눠 마시는 의례. 표주박은 반으로 쪼개지면 그 짝은 세상에 하나밖에 없으니, 이는 부부가 온전한 하나를 의미하는 것이다

새로운 인연 하나가 만들어졌다.

✽

38)홍색 원삼 위에 39)공단 대대를 두르고, 금박 무늬가 찍힌 청색 스란치마를 곱게 차려 입은 신부가 초야(初夜)를 치르기 위해 신방에서 다소곳이 앉아 있었다.

'아, 어깨 결려라.'

그러나 실상 머릿속에 떠오르는 것은 초야고 뭐고 도통 싸고 싸매서 무겁기만 한 이 거추장스러운 옷차림에 대한 투덜거림뿐이었다. 아침부터 치장을 하여 어둑해진 이 밤까지 꼬박 하루 동안 몸에 걸치고 있는 이 수많은 것들이 도대체 무엇인가. 홍색 비단에 청색으로 안을 받쳐 만든 원삼, 그 밑에 황색 삼회장저고리에 천색 스란치마까지, 벌써 겉옷만 해도 무게가 너끈히 나가는데 거기에 밀화구슬과 진주를 꿰어 만든 족두리, 길게 꽂은 용잠, 금박을 넣은 댕기 등 머리장식까지 한 짐 단단히 더해주고 있었다. 게다가 부귀다남, 불로장생을 염원하는 삼작 노리개까지 가세하니 연지 곤지 찍은 신부의 얼굴이 펴질 수가 없었다.

---

38)홍색 원삼: 부녀 예복의 하나. 흔히 비단이나 명주로 지으며 연두색 길에 자주색 깃과 색동 소매를 달고 옆을 튼 것으로 홑옷, 겹옷 두 가지가 있다

39)공단 대대: 활옷이나 원삼을 입은 후 앞가슴 깨에 중앙이 오도록 대고 양쪽으로 돌려 뒤에서 묶어 늘어뜨리는 의복. 홍색 공단에 심을 넣어 만들어 금무늬를 찍는다

'말이 치장이지 옷을 입은 게 아니라 말 한 필을 등이며 머리에 얹어놓은 것 같아.'

소아는 고통스럽게 투덜거렸다. 그뿐이랴, 치마 아래 겹쳐 입은 속곳은 또 몇 개냐. 속저고리에 40)단속곳, 속속곳, 41)다리속곳까지 속곳만 시장에 내다 팔아도 부자 되겠다.

소아는 의복이라는 것이 이리 귀찮고 무거운 원수라는 것을 처음으로 깨닫고 있었다. 반가의 아녀자들은 무엇을 그리 입고, 덧입고, 싸매고, 또 싸매는지 신기할 따름이었다. 이건 의복이 아니라 짐 아래에 눌린 기분이었다.

"아이, 정말 무거워서 땀이 다 나네."

공단에 아름다운 수를 놓으면 무엇 하고, 나풀나풀 사각거리는 고급 비단이면 무엇 하겠는가. 이리 거추장스럽기만 한 것을. 만약 새벽 댓바람부터 이리 입고 나갔다면 하루 안에 쪄 죽겠거나 가던 중에 옷에 깔려 뒹굴겠다.

그뿐이면 그나마 편하겠는데 머리 위에는 또 얼마나 한 짐을 얹어놓았는지. 족두리에, 앞 댕기까지 비녀에 길게 늘이고, 거기에 도투락댕기까지 꽁지처럼 달아놓으니 머리 어깨 무릎까지 편한 곳이 단 한 군데도 없었다.

허나 이 거추장스러운 옷가지들을 스스로 벗으면 안 되고, 반

---

40)단속곳: 치마 바로 아래에 입는 옷. 치마 사이로 보이므로 고급 옷감으로 만든다
41)다리속곳: 가장 안에 입는 속옷

드시 신랑이 벗겨주어야 한다 하니 벌도 이런 벌이 없었다. 도 대체 안방마님께서는 부연 아기씨 일로 인한 충격으로 하나 정도는 잊으셨을 법도 한데.

'어찌 그리 정신이 밝으셔서 그런 말씀까지 잊지 않고 해주시어 이리 사람을 말려 죽이셔요. 그리도 엄하게 이것도 아니 된다, 저것도 아니 된다 하시더니 결국 초야에 홀로 옷을 벗어도 안 된다는 말씀까지 하시어 이 가여운 년을 산송장 만드시나요.'

어쩔 수 없이 원망의 생각들이 절로 흘러나오는 것이다.

"대체 어찌 이리 안 오시지? 명색이 신랑이시면 바로바로 오셔야지 대체 어디에서 무얼 하시는 거라니."

소아는 이제나저제나 서방님께서 오시기를 바라고 있었다. 오로지 이유는 어서 와서 옷에 압사당하기 직전인 나 좀 살려주소, 였다. 신방에 신랑이 든다는 것, 그 이면에 매우 두렵고 남세스러운 일이 기다리고 있다는 것을 열다섯 꽃다운 처녀가 알기나 하겠는가. 그저 얼른 서방님께서 드셔서 이 많은 옷 좀 거두어 가주시기를 바랄 뿐이었다.

"그저 다소곳이 앉아 있으면 되느니라."

모든 것에 완벽한 교육을 지향하시던 안방마님께서도 초야에 대한 말씀은 그렇게 얼버무리고 말았다. 사실 장씨 부인도 소아에게 신부수업을 하면서 초야에 대한 교육도 상세히 하여야 한다고 생각하였으나 막상 그 교육을 하자니 정말 마음으로 부연을 포기해야 하는 것 같아 차마 입이 떨어지지 않은 것이 이유였다. 그러나 장씨 부인은 그리 주장할지 몰라도 소아로서는 아무리 서릿발 같은 교육을 하는 안방마님이라도 쑥스러우셨던 게라고 생각하는 바였다. 웬일인지 이상하게 눈을 잘 맞춰오지 못하신 것이다. 도대체 눈을 피하시며 눈가가 젖어오는 건지 어린 소아로서도 잘 알 수 없는 것이었지만.

그저 다소곳이 앉아 있으면 된다니 어려울 것은 없다만 좀이 쑤시는 것은 어쩔 수 없었다. 그리고 족두리는 반드시 신랑이 풀어주어야 한다고 하시는 말씀을 덧붙이시었다. 그러나 소아는 어떻게 이 원삼 대대만 먼저 벗어놓고 기다리고 있다가 서방님께서 드시어 족두리를 벗기면 아니 되겠는가, 그런 잔머리를 굴리고 앉아 있었다.

마님께서 하신 말씀을 다시 한 번 새기고는 소아는 제 어미가 했던 말을 다시 떠올렸다.

"그저 나 죽었네, 하고 있어라."

초야에 대해 은근히 물었더니 어미는 그런 말을 해주었다. 그런 고로 두 분께서 하신 말씀을 종합해 보자면, 무엇을 하든 신랑께서 다 알아서 하시게 가만히 있으라는 것인데…… 문제는 도무지 그 신랑이 감감무소식이라는 것이었다. 간소하게 차린 주안상과 옷이 무거워 낑낑거리며 앉아 있는 신부만이 덩그러니 있었던 것이다.

"소아야, 그저 일단 아이부터 낳아라. 알았지? 나 죽었네 하고 있으면 서방님께서 알아서 하실 게야. 너는 무조건 초야를 치러! 나 죽었네, 하고 치러! 그리고 무조건 아들을 낳아, 아들! 알겠지? 떡두꺼비 같은 아들!"

어미가 마지막으로 덧붙인 말은 그것이었다. 어미는 이제나 저제나 이 하늘이 노할 짓을 저지르고 있는 딸이 걱정되어, 혹시라도 방패막이가 되어줄지 모를 아들을 낳으라는 말씀 같았다.

"그게 어디 제 마음대로 되나요? 이렇게 쪄 죽을 정도로 옷을 껴입고 앉아 있으면 그저 저절로 아이가 생긴답니까."

안방마님께서 미풍양속으로 널리 행해지고 있는 신방 엿보기마저 금하셨기에 신부 홀로 앉아 있는 신방은 적막하기만 했다.

결국 기다리다 지친 소아는 꼬박꼬박 졸기에 이르렀다.

얼마나 시간이 지났을까, 바늘 떨어지는 소리마저 들릴 정도로 고요하던 밖이 소란스러워지더니 갑자기 신방 문이 벌컥! 열렸다. 그 소리가 어찌나 컸는지 깜빡깜빡 조느라 방아를 찧던 소아의 이마가 주안상을 박아 엎어버릴 뻔했다. 다행히도 주안상 바로 위에서 멈춘 이마를 후딱 거둔 소아가 깜빡 잠이 들었던 정신을 추슬렀다.

그랬더니 꿈속에서 들은 줄 알았던 문소리가 실제로 들려온 것이었는지, 누군가가 방 안으로 들어와 있는 것이 느껴졌다. 등잔불에 비쳐 길게 늘어져 있는 저 그림자가 바로 속아서 혼례를 올린 신랑의 그림자이리라.

'오마나, 이를 어쩌나.'

그러자 지금껏 태평한 체하고 앉아 있던 소아의 심장이 두방
망이질을 치기 시작했다. 그때 문간에 서서 한동안 신부를 노려
보던 신랑이 버럭 소리를 쳤다.

"네 이년! 감히 사대부를 능멸하고 무사할 줄 알았더냐!"

어디에서 새어나간 것인지는 모르겠으나 분기탱천한 신랑이
모든 것을 알아채 버린 모양이었다. 결국 내내 오금이 저리던
그 일이 들켜 버린 것이다. 이럴 줄 알았다. 각오하고 있었는데
도 막상 서슬 퍼런 고함 소리를 접하니 소아의 간이 오그라들며
온몸이 벌벌 떨렸다.

"내 너무 오래 지체를 했나 보구려."

그러나 실상 그것은 소아의 양심이 만든 환청일 뿐이었다. 문
간에 선 신랑은 그런 말 따위 뻥긋한 일도 없었다. 오히려 생각
보다는 부드러운 목소리로, 비록 술에 취한 투이긴 했으나 그렇
게 말했던 것이다.

'아, 정말 간 떨어져서 못살겠다. 그냥 콱 죽어버리고만 싶어.
휴우, 사는 게 사는 게 아니야. 이리 불안하고 불안하여 앞으로
어찌 살지?'

소아는 차마 앞으로의 기약을 하지 못하고서 식은땀만 뻘뻘
흘렸다. 그나마 아직 들키지 않은 게 다행이었지만, 그게 다행
인지 모르겠다. 차라리 지금 이 자리에서 들켜, 신부인 척 한양

으로 끌려가는 일이 없는 게 더 낫겠다.

'무릇 부부란 부모 다음으로 가까운 사이라고 하는데, 저분의 눈총을 받을 때마다 가슴이 뜨끔뜨끔 찔려 어떻게 살아가나. 산 송장도 내 처지보다 낫겠구나.'

소아는 속으로 깊고 깊은 한숨을 흘렸다. 큰 서방님, 작은 서방님과 더불어 거나하게 취한 권은 기세 좋게 방문을 열어젖히고 문간에 서서 신부를 가만히 쳐다보고 있는 중이었다. 사실 조금 신기하기도 한 때문이었다.

혼례상에서 절을 하던 중에 보기 좋게 뒤로 벌렁 넘어질 때부터 알아봤더니, 그 명성 높은 유학자의 따님께서 신방에 앉아 꼬박꼬박 졸고 있는 것이다. 그 모양새가 하도 기가 차서 권은 혀를 찰 뻔했다. 이상하게도 술을 강권하는 처남들 때문에 낫 놓고 기역 자도 모를 정도로 취한 술이 단번에 확 깰 정도였다.

허허.

문을 여는 바로 그 순간 크게 이마를 찧고서 화들짝 놀라 잠에서 깨는 모습을 들킨 줄은 신부는 꿈에도 모를 게다. 방 안이 어둑하여 더욱 작아 보이는 어깨를 한 신부의 얼굴은 여전히 이마 끝밖에 보이지 않았다.

권은 휘적휘적 안으로 들어섰다. 그리고 곱게 깔린 원앙금침에 털썩 소리가 나게끔 앉고서 신부를 흘끗 쳐다보았다.

"반갑소, 부인."

꼬인 혀로 횡설수설 입을 여니 소아의 몸이 흠칫했다. 막상 신랑을 바로 지척에서 접하고 그 목소리를 듣자니 더욱더 놀란 탓이었다.

처는 처일 뿐.

하필이면 왜 지금 벗들이 했던 그 말이 떠오르는지 모르겠으나, 권은 실로 그 말뜻을 통감하고 있었다. 햇빛 아래에서는 온갖 치장 덕에 그나마 화려하게 보여 눈길을 끌던 신부였는데, 이리 적막하고 어둑어둑한 공간에 앉아 있으니 그저 빈약하고 볼품없는 어린 소녀일 뿐인 것 같다. 이래 가지고는 가희아를 앞에 두고도 움직이지 않던 음심이 동할 리가 없었다. 허나 남자로서 음심은 동하지 않아도, 저리 작은 몸으로 겁을 잔뜩 집어먹은 눈망울을 하고 있으니 몇 살이나 위인데다 여유로운 신랑의 입장으로서 어린 신부의 모습이 안타깝기는 했다. 게다가 이제 내 안사람이라는 생각을 하니 겁먹은 작은 각시가 어쩐지 더욱더 가엾게 느껴졌다. 어린 만큼 순수한 빛이 그 눈동자에 돌고 있었다. 그래서 그런가, 권은 선뜻 다가설 마음이 들지 않았다.

"그럼…… 나는 자겠소."

그러나 어쩌면 그게 다행인 생각이 들어 권은 그 길로 큰 대자로 쭉 뻗었다. 제아무리 색에 미친 사내라도 저렇게 조그마한 여자를 보고 몸이 달아오르는 일은 없을 게니 자신은 더하지 않겠는가, 그런 생각에 일치감치 초야 따위 포기를 하고서 눈을 소로록 감으니 취기와 섞여 잠 기운이 기다렸다는 듯 밀려왔다.

'안 그래도 몸이 정상이 아닌데, 볼품없는 그대의 자태를 보고 있자니 더욱더 양기가 수그러드는구료.'

권은 비웃듯 입꼬리를 말아 올리고서 잠의 세계로 빠져들었다. 그러나 사실 권은 더욱더 취한 체를 하는 것이었다. 초야를 치러야 한다고는 하나 애당초 그른 자신의 몸을 알기에 선수를 친 것이다. 그저 취기에 몸을 못 가누어 잠들어 버리는 척하는 게 제일이겠다, 그런 생각으로 누워 있자니 술을 많이 하기는 하였는지 기다릴 새도 없이 정신이 오락가락, 알딸딸, 구름 속을 거닐다가 마침내 깊은 잠에 빠져 버렸다.

찌르르. 찌르르.

이따금씩 풀벌레 우는 소리만 간간이 들리는 고요한 밤이었다. 벌써 한참 전에 잠들어 버린 신랑 옆에서 소아는 그 무거운 옷을 인 듯 입은 채로 가만히 앉아 있었다.

초야부터 소박이라.

그게 바로 소아의 머릿속에 드는 한 가지 생각이었다. 내 팔자도 참으로 기구하구나. 소아는 뒷목부터 어깨, 허리까지 온통 뻣뻣해지는 것을 느끼며 한숨을 폭 내쉬었다.

품어주시지 않는 것에 대해서는 아무런 불만이 없었다. 오히려 품겠다고 나서면 펄쩍 뛸 노릇이었다. 아니, 사실 품어주지 않으면 아들도 낳지 못하고, 그러면 방패막이를 만들 수도 없으니 그것도 문제였다. 그러나 지금 가장 중요한 것은 그런 게 아니었다. 오로지,

'족두리나 벗겨주시고 주무시지.'

어떻게 족두리만 해결되면 나머지는 스스로 알아서 하려는 생각이었는데.

무심한 서방님은 각시의 불편함은 쳐다봐 주시지도 않으시고 저리 잠만 주무시는 것이다. 소아는 불만을 터뜨리면서도, 서방님께서 저를 저리 소 닭 보듯 쳐다보는 이유에 대해 숙고하고 있었다. 아직 천한 신분을 눈치 채신 것 같지는 않으나, 아마도 제 몸에 밴 투박함 때문에 귀한 사대부 자제의 마음을 끌지 못한 것이리라, 당연한 것임에도 막상 그렇게 생각하니 어쩐지 서글퍼졌다. 바랄 것이 아니었는데도 인정하자니 이상하게 마음이 조금 아렸다. 가까이에서 보니 더욱 준수하고 귀티가 나는 서방님이기에 더욱 자신의 모든 것이 초라하게 느껴졌다. 그런 것에 슬퍼지려 하다니. 소아야, 너 지금 무슨 생각을 하고 있는 거니.

"드르렁, 드르렁."

그럼에도 서방님은 저리 코까지 골아가시며 잘만 주무시고 있었다. 코 고는 소리에 지붕이 다 날아갈 정도고, 문짝 날아가기 전에 문고리를 붙들어야 할 지경이었다. 어찌 저리 태평하시고 편안하신지…… 어둠 속에 어른거리는 저 얼굴이 너무나 얄밉기만 했다.

제 아비가 제 어미에게 했듯, 서방님께서 옷고름을 푸시면 '아니 되옵니다' 라고 말하며 얼굴을 붉히려 했는데. 그런 말을 하려 해도 대관절 어울리는 상황이 와야 하는 것 아니겠는가. '아니 되옵니다'에서 마지못해 '되옵니다'로 바꾸어 떡두꺼비 같은 아들을 낳는 것이 오로지 소아의 지금 목적이거늘…….

그러나 가여운 가짜 신부는 첫날부터 생소박에 무시를 당하고 있었다. 소아는 한참이나 저 얄밉도록 무사태평한 모습을 들여다보고 있었다. 등잔불 하나가 다인 어둑한 공간이지만, 그 생김이 얼마나 청수하고 옥 같은지 느낄 수 있었다. 그러나 지금은 그저 얄밉고 밉상스러운 얼굴일 뿐이다.

"세상에, 어찌 저리 편하시다니."

약이 오른 소아는 그만 평상시의 행동거지를 억누르지 못하고 더펄거리며 뛰어다니던 본성이 나와 버렸다. 바로, 긴긴밤 신부를 홀로 벌 세우시는 서방님의 옆에 놓인 주안상을 가만히 쳐다보고 있다가,

톡!

얄미운 서방님의 반듯한 이마에 저도 모르게 대추를 냅다 집어 던져 버린 것이다. 그리하여 다남(多男)을 상징하는 복된 먹거리인 대추가 서방님의 이마를 정통으로 맞추고 바닥으로 또르르 떨어져 다행스럽게도 보이지 않는 곳까지 굴러갔다.

"뭐, 뭐냐!"

순간 퍼뜩 놀란 서방님이 벌떡 일어나더니 이마를 문지르며 고개를 홱홱 돌리며 주위를 둘러보았다. 꽤 깊은 잠에 빠지신 줄 알았더니 그것도 아니셨나 보다, 아니면 잠귀가 밝으시던지.

그것도 아니면 꽤나 아프게 맞춘 것인지 서방님의 졸음 가득한 눈에 역정이 그득했다. 허나 아무리 둘러보아도 보이는 것이라고는 주안상 곁에서 다소곳이 앉은 신부뿐인 상황이었다. 주변을 두리번거리던 권이 고개를 갸웃거리며 입을 열었다.

"부, 부인, 혹시 무어가 떨어지지 않았소?"

꿈인 듯 현실인 듯, 부친의 장죽이 이마에 정통으로 날아든 것 같았는데 그게 명백하지 않은 감각이라 권은 신부에게 슬쩍 물어보았다. 그러자 신부가 한 치의 흔들림도 없이 다소곳하고 조용한 음성으로 대답했다.

"떨어졌다니요. 혹여 몽(夢) 중에 착각하신 것이 아니올는지요."

"그, 그러한가 보오."

그 단아한 대답에 권은 아무래도 자신이 착각한 것이라고 결론짓고는 아직까지 감각이 남아 있는 이마를 긁적긁적했다.

거참, 요상하다. 내가 너무 아버님을 의식한 탓인가?

그리고 권은 사각거리는 이불에 다시 누웠다.

소아는 삐져 나오려는 웃음을 겨우겨우 참아가며 정색(正色)을 지키느라 애쓰고 있었다. 자신도 모르게 그런 무엄한 짓을 저질렀으니 혹시라도 들키면 경을 칠 일이 아닌가. 그러나 마음은 더없이 상쾌했다. 들키지만 않으면 무엇이 어떨쏘냐. 실상 이 방에서 가장 나쁜 사람은 저렇게 내리 잠만 주무시는 매정한 신랑이 아니겠는가. 그깟 작은 대추 하나 던졌다고 이마가 깨질 것도 아니고.

그래도 잠에서 깨어 벌떡 일어났을 때는 깜짝 놀랐다. 설마 알아차릴까 했는데, 퍼뜩 일어나는 통에 간이 다 졸았던 것이다. 어쨌거나 이마를 긁적이는 폼이 전혀 눈치를 채지 못하는 것 같아 안도의 한숨이 절로 나왔다.

"드르렁, 드르렁."

헛!

헌데 서방님, 기왕지사 일어나신 김에 족쇄없는 죄인처럼 앉아 있는 가련한 신부나 좀 거들떠보고 주무시지, 그대로 또 잠이 드신 모양이다. 대추 타작 무색하게 또다시 깊은 잠에 잘도 빠져드신 것을 보니, 소아는 대추를 던진 죄송스러운 마음이 싸악 가셨다.

에라, 모르겠다.

그가 밉고 미웠던 소아는 이번에는 잣을 톡 던졌다. 그러나 잣 자체가 워낙 작고 가벼운 탓에 제 위치를 맞추지 못한 채 옷깃만 스치고 떨어졌다. 그리하여 명중률이 높은 대추를 다시 들어 톡 던지니, 역시 청수한 그 볼에 톡 맞고 떨어졌다. 아이고, 고소해라. 그러나 이제 완벽한 몽(夢) 중의 일이라 안도한 것인지 권은 아예 신경 쓰지도 않고 쿨쿨 잠만 잘 자는 것이다.

'저리 얄미웁고 매정하실 수가.'

분노로 부들부들 떨리던 소아의 손이 결국 덩치가 큰 밤[栗] 쪽으로 천천히 향했다. 이제 장수(長壽)를 상징하는 밤으로 서방님의 이마에 혹을 만들게 생겼다.

휴우, 내가 이래선 안 되지.

소아는 밤을 들어올리던 손을 천천히 정지시켰다. 어찌 얄밉다 하여 지아비에게 이리 못된 짓을 저지를 수 있겠는가.

실상은 밤으로 맞으면 그대로 기절하든지, 아니면 진정으로 상황을 알아차리실까 겁이 난 것이었다.

쓰르륵, 쓰르륵.

이름 모를 벌레 소리와 함께 외로운 밤은 더욱 깊어가고…….
반가의 여식에게 꼬리표처럼 따라다니는 말인 ‘다소곳하게’를 지키느라 소아는 발에 온통 쥐가 나고, 무릎이고 팔이고 어깨고 뻐근하지 않은 곳이 없었다.

결국 소아는 서러움에 지쳐 흑흑, 흐느끼고 말았다.

“흑, 읍. 흑, 끅.”

그러나 차마 소리 내어 울지 못하는 처지라 서러움을 막으려다 보니 막히는 소리가 함께 새어나왔다. 억지로 참는 울음소리와 함께 눈물이 방울방울져 떨어져 내렸다. 그러나 이러한 저를 누가 가엾게 여기겠는가. 그리 타고난 신분을 원망할 밖에.

신부가 그렇게 서러움에 방울지고 있었건만, 그럼에도 술에 떡이 된 권은 일어날 줄을 몰랐다. 그저 저가 알아서 잘 자겠거니, 태평한 마음으로 꿈속에서 투전 패를 들고 환하게 웃고 있었다.

이불 전체를 다 차지하고 길게 누운 권을 무정하다 탓하며 쳐다보기를 한동안, 길고 긴 밤 눈물을 벗 삼아 앉아 있던 소아의 시선이 주안상으로 향했다. 하루 종일 혼례를 치르느라 아무것도 먹지 못한 것이 그제야 생각이 났다. 그런 상황에서 간소하게 차려진 안줏거리를 보고 있자니 입에 침이 절로 고였다. 안줏거리를 보고 있자니 입에 침이 절로 고였다.

밤, 대추, 잣 등의 견과류와 노릇노릇 알맞게도 부친 전과 지짐, 맛깔나 보이는 편육, 꿀물이 잔뜩 묻은 약과, 반질반질 참기름을 바른 떡까지 그 발칙한 것들이 배고픈 소아를 마구 유혹하는 참이었다.

'고것참 맛나겠구나.'

소아는 여전히 백분에 연지 찍은 얼굴로, 원삼의 소매 끝자락을 살짝 들추어 주안상에 손을 뻗었다. 그리고 가장 맛나게 보이는 지짐 하나를 집어 얼른 입 안으로 넣는 순간, 꿀맛도 이런 꿀맛이 없었다. 결국 가만히 눈치를 보던 소아는 진동을 하는 주린 배를 채우느라 게 눈 감추듯 지짐을 먹어치워 버렸다. '다소곳'은 사가고 싶은 사람이 있으면 얼른 팔아버릴 참이었다. 소아는 그때부터 본격적으로 상에 들러붙어 허겁지겁 먹느라 바빴다.

서방님은 업어가셔도 모를 정도로 잠이 들었겠다, 지켜보는 이도 없겠다. 서러워 죽겠는데 배까지 고프니 딱 죽을 지경이었던 것이다. 이어 소아는 밤, 대추를 오독오독 몰래몰래 씹어 먹었다. 고기도 먹고, 떡도 질경질경 씹었다.

밤 속에 꿀이 들어 있는 줄은 오늘에야 처음으로 알았지 뭐야.

마지막 떡을 꿀꺽 삼키는 것으로 만찬을 끝내는 순간 소아는 그제야 살 것 같았다. 동짓달 기나긴 밤이라도, 서방님이 눈길 한 번 안 주셔도 이리 배만 부르다면 살아질 것도 같다는 생각까지 들었다.

그런데 어쩌다가 이렇게 되었을까.

소아는 망연자실한 눈으로 주안상을 바라보고 있었다. 그냥 먹거리만 먹은 줄 알았는데 어느새 술까지 마셨나 보다. 고기 한 조각을 먹을 때마다 저도 모르게 술도 한 잔씩 걸친 것이다. 그러나 에라, 모르겠다. 알딸딸해진 소아는 다 귀찮아져서 다시 술을 따랐다. 급하게 먹은 음식을 소화시키느라 마신 술이 이렇게 단맛이 날 줄이야 누가 알았겠는가. 그쯤 되니 사내들이 왜 술을 마시는지 이해가 갔다.

곡주야, 길고 긴 밤에 너만이 나의 벗이로구나. 딸꾹!

그런데 술이란 것이 원래 그러한 것인지 마시면 마실수록 입가에 헤헤 미소가 걸리고 세상천지가 다 포용이 되었다. 이리 무서운 상황에 저를 던져 넣은 안방마님도, 큰 서방님도 어쩐지 마구 이해가 되기 시작했다. 그 술이 한잔한잔 늘어갈수록 부연 아기씨 또한 원망스럽기보다는 가엾기만 했다. 저만 잘하면 부연 아기씨에게 오히려 도움이 될 수 있지 않을까 하는 생각까지 드는 것이다.

한 잔 들어가니,

면천을 하면 제 남동생이 더 이상 천하게 살지 않아도 좋아서 기쁘고.

또 한 잔 들어가니,

세상사가 다 행복해지고, 고민 따위 없어졌다.

그리고 또 한 잔 들어가니,

핫! 이 일을 어이할꼬! 어느새 술병이 다 비어버린 것이다.

곱게 단장한 소아는 천천히 술 주전자를 내려놓고 고개를 들었다. 순간 그 퀭한 눈에 취기가 잔뜩 올랐다. 천장이 빙글빙글 돌아가더니 서방님이 두 개, 세 개로 마구 겹쳐 보이기 시작했다. 서방님 머리에 팔이 달려 있고, 어허, 몸통은 하나인데 어찌하여 다리가 다섯 개나 달렸을꼬. 여기가 어디인가? 이분은 누구인가. 이런, 나는 또 누구인가.

"으히히."

헤벌쭉. 주안상 앞에 앉아 있는 소아의 입이 귀에까지 걸리고 얼굴빛은 42)헤닥사그리 했다. 그리고 그대로 씩 웃음 짓던 소아의 몸이 옆으로 픽 넘어갔다. 넘어지면서 다리로 상다리를 걷어차는 바람에 주안상이 앞으로 휙 밀리면서 진동했지만 소아는 신경 쓰지 못했다. 그저 상은 떨리던 몸을 알아서 멈추었다.

아함, 너무 졸려.

소아는 뺨에 닿은 폭신한 무언가에 얼굴을 마구 비비다가 초점이 흐려진 눈을 그대로 감았다. 쓰러지면서 무언가 단단한 것

---

42)헤닥사그리: 술이 얼근하게 취하여 거나한 상태

이 뺨에 닿은 것 같았는데 아마도 그걸 베고 있는 모양이다. 그러나 소아는 더 생각을 할 여유도 없이 꿈속으로 빠르게 빠져들었다.

제가 베고 자는 것이 큰 대자로 뻗어 자고 있는 권의 가슴이라는 것도 모른 채, 새벽이 천천히 밝아오고 있었다.

五章. 아니 된다더니!

"**고**단할 텐데 어서 올라가 쉬도록 하게."

대감마님의 짤막한 당부는 그것으로 끝이었다. 혼례 때부터 한 번도 얼굴을 펴지 않는 장인의 얼굴이었다. 하룻밤을 지났으니 적응이 되기도 하련만 권은 쉬이 그리 되지 않았다. 그저 귀이 키운 고명딸을 보내는 것이 서운해서 그러하시거니, 하고 생각했다.

장씨 부인은 이바지 음식으로 정성껏 마련한 떡, 과일, 약식, 고기, 밑반찬을 대바구니에 정갈하게 담아 쌌다. 이바지 음식 하나에도 솜씨와 가풍이 드러나는 것이니 소홀히 할 수 없었다. 비록 가짜 신부를 보내는 것이지만, 소아는 현재 부연과 다름없었기에.

평생가약을 맺은 신랑 신부의 뒤로 신랑 집에 보내는 혼수품인 시부모의 저고리, 바지, 시삼촌과 시형제의 저고리, 기타 신랑 친구들에게 줄 버선을 싼 짐과 신부의 물건을 바리바리 실은 수레와 짐꾼들, 그리고 소아를 받들 중년 어멈까지 모두 행장을 꾸리고 출발하기를 기다리며 서 있었다. 이제야말로 떠날 때가 된 것이다. 가마를 뒤에 둔 소아는 술이 덜 깨 메슥거리는 속을 가라앉히며 대감마님과 안방마님에게 다소곳한 태도로 인사를 했다.

"평안하셔요. 대……."

대감마님이라는 소리가 입에 붙어 절로 나오려는 순간, 화들짝 놀란 소아가 말을 멈췄다. 대감마님과 장씨 부인도 뜨끔하여 잠시 흠칫했다.

"대……가 댁 며느리로 추호도 부끄러움이 없이 조심 또 조심, 노력 또 노력하겠습니다."

휴, 말을 마친 소아는 저절로 안도의 한숨이 흘러나왔나. 장씨 부인도 그제야 겨우 한시름 놓고서 소아의 손을 부연 아기씨인 양 꼭 잡았다. 그리고 마치 정말 친정어머니인 듯 다정하게 말했다.

"그래, 모두 다 네 할 탓이니라. 부디 어여쁨 받는 며느리, 지혜로운 지어미가 되거라."

소아는 막상 안방마님께서 따뜻하게 손을 잡아주시니 눈시울이 뜨거워졌다. 그러나 장씨 부인의 마음도 소아와 다르지 않았다. 이러저러한 일들로, 오로지 체면을 지키기 위해 이 아이를 눈가림하여 먼 길로 떠나보내자니 마음이 한없이 안쓰러웠던 것이다. 모든 짐을 이 아이에게 떠맡기고, 열다섯의 꽃다운 나이에 함께 죄인이 되자 명하였으니 그 마음이 좋기만 할까. 그래서 본디 어진 마음이 있는 장씨 부인은 정말 딸을 시집보내는 것처럼 마음이 울적하고 쓰렸다. 게다가 이 자리에 부연이 없기에, 생사조차 확인 안 되는 안타까움이 덮쳐 와 그 쓰라림의 깊이는 더하기만 했다.

"부디 잘 지내거라. ……부연아."

그 말을 끝으로 장씨 부인은 몸을 돌리고 옷고름으로 눈가를 찍었다. 남들 눈이 있어 부른 이름이었지만, 그 이름을 말하는 순간 저도 모르게 울컥하고 무언가가 올라온 탓이었다. 듣는 소아의 심장도 찔린 듯 아파오며, 이래저래 할 짓이 못 된다는 것을 또 한 번 느끼고 있었다.

허나 주인의 지엄한 명령에 속절없이 따라야 하는 것이 본디 천하게 태어난 이들의 운명인 것이다. 저 뒤에 뒷짐을 지고 무심한 듯 서 있는 큰 서방님도, 이 계획을 알고 있겠지만 아무 말도 하지 않고 서 있는 작은 서방님도, 모두들 마음은 자신만큼이나 무거우리라.

권은 다시 한 번 정중한 몸가짐으로 목례를 드리고 대문으로 향했다. 소아는 차마 떨어지지 않는 발걸음을 마지못해 떼면서 눈치껏 주위를 둘러보고 있었다. 그렇게 머뭇거리며 몇 걸음을 옮기던 소아의 시선이 한 곳에 멈췄다. 행랑채의 한쪽, 기둥 뒤에서 어미 아비가 애달픈 얼굴로 서 있었다.

‘어머니, 아버지…….’

혹시 몰라 일부러 어린 남동생을 멀리 보낸 부모가 딸 가는 마지막 모습을 보며 서 있었다. 어찌 그리 도살장에 끌려가는 소처럼 머뭇거리니, 어미는 그런 마음을 담아 소아를 바라보았다. 가까이에 두고 시집을 보내도 가슴이 아픈 것이 딸 둔 부모의 마음이다. 그런데 그 마음이 천하고 귀하다고 차이가 있겠는가. 하물며 저리 사연 많은 걸음으로 걷는 소아를 보니 가슴이 찢어졌다. 생각하기에도 벅차기만 한 멀고 먼 한양 땅에 그릇된 시집을 보내자니 부모의 마음이 온전할 리가 없었다.

‘어여 가. 어여.’

손을 훠이훠이 저어 보이고는 소아의 어미가 몸을 돌렸다. 그저 아들부터 낳아라. 그런 마음을 한 번 더 보여주고 싶지만 거리가 멀어 그러지도 못하고 있었다. 슬픈 눈의 아비도 함께 몸을 돌리자마자 곧 두 사람의 모습이 사라졌다. 이로써 마지막인 것이다.

경기도 작은 마을에서 한양까지, 천리 길의 거리에 오르면, 이제 언제 또 뵙는단 말인가. 소아는 사라지는 모습마저 놓칠세라 돌아보고, 또 돌아보았다.

“마음을 강하게 먹어요.”

그때 갑자기 앞에서 들린 소리에 소아의 걸음이 멈칫했다.

“슬프나, 혼인이란 것이 본디 여인에게 그러한 것이 아니겠소.”

언제 온 것인지, 그저 앞에서 뚜벅뚜벅 제 갈 길만 가고 있다고 생각한 권이 그렇게 낮은 목소리를 흘려주고 있었다. 소아는 붉어진 눈시울로 권을 바라보았다. 새벽녘에는 그렇게 매몰차던 권이었지만 지금은 어진 기운을 풍기고 있었다. 자신의 안타까운 마음을 배려해 줄 줄이야 누가 알았겠는가. 이리 부드럽고 다정한 목소리를 흘려줄 줄 알았다면 대추를 그리 던지는 게 아니었는데.

부모마저 돌아서자 소아는 세상에 의지할 곳 하나 없는 자신의 신세가 그렇게 황망하고 외로울 수가 없었다. 그러니 권이 위로 비슷한 말을 해오는 순간 그렇게 감사할 수 없는 것이었다. 그 순간의 안도감을 어떻게 표현해야 옳을지…….

새벽에서의 일을 떠올리면 저렇게 잘해줄 분이 아니신데, 그 일을 벌써 다 잊으신 건가?

소아는 다정하게 대해주는 권을 바라보며 그런 생각을 하고 있었다. 사실 권은 이제야 한양으로 올라가 투전 패를 잡을 수 있다는 생각에 그저 기쁠 뿐이었다. 그래서 신방에서 있었던 일도 너그러운 마음으로 넘길 수가 있었다. 어차피 처는 처일 뿐, 이제 올라가면 골방에 박아두고 자신은 훨훨 날면 되는 것이니.

“울지 말아요. 마치 내가 도적 같소.”

그래서 권은 지금 이 순간만큼은 소아를 위로해 주고 있었다. 집을 떠나자니 오죽 슬프겠는가.

소아는 권의 다정한 위로를 받으면 받을수록 더욱 죄스럽고 불안해져 눈물이 멈추지 않았다. 또르르 흘러내린 눈물이 뺨을 쉴 새 없이 적셨다. 아마도 서방님은 이 눈물이 그저 부모님과 헤어지기 싫은 부잣집 규수의 팔자 좋은 슬픔이라 생각하고 계실 게다. 그러니 저리 계속 위로를 해주고 있는 것일 테지.

내 부모는 저리 죄지은 듯 몰래 서 있다가 도망치듯 돌아서고, 표면상 부모님께는 그저 무거운 마음으로 인사를 드리고 떠나는 이 기가 막힌 사연을 그가 어떻게 알겠는가. 만약 알게 되더라도 저리 다정하게 위로해 주실 것인가.

비록 부부라도 남녀가 유별하니 조금 떨어진 거리에서 위로를 해주던 권은, 소아가 계속해서 눈물만 흘리고 있자 문득 진심으로 가엾다는 생각이 들었다. 아마도 너무 작고 깡마른 어린 처라서 더욱 그러한지도 모르겠다. 어쩌면 그 까만 눈동자에 차올라 흘러내리는 눈물을 닦아주어야 하나, 그런 생각도 들었지만 오로지 생각일 뿐이었다. 자신은 그럴 수 있는 위인도 못 되고, 별로 그러고 싶지도 않았다. 자신이 어떤 인물인가. 제 앞가름도 하지 못하고, 여전히 투전판이나 쫓아다니고, 혼례일 전에는 기생과 얽혀서 도망 나오느라 진땀을 뺀 데다, 이대로 한양으로 간다 하더라도 각시 앞에서 아버님의 호통이나 들을 것이 뻔한 인물이다. 게다가 가장 큰 문제로서 '불구' 일지도 모른다는 강박증이 그를 턱턱 옭아매고 있었다. 어차피 짧은 손길로 각시를 위로한다고 해도 왈자라 찍힌 자신이 해줄 수 있을 것이 없을 것 같다는 자괴감이 일었다.

그저 권은 가만히 고개를 숙이고서 측은지심을 발휘하여 작은 여인이 안쓰럽다는 생각만 하고 있었다.

'허어, 그런데 어찌 이리 까매서 깜장 콩 같은고?'

그 와중에도 권은 소아의 얼굴을 바라보며 그런 의문을 가졌다. 새벽에도 그런 생각을 했었지만 환한 곳에서 보니 그런 의문증이 더욱 들었다. 어제와 같은 환한 곳이라도 어제는 신부화장이 요란했기에 잘 몰랐는데, 오늘 그 백분을 다 벗기고 보니 손에 물 하나 묻히지 않은 규수의 피부색이라 보기에 어쩐지 좀 무리가 있었다. 게다가 마치 며칠 굶기라도 한 듯 바싹 마른 몸도 그렇고, 날씬한 것과 다르게 저 몸은 배배 꼬일 정도로 깡말랐다. 키는 자신의 가슴에나 미칠까? 올해 열다섯이라고 분명히 들었는데 저래 가지고서는 어째 열두셋이라고 해도 믿을 것 같았다. 각시라기보다는 누이동생 같기도 한 것이, 보면 볼수록 더욱 말라 보여 어쩐지 동정까지 일었다. 얼굴도 본판이 밉상은 아니었으나 어쩐지 유년에 고생한 흔적이 보이는 것이…….

'가난한 집에서는 반가의 여식이라도 농사일을 거든다고 하던데 그러한 것인가. 허나 이 댁은 척 보기에도 부유하지 않은가.'

아니면 바깥 공기를 워낙 즐겨 시골 땡볕에 너무 노출된 탓이겠지. 마당을 거닐기를 좋아하거나, 수를 놓더라도 마당에 나와 볕을 쬐며 한 탓이라고 생각할 밖에. 권은 그렇게 생각하며 의문을 묻었다. 어차피 처는 처일 뿐이라지 않은가. 메주면 어떻고, 반질반질한 옥이면 어떤가. 나와 관계없는 게지.

사실은 소아가 한 달 전까지만 해도 가리는 것 없이 바깥일을 하던 계집종이었다는 것을 그가 어찌 알겠는가. 그나마 동그란 눈과 반듯한 이마, 오밀조밀한 입술이 배치가 잘되어 있어 밉상은 아니라고 권은 생각했다.

'그러나 아무리 보아도 깜장 콩이야.'

그런데 그 깜장 콩이 맑은 눈물을 뚝뚝 흘리고 있으니, 이제 저가 책임져야 할 지어미인지라 권은 슬쩍 위로를 하고는 걸음을 옮겼다. 소아도 어쩔 수 없이 쓰개치마로 얼굴을 가리고는 눈물을 묻힌 채 떨어지지 않는 발걸음을 옮겨 가마로 향했다.

아마도 안방마님과 대감마님께서는 어서 가기를 바라고 계시겠지. 큰 서방님께서도 엄한 얼굴로 뒤에 서 계시겠지. 부디 자중하여, 있는 듯 없는 듯 조용히 살기를 바라고 계시겠지. 어차피 여인은 시집을 가면 그 댁 귀신이 된다고 하니, 이제 이 댁 사람들을 볼 일은 거의 없겠구나. 그러니 이제 부연 아기씨인 듯 살아야 할 일만 남았다. 그게 이 댁과 소아, 그리고 어미 아비, 동생을 위한 최선의 길이었다.

권은 대문을 나서자마자 말에 올랐다. 그리고 부연 아기씨로 분한 소아가 가마에 올라타는 것을 지켜보았다. 곧 가마의 문이 닫히자 천천히 행렬이 움직이기 시작했다. 권을 선두로 눈물을 실은 가마가 따라가고 있었다. 이제 드디어 한양으로 돌아가는 것이다.

'헌데, 저 어린 부인은 아무래도 어딘가가 좀 이상하단 말이야.'

권은 마상에서 조금씩 흔들리며 그런 생각을 하고 있었다. 새벽녘의 일이 떠오르자 그럴 수밖에 없었다. 기가 막히고 기가 막힌 일이 있었던 것이다.

"으으."

새벽, 권은 머리가 지끈거리는 가운데 가슴 아래에 어쩐지 묵직한 기운이 느껴져 천천히 눈을 떴다. 헌데 바로 보이는 천장도 낯설고, 느껴지는 바람 끝도 틀린 기분이었다. 가만히 생각해 보니 이방이 자신의 방이 아니고 신방이기 때문이었다.

"아참, 내가 어제 혼례를 올렸지."

기껏 그런 말을 중얼거리고는 벌떡 일어서려는데, 무언가가 가슴 아래를 묵직하게 누르고 있었다. 화들짝 놀란 권이 반쯤 접힌 몸으로 아래를 굽어 내려다보니…… 거기에 무엇이 있는고 하면.

"무, 무엇이냐!"

기가 막히게도 연지 찍은 얼굴에 아직까지 족두리를 쓴 무거운 예복 차림의 여인이 자신의 배를 베개인 양 베고 잠들어 있는 게다.

“허!”

놀랄 이유는 많고 많았다. 첫째, 어찌 아녀자가 감히 지아비되는 사람의 배를 이리 편하게 베고 누워 자고 있는 것이냐. 둘째, 어찌하여 아직 이런 차림인고. 셋째, 이 상태로 용케 잠을 잤구나. 넷째…… 조그만 여인이 어찌 이리 무거운고!

마치 단단한 차돌멩이가 얹어진 것처럼 어찌나 머리가 여문지 늙은 호박 한 덩이가 배 위에 올라 앉아 있는 것만 같았다. 권은 어쩔 줄을 몰라 잠시 머뭇거리다가 결국 다시 몸을 눕히고 한동안 천장만 보고 있었다. 이대로 일어나자니 각시가 뒹굴 굴러서 땅바닥으로 떨어져 박처럼 머리가 깨질 것 같고, 그렇다고 이리 계속 누워 있자니 너무나 무겁고.

그런데 그때 마치 웅얼거리는 것처럼 정확하지 않은 소리가 아래쪽에서, 정확히 배에 얹어진 신부의 얼굴 쪽에서 들려왔다.

“혼인…… 하기 싫어요. 이년…… 단매에…… 부디 분부를 거두어…….”

하도 중간 중간 끊겨 나오는 말이라 처음에는 잘 이해할 수 없었지만, 조각조각 난 단어들을 종합해 보니 그런 뜻인 듯했다. 결국 권의 입술에서 긴 한숨이 새어나왔다.

“부인이나 나나 똑같은가 보오.”

소아의 괴로움을 그저 혼례를 올려 집을 떠나는 것이 두려운 처녀의 슬픔으로 이해한 권은 그렇게 중얼거리며 어쩐지 동질감을 느끼고 있었다. 게다가 그 어투에 어쩐지 물기가 묻어 있어 권은 잠잘 때나마 편하게 해주고자 그대로 누워 있었다. 앞으로 참으로 많은 어려움이 목전에 닥칠 터인데 지금이라도 조금 편하게 해주고 싶었던 게다. 비록 남이 본다면 꼴은 많이 우스울지라도.

그런데 단매에 맞아 죽는 한이 있더라도, 라니. 혼인을 올리는 것이 죽기보다 싫다는 말인가. 허어, 그렇게 끔찍하도록 싫다니…….

권은 어린 부인의 슬픔이 생각보다 더 깊은 듯하여 상념이 들었다. 자신이 그럴 처지만 된다면, '그저 부인은 나만 믿고 따라오시오. 내가 절대 슬프지 않게 해주리다' 라고 뻥뻥 외쳐 주련만 자신은 그럴 수 있는 처지가 되지 못하고 게다가 그렇게 헌신하고 싶을 만큼 간절한 마음도 없었다. 오히려 '너부터 잘해라!' 라는 소리가 당장이라도 어디선가 들려올 것 같아 어쩐지 창피하기도 하고 씁쓸하기도 했다. 그저 혼례만 올리면 다 끝일 줄 알았더니, 이런 단점도 있었나 보다. 직접 각시를 접하고 또 각시 나름대로의 고민과 슬픔을 접하고 보니 점점 마음이 무거워지면서 믿음직한 남편이 되어주지 못하는 자신의 한심한 왈자 처지가 인식이 되면서 약간 찔렸다.

그저 답답한 마음만 가득한 가운데 얼마간의 시간이 흘렀을까. 갑자기 가슴 아래에서 꼼지락거리는 기운이 느껴졌다.

깼나 보군.

안 그래도 점점 더 무거운데다 팔다리까지 저려와 '확 밀어버려? 라고 생각하고 있는 차에 감지된 기운이기에 권은 그렇게 반가울 수가 없었다. 그래서 얼른 신부가 정신을 차리고 몸을 거두어주기를 바라며 슬쩍 아래를 쳐다보았더니.

허어…….

갓 혼인한 신부가 마치 아이처럼 손등으로 눈을 문지르며 볼썽사납게 하품을 하고 있는 것이다. 대관절 이 댁은 여식의 교육을 어찌 시켰기에 규수의 행동이 저리도 더펄거리는고. 아니면 규수들은 남이 보지 않는 데서는 모두 저리 경각심이 없는 것인가.

하필이면 소아가 정신을 차리지 못한 가운데 무심코 흘러나온 행동 때문에 이 세상 모든 규수들이 싸잡아 욕을 당하고 있는 실정이었다. 어쨌거나 권으로서는 세상의 여인들에 대한 새로운 면을 발견한 새벽이었다.

"어마나!"

아니나 다를까, 잠을 깨는 과정을 끝낸 것인지 신부가 깜짝 놀라 소리를 빽 치며 몸을 일으켰다. 덕분에 여문 호박 한 덩어리가 번쩍 들려져 숨통이 다 트였다. 그게 고맙기는 한데 도대체 소리는 또 어찌 저리 크게 질러대는고. 권은 빽 소리에 저가 더 놀라 심장이 덜컥 내려앉았다.

"이, 이걸 어째."

소아는 정신을 차리지 못하고 덤벙거리고 있었다. 놀랍고 당황스럽게도 천천히 눈을 뜨니 자신이 서방님의 배를 베고 한잠

늘어지게 자고 있었던 것이다. 제가 한 짓이 무엇인지 겨우 깨달은 소아는 붉어진 뺨을 두 손으로 가리고 이걸 어째를 연발했다. 그나마 다행인 것은 아직 서방님이 잠들어 있다는 것이었다. 그러나 권은 모르는 척 짐짓 눈을 감고 있는 것일 뿐, 잠든 시늉만 하고 있는 상황이었다.

"휴우."

가만히 눈을 감고 있으니 신부에게서 온갖 다양한 소리들이 흘러나왔다. 아마도 저 한숨의 의미는 신랑이 아직도 자고 있구나, 하는 안도의 의미이리라. 권은 이상하게 웃음이 삐질 새어 나오려고 해서 조용히 웃음을 참고 있다가 천천히 눈을 떴다.

"아이고머니!"

권이 천천히 몸을 일으키자 한쪽에 앉아서 무거운 족두리를 들었다 놓았다 하던 소아가 깜짝 놀라 몸을 바로 했다. 당연히 더 잘 줄 알고 이 족두리 좀 어찌해 보려고 천방지축을 떨고 있는데 서방님이 깨어난 것이다. 쓰고 입고 자느라 천근 같이 무겁던 피곤함은 어디에 가고 소아는 불안함에 떨고 있었다.

도대체 서방님은 어찌 저리 귀신인 것처럼 스르르 일어나시는가. 혹여 저가 베고 잔 것을 눈치 채고 계신 건 아닐까? 잠결에 눈을 떴다가 보셨으면 어찌하나.

신혼 첫날부터 소아는 근심만 한 광주리였다.

"흠흠, 잘 주무셨소?"

교육 받은 반가의 도련님이시라 그런가, 물어오시는 말이 점잖다고 생각하며 소아는 얼굴을 붉혔다. 사실 권 역시 어쩐지 두 사람만 있는 방 안이 적조하고 또 민망하여 헛기침을 두어 번 하고 꺼진 등잔불을 다시 켠 후에야 입을 열 수 있었다.

"도련님께서도 편안히 주무셨는지요."

소아의 말이 떨어지는 순간, 권이 고개를 갸웃거렸다.

"흐음, 부인 호칭이 잘못된 듯싶소."

권의 말마따나 소아는 저도 모르게 도련님이란 말을 흘렸다가 속으로 뜨끔하는 중이었다. 저도 모르게 원래대로라면 부연 아기씨의 부군 되실 분이라는 생각만 하고 있었으니, 그런 말이 자연스럽게 나온 것이다.

"죄송합니다. 저의 불민함으로……."

"아니오, 아직 적응이 안 되어 그럴 수도 있는데 무엇을 그리 어려워하오."

그 말투를 보아하니, 관대한 분인 듯하여 소아는 또 한시름을 놓았다. 언젠가 큰 서방님께서 이분을 이름난 호인이라 칭하셨는데, 그게 맞는 말인 모양이라고 소아는 생각했다. 아마도 이분께서는 글 읽는 것이 취미일 터이고, 또 그만큼 점잖고 위엄 있는 분이시리라.

허나 실상 장안의 왈자라 불리고 있는 권은 소아가 자신을 어떻게 생각하고 있는지 전혀 알지 못한 채 목이 말라 자리끼를 찾다가 문득 주안상을 쳐다보았다. 접시가 깨끗이 비워져 있는 것을 보니 어제 취해서 들어와서 무얼 좀 먹었나 보다.

그런 모양인데…….

천천히 권의 눈초리가 가늘어졌다. 무언가가 이상했다. 방문을 열고 들어와 신부에게 몇 마디를 하고 잠든 것까지는 기억이 나는데, 무엇을 먹은 기억은 전혀 없었다.

허면 혹시…….

하루 종일 혼례를 치르느라 굶었을 테니, 신부가 음식을 먹었을 수도 있다는 생각이 들었다. 그런 생각으로 흘끗 신부를 쳐다보는데, 여전히 족두리를 쓴 신부의 얼굴이 조금 일그러져 있었다.

"부인, 어찌 그러시오. 어디가 불편하시오?"

신부가 영 몸을 꼼지락거리며 이마를 찡그리고 있었던 것이다. 권의 물음에 소아가 화들짝 놀라 고개를 저었다.

"아, 아니옵니다."

"아프지 않으면 어찌 그리 안색이 좋지 않소. 혹여 어디 체한 데라도……."

공복에 급하게 먹었으면 그럴 수도 있다는 생각에 성큼 신부 쪽으로 다가앉던 권의 동작이 정지한 것은 그때였다. 혹시라도 아픈가 하여 경황이 없어 다가섰는데, 그 순간 이상하게도 술 냄새가 확 풍겨온 것이다. 이것은 자신에게서 나는 것일 수도 있겠으나…….

"부, 부인. 혹시 약주 하셨소?"

아무래도 그 방향이 신부 쪽으로부터 불어오는 것 같아 그렇게 물었더니, 소아가 고개를 도리질하며 격렬하게 부정을 했다.

"아, 아니옵니다. 제가 어찌 그런 경망한 행동을……."

그러나 권은 이미 술 주전자를 살짝 들어올리고 있었다. 역시나 그의 눈동자가 짙어지더니, 그가 비어서 달랑거리는 주전자를 보란 듯 소아에게 내밀었다.

"허면 이 주전자는 처음부터 비어 있었던 것이오?"

권의 짓궂은 말에 소아의 얼굴이 아궁이의 불처럼 확 붉어졌다. 말 그대로 덜미가 잡힌 상황이었다.

"부인에게서 술 냄새가 나질 않소? 명백히!"

무에 그리 알고 싶은 건지 권이 날 잡은 사람처럼 닦달을 하고 있었다. 구석으로 몰린 소아의 입장이 더욱 옹색해졌다. 그녀는 눈동자를 이리저리 굴리며 변명을 찾았지만 워낙 당황해서 그런지 쉽게 생각나지가 않았다. 본래 소아는 이런저런 핑계로 용케도 상황을 잘 넘기는 걸로 유명했지만, 스스로 맡아보아도 자신에게서 43)소줏불이 느껴지는 것 같아 심하게 불안했다.

"그럼 부인께서는 취하시어 그리 모로 쓰러져 잠이 들었던 게요?"

권은 어쩐지 재미가 있어서 더욱 닦달을 하고 있었다. 어쩔 줄을 몰라 당황스러워하는 신부의 모습에 재미를 붙인 것이다. 그 붉던 얼굴이 창백해지며 허옇게 변하자 더욱 보기가 재미있었던 권은 마치 참새 쫓듯 더욱 몰아대기 시작했다.

---

43)소줏불: 술을 너무 많이 마신 탓에 코와 입에서 나오는 독한 술기운

"취하신 게 맞소이다. 그렇지 않소?"

권의 닦달이 연이어 이어지자, 처음에는 막막하고 겁만 나던 소아의 속에서 무언가가 불쑥, 치밀어 올랐다. 사실 말이야 바른 말이지, 초야에 신부의 옷도 안 벗겨주고 자버리는 바람에 고생한 사람이 누구인가. 제대로 자게만 해주었다면 그 밤에 주안상에 있는 음식에 눈이 가지도 않았을 것이고, 또 술도 마시지 않았을 것이다. 그런데도 제 허물은 모르고서 자신만 닦달하니 소아의 오기가 치밀어 오른 것이다.

허나, 그렇다고 하더라도 양갓집 규수가 할 일이 아니었다. 이 사실이 알려지면 자신은 안방마님은 물론이고 무엇보다 큰 서방님께 끌려가 경을 칠 것이다. 그래서 절대 여기에서 그대로 인정할 수 없다는 마음에 천천히 입을 열고 한다는 말이,

"아마도 44)합환주 때 마신 술로 인하여……."

어떻게 해서든 이 상황을 빠져나가고 싶어 그런 말이 튀어 나가는 순간, 권의 이마에 내천 자가 그려졌다. 하도 기가 막혀 할 말을 잃은 탓이었다. 아니, 낮에 마신 합환주를! 도대체 그걸 마신 게 언젯적 일인데, 그것도 입술을 축일 만큼 서로 나누어 마신 술 탓을 하다니. 정말 말이 된다고 생각하는 것인가.

"그렇구료. 하긴 내가 마셨을 수도 있지. 아무래도 너무 취한 탓에 생각이 잘 나지 않나 보오."

----

44)합환주: 교배례 시 신랑 신부가 하님의 주도에 따라 표주박에 따른 술을 나누어 함께 마시는 것, 이때 마시는 술

　너무도 명백히 발뺌하고 있는 신부가 괘씸하면서도 가상하기도 하고, 또 안쓰럽기도 하여 권은 그렇게 얼버무리고 말았다. 워낙에 발뺌을 하고 있으니, 진정 이 술 주전자를 비운 사람이 신부인지 자신인지 분간이 잘 가지 않았던 탓도 있었다.

　그러나 만에 하나라도 추측대로 신부가 마신 것이 맞다면, 지금 저리 끝까지 변명거리를 찾는 모습 하나는 대단한 규수라는 생각이 들었다.

　역시 큰 서방님의 말씀처럼 호인인 모양이다. 초야에 홀로 술을 마신, 전에 없는 신부의 기가 막힌 모습을 덮어주는 권의 모습에 소아는 원삼 끝에 달린 한삼 자락으로 천천히 입을 가렸다. 저절로 마음 한구석이 찔리며 죄송스러워진 탓이었다. 하필이면 입에서 술내가 진동을 하여 들키게 만든 것인지. 쯧쯧.

　'아아, 내가 냄새를 맡아보아도 머리가 아프긴 아프구나.'

　소아는 막상 자신에게서 맡아지는 술 냄새에 어쩔 줄을 몰라 하며 그의 시선을 피하기에 급급했다. 그런 소아를 쳐다보고 있는 권의 얼굴에 허허, 기가 막혀하는 웃음소리가 새어나왔다.

　'거참, 요상한 신부로고. 특이한 점이 한두 가지가 아니로구나. 그런데⋯⋯.'

　"헌데, 부인은 어찌하여 아직까지 그런 차림이오?"

　권은 벌써 전부터 궁금하던 말을 그제야 꺼냈다. 신부가 아직 족두리도 벗지 않고 있는 모습이 신기하기도 하고 놀랍기도 해서 입을 연 게다. 순간 고개를 숙이고 있던 소아의 눈동자에 살기(殺氣)가 돌았다. 어찌하여 그런 차림이오, 라니.

'헉!'

무심코 말을 꺼냈던 권은 갑자기 각시의 눈동자에 도는 살기를 접하고는 흠칫 놀랐다. 다소 엉뚱하기는 하지만 그래도 다소 곳하고 귀염성있는 눈동자라고 생각했는데, 갑자기 얼음 바늘이 숭숭 날아오니 오금이 다 저렸다. 그러나 소아는 무슨 일이 있었냐는 듯 얼른 시선을 돌려 살기를 처리했다.

아아, 무정함이 하늘을 찌르시는구나.

"서…… 방님께서 족두리를 벗겨주시지 않으시어서……."

이리 말 한 마디 하는 것이 힘이 들 수가 없었다. 혼례를 올렸으니 서방님은 서방님이지만, 감히 부연 아기씨의 낭군을 훔쳐 모셔온 것 같은 기분에 서방님이라 부르는 것조차 벅차게 느껴졌다.

"저런!"

그제야 권이 화들짝 놀라며 자신의 무심함을 속으로 탓했다. 생각지도 못한 일에 접한 권의 눈동자에 미안함이 잔뜩 어렸다.

'이런 일이 있을 수가 있나! 어허, 내가 초야를 치러야 할 것을 우려하여 이리 금수 같은 짓을 저질렀구나. 족두리를 벗겨주지 않았으니 신부가 그대로 밤을 지새다 잠이 든 게다. 아니지, 그전에 술을 몇 잔 마신 사실도 있지.'

사실 권은 기가 막히기도 했다. 설령 족두리를 벗겨주지 않았다 한들, 그 모습 그대로 밤을 지샌 신부의 순진함과 미련함이 가엾기도 하고, 또 우습기도 했던 것이다. 권은 잠시 어떤 표정을 지어야 할지 모를 심정으로 앉아 있었다.

"서방님, 부탁이니 족두리를 좀 벗겨주실 수 없으시겠는지요. 실은 너무 무겁고 불편하고 아픕니다."

소아는 저 무정한 서방님께서 또 제 할 일을 잊으시고 벌떡 일어나 나갈까 봐 두려워, 제가 스스로 그런 말을 했다. 어쨌거나 이 족두리만 벗으면 날아갈 기분이겠다.

"미안하오. 많이 불편하시었소?"

지금 그걸 말씀이라고 하십니까!

소아는 차마 그리 말하지는 못하고, 안방마님께서 늘 강조하시었듯 그저 다소곳이 고개를 숙이고 있었다. 생각 같아서는 족두리를 패대기치고 싶은 마음이 가득이라는 것을, 이 점잖은 서방님께서 어찌 아실런가.

"그, 그럼 이리로 조금 가까이. 아, 아니, 내가 갈 터이니 조금만 돌아앉으시오."

권은 일단 족두리부터 벗겨주어야겠다는 생각에 그리 말하고 다가갔다. 손을 들어올리는 권의 마음속에 상념이 가득했다.

허면 이 여인은 족두리도 벗겨주지 않은 데다, 그것도 모자라 초야부터 술에 취해 소박을 놓은 신랑 때문에 속이 갑갑하여 술잔을 든 것인가. 어허, 가엾고도 가엾도다.

권은 제 깜냥이 이리 부족하다는 것을 통감하고 일단 족두리부터 벗겼다. 긴 밤 내내 얼마나 가슴이 쓰리고 슬펐을꼬.

얼른 족두리를 벗긴 권은 비녀에 드리워진 앞 댕기와 도투락
댕기, 그리고 길고 무거운 비녀까지 모두 빼주었다. 막상 여인
의 옆으로 가서 그러한 행동을 하자니 생각지도 않게 심장이 떨
리더니 손끝까지 떨려왔다. 허참, 이건 또 무슨 수전증인고.

설마하니 이 볼품없이 어리고 요상한 규수 때문이겠는가. 그
저 투전을 오래 못 잡아 금단 증상이 일어난 것뿐이겠지.

'휴, 살 것 같구나.'

머리 위에 얹혀 있던 모든 것이 빠지자 소아는 마치 앓던 이
가 빠진 것처럼, 혹은 등에 얹고 있던 짐을 내려놓은 것처럼 홀
가분하여 날아갈 것만 같았다. 이리 편한 세상이 기다리고 있는
줄 알았다면, 나중에 무슨 일을 당하더라도 저가 스스로 빼버릴
것을 그랬다. 괜히 미련한 짓을 하여 사서 고생을 했다는 생각
에 억울하고도 억울했다. 어쨌거나 족두리를 벗어 기분이 좋아
진 소아의 입가에 환한 미소가 돌았다.

"이제 좀 편안하오?"

질문을 하려고 시선을 내려 소아를 쳐다보던 권의 눈동자가
멈칫했다. 저 조그만 얼굴에 미소가 돌고 있으니 이상하게 심장
이 쿵 내려앉았다. 어허, 이게 무슨 변고로고. 아무래도 초야라
는 말의 위력이 나를 이상하게 만드는가 보구나.

권은 혼례 바로 전일 접했던 가희아라는 여인에 비해 평범하
기 짝이 없는 외모를 지닌 소아의 얼굴을 보며 속으로 고개를
저었다. 어디 외모만 평범한가, 여인의 티라고는 눈 씻고도 찾

아볼 수 없을 정도로 어리고, 게다가 이상한 행동들도 심심치 않게 보이는 여인이다. 한 마디로 가희아에 비해 떡 하나 쥐어 주면 좋게끔 생긴 미운 얼굴이었다. 사실…… 대단히 곱지는 않다 해도 가희아보다야 사랑스럽고 귀여운 얼굴이라는 생각이 은근슬쩍 비집고 올라와서 권은 화들짝 놀랐다.

권이 그런 생각에 빠져 있을 때 소아는 이제 족두리를 벗었으니 이 거추장스러운 예복도 벗었으면 좋겠다는 생각만 하고 있었다. 그녀는 흘끗 서방님을 쳐다보았다가 곧 자신의 옷을 내려다보았다.

'내가 벗어도 되려나? 아니면 이것마저 서방님께서 벗겨주셔야 하는 걸까?'

그녀는 현재 오로지 홀가분해지기만을 바라고 있는 상황이었다. 그래서 어떻게 관심 좀 가져주시나 하고 서방님을 돌아보았더니, 권은 전혀 그녀를 안중에 두고 있는 것 같지 않았다.

"저기……."

그래서 결국 소아가 먼저 구원 요청을 해야 했다. 다른 곳을 보고 있는 그의 주의를 끌었더니 권이 아직도 거기에 있었냐는 듯한 눈으로 소아를 돌아보았다.

"뭐, 하실 말이라도 있소?"

드릴 말씀이야 차고 넘치지요.

"저기…… 이 옷은 어찌하나요? 벗어도…… 될까요?"

소아의 질문에 권의 얼굴빛이 확 변했다. 무사태평하던 권의 얼굴에 긴장이 돌더니 그가 난데없이 헛기침을 흠흠, 하고 말했다.

"이제 곧 아침인데 벗을 필요가 있겠소?"

"그럼 이대로 입고 있어야 하나요?"

이번에는 권의 표정에 기가 막히다는 빛이 돌았다.

"이상한 소리를 하는구료. 갈아입어야 하지 않겠소? 혹여 연지를 찍은 그대로 한양으로 갈 생각이었소?"

맺힌 마음이 많아서 그런 건지, 권의 말이 꼭 시비를 거는 것처럼 들렸다. 저렇게 비꼬지 말고 갈아입어도 좋으니 마음대로 하시구료, 라고 해주면 오죽 좋은가 말이다.

"제 말은…… 제가 이 옷을 벗어도 되냐는 뜻이었습니다."

반상의 구분이 틀려 남녀칠세부동석을 그다지 지키지 않았던 소아였을지라도, 이리 장정 앞에서 벗느니 마느니 하는 이야기를 하고 있자니 얼굴이 화끈 달아올랐다. 한참이나 소아의 말을 곱씹어보며 생각을 하는 것 같던 권이 곧 입을 열었다.

"갈아입으시오. 그게 뭐 그리 어려운 일이라고 망설이고 있소?"

평이한 어조로 흘러나온 권의 말에 소아의 맥이 쭉 풀렸다. 저렇게 쉽게 나올 말이었다면, 미리 좀 편하게 있으라고 귀띔이라도 해주면 오죽 좋았겠는가.

"죄송합니다. 저는 옷고름을 서방님께서 풀어주셔야 하는 줄 알고……"

소아의 말에 권의 얼굴이 급기야 하얗게 질렸다. 그는 물끄러미 소아를 보면서, 지금 이 여인이 농을 걸고 있는 것인지 아닌지 살피고 있었다. 그런 것 같지 않다는 것이 드러나도록 진지한 얼굴이긴 한데…….

과연 저 말이 무슨 뜻일까? 풀어달라는 소리인가? 안 풀어주면 화를 내겠다는 소리인가?

권은 소아의 속마음을 가늠하지 못하고서 이 생각, 저 생각에 빠진 채였다. 그러나 권의 생각만큼 심각할 것은 하나도 없었다. 소아는 그저 옷고름에만 살짝 손을 대주면 그 후에는 자신이 알아서 하려는 생각이었다.

한참을 숙고하던 권은 더 이상 골치 아픈 생각을 하기 싫어 툭 던지듯 말했다.

"부인께서 알아서 하시구려. 그리고 앞으로는 하나하나 내게 물어보지 않아도 되오. 그저 부인께서 하고 싶으신 대로 하시오."

순간 소아가 천천히 시선을 돌려 권의 얼굴을 바라보았다. 권은 다소 차가운 눈으로 그런 자신을 쳐다보고 있었다. 목소리에 냉기가 서려 있디 싶었더니 표정도 다르지 않았다. 마치 완전한 타인을 대하듯 하는 그 시선에는 일말의 부드러움이나 다정함이 없었다. 호인이시라 생각했던 것은, 그저 타인에게 대하는 몸에 밴 습관 같은 것일 뿐이었나 보다.

'이런 것이었구나. 정말 괴롭고 걱정되는 일은 이런 것이었구

나. 들킬까 봐 조마조마한 것보다 더 두려운 것은, 어쩌면 들킬 기회조차 주어지지 않는 것. 천것으로 태어나 천것으로 살아온 삶이 몸에 밴 주제로 어떻게 감히 서방님과 부부라는 의미로 묶여지겠는가. 평생 저렇게 차가운 시선 속에서 산다면, 들키고 말고 할 것이 무어란 말인가. 본디도 타인보다 더 먼 분이시거늘.'

소아는 그제야 자신이 얼마나 큰 고통의 길에 발을 담갔는지 느낄 수 있었다. 그렇게 느끼게 할 만큼 권의 시선은 냉랭하기만 했다. 너무나 멀리 있는 사람처럼.

그때 소아의 머릿속에 천둥처럼 울린 생각이 있었으니.

'그럼 아들은? 내 구원 줄이 될 떡두꺼비 같은 아들은? 설마 한 방 안에 같이 있기만 해도 수태가 되는 건 아닐 테고. 어찌하지? 그러면 나는 영원히 아기도 못 낳는 것일까?

그런 불안한 마음이 든 것이다. 그러자 결국 얼굴이 사색이 되어 하얗게 질리고 말았다.

무심한 시선으로 그런 소아를 쳐다보고 있던 권은 소아의 얼굴이 갑자기 창백해지면서 수심과 불안함이 가득차자 고개를 갸웃거렸다. 빨리 한양에 올라가서 투전판으로 달려가고 싶다는 생각에 빠져 있던 권은 잠시 어린 부인이 곁에 있다는 것을 잊고 있었는데, 그 입술 색이 보랏빛으로 질릴 정도로 표정이 변하는 바람에 정신이 든 것이다.

"또 왜 그러시오?"

권이 걱정스러운 목소리로 물었지만, 소아는 이제 저 어투에 속아서는 안 된다는 생각을 했다. 결국 그에게 의지하고, 그만 믿어서는 안 된다는 것이다. 운명이 이리 정해졌다면, 스스로 개척하는 수밖에 없다. 믿을 사람은 자신밖에 없다는 생각이 뒤통수를 후려치듯 떠오른 것이다.

아무도 관심 가져주지 않는 외로운 한복판에 던져진 자신을 구원해 줄 사람은 자신밖에 없다. 그러니 정신을 바짝 차려야 한다. 서방님이라도 결코 아군이 아니다. 오히려 누구보다 강력한 적군이 될 소지가 다분했다. 사실을 알게 되었을 때, 예의 방금 전의 그 차가운 시선을 하고서 자신을 몰아낼 것은 너무나 뻔한 일이었기에.

"서방님께서…… 옷을 벗을 수 있도록 도와주셔요."

그래서 소아는 침을 꿀꺽 삼키고 그런 말을 하고 말았다. 어쩔 수 없다. 다가오지 않는다면 다가오게 할 수밖에 없는 것이다. 이대로 주저앉을 수도 없다. 그렇다고 들키지 않기 위해 어른들 말씀처럼 죽은 듯 지낼 수도 없었다. 죽어 지내든 아니든, 어차피 며느리로 아내로 가는 이상 위험은 도처에 널린 것이다.

소아의 말에 권이 눈을 크게 깜빡거렸다. 그리고 잠시 후 그는 속으로 혀를 찼다. 겨우 초야를 무사히 잘 넘겼다고 생각했는데, 이 무슨 생각지도 못한 상황이란 말인가. 여인이라는 사람들은 참으로 신기하구나. 가희아도 그렇고, 부인도 그렇고 어찌 저리들 모두 다 적극적인 것인지.

무섭도다!

"꼭…… 벗겨 드려야 하겠소?"

그 어조에 싫은 기색이 다분히 담겨 있어 소아는 더욱 마음을 강단지게 먹었다. 그녀가 고개를 빳빳이 들더니 말했다.

"저는 서방님의 지어미이고, 서방님은 저의 지아비이십니다. 그런데 초야를 이리 넘기시다니, 너무한 것이 아니온지요."

어차피 이 네모진 공간 안에서만 맴도는 말일 뿐이었다. 듣는 이도 없는데 되바라진 소리를 한다 한들 무슨 상관이란 말인가. 소아의 입장에서 가장 무서운 사람은 이 댁 어른들뿐이었다. 그분들의 시선만 피할 수 있다면, 앞에 앉아 있는 서방님과는 전투를 치르듯 살면 어떻게든 살아질 것이다.

권은 소아의 당당한 눈동자를 보며 혼란에 빠져 있었다. 무슨 여인의 눈빛이 저리도 확고하고 뚜렷한 것인지 모르겠다. 투전판에서 항상 흐리멍텅한 눈들만 보고 살아왔던 권으로서는 확실히 충격적인 일이기는 했다. 다만 저 눈빛이 대의를 위한 것이 아닌, 그저 어서 옷을 벗기라는 다그침이었기에 할 말이 딱 막혔지만…….

"어제는 내가 사과하리다. 과음을 하여 실수를 했소. 허나, 이미 지나간 시간이니……."

"아직 새벽은 밝아오지 않았습니다. 엄밀히 아직 초야는 끝난 것이 아니지요."

어떻게든 이 시국을 견뎌내 빠져나가려는 심산이었던 권은 소아의 딱 부러지는 말에 급기야 숨이 턱 막히고 말았다. 귀찮아 죽을 지경이었다. 그리고 안 그래도 곱지 않은 작고 볼품없는 부인에게 점점 더 정이 떨어졌다. 무슨 여인이 이리 수치도 모른다는 말인가. 도무지 저리 말하는 규수가 고금(古今)을 막론하고 언제 있었다는 말인가. 아니면 자신은 모르는 암묵적인 무언가가 존재하는 것일까?

처들은 모두 저렇게도 살쾡이처럼 무섭게 노려보며 어서 초야를 치르라고 닦달을 한단 말인가? 그래서 벗들이 모두 처는 처일 뿐, 이라고 말을 하며 처를 무시하는 듯한 말을 한 것일까?

"지, 지금 초야를 치르자고 하시는 것이오?"

"그렇사옵니다."

"다시 한 번 묻겠소. 정녕 그러하오?"

"저는 꼭 치러야겠습니다."

꼭 아들을 낳아야 한단 말입니다! 신혼 첫날부터 소박을 맞으면 그 후에는 더욱 어떨지 불 보듯 뻔한 일이 아니겠습니까.

소아는 그런 확신을 가지고 겁도 없이 물러서지 않고 있었다. 어쩌면 소아가 이렇게 당당한 이유는 부부간의 일이라는 것이 어떤 것인지 모르기 때문인지도 몰랐다. 그저 막연히 같은 이불 속에 들어가면 아이가 나오는 것쯤으로만 알고 있으니 이리 겁이 없는 것이다. 어차피 이불 속에 들어가면 그 후에는 신랑이 모든 일을 한다고 하니, 그때부터 자신은 나 죽었네 하고 있으면 될 것 같다는 생각에서였다.

"혹시…… 자존심이 상하셨소?"

권은 그래도 끝까지 어린 신부를 오해하고 싶지 않은 마음에 그렇게 말했다. 이 작고 총명한 눈망울을 한 여인이 가희아와 같은 부류의 여인이라는 것을 인정하기 싫었다. 누가 뭐라고 해도 그녀는 자신의 처이지 않은가. 경박하게 밝히는 여인쯤으로 치부하고 싶지 않았다. 제아무리 지금 초야를 치르자고 닦달을 하고 있더라도 말이다.

"네, 그렇습니다."

사실 소아는 자존심이 상한 것이 아니라, 아들을 못 낳을까 봐 걱정이 되는 것이었지만 소아는 그렇다고 대답했다.

결국 권은 한숨을 폭 내쉬었다. 그러면 그렇지. 아마도 아내는 나름대로 초야에 대한 교육을 받았을 것이다. 장모님께 초야에 대한 교육을 받으며 나름 준비를 하고 있었을 텐데 소박을 맞았으니, 자존심이 상한 것이리라.

'흐음, 그렇다면 이제 나는 어찌해야 하는가.'

아내의 행동에 대한 원인 파악은 대충 끝이 났는데 더욱 난감한 일이 기다리고 있었다. 나름대로 교육을 받은 여인을 어떻게 해야 안을 수 있을지, 그것에 대한 심각한 고찰을 해야 할 차례가 남았던 것이다.

자신은 지금 전혀 동하지 않았다. 안고 싶은 마음이 털끝만치도 들지 않는데 어쩌란 말인가. 안 그래도 안 되는데, 아내에 대한 정이 갈수록 떨어져 더욱 마음이 동할 리 없었다. 그때 권의 머릿속에 불현듯 떠오른 생각이 있었으니.

'옳거니!'

권은 속으로 무릎을 탁 치며 외쳤다. 아내는 지금 그저 자존심이 상한 이유로 합방을 하자고 제안을 하고 있는 것이다. 어차피 반가의 규수가 남녀 간의 운우지정을 알면 얼마나 알겠는가. 막상 손을 뻗어 안으려고 하면 제풀에 놀라 물러날 것이 자명하다.

'흠흠, 조금 거칠게 나가줘야겠군. 그러면 놀라서라도 저가 잘못했다고 싹싹 빌겠지. 그러면 나는 못 이기는 척하고 물러나는 거지.'

권은 확실한 계획을 잡고서 곧 실행에 들어갔다.

"그럼 초야를 치릅시다. 부끄럽다 내치시면 안 되오."

권이 천천히 손을 뻗으며 말하는 순간 소아는 움찔했다. 그 표정의 변화를 예리하게 파악한 권은 속으로 쾌재를 부르고 있었다. 그러면 그렇지, 벌써 두려워하고 있구나. 조금 겁만 주면 금방 물러나겠어.

그의 생각처럼 소아는 현재 심각할 정도로 겁을 먹고 있었다. 막연히 무조건 초야를 치러 아들을 낳겠다는 생각만 가득했지, 직접 서방님이 손을 뻗어오자 심장부터 덜컥 내려앉으면서 두려워지는 것이다.

'그러나 참아야 해. 아들, 아들이야. 아들을 낳아야 해.'

소아는 허벅지를 찔러가며 긴긴 밤을 참는 인고의 과부가 된 심정으로 이를 악물고 자신을 가라앉혔다. 그래 봐야 서방님이 자신을 죽이기야 하겠는가. 아들도 못 낳고 사실이 들켜 죽임을 당하는 것이 진짜 위협인 것이다.

권의 손이 움직이더니 거추장스러운 대대를 풀고 벗겨 내렸다. 순간 얼마나 어깨가 가벼워지는지 소아는 그대로 나른해져서 벌렁 누워 버릴 뻔했다. 그러나 지금은 그런 한가한 생각을 할 때가 아니었다. 권의 손길은 잠시간의 멈칫거림도 없이 다시 움직여 거추장스러운 원삼마저 벗겨 내렸다. 그러자 치마와 속저고리만이 남아 아직 젖살이 빠지지 않은 연한 살갗이 어른거리며 비쳤다.

소아는 눈을 질끈 감았다. 남세스러워서 미칠 지경이었다. 온몸에 벌레가 기어가는 것 같은 감각을 견딜 수가 없었다. 오로지 살아남기 위해 무작정 견디고 있을 뿐이었다.

'어찌 이리 작은고. 겉으로 보던 것보다 더욱 작구나.'

무심한 눈으로, 그러나 일부러 겁주려고 빠른 속도로 옷을 벗겨 내리던 권의 손짓이 멈칫했다. 가희아의 살갗을 보았을 때는 분명히 원숙한 여인의 내음이기는 하였으나 동시에 어딘지 모르게 부담스럽고 부정적인 느낌만을 받았었다. 하지만 너무 말라 그런가, 젖살이 아직 남은 소아의 하얀 살갗은 아주 보드랍고 또 금방이라도 아기 같은 젖내가 날 것 같았다.

비록 자신이 자는 동안 홀로 술을 푼 신부이기는 하였으나, 게 눈 감추듯 음식 접시를 싹싹 깨끗이도 비워 버린 황당한 규수이기는 하였으나, 술을 마신 것을 들킨 것을 감추려고 합환주 핑계를 대는 황당함을 지닌 여인이기는 하였으나 내 여인인 것은 확실했다. 앞으로 함께 남은 생을 지낼 여인…….

'안방마님께서 던진 목안이 누웠다고 했어. 그건 낳기만 하면 아들이라는 거라잖아.'

소아는 자신을 내려다보고 있는 권의 시선을 느끼며 그렇게 속으로 한없이 생각했다. 그러면서 자신을 계속해서 가라앉혔다. 괜찮아, 무서울 것 없어.

그럼에도.

'어찌해야 하나, 이제 어찌해야 하나.'

막상 초야를 치르겠다고 생각하니 머리털이 삐죽 하고 서는 것이다. 수치도 모르고 그렇게 뻣뻣하게 외쳐 댔는데 지금 와서 물릴 수도 없는 노릇이고, 물리자니 아들을 못 낳을 것 같고, 아들을 못 낳으면 방패막이 없어지는 건데…….

소아는 이 난국을 어떻게 헤쳐 나가야 할지에 대한 생각에 빠져 있었다. 게다가 이분은 본래 부연 아기씨의 신랑이 되실 고귀하고 고귀한 위치의 사람이 아닌가. 그런 분을 어찌 실질적으로 지아비로 받아들일 수 있을까. 급기야 그런 현실적인 생각들이 머릿속에서 천둥처럼 울리는 것이다.

그때 권이 천천히 팔을 벌려 한 줌밖에 안 될 것 같은 소아의 어깨를 쥐었다. 홀로 무슨 생각을 하고 있는지는 모르겠으나 그 어깨를 쥐는 순간 오들오들 하는 떨림이 고스란히 느껴졌다. 그래서 어쩐지 가여운 누이동생 같다는 생각에 가만히 끌어안으려는 찰나, 소아의 몸이 뻣뻣하게 굳었다.

'휴우, 이제 곧 그만 하자고 하겠구나.'

권은 소아를 안으면서 어린 아내가 한시라도 빨리 아니 되옵니다! 라는 말을 외치기를 기다렸다. 그러나 품 안의 어린 아내에게서는 바들바들 떨지언정 그 어떤 소식도 없었다. 그녀는 그저 죽은 듯 고요히 있었던 것이다. 그러자 슬슬 권의 마음이 불안해지기 시작했다.

아니 되옵니다! 빨리 그 말을 외치란 말이오!

그러나 그 순간 흘러나온 소아의 말은 전혀 다른 것이었다.

"서, 서방님…… 부, 불을 끄심이……."

옌장맞을! 화력 좋은 불이 아직도 꺼지지 않았나 보다. 이러다가 결국 사내 구실을 못한다는 걸 들키고야 말겠다. 그렇다고 제 입으로 술술 불 수는 없었던 권은 소아가 요구한 대로 소맷자락으로 바람을 만들어 불을 껐다. 그 행동에 신경질이 잔뜩 묻어 있다는 것을 소아는 알지 못했다.

"자, 이제 껐소."

권은 한 마디라도 하여 되도록 시기를 늦추어보고 싶었으나 이제 더 어쩔 수도 없었다. 그래서 전혀 마음이 동하지 않는 몸을 이끌고 속저고리에 손을 가져다 댔다. 도대체 이 시국을 어떻게 헤쳐 나가야 할지 앞이 까마득했다. 반드시 초야를 치르고야 말겠다는 신부를 처로 맞을지 그 누가 알았겠는가. 아무래도 삼재가 든 게 틀림없으리니.

술술 저고리의 고름이 풀리고 앞섶이 벌어지는 순간, 소아의 속살이 드러났다. 그리고 평평하기만 한 소담한 젖가슴 둔덕—이라고 할 것도 없었지만 어쨌든—이 오르락내리락거리는 찰나,

"아니 되옵니다!"

갑자기 소아가 드러난 앞가슴을 양손으로 가리더니 진저리를 치며 소리치는 것이다. 얼씨구절씨구! 동시에 권의 얼굴에 화색이 피더니 앓던 이가 빠진 듯 홀가분한 마음이 물밀듯 밀려왔다. 드디어 기다리고 고대하던 그 말이 나와준 것이다. 초야의 신부치고는 그 반응이 아주 느렸고, 특유의 뻔뻔함으로 무장하여 늦게도 질러준 말이었지만 권은 그것만도 다행이었다. 끝까지 말없이 이불까지 직행했으면 얼마나 난감한 일인가 말이다.

"부인, 왜 그러시오."

속으로는 기뻐서 날아갈 듯한 권이었으나 짐짓 모르는 체하며 그렇게 말했다. 서운함과 조급한 기운을 어조에 섞는 것도 잊지 않았다. 그랬더니 아니나 다를까, 소아가 하얗게 질려서 바들바들 떨며 고개를 저어대는 것이다.

"모, 못하겠습니다. 죄, 죄송합니다."

죄송하기는 뭐가 죄송하오. 너무나 고마운 일이오.

옹색한 처지를 들키지 않아도 된 권은 삐져나오려는 환희의 미소를 숨긴 채 짐짓 엄한 목소리로 말했다.

"지금 지아비를 놀리는 것이오?"

"죽을죄를 졌습니다."

권은 고개를 갸웃거렸다. 그렇다고 그게 죽을죄까지는 아닌 것 같은데…….

그러나 소아는 상전에게 하던 어투가 버릇처럼 배어 있는지라 그렇게 말했던 것이다. 어쨌거나 여기에서 더 다그쳤다가 일을 그르치기 전에 얼른 방부터 빠져나가 보자는 생각에 권은 상황을 정리했다.

"아니, 괜찮소. 부끄러워 그러는 것인데 내가 어찌 다그치겠소. 내 기다리겠소. 부인께서 마음을 여시는 그날까지……."

"아, 아니옵니다. 제가 경거망동을 했습니다. 그냥…… 서방님 뜻대로 다시 하셔요."

순간 권의 입이 쩍 벌어졌다. 마음을 여는 그날까지 기다리겠다는 말을 하고서 자신은 산뜻하게 물러나면서 이해심 많은 지아비로서의 일거양득을 얻으려고 했건만, 지금 어린 부인께서 무슨 말을 하시는 것인가?

"부, 부인?"

소아는 수없이 자신을 다그치고 있었다. 두려움 따위야 이겨내면 되는 것을, 그걸 참지 못하고 일을 그르칠 뻔했다. 이래서는 안 된다는 생각에 그녀는 이를 악물고 다시 참아내기로 결심한 것이다.

어깨를 바들바들 떨면서도 소아가 천천히 앞가슴을 가렸던 팔을 천천히 내렸다.

“괘, 괜찮습니다.”

이마에 흐르는 땀을 닦아가면서도 어린 처가 그렇게 말하는 것이다. 괜찮지 않아도 된다니, 어찌 이러시오! 권은 답답하고 답답하여 속으로 버럭 소리를 쳤다. 겨우 저승의 출구(出口)가 보였는데 그대로 막혀 버린 것이다.

“아, 아니 된다고 하지 않았소.”

권이 사정조로 그렇게 말하자 소아가 확고한 눈동자를 하고서 대답했다.

“되옵니다. 괜찮습니다.”

허어!

권은 그대로 쩡! 얼어버렸다. 도대체 자신을 놀리는 것도 아니고……. 그것도 아니면 이 작은 여인은 꼬리가 아홉 개 달린 천년 묵은 여우인가? 어찌 이리도 심사를 어지럽히고 꼬이게 한단 말인가.

“그, 그럼 다시 시작합시다.”

권은 어쩔 수 없이 속치마의 매듭으로 손을 옮겼다. 가희아의 풍성한 가슴을 동여매고 있던 매듭에 비하면 소아의 가슴은 사내의 그것처럼 납작하기만 했다. 가희아의 속치마는 터질 듯 커다란 가슴을 누르고 있느라 금방이라도 터질 것 같았는데, 이 매듭은 절벽에 겨우 걸쳐진 흉내만 내고 있었던 것이다. 그러니 더욱 몸이 동할 리가 없었다. 그래도 도둑이 제 발 저리는 격으로 혹여라도 사내답지 못하다 놀림받을까 하여 권은 마음을 단단하게 먹고 매듭을 풀었다. 그리고 속치마가 헐거워지며 아래로 흘러내리는 순간.

"자, 잠시만요!"

치마가 바닥에 닿기도 전에 빠르게 낚아채 가슴 가리개가 남은 앞쪽을 가린 소아가 그렇게 외쳤다. 당연히 권의 얼굴에 화색이 돌며 조급하게 물었다.

"그만 했으면 좋겠소? 그, 그럼 그리합시다."

권은 소아가 대답을 할 여유도 주지 않고 그렇게 결론지어 버리고는 벌떡 일어나려 했다.

"아닙니다! 계속하셔요."

그러나 다음 순간 터져 나온 소아의 말에 막 일어서려던 권의 무릎이 꺾이듯 접혔다. 그가 반쯤 일어났던 몸을 허물어뜨리며 앉아서는 울상을 하고서 소아를 쳐다보았다.

"뭘 어쩌라는 말이오?"

"그, 그저 조금 당황했던 것뿐입니다."

오호, 통재라!

권은 기가 막혀서 넋이 반쯤은 나가 버렸다.

"그럼 다시 시작하겠소."

"아니 되옵니다! 안 되겠습니다!"

"그럼 그만 합시다. 내 그만 나가보겠소."

"아니옵니다. 그저 아직 마음의 준비가 되지 않아서요. 그러나 이제 되었습니다."

"그럼 다시 하겠소. 이제 다른 말 마시오!"

역정이 나서 소리를 버럭 지른 권이 다시 손을 뻗었으나.

"아니 되옵니다아!"

그러니까 아침이 밝아올 때까지 그 짓을 몇 번을 반복했는지 모른다. 결국 마지막에는 권도 지치고, 소아도 지쳐 그대로 다시 잠이 들어버리고 말았다. 언제 어떻게 눈이 감겼는지 모르게 권은 모로 픽 쓰러져서, 소아는 그대로 자신의 팔에 뺨을 대고 소로록 잠이 들었다. 잠든 부부의 얼굴에 각자 심한 피곤기가 감돌고 있었다. 아마도 모르는 사람이 본다면, 초야를 험하게도 혹은 정열적으로도 치렀구나, 착각할 만한 꼴이었다.

"드르렁 드르렁."

"쌕쌕."

'아니 되옵니다' 와 '아니 된다더니!', '괜찮습니다. 이제 되옵니다' 와 '안 괜찮아도 되오!' 그저 그런 짧은 말들이 반복적으로 오가며 실없이 지나간 영양가없는 초야라는 것을…… 지금 곤한 잠에 빠져든 신랑과 신부만이 알았던 것이다. 참으로 힘겨운 초야였고, 다시는 생각하기도 싫은 대화들이었다. 그럼에도 가까운 거리에서 이마를 맞대고 잠이 든 부부의 모습은 평온하기만 했다.

그렇게 새벽이 지나가고 아침이 밝았다. 그 일로 권은 어쩐지 어린 아내 되는 사람의 얼굴이 겁이 나 바로 보지 못했고, 소아 또한 민망함과 쑥스러움에 권의 시선을 피했다.

'내 한양 가면 어떤 일이 있어도 아내와 되도록 떨어져 지낼 것이야.'

'아, 한양에 도착하면 이번에는 반드시 초야를 치를 것이야. 그때는 절대 겁내지 말아야 해. 이제 소리치지 않을 거야.'

신랑 신부의 머릿속에 오가는 분주한 생각들로 한양 길이 빼곡히 채워졌다. 어쨌거나 말을 타고 가고 있는 권이나, 가마 안에 앉아 있는 소아나 마음이 무겁기는 매한가지였다.

六章. 이리 오너라, 업고 놀자!

예로부터 사산 밑으로 양반들의 거주지가 넓게 자리하고
있었다. 권력을 잡은 노론들이 거주하는 북악산 밑을 거점으로
한 북촌이 가장 부유한 촌이고, 실세를 한 남인 밑 가난한 양반
들이 무리를 지어 사는 곳이 남산 밑인 남촌이다. 그 외에 낙산
밑의 동촌과 서소문 내외의 상인과 양반의 혼합 거주 지역인 서
촌, 그리고 기술직 중인이나 시전상인, 군교 등 중인들이 살고
있는 중촌이 있었다.

소아가 도착한 곳은 부유촌인 북촌의 대가 댁이었다. 사람들
이 왜 한양, 한양 하는지 도착하고야 알게 된 소아였다. 지금껏
살던 시골 마을의 대감마님 댁도 크다고 생각했지만, 가짜로 시

집을 온 이 댁은 더욱 으리으리했다.

소아가 한양 본가로 올라온 지도 벌써 이레(일곱 날) 밤이 지 났다.

본디 며느리는 시댁으로 온 지 사흘째부터 부엌일을 거들어 야 하는 법인데 위로 동서가 두 명이나 있고 막내며느리인데다 일을 할 종들도 많아 특별히 소아까지 집안일을 떠맡을 일은 없 었다. 하지만 이래저래 얼굴을 익히고 거대한 집안 곳곳을 살펴 보고 눈짐작으로 가풍을 이해하는 등 새사람으로서 아직 특별 히 바쁜 일이 없음에도 시간은 빠르게 흘러갔다.

시어머니인 안씨 부인은 다정하면서도 위엄있는 얼굴로 시가 의 친족 관계나 여러 가지 가사일도 가르쳐 주고 또 소아를 데 리고 가까운 친척집에 인사를 드리러 걸음을 하기도 했다. 그렇 게 살(蟲)처럼 빠르게 흐르는 시간임에도 문득문득 소아는 그런 생각이 드는 것이다.

'내가 너무 예민한 것인가.'

올라와서 뵌 시부모님들은 두 분 다 어질고 점잖은 분들이셨 다. 처음에는 너무 겁을 많이 집어 먹었으나, 자신을 부연으로 착각하고 계셔 그런 것인지 마치 극진할 정도로 잘 대해주시는 것이었다. 즉 도가 지나칠 정도로 어여쁘다고만 하여 주시니 소 아는 오히려 얼떨떨할 지경이었다. 물론 구부간(舅婦間:시아버지 와 며느리)에는 본래 별다른 말이 오갈 리가 없었고 그저 풍기는 인상이 따스하게 감싸주는 것이었다. 문제는 그리 짜고 맵다는 고부간(姑婦間)이었는데 직접 겪어보니 소아의 생각과는 달랐다. 평범한 고부간이라도 문제가 있을 터이거늘, 거짓으로 며느리의 자리에 앉아 있는 소아는 불안한 마음에 하루하루를 보내기도 벅찰 줄 알았던 것이다.

물론 아직 마음이 편안하려면 멀고 먼 길이 남았지만 지금까지는 매우 다정하고 온화하게 대해주시어 어쩐지 외려 더 불편했다. 어쩌면 마음 한구석이 찔리는 이유인지도 모르겠다.

'너무 예민하게 생각하지 말자. 어쨌거나 아직 나를 부연 아기씨로 알고 계시니 잘해주시는 것이야 당연지사가 아니겠어. 마음을 가라앉히자.'

소아는 몇 번이고 자신을 향해 그런 당부를 하며 안정을 유도했다. 그러는 사이 며칠이 지나 이 댁의 모습이 어느 정도 눈과 발에 익었다지만, 역시 이 댁의 규모와 부는 아직도 놀라운 것이었다. 대문의 거대함이야 더 말할 것도 없었고, 안으로 들어서는 순간 펼쳐진 기와집의 내부는 꿈에서조차 감히 상상하지 못했던 궁궐이 이처럼 크고 웅장할까, 싶었다.

와룡으로 친 담이며, 45)숙석으로 친 면이며, 모란, 작약, 46)연산홍과 전나무가 아름답게 드리워져 있었다. 무엇보다 옥분에 심은 매화며, 대분에 심은 난초, 파초며, 47)향일화며 그 향기가

------

45)숙석: 석수장이에 의해 인공으로 다듬어진 돌
46)연산홍: 진달래과의 상록관목, 꽃은 4, 5월에 홍자색으로 핀다
47)향일화: 해바라기

그윽하여 으리으리한 건물보다 더욱 소아의 마음을 끌었다. 그래서 소아는 날이 어스름해지고 인적이 드물어지면 온갖 진귀한 꽃과 나무에서 나는 향기를 따라 홀로 후원을 찾곤 했다.

'아아, 내가 언제 이리 팔자 편하게 난초를 바라보고 오색 붕어가 노니는 모습을 보고 있으리라고 감히 생각이나 했을까.'

소아는 그나마 사흘 전부터 얼굴도 보이지 않는 남편 생각은 아예 하지 않으려고 노력하며 모란과 작약을 바라보고 있었다. 처음 한양에 도착했을 때에는 적어도 하루에 한 번씩은 어쩌다가 마주쳤지만 사흘 전부터는 아예 그것도 없어졌다. 어디에서 이슬을 맞고 자는 것인지 몇 번의 밤이 지나도 들어오지 않은 게 벌써 사흘째였다. 그러니 아침 문안인사도 홀로 드려야 하는 형국이었다.

"아가, 잠자리가 바뀌어 불편하지는 않던?"

"아가, 음식이 입에는 맞누? 곤란한 일이 있으면 언제든 말하련."

가장 곤란한 일은 서방님 되시는 분이 사흘이 넘도록 코끝도 안 보여준다는 사실이었지만, 시어머니 안씨 부인이 물어오는 말에 소아는 여전히 다소곳하게 괜찮다는 말만 앵무새처럼 되풀이할 뿐이었다.

헌데 조금 기이한 점은, 신랑이 집에 없다는 것을 시부모님도 알고 있는 눈치인데 그것에 대해 한 번도 입을 열지 않는다는 것이었다. 만약 지어미 된 자신이 부족하여 신랑이 정을 못 붙이고 밖으로 도는 것이라면 응당 탓을 받아도 될 처지였고, 그렇지 않다 하더라도 한 번쯤은 어찌어찌하다 물어볼 법도 한데 시부모님은 일언반구도 하지 않았던 것이다.

하여 한양의 대가 댁에서는 남정네가 하는 일에 집안 여자들은 본래 한 마디도 하지 않는 게로구나, 하고 이해할 뿐이었다. 소아로서는 아직 이 댁의 깊은 사정이나, 권의 성향 중 어느 하나라도 아는 것이 없었으니 어떤 짐작조차 하지 못하는 처지라는 것이다.

어쨌거나 무시무시하리라 생각한 시어머님께서 부연 아기씨의 흉내를 내고 있는 소아를 꽤 아껴주시고 보듬어주시는 눈치였고, 남편이 밖으로 도는 것에도 단 한 번의 질타도 하지 않아 다행이라는 생각은 들었다. 오히려 권이 들어오지 않은 지 하루, 이틀, 사흘이 될수록 이상하게도 그 다정함이 점점 더 깊어지는 것 같은 기분까지 드는 것이었다.

'설마, 그런 말도 안 되는 생각을.'

소아는 금세 자신의 생각에 고개를 저어보았다. 소아가 권을 집에 못 들어오도록 만든 것은 아니었지만, 어쨌거나 그와 집 사이의 거리를 멀게 한 것이 무에 그리 칭찬할 일이라고 더욱 다정하게 대하시겠느냐 말이다.

그리고 드디어 나흘째 되는 날, 권이 돌아왔다는 소식이 들려왔다. 집에 들어서자마자 큰사랑으로 불려갔다는데, 자세히 들어보니 거의 포박되어 끌려간 수준과 마찬가지인 것 같았다. 아무리 봐도 인자하시고 멋진 시아버님이시지만, 며칠 동안 코빼기도 안 보이던 갓 장가간 아들을 그냥 두실 만큼의 이해심까지는 없어 보이시는 것도 사실이었다. 막내며느리뿐 아니라 모든 며느리들에게 언제나 다정하게 대해주시었지만, 역시 본래의 성정은 대쪽같이 꼿꼿하실 것같이 보여졌던 것이다.

어찌 되었든 권의 포박 소식을 알려준 사람은 소아가 한양으로 올려올 때 장씨 부인이 딸려 보내준 파주댁이었다. 파주댁은 장씨 부인이 믿는 사람으로 일찍 남편을 잃고 두 딸은 모두 시집을 보내 홀가분한 몸으로 한양으로 올라올 수 있었다.

두 딸을 적당한 자리에 시집보내 주고 부칠 수 있는 땅뙈기를 내어준 사람이 바로 장씨 부인이었다. 파주댁은 입이 무겁고 진실된 사람으로 이 혼인의 배경을 알고 있었다. 한 마디로 소아에게는 든든한 제 편이었고, 장씨 부인이 소식을 전할 일이 있거나 큰 서방님이 연락을 넣을 급한 일이 생기면 모두 파주댁을 통하기로 한 것이다. 그나마 소아가 기댈 곳인 동시에 연락책 정도의 위치라고 할 수 있었다.

마침 소아는 안씨 부인 옆에서 조금씩 안살림에 대해 설명을 듣고 있었다. 대가 댁의 막내며느리라 소아까지 나설 집안일은 없다고 봐도 옳았지만 안씨 부인은 아랫것들이 실상 모든 일을 하더라도 거의 옆에서 지시를 내리거나 지켜보아야 한다는 주의였다. 아마도 꼼꼼하신 성정 탓이리라.

소아의 입장에서는 어떤 큰일이 주어지더라도 팔을 걷어붙이고 나설 자신이 있는 상황이었다. 그러나 살갗에 닿을 때마다 녹아내릴 것 같은 가벼운 비단 저고리를 입고서 그저 안씨 부인의 곁에서 어여쁜 새색시의 모습을 하고 있어야 하는 것이 지금 소아가 할 일의 전부인 것 같았다.

"어머님, 서방님의 상은 제가 준비하겠습니다."

"오호, 그러겠느냐."

아니 그래도 역정을 한바탕 쏟아냈을 남편과 막내 자식의 상을 함께 들이는 것이 걱정되던 찰나였다. 게다가 안씨 부인 역시 지금 아들의 얼굴을 보면 어떤 험한 소리가 나올지 몰라 자식이라도 당분간 그 얼굴을 보고 싶지 않은 마음이었다.

대놓고 보란 듯이 며칠이나 집을 비운 자식이라니…… 그것도 새 사람을 들여놓자마자 평소 행실을 그대로 하고 있으니 그 얼굴이 어찌 곱게 보이겠는가. 며느리 앞에서 분노한 속내를 드러내어 더욱 한심해지느니 당분간 안 보는 것이 나을 것 같았다.

'그나저나 이 양반께서 따끔하게 말씀을 하셨어야 할 텐데.'

안씨 부인은 속으로 혀를 끌끌 차며 대감마님이 천지를 진동하는 노여움을 아들에게 퍼부으셨기를 바라는 바였다. 어찌 되었든 부친의 말은 그나마 들으려는 척이라도 하는 한심스러운 막내 자식이었으니.

"아가, 그저 바깥으로 도는 사내 마음을 잡을 수 있는 것은 집안 사람뿐이니라."

안씨 부인은 차마 자신의 입으로 놀음에 미친 아들자식이라는 말은 하지 못하고서 그저 적당한 표현을 써가며 소아의, 아니, 부연이라고 알고 있는 며느리의 손등을 쓸어주었다. 소아로서는 오히려 남편의 마음을 끌지 못한 자신의 부족함만 같음에도 이리 다정하게 대해주시니 몸 둘 바를 몰랐다.

동시에 무언가 어떤 문제점이 있을 것 같다는 생각이 머릿속 한쪽을 스쳐 지나갔다. 사정이 이 정도 되니 의심하지 않을 문제도 의심스러워지는 것이 아닌가. 과연 서방님께서는 생각했던 것보다 성실하지 않은 분이신지도 모르겠구나. 그런 가정을 해보는 것이었다.

한편 부친께 최후통첩을 듣고 거처로 돌아온 권은 투덜거리며 보료에 털썩 주저앉았다.

"네 이노옴! 네놈이 정녕 사람이더냐! 어찌 안사람을 들이고도 그런 행태를 못 버렸는고오! 앞으로 이레 동안 대문 밖을 넘어가는 일이 있으면 그때는 필시 며늘애 앞에서 멍석말이를 당하게 할 터이니 그리 알아야 할 것이니!"

아직도 부친의 내공이 담긴 고함 소리가 귓전에서 맴돌 정도였다. 어찌나 정력이 넘치시는지 귀가 먹지 않은 게 다행이라는 생각이 들었다.

"허니 그리 혼인은 싫다 하였거늘, 어찌하여 내 신세가 이리 되었단 말인고. 며칠 동안 혼례 때문에 투전 패를 만져 보지도 못했거늘, 그 반질반질한 감각에 취해 사흘쯤 흘려보냈다고 한들 이왕지사 한양에 올라온 각시가 사라지기를 한다더냐, 혼인이 취소되기를 한다더냐.”

그래도 권은 반성하지 못하고 툴툴거렸다. 정신없이 놀음에 빠져 있다가 보니 사흘이 지난 것도 몰랐던 것이다. 문득 꽤 시간이 흐른 것 같아 눈을 깜빡여 보았더니 이미 그리 시간이 흘러가 있는 것을 어찌한단 말인가.

“멍석말이라니, 아버님께서는 정녕 그리하실 참인가.”

일전에 금족령을 당했을 때 초당으로 투전 패들을 모아 신기에 가까운 기술을 보여준 끝에, 그 이후로는 아버님께서도 웬만하면 놀음하는 것을 막지 않는 눈치셨더니, 새로운 사람이 들어오는 바람에 부친께서 갑자기 저리 닦달을 재시작하신 것이다. 아무래도 모든 것이 각시의 탓이라는 생각을 하지 않을 수 없었다. 각시를 생각하면 할수록 이래저래 귀찮기만 한 권이었다. 그저 조용히 세월이나 보내면서, 아버님 어머님 며느리나 삼으시며 데리고 살면 안 되는 것인가, 그런 생각이 드는 것이다.

“이게 모두 다 그 촌것 때문이야. 촌것이 내 앞길을 막고자 하는 것이야. 혼인만 하지 않았던들, 촌것만 없었더들 아버님께서 이레나 금족령을 내리셨을 것이냐.”

그런 마음에 애꿎은 소아만 두고 이죽이죽 투덜투덜거리고 있는데, 갑자기 문밖에서 인기척이 들렸다. 순간 권은 화들짝 놀라 방문 쪽을 쳐다보았다.

“누, 누구냐.”

“서방님.”

헉! 들려온 소아의 목소리에 권의 눈이 화등잔만하게 커졌다.

서, 설마 듣지는 않았겠지? 두어라, 들었으면 또 어떠하냐. 촌것더러 촌것이라고 불렀거늘.

그래도 불안한 마음에 괜히 흠흠, 헛기침을 흘리고서 슬쩍 몸을 옆으로 틀고 앉은 권이 문을 흘끗 노려보며 입을 열었다.

“들어오시오.”

짐짓 점잖은 척하며 권이 입을 여는 순간 문밖에서 소아의 목소리가 들려왔다.

“그럼, 촌것 들어가겠사옵니다.”

책상 다리를 하고 있던 권의 몸이 휘청거렸다. 그러나 권의 상태 따위 관계없이 문이 스르르 열리더니 개다리소반을 든 소아가 안으로 들어섰다. 꽤 많은 음식들이 얹혀 있는 것 같은데도 새색시는 가뿐하게도 상을 들고 있었다.

히, 힘이 세구료. 부인.

이미 다 들은 데다가, 들었다는 사실을 굳이 숨기지 않고 들어서는 소아를 보려 했으나 그게 생각대로 되지 않아 권은 고개를 반대편으로 슬쩍 돌렸다. 아무도 없는 곳에서 흉을 본 모습을 들켰으니 사내 체면이 말이 아니었던 것이다.

“흠흠.”

그리하여 권은 계속하여 그런 무안한 헛기침만 흘리고 있었다. 그러나 슬쩍 쳐다보았던 소아의 얼굴은 변화없이 평온해 보여 무어라 사과의 말을 불쑥 던지기도 옹색했다.

한편 소아는 자신을 촌것이라 칭하는 권의 목소리를 듣고서 기가 막혔다. 미리 아랫것들을 물렸으니 다행이었지, 아니면 고스란히 이 처지가 들킬 뻔했다. 안 그래도 부엌에서 생각지도 못했던 소식을 접해 듣고 온몸에 힘이 풀려 있던 차였는데, 그런 상황에서 권의 혼잣말을 우연히 듣게 되니 더 화가 난 것이다.

안씨 부인에게 조금씩 시댁의 살림을 배우고 있던 소아는 사실 궁금한 게 하나 있었다. 시집온 지 이레가 지나고 있는데 도대체 그렇게 바라고 있는 쇠고기가 오르지 않는 것이다. 오르지 않을 뿐 아니라 아예 이 댁에서는 쇠고기를 먹지 않는 것 같았다.

육식은 대개 지배 계급 중에서도 부유한 계층만 먹는 귀한 음식인데다 특히 쇠고기는 정책적으로 식용을 제한했기 때문에 잘 구경하기 힘들었던 것이다. 이유는 가뭄의 원인을 소의 도살로 생각했기 때문이다. 그랬기에 홍수나 가뭄 같은 이변이 일어나면 왕은 근신하는 의미에서 고기가 없는 밥을 먹고 술을 마시지 않았다.

[48]식자(識者)의 말에 의하면 사람들이 소의 힘으로 농사를 지어먹고 살면서도 소를 도살해 먹기 때문에 소의 원한이 천지의

---

48) '숙종실록' 중 송시열이 〈정자〉의 말을 인용

화기를 손상하여 이것이 자연의 운행 질서를 깨뜨려 비가 내리지 않는다는 것이다. 지당하신 말씀이었으나 소아가 속상했던 것은, 하필이면 시아버님께서 그런 농우보호와 생명에 대한 배려를 단단히 지키시는 분이라 평생 쇠고기를 먹지 않고 제사 때마저 쇠고기를 쓰지 않는 분이라는 사실이었다.

그런 이 댁의 상황을 안씨 부인에게 전해 들은 소아는 그렇게 실망스러울 수 없었다.

'아, 부유한 댁이니 그 귀한 쇠고기를 배불리 먹을 수 있겠구나 싶었더니.'

입 밖으로 표현하지는 않았으나 그 순간 맥이 빠진 것은 이루 말할 수가 없었다. 그저 천지가 진동할 이런 신부 바꿔치기 혼례를 올린 이유 중 하나가 쇠고기를 배불리 먹을 수 있다는 것이었는데…….

어쨌거나 너무나 실망스러운 말을 들었다 하여도 그것을 표낼 수는 없었다. 그런 상황에서 사흘 동안 보이지도 않던 지아비께서 드디어 귀가를 했다는 소식을 듣고 와봤더니 기가 막히게도 신랑은 각시의 흉이나 보고 앉아 있었다.

'대체 서방님께서는 사흘 동안이나 어디에 가 계셨던 걸까.'

아마도 서방님께서 자신을 영 마음에 들어하지 않아 겉도시는 게로구나, 소아가 가장 쉽게 추측할 수 있는 한 가지였다. 그리하여 다른 여인과 사흘을 보내고 오신 것인가. 생각의 가지들은 점점 더 뻗어가기만 했다. 그렇다고 자신이 서방님께 투정을 부릴 수도 없는 상황이라 답답증은 더욱 커져 갔다. 어찌 대장부가 하는 일에 아녀자가 무어라 간섭을 할 수 있을까.

생선과 죽순을 이용한 찜과 고사리, 도라지, 가지, 박 오가리 등의 숙채를 얹은 상을 권의 앞으로 조심스레 놓은 소아는 자신도 그 앞에서 조금 떨어져 앉았다.

"내 별로 시장하지 않소."

권은 혼잣말이 들킨 것 때문에 쑥스럽기도 하고 또 정말 시장기가 없어 괜히 그렇게 퉁을 놓듯 말했다. 권의 차가운 어투가 소아의 가슴을 따끔 찔렀다. 그녀는 이마가 보일 정도로만 시선을 아래로 넌지시 둔 채 입을 열었다.

"하여도 드셔야 하지 않겠는지요. 어머님께서 걱정하십니다."

소아의 말에 권은 어머니가 자신을 붙들고 호통을 치셨음 치셨지, 자신을 걱정할 분이 아니라는 것을 알고 속으로만 한숨을 내쉬었다. 자신의 앞에 놓인 상을 바라보던 권은 어찌할까 잠깐 고민하다가 일단 먹는 게 나을 것 같아 수저를 들려 했다. 그때 갑자기 소아가 먼저 손을 뻗더니 상아로 된 젓가락으로 조그만 종지에 권의 음식을 살짝 덜어 은수저에 담아 맛을 보았다. 행동이 막힌 권은 망연자실한 눈으로 소아가 하는 모습을 바라보고 있었다.

"부인, 지금…… 무엇을 하시는 게요?"

얼떨떨한 그 표정은 소아의 뜻을 알아차리지 못하겠다는 것 같았다. 소아는 조용히 은수저와 종지를 내려놓고는 여전히 다소곳한 목소리로 입을 열었다.

"[49]기미를 보고 있지 않습니까."

얼토당토않은 소아의 말에 권의 입술이 살짝 벌어졌다. 마치 감히 왕인 양 귀하신 몸 취급을 받는 것이 나쁜 기분일 리가 없었지만.

"누가 혹여 내게 앙심을 품어 독이라도 탔답디까?"

여염집에서 말도 안 되는 독살 타령을 하고 있으니 말이 안 되었던 것이다. 하여 기가 찬 권이 그렇게 물었지만 소아는 한 치의 흔들림도 없는 얼굴로 대답을 올렸다.

"혹여 모르지요. 어느 촌것이 혹여라도 그리하였을지요."

실상은 사흘 동안이나 나타나지 않아 그 사흘을 마치 바늘방석에 앉은 것처럼 불안하게 만든 것에 대한 책임을 묻고자 약간 장난을 치려고 했던 생각이었다. 그러나 차라리 어려운 얼굴을 서로 마주하고 있느니 사흘이나마 안 보고 산 것도 다행이라는 생각이 드는 동시에 권의 혼잣말을 들은 찰나라 앙갚음을 할 생각으로 이런 일을 한 것이다.

"부인, 지금 나를 놀리는 거요?"

아주 낮지만 불쾌함이 잔뜩 묻어난 권의 목소리가 흘러나왔다. 확실히 화가 난 어조였음에도 일단 내리누르고자 노력은 하

---

49)기미: 왕이 음식을 먹기 전, 음식에 독이 있는지 없는지를 확인하기 위해 옆에서 보좌하고 있던 큰방상궁이 먼저 음식 맛을 보는 것

는 것 같았다.

소아는 문득 자신이 지금 무슨 짓을 저지른 것인지 심각하게 되돌아보았다. 하긴 부연 아기씨라면 이런 앙큼한 행동을 생각이나 했겠는가. 그러나 소아는 그런 생각에서 고개를 저었다. 사실 부연 아기씨는 더한 행동을 하지 않으셨는가. 그 결과로 자신이 이런 어울리지도 않는 자리에서 천성을 못 누르고서 막 되어먹은 짓을 하고 있는 것이겠지.

"허면 서방님께서는 어찌하여 인륜지대사인 백년가약을 맺은 지어미를 전혀 귀하게 여겨주시지 않는 것인가요. 어찌 홀로 아침 문안인사를 드리게 만드시는지요."

요것 봐라.

그러나 그 말은 권이 마음속으로 내뱉은 말이 아니라 소아가 속으로 자신에게 한 말이었다. 요 입이 아주 제멋대로 나불거리고 있었던 것이다.

나는 부연 아기씨가 아니야. 나는 다른 반가의 규수와도 달라. 어차피 내 운명이 이렇게 방향을 틀어졌다면 내 운명은 내가 개척하고 살아가야 해. 그저 다소곳하게 앉아 무시를 당하면서 없는 존재 취급받으며 살 수는 없어. 어머니는 나더러 죽은 듯이, 그저 들키지 않도록 목숨이나 부지하며 견뎌내라 하셨지만 그럴 수 없어. 들키기를 겁내하며 뒤로 물러서서 사느니 차라리 부딪쳐 싸워 이기겠어.

그것은 소아의 타고난 배경이 반가의 여식보다는 자유로운 태생이라 그러한 것인가. 아니하면 천한 종의 딸로 체면이나 겉치레를 무시하며 살아와 그저 무지하여서 그런 것인가. 어쨌거나 소아는 아무리 해도 자신이 지아비의 그림자만 봐도 얼굴을 붉히는 여염집 규수 흉내를 낼 수 있을 것 같지 않았다. 노력해봐야 얼마 못 갈 것이라는 걸 알았다. 어차피 본모습이 완전히 숨겨질 것 같지 않았다.

소아의 당돌한 말에 권은 심적으로 상당히 타격을 받았다. 초야부터 느낀 것이지만, 지금껏 자신이 여인에게 가졌던 환상과 지금 앞에 앉은 각시의 모습은 너무나도 틀린 것이었다. 그저 벙어리인 듯 입매를 어여삐 다물고서 은은하게 미소 짓거나 혹은 돌아서서 눈물짓는 것이 여인의 모습이라 생각한 것이다. 남편의 앞에서는 골려도 그저 연하게 웃고, 무섭게 해도 그저 연하게 웃는 사람이 처인 줄 알았더니.

"흠흠."

이게 무슨 남편을 앞에 두고 성질을 드러내는 것이냐고 호통을 치고 싶었지만 소아의 말이 또 틀린 것은 아니어서 권은 그저 헛기침만 했다. 그러다가 슬쩍 입을 열었다.

"부인은 악처가 되려 하는 것이오? 지금 내 행동을 규제하려하는 것이오? 처가에서는 지아비의 일에 간섭을 하라고, 그리 가르치더란 말이구료."

그래도 이 정도는 말해주어야 남편으로서 위엄이 설 것 같아 은근히 말했더니 소아가 그 까무잡잡한 얼굴로 대답을 해왔다.

"제가 친정에서 배운 것은, 지아비께서 입신양명하시게끔 지혜롭고 어진 지어미가 되라는 것이었습니다."

"허, 말 한번 잘했소. 지금 그 모습이 지혜롭고 어진 지어미의 모습이오? 내가 보기에는 투기를 부리는 속 좁은 아녀자의 모습인 것 같은데 아니 그렇소? 대저 남편의 행동에 간섭을 하는 여인이 있다는 소리는 고금(古今)을 막론하고 들어보질 못했소!"

권은 차갑게 내지르고는 고개를 옆으로 홱 돌렸다. 소아는 고개를 숙인 모습이었지만 시야를 넓게 넓혀 그런 권의 모습을 차분하게 살피고 있었다. 그런데 이상하게도 화를 내며 고개를 돌리고 있는 권의 모습이 무섭기는커녕 토라진 도련님처럼 보여 웃음이 설핏 나왔다. 그 모습에 소아는 나름대로 자신이 생겼다. 자신은 그 성질 대단하기로 소문난 큰 서방님에게 이미 이골이 날 만큼 당해왔던 것이다. 그보다 더한 성질머리는 아직 보지 못했으니까, 화나 봐야 토라진 것처럼 보이는 서방님 대하기야 누워서 떡 먹기라고 할까.

"수심 가득한 아버님, 어머님을 뵈면서 참으로 저는 어찌할 바를 몰랐습니다. 제가 서방님께 많이 모자라 외면을 당하는 것은 스스로 극복할 수 있으나, 가족들 모두에게 걱정을 끼치는 서방님의 모습을 보니 이건 아니라는 판단이 들었습니다. 제가 아내로서 서방님께 해드릴 수 있는 일은 솔직하게 말씀을 드려 서방님께서 아버님, 어머님의 근심이 들지 않게끔 하는 것이라 생각합니다."

"허, 감히 지아비가 하는 행동을 간섭하고 장부의 앞길을 여인의 목소리로 막는 것이 지혜로운 지어미의 올바른 행동이라는 것이오?"

두 사람의 기가 첨예하게 대립했다. 더 이상 방종을 허락하지 못하겠다는 듯 머리끝까지 화가 난 권과 화를 내든 말든 그대로는 못 두겠다는 소아의 기운이 상충하고 있었던 것이다. 소아는 흔들리지 않고 말을 이었다.

"간섭이 아닙니다. 서방님께서 올바른 길로 가시게끔 조언을 드리는 것입니다. 아내로서 그 정도는 할 수 있다고 생각을 합니다. 부부는 일심동체가 아니겠는지요."

"부인이 지금 나를 가르치려 드는 것이오! 부인께서는 내훈도 읽지 못했소?"

이제 식사는 뒷전으로 밀린 채, 속박당하기 싫다는 권과 속박하겠다는 소아의 입씨름의 기운만 방 안에 가득 차 있었다. 역정이 묻어난 권의 짙은 눈썹이 꿈틀거렸다. 일생 동안 아버님의 잔소리를 귀에 못이 박히도록 듣고 살았는데, 결국 두려워하던 예감이 현실로 다가온 것이다. 잔소리꾼 하나가 아내라는 허울 하에 암묵적으로 인정받고자 지금 앞에서 기를 쓰고 있는 것이다. 그것도 혼인한 지 이레도 채 지나지 않은 새신부가 말이다!

그런 마음에 분노를 섞어 권이 꽤 목소리를 높여 소리치듯 말했지만 여전히 까만 얼굴의 신부는 어깨 한 번 들썩이지 않고 눈 하나 깜짝하지 않고서 천천히 입을 여는 것이다.

“‘내훈’에 보면 남편은 아내의 하늘이니 아버지처럼 공경하고 섬겨야 한다. 남편 앞에서는 몸가짐을 조심스럽게 하고 함부로 잘난 체 말며 매사에 순종하고 뜻을 거스르지 않는다. 자신을 낮추고 가장을 내조하는 일에만 힘써 남편의 권리를 인정하고 순종해야 한다고 나와 있지요.”

다행히도 소아는 여성 교훈서인 ‘내훈’ 뿐 아니라 ‘계녀서’와 ‘규중 요람’ 정도까지 독파한 후였다.

소아의 말을 들은 권의 눈썹이 더욱 일그러졌다.

“하! 아주 자알 알고 계시구료. 잘 알고 있는 사람이 그리 지아비를 가르치려 드는 것이오?”

그저 다소곳한 체하며 시선을 아래로 깔고 있었지만, 그 모습이 더 얄밉게 느껴지는 권이었다. 수동적인 모습인 척하고 있었지만 할 말은 다 하고 있지 않느냔 말이다. 게다가 한양에 올라와 보니 더욱 밉상스런 얼굴을 하고서 말이다.

까맣다 뿐인가, 볼품없이 깡말라 아무리 해도 정이 안 붙는데 시끄럽게 간섭까지 하려 드니 더욱 밉구나.

권은 더 볼 것도 없는 신부의 모습을 쳐다보고 있던 시선을 거두어 외면하듯 돌려 버렸다. 그러나 여진히 소아는 그 평이한 말투 그대로를 지속하며 말을 보탰다.

“감히 소첩이 어찌 서방님을 가르치겠나이까. 허나 소첩께 흉을 들으시는 것이 차라리 다른 이들에게 흉을 들으시는 것보다는 낮지 않겠는지요. 지아비의 말씀을 따르는 것도 아내의 할 일이지만 지아비께서 진정한 하늘이 될 수 있도록 내조하는 것이야말로 바로 내훈이 바라는 바라고 생각하고 있습니다. 소첩은 하늘같은 제 서방님께서 다른 사람들에게 흉잡히는 것은 보고 싶지 않습니다."

안씨 부인의 지시에 의해 아랫것들이 권의 투전 사실에 대해서는 입도 뻥긋 않고 있어 소아도 모르는 면이었지만, 들은 바로 서방님은 아직 관직에 오르지도 않았을뿐더러 알다시피 과거를 준비하는 모습도 보이지 않았다. 남자가 밖으로 도는 이유야 대개 주색잡기 때문일 터이니 모르긴 몰라도 부잣집 도령께서 풍류를 즐기느라 공사다망하신 것 같다는 것 정도는 짐작할수 있었다. 눈치 빠른 소아이니 집안 돌아가는 상황을 살펴보며제 서방님께서 그런 사람이라고 짐작을 한 것이다.

어쨌거나 지금 서방님이 화내시는 것도 무리는 아니라는 생각이 들었다. 성리학적인 측면에서 예로부터 여자는 깊은 방에거처하며 문밖에 나가는 것을 적게 하고, 오라고 부르면 오고가라 하면 가야 하는 그런 처지였던 것이다. 그게 바로 올바로교육 받은 여인이 응당 따라야 할 일이었으나, 소아로 말할 것같으면 올바로 교육 받은 규수가 아니지 않은가. 그러니 소아에게는 아녀자들을 규제하는 그 모든 것들이 고리타분하게만 느껴질 수밖에 없었다.

"허!"

사정이 이러하니 당당하게 내뱉어지는 소아의 말에 권이 기가 막힌지 그런 짧은 소리를 흘리고는, 찢어질 대로 찢어진 눈으로 소아를 노려보며 입을 열었다.

"내가 대관절 다른 이, 누구에게 흉을 듣고 다닌다는 것이오?"

"들어오시자마자 큰사랑으로 불려가지 않으셨는지요. 아버님께 역정 들으신 것이 아니옵니까?"

순간 권의 얼굴이 뻘게졌다. 그러나 그는 금세 헛기침을 흘려 정색을 하고는 말했다.

"아, 아버님께 무슨 소리를 듣던지 부인께서 상관할 일이 아니오! 게다가 아버님은 부인께서 말한 것처럼 다른 사람이 아니지 않소? 어찌 나를 낳아주신 분을 타인이라 칭할 수 있소?"

"그러니 피를 만들어주신 아버님께서도 역정을 내실 정도이니 다른 이들은 오죽하겠는지요. 금방 혼인을 올린 서방님께서 집 밖으로 겉돌고 있으니 그게 어디 칭찬을 받을 일이옵니까? 누가 봐도 의심을 사고 또 흉을 볼 일이 아니옵니까?"

권은 소아가 한 마디 한 마디를 할 때마다 무언가가 턱턱 막히는 느낌을 받았다. 도대체 신부 수업이나 받으며 고요히 앉아 수틀이나 쥐고 앉아 있었을 시골 마을의 음전한 규수가 어찌 저리 말끝마다 따박따박이란 말인가. 게다가 더 화가 나는 것은 틀린 말이 없다는 것이었는데…….

그렇다고 여기에서 질 권이 아니었다. 어떻게든 아내의 기를 꺾어놓고자 하는 마음에 눈썹을 와락 찡그린 채로 말을 내뱉었다.

"부인께서는 다른 사람에게 흉을 듣는 것보다 아내에게 흉을 잡히는 것이 낫다고 하였는데, 본디 사내란 아내에게 대접을 받아야 밖에서도 더 귀한 대접을 받는 것이오! 부인은 그런 기본적인 이치도 모르고서 지금 감히 대장부의 일에 감 놔라, 배 놔라 하는 것이오?"

말하다가 보니 더 화가 나서 노발대발하는 권이었지만 소아는 여전히 차분했다. 소아는 권을 무시하듯 바닥에만 새침하게 두고 있던 시선을 천천히 들더니 권을 바라보았다. 반질반질한 까만 눈동자가 권의 깊은 검은 눈동자와 부딪치는 순간, 소아가 천천히 입을 열었다.

"그리 생각하시면, 아내와 다른 사람 모두에게 흉을 잡히지 않도록 행동하시면 되겠군요."

그리고 소아가 자리에서 일어나려 하자 권이 먼저 벌떡 일어났다. 도저히 이대로는 못 참을 것 같았다. 아버님에게 역정을 들었을 때와는 비교도 안 될 정도의 분노가 용솟음치며 올라왔다. 감히 지아비를 무시하는 언행을 하다니! 이것은 칠거지악 중에서도 최악의 행동이 아닌가!

"부인, 잘 들으시오! 부인은 지금 남편은 하늘이고 아내는 땅인 음양의 이치를 거스르고 있소. 삼종지도(三從之道)가 대체 무엇이오! 어려서는 부모께 효도하고, 결혼한 뒤에서는 지아비를 섬기며, 남편이 죽으면 아들을 따르는 이것이 바로 삼종지도요. 그런데 지금 부인이 행하는 모습이 어떻소? 내 이대로는 참을 수 없소! 도대체……."

"앉으시지요, 서방님."

그렇게 화를 버럭버럭 내는데도 언제나처럼 차분한 목소리로 말한 소아는 권이 지켜보는 가운에 치마를 여미며 조심스럽게 일어났다. 이 모든 것이 안방마님께 받은 특별 교육 덕으로 완성된 것이니, 그때는 그렇게 지겹기만 하더니 역시 쓸모는 있었구나.

"서방님의 노한 마음을 짐작합니다. 감히 아녀자 주제에 서방님의 심기를 건드렸으니 이보다 더한 죄가 어디 있겠는지요. 스스로 죄를 통감하고 오늘 저녁 금식을 하며 사흘 동안 근신하겠습니다."

제멋대로 결정을 내리더니 제멋대로 형량을 정하고 또 형량이 적용될 기한까지 정한 소아는 그대로 차분하게 몸을 돌렸다. 덕분에 '당장 내치겠소!'를 외치려고 했던 권은 아무 말도 못한 채 바위처럼 굳어 있을 수밖에 없었다.

이게 무슨 둔갑한 여우에게 홀린 것인지. 그렇다고 각시가 여우가 둔갑한 인간처럼 그리 미색도 아니거늘!

"어서 드셔요. 다음에 또 나흘 정도 집을 비우시려면 속이 든든하셔야지요."

마지막까지 속을 박박 긁는 말을 남기고 그렇게 소아는 방을 나가 버렸다.

탁!

문이 닫히는 순간에야 권은 자신이 완전히 당했다는 것을 깨
달았다. 기가 막히고 기가 막혀 권의 몸이 마치 풀기가 빠진 천
처럼 맥없이 스르르 허물어져 내렸다.

"이게 무슨……."

도대체 무엇에 비유를 해야 자신의 이 기막힌 처지를 설명할
수 있을지, 권은 그렇게 끝맺지 못한 말만 중얼거리며 황당한
얼굴로 상 앞에 앉아 있었다.

"아가, 다른 것보다 네 남편이 과거 시험을 치를 수 있도록 신
경을 좀 써주려무나. 아직 시집온 지 얼마 되지 않은 아이에게
쉽지 않은 일이라는 건 알지만 무엇보다 아녀자가 할 일이란 남
편이 출세를 하도록 내조를 하는 게 아니겠느냐."

소아는 안씨 부인이 한 말을 떠올리며 방으로 들어섰다. 주로
소아가 시간을 보내는 신방은 안씨 부인이 신경을 써서 꾸며놓
았는데 갖은 문갑과 50)반닫이, 51)자개 함롱 위에 관동 팔경이 보
기 좋게 그려진 값비싼 도자기가 올려져 있었다. 게다가 청강석
을 박은 52)화롱장은 칠보가 새겨져 특히 멋스러운 것이었다. 역

----

50)반닫이: 책, 옷감 따위를 넣어두는 길고 반듯한 궤. 앞판의 위쪽 반만을 문짝
으로 하여 아래로 젖혀 여닫는 것
51)자개 함롱: 자개를 박아 만든 옷을 담는 장롱
52)화롱장: 꽃무늬를 넣어서 짠 아름다운 능직물

시나 으리으리한 방 안으로 들어서는 순간 언제나 그렇듯 위화감이 느껴지는 소아였지만 오늘은 더욱 놀랐다.

뜻하지 않게도 대모 책상 너머에 권이 앉아 있었다. 잘 시간이라 이부자리를 정돈하고 눈을 붙이려고 했던 소아는 놀라서 그 자리에 멈추어 섰다. 물론…… 이 방의 주인은 자신뿐만이 아닌 건 사실이었지만.

책상에 한쪽 팔을 얹어놓고 편안한 자세로 앉아 있던 권이 슬쩍 시선만 돌려 소아 쪽을 흘끗 쳐다보았다.

"왜 그렇게 놀라시오?"

아무래도 자신의 얼굴에 경악의 기색이 어렸던 모양이었다. 소아는 금세 표정을 정돈하고는 권의 앞쪽에서 약간 비낀 거리에 자리를 잡고 앉았다.

"놀라다니요. 그런 일 없습니다."

"놀란 게 아니면 내가 이 방에 온 것이 싫은 게로구려."

지당하신 말씀! 그러나 소아는 아닌 척하며 입술을 꾹 다물고 있었다. 권이 나무 책상의 반질반질한 면을 손가락으로 톡톡 두드리며 말했다.

"부인께서는 근신을 하신다더니 잘만 다니시는구료?"

아무래도 권은 자신만 보면 다투고 싶은 것인가. 방금 시어머님께 당부의 말을 듣고 왔기에 기껏 남편에 대해 좋은 마음을 가지고 올바른 방향을 모색하고자 했던 소아의 마음이 부글부글 끓어올랐다. 아무리 소아라도 가는 말이 고와야 오는 말이

곱다고, 혼례를 치른 지 여드레도 안 된 마당에 얼굴만 보면 빈 정거리기만 하는 신랑이 고와 보일 리 없었다.

"그러시는 서방님께서는 예서 무엇을 하고 계신가요?"

"나 말이오?"

"그러하옵니다."

"나도…… 근신하고 있지 않소. 아버님께서 앞으로 이레 동안 담 밖을 나가지 말라는 명을 내리지 않겠소."

소아는 기가 막힌 동시에 왠지 고소한 냄새가 나서 속으로 웃었다. 오호, 그러한 사연이 있었다는 말이로구나. 그래서 서방님께서 어디에도 가지 못하시고 예서 발이 묶이신 게로군.

"부인."

갑자기 권이 그윽한 목소리로 소아를 불렀다. 소아는 눈꺼풀을 살짝 들어 그런 권을 바라보았다. 준수한 서방님의 얼굴이 살짝 찌푸려져 있었다. 몇 번 그 잘난 입술을 꼬물거리더니 권이 말을 이었다.

"부인께서 아버님께 한 번 말씀을 해주시구료. 사내대장부가 어찌 집안에서만 묶여 있을 수 있겠소. 무릇 사내란 바람의 기운을 마시며 어깨를 펴고 당당히 다녀야 하는 것 아니겠소?"

"바람이야 후원에서도 불고 이 방에도 불고 있지 않는지요?"

"어허 참, 그런 말이 아니지 않소. 아버님께서 저리 꼬장꼬장해 보이셔도 막내며느리가 청을 올리면 아마도 마음이 풀려 들어주실 것이오."

"대체 무엇을 고해달리는 것인지요?"

소아가 협조의 기미를 보이고 있다고 생각한 것인지 권이 옳다쿠나! 하고 적극적으로 상체를 기울이며 말하기 시작했다.

"그러니까 부인께서 내 금족령을 좀 풀어달라는 것이오. 이레라니, 도저히 참을 수 없을 것 같소. 어떻게 방 안에서 꼼짝 않고 이레를 견딘단 말이오."

"소첩은…… 청을 들어드릴 수 없겠습니다."

예상과 너무 어긋난 소아의 단호한 대답에 권의 눈살이 찌푸려졌다. 소아는 차분한 눈으로 권을 바라보며 말을 이었다.

"혼인을 한 이상 제가 하늘처럼 떠받들어야 할 존재는 서방님이십니다. 그러니 그런 하늘을 세상에 나게 해주신 아버님의 명은 더 말할 것도 없을 정도로 지극한 것이 아니겠는지요. 그러니 저는 서방님을 위해서라도 아버님의 뜻을 따라야겠습니다."

단호하고도 단호한 소아의 말에 금세 권의 기세가 푹 꺾였다. 어찌 아녀자가 남편의 청을 감히 거절할 수 있단 말이오! 라고 닦달하고 싶었지만 이번에도 역시 소아의 말은 치고 들어갈 틈조차 없을 정도로 옳았던 것이다. 감히 아버님의 명을 거역할 이 누구겠는가. 아들인 자신조차 못하는데 며느리라면 더하겠지.

"정녕 그리 내 말을 족족 무시할 것이오?"

그래도 포기할 수 없었던 권이 버럭 소리쳤지만 소아는 콧방귀도 뀌지 않았다.

"이부자리를 펴겠습니다."

"지금 이부자리가 문제요? 부인과 내가 대체 이 방에서 이레 동안이나 무얼 하고 지낸단 말이오!"

역정이 잔뜩 묻은 권의 말에 소아는 방을 정리하다 말고 갑자기 낮게 웃었다.

'무얼 하고 지내긴 무얼 하고 지내겠어요. 고향을 떠나면서 제가 생각한 바가 무엇이었습니까. 한양에 도착하면 이번에는 반드시 초야를 치를 것이야, 그리 생각을 하였지요. 그러니 소첩이 웃지 않고 어찌 배기겠습니까. 아버님 덕에 서방님께서 이리 제 손으로 들어오셨는걸요.'

그러나 사실 소아가 웃는 진짜 이유는 그 어수선하기만 하던 초야가 갑자기 생각나면서 그때의 서방님의 모습이 함께 떠올랐기 때문이다. 지금 생각해 보니 그때, 자신이 진땀을 빼게 했음에도 서방님은 자신을 나쁘게 대하지 않았었다.

입가에 미소만 띤 채 소아가 조용히 바닥을 내려다보고 있자 권의 얼굴이 하얗게 질렸다. 입가에 미소만 띤 채 소아가 조용히 바닥을 내려다보고 있자 권의 얼굴이 하얗게 질렸다.

"부, 부인. 지금 무슨 생각을 하고 있는 게요?"

서, 설마……? 갑자기 초야의 악몽이 되살아나는 권이었다. 신방에서 묶인 부부가 할 일이란 게 그것 말고 또 무엇이 있겠는가. 혹시 겁없는 각시는 또 밤새도록 '아니 되옵니다!' 와 '되옵니다!' 를 번갈아 외치며 자신을 괴롭힐 생각을 하고 있는 것인가.

불안한 눈으로 소아를 쳐다보고 있는데 소아가 스르르 일어
서더니 문으로 향했다.

"자리끼를 가져오겠습니다. 서방님께서는 작은 사랑에서 서
책을 보시든가, 아니면 이 방에서 눈을 붙이시지요. 소첩은 서
방님께서 하시자는 대로 따르겠습니다."

그리고 소아가 방을 나가자 책상에 엎힌 권의 팔이 부르르 떨
렸다. 안 그래도 이레 동안이나 투전을 못 잡을 것 같아 벌써부
터 금단 증상이 일어날 것 같은데 아내라고 하는 사람은 틈만
나면 속을 뒤집는 것이다.

"처는 처일 뿐."

벗들이 말한 그 말이 다시금 떠오르면서 자신의 인생에 너무
나 커다란 장벽이 막아서고 있음을 느낀 권은 신경질을 참지 못
하고서 괜히 애꿎은 책상을 툭 걷어찼다.

"어라?"

그런데 마침 앉은뱅이책상 안에 숨겨져 있던 무언가가 툭 하
고 떨어졌다. 방바닥에 떨어져 내린 물건을 집어 올리는 권의
눈이 가늘어졌다. 그것은 수를 놓다 만 천과 수틀이었는데, 기
가 차게도 도대체가 바늘땀이 제 구멍으로 들고난 게 하나도 없
었다. 수를 놓는다는 것에 문외한인 남자가 보기에도 그 실력은

그야말로 조악하다는 표현이 딱 맞을 수준이었다.

"역시……."

삐뚤빼뚤, 수 땀마다 제멋대로 갈 길을 가고 있는 수틀을 가만히 들여다보고 있던 권이 중얼거렸다. 그렇게 한참을 깊은 생각에 빠진 듯 턱을 긁적이고 있는데 때마침 문이 열렸다. 권이 의심이 담긴 눈초리를 천천히 들었다. 문을 열고 들어서던 소아가 그런 권을 마주 쳐다보았다가 그의 손에 들린 것을 보고는 화들짝 놀랐다.

"에구머니!"

깜짝 놀라 눈을 크게 뜨고 들어선 소아는 바람처럼 달려가 수틀에 손을 뻗었다. 순간 권의 의미심장한 미소가 그녀의 몸놀림에 머물자 소아는 아뿔싸! 하고서 멈춰 섰다. 너무 놀라 버려 '다소곳' 의 규칙을 잠시 잊은 것이다. 소아는 시침을 뚝 떼고 자리에 천천히 앉았다.

"부인."

권이 목소리를 최대한 낮게 깔고서 입을 열었다. 소아는 당장 손을 뻗어 저 창피한 수틀을 빼앗고 싶었지만 그렇게 하지도 못해 짐짓 고개를 숙이고 있었다.

물설고 낯설은 시댁, 엄밀히 말해 남의 집으로 갓 시집온 각시가 신랑도 없는 방에서 아는 사람 하나 없이 남는 시간을 보낼 방법이 없었다. 글을 읽는 것도 한두 번이었고, 무언가 대가댁 며느리다운 일을 하기는 해야 했는데 수틀을 잡아본 일이 없거니와 천성적으로 진득하게 앉아 수나 놓는 성격이 아닌지라 수놓는 일이 잘될 리가 만무했다. 실력을 들키기 전에 연습을 해두려고 열심히 수틀과 씨름을 했는데, 그 실패작들이 모조리 권의 손아귀에 놓여 있었던 것이다.

뚫린 곳을 깁거나 하는 엉성한 삯바느질이라면 몰라도 화려하고 귀한 오색 실로 아름답게 문양을 그리듯 놓는 자수라니. 평생 조신하게 앉아 수틀을 잡고 앉아 있을 시간이 없었던 소아로서는 그 실력이 조악한 것이야 당연한 일이 아니겠는가.

"이, 이리 주셔요."

"무엇을 말이오?"

권의 빈들거리는 어투 때문에 소아의 얼굴이 더 화끈거렸다.

"수틀 말입니다. 남자들이 쥐고 있을 물건이 아니지 않는지요."

"흐음, 여인들이 만지는 물건이라는 건 알지만, 내 보기에 이 실력은 마치 남자가 건드린 것 같소만."

놀리려는 뜻이 명백했다. 소아는 자신이 최고의 약점을 잡혔다는 것을 간파할 수 있었다. 지금 권의 태도가 그것을 말해주고 있었다. 게다가 저 의심스러운 눈초리까지.

"처음부터 무언가 이상하다는 생각은 했었소."

이윽고 이어진 그의 말에 소아의 심장이 철렁 내려앉았다. 순간 지금까지 일부러 꼭꼭 눌러두었던 불안함이 밀려오기 시작했다. 혹시 서방님께서 눈치를 채신 것인가. 이 댁으로 들어온 이후 소아 자신도 놀랍기는 했었다. 어떻게 이렇게 순조롭게 며느리로, 아내로 받아들여질 수 있는 것일까. 아무리 꾸민다 해도 자신은 천한 무지렁이로 밭일과 집안일을 하던 귀하지 않은 사람이었는데, 어찌 지체 높은 아씨의 흉내를 낼 수 있겠느냔 말이다. 누구라도 혹시 눈치 챌 수 있을지 모른다고 생각했는데 하필이면 바로 서방님께 들키게 되는 것인가.

소아는 미친 듯이 두방망이질 치는 심장을 누르며 입술을 달싹였다. 무, 무엇이 말인지요? 하고 묻고 싶었지만 도저히 말이 나오지 않았다. 권이 말을 이었다.

"부인은 내게 숨긴 것이 있소, 그렇지 않소?"

서방님께서 이렇게 눈치가 빠른 분이리라고는 생각지 못한 것이다. 일이 그쯤 되자 소아는 차라리 잘되었다는 생각이 들었다. 어차피 자신은 시어머님의 말씀처럼 남편이 출세하게끔 할 만한 능력도 지혜도 없었던 것이다.

그렇더라도 마지막까지는 버텨보고 싶은 것이 사람의 오기가 아닌가. 때문에 소아는 권의 물음에 이렇게 대답했다.

"무슨 말씀이신지 잘 모르겠습니다."

"흐음, 내심 의아했었는데 오늘 이 수틀을 보니 확실해졌소. 부인, 솔직하게 말씀해 봐요. 부인의 입으로 솔직한 말을 듣고 싶구려."

마지막까지 완전히 확신한 모양이었다. 그래도 소아는 딴청을 피우기로 했다. 어떻게 하겠는가, 방법이 없는 것을.

"그것은 소첩이 한 것이 아니라 무료하기도 하여 파주댁에게 가르친 것입니다. 파주댁이 놓다가 만 자수 천이 왜 거기에 있는지 모르겠군요."

"허어."

뻔뻔함도 소아 정도 되면 길이 빛날 만하다고 권은 생각했다. 어찌 저리 눈썹 하나 깜빡 하지 않고 말을 지어내는지. 전혀 소아의 말이 설득력이 없었을뿐더러 설사 맞는 말이라고 하더라도 안 믿어주고 싶은 권이었다.

"내 부인에게 기회를 주고 있거늘. 이 모든 것이 다 파주댁이 수놓은 천이라는 말씀이신 게요? 부인께서 놓은 천은 여기에 하나도 없다는 말이오?"

"어디 찾아보면 있을 것입니다. 아…… 파주댁이 가져다 놓고 본다고 챙겨갔나 보군요."

"내 지금 파주댁을 불러 확인해 봐도 되겠소?"

"문제는 없겠지만 야심한 시각에 파주댁을 부르면 어머님께서 혹여 걱정스러워하시지 않으시겠는지요."

권은 그야말로 기가 막혔다. 이렇게 꼼짝 못하게 다그치는 데도 끝까지 낯빛 하나 변하지 않는 것이다.

"부인은 내게 숨겼소."

소아의 심장이 벌렁벌렁 제멋대로 뛰었다. 식은땀이 등줄기를 타고 흘러내렸다.

"사실 부인은 장모님께서 규수로서의 언행에 대한 교육을 전혀 염두에도 두지 않고, 그 가르침을 배우기는커녕 틈날 때마다 게으름을 피운 게요. 어떠오? 내 말이 틀리오?”

가늘게 뜬 눈으로 심문하듯 소아를 노려보며 다그치며 터져 나온 권의 말에 소아의 온몸에서 맥이 쭉 풀렸다. 순식간에 긴장이 저 멀리 달아나면서 등줄기를 적시고 있던 식은땀도 말라 갔다. 기가 막히게도 자신이 생각하던 바와 전혀 다른 곳을 짚고서 뿌듯하게 무엇인가 알아낸 사람처럼 앉아 있는 서방님이셨다.

기가 막히도다. 어찌하여 그렇게 긴장을 했을꼬.

“내 모든 규수들이 부인처럼 의견을 따박따박 말하고 얼굴이 두꺼운지 알았더니, 실상은 부인께만 해당되는 말이었다는 거요. 왜냐하면 부인께서는 이 수를 놓은 천에서 볼 수 있듯 규수로서 응당 해야 할 행동들은 저만치 훠이훠이 보내고 여장부라도 되듯 고집불통으로 살아왔으니까 말이오.”

듣고 보니 참으로 기분이 상할 말들이었으나, 어쨌거나 헛다리를 짚으시고도 저리 당당하신 서방님의 얼굴을 봐서라도 소아는 자중하는 체했다. 그렇다고 인정할 마음은 없었다.

“무어라고 하셔도 그 수는 파주댁이 놓은 것입니다. 내일 파주댁에게 물어보시면 될 일이겠지요.”

“나만 알고 있는 사실일걸요, 아니 그렇소? 부인께서 이리 교육을 무시한 채로 성장하여 시집을 온 것을 알면 아버님, 어머니께서도 과히 좋은 기분은 아닐 거요.”

이제는 슬슬 협박을 시작하는 눈치였다. 소아는 그럴수록 더욱 금시초문인 듯한 표정으로 허위허위 다른 곳을 쳐다보았다. 권이 안이 잔뜩 단 어린 도령처럼 고집이 어린 얼굴로 말을 이었다.

"모르는 체하고 계셔도 부인의 본모습을 곧 다른 이들도 알게 될 것이오. 그리 되시면 부인께서도 내게 무언가를 기대할 처지는 못 될 게요. 나는 혼인을 하였다고 해도 아내 때문에 이런 식으로 행동 하나하나를 제약받고 싶은 마음은 없으니."

가만히 권의 말을 듣고 있자니, 한마디로 소아의 약점을 잡아 그 약점을 이용해 앞으로는 자신의 일에 상관하지 못하게 만들겠다는 수작 같았다. 어찌 저리 홀로 자유롭고 싶어하시는 서방님이신지.

"소첩은 무슨 말씀을 하시는 것인지 아무것도 모르겠으니 어서 이부자리를 깔겠습니다."

권은 흰 눈을 뜨고 소아를 노려보았다. 태연자약한 얼굴로 이불을 꺼내는 그 뒤통수가 참으로 얄미워 보였다. 놀음판에서 집으로 돌아온 이후 계속해서 각시에게 당하는 입장이고 보니 성도 나고 짜증도 솟은 것이다.

'두고 보시오. 내 부인의 본 모습을 온 천하에 드러내어 허수아비 며느리로 만들어줄 터이니.'

"이런 놀음에나 빠진 일절 쓸모없는 인사 같으니!"

아버님께서 호통 치던 목소리가 아직까지 귓가에 쟁쟁했다.

“그런 인사를 믿고 고운 시절을 묶인 참하고 어여쁜 며늘애를 어찌 봐야 할지 모르겠구나! 너는 네 사람에게 미안하지도 않느냐!”

혼인을 한 덕분에, 그러니까 소아 덕분에 안 얻어먹어도 될 욕과 흉을 두 배는 더 잡힌 것이다. 그게 못내 억울한 권이었다. 연모하는 마음에 빠져 굳이 혼인을 하겠다고 우긴 것도 아니고, 그 얼굴 까만 촌각시 말고는 혼인을 안 하겠다고 버틴 것도 아닌데 왜 강제로 시킨 혼례로 각시로 만들어놓으시고 각시에게 미안하다 호통을 치시는 것인가.

아까운 것은 자신이 아니라 며느리라고 말씀하시는 부모님이신 게다. 권은 부모님의 생각이 틀렸다는 사실을 깨닫게 해줄 생각이었다. 언젠가는 꼭 기회를 만들어 절대 참하고 어여쁜 며느리가 아니라는 것을 보여주리라! 지아비를 향해 빈정거리는 말을 내뱉기나 하는 그런 사람이라는 것을 알게 된다면 과연 부모님께서는 어찌하실 것인가.

“좋소, 어디 한번 믿어보지요. 조만간 부인의 수려한 솜씨를 보고 싶구려. 기대하고 있겠소.”

“성심을 다해 완성하여 올리겠나이다.”

틈을 잡고자 하는 자와 절대 잡힐 수 없는 자 사이에 묘한 불꽃이 튀었다. 밤은 아스라이 깊어가고 있었다.

여자와 남자의 생활이 엄격하게 구분된 안채와 사랑채는 멀찍이 떨어져 있었다. 이튿날 권은 부친의 성화에 못 이겨 사랑채 어딘가에 붙들려 책 앞에 코를 박고 있는 체를 하고 있었지만 사실 마음은 다른 곳에 가 있었다. 마치 뜬구름처럼 마음이 허한 것이었다. 손이 근질근질한 것이 벌써부터 금단 증상이 보이는 게다.

"아, 오늘이야말로 끝발이 더없이 좋을 것 같거늘."

그는 그렇게 여전히 투전 생각으로 여념이 없었다. 문득 어젯밤 각시와 같은 방에서 자고 일어난 일이 생각났다. 그러나 누가 옆에서 자고 있는 건지 어떤지 전혀 신경도 안 쓰고서 단잠만 내리 잘 잤으니 이것도 참 기가 막힐 일이었다. 며칠 동안 밤을 세다시피 하며 투전에 골몰한 터라 잠이 쏟아진 것이다.

각각 요를 따로 깔고 잤기에 각시가 옆에 누워 있다는 것은 생각조차 하지 못했다. 게다가 고운 얼굴도 아닌 것이 성질만 자꾸만 나게 해서 더욱 미웠으니 더 볼 필요도 없었다. 꿀 같은 단잠을 자고 일어났더니 명목상 각시 역시 옆에서 새근새근 잘 자고 있었다.

사실 좋게 표현하면 새근새근이었지만 그쪽 역시 무심하게도 님편이 옆에 있어도 그만, 없어도 그만인 것 같은 모습이었다. 머리를 한쪽으로 내리고 자기 편하도록 속곳을 입고 자는 각시의 얇은 속곳 천을 통해 살결이 비췄지만 전혀 동하지 않았다. 그저 못난 박색의 누이동생이 자는 것 정도의 느낌밖에 없어 감흥조차 일지 않았던 것이다.

매사에 사사건건 지아비를 가르치려 들고 걸고넘어지려는 저 요상한 성격이 없었으면 그나마 반질반질 광이 나는 깜장 콩이라고 생각하며 귀엽게라도 봐주련만.

어쨌거나 소아와 함께 아침 문안인사를 드린 후 각자 자기 갈 길로 가서 지금은 이렇게 한쪽 뇌로는 투전 생각을, 다른 쪽 뇌로는 각시 흉을 보고 있었다.

"옳지, 그런 방법이 있구나."

그때까지 미운 각시를 골릴 방법을 생각하고 있던 권은 벌떡 일어나 사랑채를 나섰다. 드디어 미운 각시의 눈에서 눈물을 쏙 뽑거나, 혹은 민망하여 어쩔 줄 몰라 하는 모습을 볼 수 있을지도 모르겠다.

한편 소아는 기와집의 한참 안쪽에 위치한 자신의 거처에서 수를 놓는데 골몰해 있었다. 어떻게든 자신을 골탕 먹이려고 하는 성격 나쁜 서방님께 십장생이나마 비슷하게 수를 놓아 53)귀주머니라도 만들어 올리려면 하루 종일 수를 놓아도 모자랐던 것이다.

저고리 동정이나 달고 뜯어진 곳 기워 입을 줄이나 알았지, 팔자 좋게 오색실에 십장생, 봉황 문양이라니…….

소아는 혀를 끌끌 차며 자신이 놓은 삐뚤빼뚤 제멋대로인 바늘땀의 꼴을 쳐다보았다. 물론 어깨너머로 본 것이 있어서 수놓

---

53)귀주머니: 조그만 소지품 돈 등을 넣고 입술에 주름을 잡아 졸라매어 허리에 차거나 손에 들고 다니는 장신구

는 법을 아예 모르는 바는 아니었으나 더펄거리며 다니던 제 성격으로는 바느질보다는 들로 밭으로 싸돌아다니는 것을 더 좋아해 전혀 관심이 없었던 것이다. 차라리 그 시간에 글자 하나를 더 배웠으면 모를까.

"휴우, 그래도 조금 나아졌구나."

어제보다 훨씬 나아진 솜씨를 보며 낮은 한숨을 흘리고 있는데 바깥에서 인기척이 느껴졌다. 혹시 서방님의 불시 시찰인가 하여 화들짝 놀란 소아는 파주댁의 목소리라 금세 마음을 놓았다.

"아씨, 쇤네입니다요."

들어오라는 허락을 하자 문이 열렸다. 파주댁은 소아의 본래 출신을 알고 있음에도 철저히 상전으로 여기며 신중한 언행을 했다. 그저 소아를 따라 낯선 한양으로 온 그녀임에도 자신의 할 일을 묵묵히 하는 것이었다. 소아는 그게 고맙고 또 든든해서 항상 파주댁에게 마음을 많이 기대곤 했다. 살집이 많아 너그럽고 여유로워 보이는 파주댁이 앞에 앉아 말했다.

"큰 마님께서 아씨를 부르시는뎁쇼."

"형님께서?"

그 또한 갑작스러운 일이라서 소아는 고개를 갸웃거렸다. 파주댁 역시 뭔가 수상쩍다는 듯 고개를 갸웃거리며 말을 이었다.

"그런데 그 말씀을 전한 분은 나으리셨습니다요."

그러니까 권이 파주댁을 시켜 소아더러 형님 거처로 오라는 소리였다. 소아는 이건 또 무슨 수작일까 싶어 곰곰이 생각하다가 곧 수틀을 마무리 짓고는 자리에서 일어났다.

"참, 혹시 나으리께서 자수 이야기를 하거들랑 파주댁이 내게 배우고 있다고 그리 대답해 줘요."

둘만이 있는 자리에서는 차마 하대를 할 수 없어 전처럼 존대를 하는 소아였다. 파주댁은 다른 말은 묻지 않고 그러겠다는 듯 고개를 끄덕였다.

"행여 노마님께 들킬 수 있으니 이제 둘만 있어도 존대를 하시면 아니 되어요. 아시겠지요?"

어릴 때부터 봐온 사람이라 그런지 소아를 보는 파주댁의 눈이 애틋했다. 어떻게든 소아의 입장을 돕고 이해해 주고 싶은 그런 눈동자였다. 소아는 알았노라며 고개를 끄덕였다. 두 사람은 서로를 쳐다보며 은은하게 웃었다.

소아는 파주댁에서 전해 들은 대로 큰형님을 만나러 갔다. 형님은 지금 안채 뒤쪽에 따로 자리하고 있는 초당에 있다고 했다. 그곳은 권의 형님들이 글공부에 집중할 수 있도록 하기 위해 집의 가장 안쪽에 마련해 놓은 서당과 같은 공간이었다. 일전에 권이 금족령을 받았을 때 투전 패들을 불러 모아 병풍에 촛불을 세워놓고 부친 눈을 피해 놀음을 한 곳이기도 했다.

"형님께서 안채도 아니고 초당에는 무슨 일이시지?"

소아는 작은 소리로 중얼거리며 초당으로 들어섰다. 구부간,

고부간에 사이가 좋은 것처럼 소아와 수숙(嫂叔:남편의 형제와 형제의 아내) 수숙간의 관계도 나쁘지 않았다. 어진 교육을 받고 생활하여 그런 것인지, 시아버님의 인품이 뛰어나셔서 그런 것인지 집안의 모든 사람들이 화사하고 다정했다. 물론 가장 중요한 서방님께서 가난한 마음을 보여주시고 있었지만.

어쨌든 바로 그 서방님까지 초당에 있다고 하니 아무래도 어딘가가 미심쩍었다. 그러나 인기척을 하고 안으로 들어섰을 때 방 안에 펼쳐진 풍경은 의심스러울 게 없었다.

그저 형님은 한지를 앞에 놓고서 난을 치고 있었다. 다만 그 붓끝의 힘이 신비스러울 정도로 매우 오묘했다. 집중하느라 고개를 들지 않는 형님과 달리 권은 흘끗 소아를 쳐다보았다가 마치 외면하듯 고개를 돌렸다. 저리 소 닭 보듯 하려면 무엇 하러 부른 것인가.

소아는 형님과 시동생이 같은 방에 앉아 있는 것이 신기하였지만 묻지 않고 자리에 앉았다. 사위는 고요했고 형님은 여전히 난에만 집중하고 있었다. 가만히 그림을 들여다보고 있는데 형님이 천천히 고개를 들었다.

"오, 동서 왔는기."

"예, 형님. 난이 시원스럽습니다."

"그저 먹물을 묻히는 수준을 가지고 무얼."

형님은 자신이 남자 형제들 틈에 자라 글과 그림을 배우는데 자연스러웠다는 말을 하며 웃었다. 소아는 고개를 끄덕였고 권은 아무 말 없이 조용히 앉아 있었다.

"갑자기 작은 서방님께서 그림을 부탁하시기에 모자라는 솜씨나마 손을 놀리고 있었지."

"겸손이십니다. 형수님 솜씨야 모두가 알고 있는 것을요."

권이 천천히 입을 열고는 소아를 쓰윽 쳐다보았다. 그 눈동자가 반질반질 윤이 나고 있었는데 소아는 아직까지 확실한 영문을 알지 못했다. 대충 짐작은 가고 있었지만 확실치도 않았기에 소아는 형님과 담소를 나누고 있었다.

"자, 부인도 한번 솜씨를 뽐내보시지요."

갑자기 권이 부산스럽게 움직이더니 한지를 소아의 앞으로 옮겨주었다. 소아는 그제야 권이 무슨 생각을 하고 있는 건지 알게 되었다. 그러니까 어제 들킨 자수와 마찬가지로 각시에게 망신을 주고 싶었던 것이다. 수도 잘 못 놓는 손끝으로 어찌 난 같은 것을 치겠는가, 하는 속셈 같은데.

그런데 그의 방법은 제대로 된 것 같았다. 소아가 난을 칠 수 있을 리가 없었다.

"그럼 어디 동서 솜씨도 좀 볼까?"

권의 말에 형님이 웃으며 소아에게 담뿍 웃는 모습을 보여주고 있었다. 소아는 정말 갈수록 화가 나게 하는 서방님 때문에 또다시 무언가가 속에서 부글부글 끓어올랐다. 그러나 이대로 서방님의 생각대로 해줄 생각은 없었다. 소아는 자신을 쳐다보고 있는 네 개의 눈동자, 정확히 말해 비호의적인 두 개의 눈동자와 호의적인 두 개의 눈동자를 의식하며 천천히 붓을 들었다. 그리고 생긋 웃더니 말했다.

"감히 형님의 실력 앞에서 동일한 난을 치는 것은 조악한 솜씨가 들킬 것 같아 창피합니다. 저는 서체로 대신하겠어요."

"오, 그것도 좋지."

형님은 계속 호의적인 시선이었다. 그러나 권의 눈매는 일그러지고 있었다. 자신의 생각대로 행동해 주지 않는 각시가 마음에 안 든 것이다.

하지만 소아는 유감스럽게도 서체에는 자신이 있었다.

〈부덕(婦德), 부용(婦容), 부언(婦言), 부끙(婦功).〉

소아는 수려하게 획을 마무리하고서 천천히 붓을 내려놓았다.

"오호."

서체의 아름다움이 한지를 채우고 있었다. 형님은 정갈하게 써진 글자체들을 바라보며 미소 짓고 있었다. 물론 권의 미간에 내 천(川) 사가 그려진 것은 두말할 것도 없었다.

"글재주는 없고, 그저 여인이 일생 동안 꾸준하게 쌓아야 할 덕목 네 가지를 스스로의 목표 삼고자 조악하게 흘려보았습니다."

"조악하다니. 동서의 모필 다루는 실력이 아주 깔끔하고 수려해."

부덕(婦德), 정숙한 행동거지요. 부용(婦容), 단정한 몸가짐이
요. 부언(婦言), 품위있는 언어생활이요. 부공(婦功), 웃고 노는
것을 즐기지 않고 부지런히 길쌈하고 손님 대접을 하는 여자의
솜씨라.

오로지 덕(德)만을 지향하고자 하는 여인상을 내세우고 있는
소아를 보며 권은 속으로 혀를 찼다. 어찌 저리 깜찍하게도 평
소 행동거지와 전혀 다른 글을 자신의 목표인 양 쓰고 있는 것
인가. 아니, 하필이면 어찌하여 저 네 가지를 쓴 것인가. 자신을
의식하여 일부러 그러했다는 생각을 하지 않을 수 없는 권이었
다.

"저, 저런."

눈이 쭉 찢어질 정도로 권이 소아를 노려보고 있을 때였다.
은은하게 웃으며 형님의 말에 화답을 하고 있던 소아가 고개를
돌리더니 권을 보고 그런 신음 비슷한 말을 흘리고 있었다. 권
은 소아의 그 말이 자신을 향한 것임을 알고는 그녀의 눈동자가
향하는 곳으로 시선을 돌렸다. 바로 자신의 도포 자락 끝이었는
데.

'아니, 언제!'

깨끗한 도포 자락에 언제 튀었는지 먹물이 번져 있었다. 권은
얼른 손을 들어 도포를 살짝 털었다. 그러나 이미 묻어버린 먹
물이 지워질 리가 없었다.

“저런, 서방님. 그걸 어째요.”

눈에 띌 만큼 번져 가는 먹물을 보고 큰형님이 걱정스러운 얼굴을 했다. 권은 손을 내려놓고서 소아를 흘끗 노려보았다.

“죄송합니다. 어려운 자리라 소첩이 당황하여 그만 실수를 했나 봅니다.”

행여나 부인께서 당황할 사람이오.

권은 말도 안 된다는 생각을 하며, 일부러 그러했을 것이라는 의심을 지우지 못했다.

“되었소. 가서 갈아입어야겠소.”

소기의 목적도 어긋났겠다. 이제 더 이 방에 머무를 필요도 없어 매몰차게 일어나려는데 갑자기 소아가 입을 열었다.

“잠시만요, 서방님. 제가 그 얼룩을 없애드리겠습니다.”

급작스러운 그녀의 말에 권의 몸이 멈칫했다. 이번에는 또 무슨 의도인 것인지 권은 눈을 가늘게 뜨고서 의심스러운 눈초리로 아내를 쳐다보았다. 옆에서 형수 역시 소아를 바라보고 있었다. 소아는 평온한 얼굴로 믿어보라는 듯 엷게 웃었다.

“그런 게 있지 않습니까. 실수로 진 얼룩은 보기 흉할 수 있으니 붓으로 충분히 아름답게 승화시킬 수가 있지요. 그것을 바로 문양이라고 하지요. 혹은 천에 먹물로 수를 놓는다고도 하든지요.”

그리고 소아가 붓을 다시 집어 들자 권의 얼굴이 하얗게 질렸다. 그러나 이미 막을 새도 없이 소아는 그 부드러운 옷감에 붓끝을 댄 후였다.

"옳거니. 그런 방법이 있었군. 동서의 총명함에 내가 놀랄 정도네."

형수님까지 그러고 나오고 있었으니 권은 움직이지도 못하고 기가 찬 상태로 굳은 차였다. 한참동안 붓이 움직였다. 잠시 후 붓을 놓은 소아는 천천히 고개를 숙였다.

"민심(民心)이 곧 천심(天心)이요. 사람이 나서 살아가는데 가장 필요한 장작과 식량보다 더 귀한 것이 어디 있겠습니까. 허나 소첩에게는 구하기 어렵다는 그것들보다 더욱 어려운 것 하나가 있사옵니다."

말을 마친 소아는 그대로 인사를 드리고 초당을 나섰다. 형님은 고개를 끄덕이며 웃고 있었고, 권은 이마를 찡그리고 있었다. 또 한 번의 패배를 인정하기에 앞서 소아가 한 말의 의미를 깊이 생각하지 않을 수가 없었다.

〈계옥지탄(桂玉之嘆).〉

소아가 번진 먹물을 거점으로 시작해서 도포 끝에 써 놓은 네 글자는 그것이었다. 계옥지탄은 말 그대로 식량을 구하기가 계수나무 구하듯이 어렵고, 땔감을 구하기가 옥을 구하기만큼 어렵다는 뜻이다. 몹시 가난한 상태를 말하는 것인 바, 문제는 바로 소아가 남기고 간 말뜻이었다.

그 무엇보다 구하기가 어려운 것이라…….

"작은 서방님, 동서의 말뜻이 짐작 가시나요?"

고요한 방 안에서 들려온 큰형수의 말에 권은 깜짝 놀라며 당황하는 얼굴을 했다. 형수님과 권은 십오 년 이상의 나이 차이가 졌다. 안씨 부인이 여식을 낳고자 하는 마음으로 위로 두 아들과 나이 차이가 치더라도 자식 하나를 더 잉태하고자 강행한 탓이었다.

그러한 이유로 차이가 많이 지는 형수님은 늘 권을 귀히 대해 주었다. 그렇듯 항상 다정하신 분이라 이제는 마치 친누이처럼 편안하고 의지가 되었는데, 그 형수님께서 슬쩍 물어오시니 권은 괜히 민망하였던 것이다.

"모, 모르겠습니다."

일부러 모르는 체를 하며 고개를 돌렸더니 형수님께서 은은한 어조로 본인이 대답을 하겠다는 듯 말했다.

"동서가 아무래도 서방님의 마음을 주십사 은근히 청한 것 같지 않나 싶은데요."

"저, 저는 그만 나가보겠습니다!"

생전 처음 접한 민망하고도 얼굴이 화끈거리는 상황에 권은 벌떡 일어났다. 형수님은 그저 조용히 앉아 한지를 모으며 낮은 말을 흘릴 뿐이었다.

"마음이 가난한 것보다 더 큰 가난이 어디에 있겠는지요. 너무 오래 홀로이게 하지…….

탁!

일부러 은근슬쩍 말을 흘렸으나 당황한 작은 서방님은 벌써 문을 닫고 나간 후였다. 홀로 남은 형수의 입가에 빙그레 미소가 지어졌다. 모두들 놀음에 정신이 팔린 왈자라며 손가락질을 하나, 그런 작은 서방님이 한 번도 밉지 않았던 그녀였다.

그리고 멀리 떠나 있는 임의 마음을 얻고자 네 글자에 빗댄 동서의 용기에도 동조를 해주고 싶었다.

"가만있자. 혹시…… 미리부터 그런 계획을 세우고 일부러 먹물을 튀게 한 것이 아닌가 모르겠군."

권의 큰형수는 그런 말을 하며 빙그레 웃었다. 그러했든 아니든 그게 무슨 대수이랴 싶었기 때문이다.

七章. 실상 사모하는 마음이란

소아와 권은 멀뚱히 방 안에 앉아 있었다. 짧다 길다 괜히 탓해도 하루는 지나 어차피 밤은 오기 마련이었다. 이부자리를 펴 놓고 각각 외면한 채 앉은 두 사람은 벌써 불을 꺼야 했지만 옷을 꼭꼭 껴입은 채로 서로 눈치만 보고 있었다.

'그나저나 서방님께서 왜 먼저 안 주무시고 저러시는가. 얼른 주무셔야 나도 눈을 붙이지. 피곤해 돌 지경이네.'

소아는 속으로 이렇게 생각하고 있었고.

'오늘 낮에 한 말의 의미가 뭐지? 에잇, 무슨 뜻이든 그까짓 걸 알아서 뭐 해. 할 일도 없구나. 그런 생각을 하고 앉았고.'

권은 권 나름대로 그런 생각에 빠져 있었다. 사실 얄밉다, 얄밉다 생각하고 봐서 그렇지 각시의 생김이 그리 심하게 못난 것도 아니었다. 그녀가 시골 뙤약볕에 타서 까만 건 사실이었고, 가희아는 말할 것도 없고 형수님들에 비해서도 세련된 맛이 없는 것도 사실이었지만 풋풋한 싱그러움은 분명히 있었다.

특히 눈빛이 초롱초롱하여 샛별처럼 빛났는데, 문제는 그렇게 빛나는 순간이 하늘같은 지아비를 골탕 먹이려는 순간에 특히 더하다는 것이 망할 일이었다.

예로부터 눈빛이 초롱초롱하고 입술 색이 붉으며 허리가 곧고 인상이 위엄있으면 아들을 낳는 상이라고 했다. 그런 면에서 안씨 부인은 딱 그런 조건에 맞는 사람이었다. 큰형님 내외는 아들과 딸을 각각 하나씩 두었고, 작은 형님은 아직 딸만 둘이었다.

"그…… 조카들과는 잘 지내고 있소?"

권은 옹색한 상황을 들키지 않기 위해 겉돌며 질문을 했다. 이런 말을 물으려는 건 아니었지만 주위가 너무 고요하여 아무 말이라도 해야 할 것 같았다.

"네. 모두 의젓하고 음전하더이다."

소아는 하품이 삐져나오려는 것을 겨우 참고 말했다. 제발 좀 잤으면 좋겠다는 생각만 들어서 사실 성실한 대답이 나가지 않았다. 초야부터 그랬지만 서방님 때문에 각시 홀로 밤을 지새는 일이 밥 먹듯 있었던 것이다. 초야 때는 서방님 홀로 자느라 각시 따위는 뒤도 안 돌아봐 주시더니, 시댁에 도착한 후로는 어디에 있는지 보이지도 않아서 걱정스럽게 만들어 잠도 못 자게 만들지 않았는가.

서방님이 한마디를 어렵게 물었으면 응당 아내가 여러 마디를 대답해 주어서 재치있게 이 상황을 넘겨주어야 하거늘, 대답하기도 귀찮다는 듯 대충 말하고는 입을 다무는 소아를 보고 권은 속으로 가슴을 쳤다. 대장부 체면에 꼬치꼬치 캐물을 수도 없는 노릇이고.

'부인께서 구하기 어렵다던, 구하고 싶다던 그것이 대체…… 무엇이오.'

실은 그 대답을 듣고 싶었던 것일까. 대체 왜 그것이 그리 궁금한 것일까. 어차피 곱지 않은 각시인데.

'허나 나는 하늘같은 지아비가 아니더냐. 무엇을 묻든 그것은 내 마음이지! 아내는 남편이 묻는 말이 무엇이든 대답을 할 의무가 있는 게니!'

권은 마음을 단단히 먹고 주먹을 불끈 쥐었다. 이상하게 낮의 그 일이 마음에 남았다. 정녕 아내가 남편의 정을 그리워하고, 그에 대한 하소연을 네 글자에 오롯이 담아 옷감 천에 표현한 것이리면…….

"부인, 내 물어볼 것이 있소! 낮에……."

그러나 기세 좋게 입 밖으로 나가던 말은 천천히 끊기고 권의 입술이 서서히 닫혔다. 그는 그 자리에서 그대로 굳어버렸다. 옷도 갈아입지 않은 채, 갓 시집온 각시는 앉은 채 꼬박꼬박 졸고 있었다. 게다가 기가 막혀 천천히 손을 뻗어 각시의 어깨를 살짝 쥐었더니 그대로 옆으로 픽 쓰러져 곧 깊은 잠에 빠져드는 것이었다.

“정녕…… 어긋나기만 하는 장단이고, 맞부딪칠 리 없는 손뼉이로다.”

권은 중얼거리며 한숨을 폭 내쉬었다. 그러나 이상하게도 이제 전처럼 매섭게 각시를 노려보지는 않았다. 얼마나 고단했으면 저리 앉은 채로 잠이 들었다가 픽 쓰러지는 것일까, 그런 생각부터 들고 있는 자신이 그저 신기할 뿐이었다.

하긴 물설고 낯선 곳에서 한시라도 마음이 편했겠는가.

권은 천천히 팔을 뻗어 아내의 깡마른 몸을 살짝 안아 들었다. 그리고 조금 떨어지게 깔아둔 요 위에 반듯하게 눕혀주었다. 무슨 거리를 이리 두는 것인지, 요는 이 집에 온 첫날부터 항상 이렇게 두 채가 떨어져 있었다. 초야 때는 꼭 초야를 치르고 말겠다는 일념에 불타 있더니 당최 아내라는 사람을 잘 모르겠는 권이었다.

실상 소아는 초야에야 신랑 신부가 어떤 꿍꿍이를 하며 거사를 치러야 한다는 것을 알고 있었지만, 부부가 매일 그런 상황에 처할 수 있다는 생각까지는 하지 못한 것이다. 운우지정(雲雨之情)이고 뭐고 시댁에 적응하고 사느라 바빠서 어느새 떡두꺼비 같은 아들부터 낳으라던 어미의 말을 까맣게 잊고 있었던 것이다.

새근새근.

소아는 마치 갓난쟁이 아기처럼 숨결을 흘리며 자고 있었다. 햇볕에 하도 타서 얼굴에 주근깨 자국도 있고 그 피부도 천민의 때가 벗겨지지 않아 그다지 어여쁘지 않았다. 하지만 권은 어쩐지 그런 소아의 얼굴이 귀염성있다는 생각을 하고 있었다. 아름답다기보다 마치 누이동생처럼 보듬어주고 싶은 것이었다.

바락바락 고집을 피우는 때쟁이 누이동생처럼…….

하기사 지아비가 기껏 진지하고 심각한 말을 하려는데 꼬박 졸다가 먼저 꿈결로 가버리는 애기 아내에게 무엇을 기대하겠는가.

쓰르륵 쓰르륵.

풀벌레 우는 소리가 달빛에 녹아 문풍지 사이로 흘러들고 있었다. 노란 달빛이 신방을 훔쳐보고자 함인지 오늘따라 더욱 밝았다. 허나 신방 문을 활짝 열어놓아도 양손으로 얼른 두 눈을 가려야 할 일 따위는 없었기에, 순수한 열여덟 서방님과 열다섯 애기마님이 잠든 방을 그저 고요히 다정하게만 비추고 있었다.

천천히 불이 꺼지고 권도 똑바로 자리에 누웠다. 아내의 낮은 숨소리가 옆에서 들려오고 있었다.

"뭣이라! 또 나갔다고!"

이른 아침부터 큰 사랑채가 요란했다. 안씨 부인은 남편의 역정을 받아내며 수심 짙은 한숨을 흘리고 있었다. 유 대감은 장죽으로 타기(침 뱉는 그릇)를 탁탁 치며 노기를 다스리지 못했다.

"대감, 밖에 새아가가 문안을 올리러 와 있습니다."

안씨 부인은 창피하여 차마 큰 소리로 말하지 못하고 낮은 목소리로 언질을 올렸다. 그제야 유 대감의 얼굴에서 그나마 분노가 조금 사그라들며 에잇! 소리를 내며 돌아앉았다.

"대감, 인사는……."

"되었소. 이런 기분으로 새아가를 볼 마음도 없구료. 오늘은 그만 생략하라고 하시오!"

자식 단속을 제대로 못한 탓은 모두 아녀자에게로 오게 되어 있었기에 안씨 부인은 유 대감이 지금 자신을 탓하느라 그런 말을 하고 있다는 것을 느낄 수 있었다. 오늘은 그만 문안 인사를 물리는 것이 좋을 것 같아 안씨 부인은 자리에서 일어났다.

"새아가 귀에 쓸데없는 소리가 들어가지 않도록 아랫것들 단속을 잘하시오!"

내뱉는 말마다 차가운 기운이 서려 있어 안씨 부인은 그저 풀죽은 모습으로 고개를 끄덕였다. 그나마 서책을 가까이 하지는 않아도 부친이 내린 금족령을 잘 지키는 것 같더니, 그것도 사흘을 넘기지 못하고 결국 도망가 버린 것이다. 도무지 이 망나니 같은 아들자식을 어찌해야 할지. 안씨 부인은 혀를 끌끌 찼다. 혼인을 하면 그 버릇이 조금 고쳐지나 기대했더니, 고쳐지기는커녕 오히려 며늘애 보기만 궁색하게 된 것이다.

그래도 홀로라도 문안 인사를 드리겠다고 문 앞에 선 며느리를 보기가 그렇게 얼굴이 화끈거릴 수가 없었다. 제 속도 타 들어갈 텐데 그 얼굴에 아무런 기색도 내보이고 있지 않으니 더욱 미안했던 것이다. 몇 년 정도 산 부부라고 하면, 남편을 밖으로 돌린다고 탓이라도 하겠지만 벌써 새던 바가지였으니 어찌 갓 시집온 며느리를 탓하겠는가.

"괜히 발걸음을 하게 했구나."

유 대감의 몸이 편찮다는 핑계를 대고는 문안 인사를 생략하자고 말하는 안씨 부인의 얼굴이 어두웠다. 소아는 다른 말 없이 고요히 허리를 숙여 인사를 하고는 물러났다.

소아는 제 인덕이 모자라 남편을 잡지 못하고 담을 넘게 만든 것 같아 못내 죄송스러웠던 것이다.

"이 일을 어찌할꼬."

안씨 부인은 그저 고요히 물러나는 소아의 뒷모습을 바라보며 중얼거렸다. 표정으로는 드러내지 않았지만 작고 마른 몸에 힘 하나 없이 돌아서는 모습이 보기 딱하기만 했다.

놀음이 무서운 것은 바로 이런 이유였다. 권도 며칠 동안 조용하다가도 결국 놀음의 유혹을 끊지 못하고 언제 그랬냐는 듯 놀음에 빠져들어 체면이고 의무고 다 팽개치는 것이다. 그러니 대명률로도 독한 벌로 다스리는 것이겠지.

"내가 부덕한 탓이로다."

안씨 부인은 자식을 다잡지 못한 자신을 탓하며 천천히 몸을 돌렸다.

“이 댁의 종들을 통해 알아내는 것은 불가능했습지요.”

그날 오후 소아는 거처에서 파주댁과 비밀스러운 대화를 나누고 있었다. 도대체 서방님은 무엇 때문에 사흘 동안 집을 비운 것도 모자라, 금족령을 받고도 또 사흘도 채 채우지 못하고 담을 넘어선 것인가. 그 숨은 사연을 알고 싶었던 것이다.

오입에 빠져 기생과 다른 살림을 차린 것인지, 아니면 술독에 빠져 헤어나오지 못하는 것인지 알아내야 했던 것이다. 호랑이를 잡으려면 호랑이 굴로 들어가야 한다고, 도대체 무슨 사연인지 알아야 며느리로서 대처를 하든지 무슨 대책을 세우든지, 그것도 안 되면 바가지를 박박 긁어대든지 할 것이 아닌가. 그리하여 파주댁을 시켜 사정을 좀 알아보라고 하였더니 이 댁 하인들에게서는 전혀 알아낼 수 없었다는 보고를 해온 것이었다.

“밖에서 좀 알아보지 그러셨어요.”

파주댁이 그리 존대를 하지 말라 했건만 소아는 아직 두 사람만 있을 때는 버릇을 고치지 못했다. 파주댁은 그런 소아를 막을 수도 없어 어쩔 수 없이 낮은 한숨을 폭 내쉬고는 말했다.

“밖에서 알아보았는데, 그게 참…… 나으리께서 집을 비우시는 동안 하시는 일은 투전이라고 하네요.”

파주댁의 말에 소아는 눈을 깜빡였다. 투전이라니…….

“지금 서방님께서 놀음을 하신다는 말인가요?”

“그렇대도요. 그것도 보통 신출귀몰한 게 아니라고 하십니다.

재주가 용하다고 소문이 파다하네요. 투전 패를 한 번 잡으면 며칠 밤을 새는 건 기본이라고 하는데 그게 다 귀신같은 재주를 타고나서……"

파주댁은 장안의 왈자라고 파다하게 소문이 난 권에 대한 소식들을 하나씩 조용히 고했다. 파주댁의 말이 이어질수록 소아의 얼굴에 망연자실한 기운이 서렸다. 전혀 생각지도 못했던 일이었다. 그 청수한 외모의 서방님께서 투전에 빠져 헤어나오지 못하는 분이었다니.

그저 학문에 관심이 없는 귀한 신분의 한량이거나 혹은 최악의 경우에는 주색에 빠져 허우적거리는 경우일 거라고만 짐작했더니.

"놀음이라……."

소아는 중얼거리고는 천천히 고개를 끄덕였다.

"그래서 지금도 투전 패를 잡고 있더이까?"

"주로 기방에 모여서 투전판을 벌인다고 합니다. 모두 쉬쉬하고 있는 눈치였지만 돈을 조금만 찔러주면 술술 내뱉을 정도로 장안의 사람들이 다 아는 사실이었습지요. 코흘리개 아이들도 알까 걱정이 돼요, 아씨."

"그거야 서방님께서 파신 우물이지요."

소아는 냉랭하게 말했다. 인간적으로 실망감이 들었다. 여러 가지 패악이 있었지만 놀음이라니, 어쩌면 가장 질이 낮은 취미에 그리 정을 붙이셨단 말인가. 제아무리 귀신같은 재주를 타고났다고 하나 정신을 갉아먹는 것이 바로 놀음이 아니던가. 호기심 정도로만 손을 댄 것도 아니고 사흘을 넘기지 못하고 달려갈 정도라면 그 몰입이 어느 정도일지 짐작이 되었다.

"잠시 생각 좀 해야겠어요."

"그럼 쇤네 나가보겠습니다."

파주댁이 나간 후 소아는 지끈거리는 이마를 누르고는 천천히 서책을 펼쳤다. 그리고 천천히 소리를 내어 글을 읽기 시작했다. 낮은 소리가 평이한 음률을 만들어내며 방 안을 채웠다. 금방 놀라운 소식을 접했다고는 하나, 규칙적인 글 읽는 소리가 흘러나오는 소아의 거처는 그렇게 고요하기만 했다.

권이 또 사라지고 이틀이 지난 후 놀랍게도 큰 서방님이 찾아오셨다. 오라비가 누이동생을 찾아온 것은 당연했지만 소아는 어쩔 줄을 몰랐다. 큰 서방님은 시부모의 극진한 환영을 받으며 담소를 나누고는 소아의 거처로 옮겨왔다. 파주댁과 비밀스레 몇 마디를 주고받은 큰 서방님이 안으로 들었다. 안씨 부인은 남매간의 오붓한 시간을 만들어주기 위해 다과를 신경 써서 내어주셨다.

"그래, 잘 지내고 있느냐."

큰 서방님이 상석에 앉으며 점잖게 물어왔다. 그 성격 나쁜 분을 이리 한양에서, 그것도 가짜 신부 역할을 하고 있는 시댁에서 만나자니 소아로서는 만감이 교차했다. 원망스럽기도 하고 어렵기도 하고 부담스럽기도 하고.

"큰 서방님께서도 평안하신지요."

"어허!"

큰 서방님이 부산스럽게 방문 쪽을 쳐다보며 당황스러운 낯빛을 했다. 말실수를 한 소아 역시 화들짝 놀라 입을 막았다.

"내 그리 일렀거늘 경거망동이구나."

"죄송합니다. 오, 오라버님."

"그래. 너 하나에 달려 있다. 모쪼록 조심 또 조심해야 할 게야. 지금은 너와 나뿐이라지만 습관은 언제고 밖에서 뜻하지 않는 시기에 툭툭 튀어나올 수 있음이야!"

큰 서방님의 호통에 소아는 고개를 푹 숙이고 있었다. 어쩌면 시집온 후 지금까지 어떤 착각 속에 빠져 산 건지도 모르겠다는 생각이 들었다. 무척 가시밭길일 거라 생각한 시집 생활은 의외로 평온했고, 시댁 어른들은 누구 할 것 없이 잘해주셨다. 천한 신분이 금세 들통날지도 모른다고 생각했지만 그런 기미는 없었고, 아랫것들은 소아를 추호의 의심도 없이 상전으로 귀하게 여겨주었다.

단 한 사람, 소아를 불안하게 하는 이는 시집에서 가장 중요한 자신의 서방님이었으나 차라리 너무 부딪쳐서 금세 밑천이 드러나 본성을 들키느니 이렇게 잠시 떨어져 지내는 것도 좋다는 생각이 들었다. 그리하여 시부모님께서는 걱정스러울지 모르겠으나 자신은 권과 부딪치는 시간이 줄어들어 오히려 다행이라는 생각을 했다. 게다가 권이 저리 못나게 구니 자연 시댁 어른들도 며느리를 대할 때 미안한 마음이 가득한 것 같았고, 이래저래 왈자 서방님 덕에 소아의 위치만 견고해지는 형국이었다.

그래서 저도 모르게 자신이 진정 이 자리의 주인인가 하고 착각하고 지냈는데, 큰 서방님의 얼굴을 보는 순간 그 모든 것이 한갓 일장춘몽으로 끝날 수 있음을 선명하게 인식하게 되었다. 그리고 자신이 지금 얼마나 위태로운 외줄 타기를 하고 있는 건지도 깨달았다.

지금은 어진 시부모님과 시댁 분들을 만나 분에 넘치는 생활을 하고 있는 데다 시골의 부모와 남동생도 면천을 하여 사람답게 살고 있을 터이고, 소아 제 몸도 온갖 비단과 값비싼 음식들에 둘러싸여 시름없이 살고 있었다. 하지만 그것은 어차피 부연 아기씨인 양 눈가림하고 있는 꼭두각시에 지나지 않았던 것이다. 만약 들킬 시에는 그 모든 호의적인 것들이 날아감은 물론이오, 더할 수 없는 중죄를 저지른 죄인으로 목숨마저 위태로운, 그야말로 두렵고도 두려운 위치에 서 있었던 것이다.

다시금 마음이 한없이 무거워지면서, 사실을 알게 되었을 때 서방님이 차디찬 눈동자로 자신을 볼 거라 생각하자 온몸이 오싹해졌다. 당장 마당에 내쳐져 사람들의 비웃음을 받으며 매타작을 받을 상상만 해도 오금이 저렸다.

큰 서방님은 바로 그런 제 위치를 확인시켜 주시기 위해 오신 것인가, 아니면 진정 누이동생을 걱정하는 마음으로 한번 들러본 것인가. 큰 서방님의 평소 행실과 성격을 생각하면 전자일 가능성이 컸다.

네년이 부연이인 양 착각하고 살고 있나 본데, 너는 고작해야 천한 몸종일 뿐이니라. 그러니 조심 또 조심하여 오로지 내 문중을 위해 한 몸 희생해야 할 것이야!

당장이라도 그 이글거리는 눈이 그런 말을 내뱉는 것 같아 소아는 오한이 들었다.

"결례임을 알고 있음에도 내가 이 댁에 발걸음 할 수밖에 없었던 것은, 네가 잘 지내고 있는 건지 궁금해서이다."

큰 서방님이 입을 열었다.

"어멈에게 말을 들어보니 생각보다 더 어른들을 안심시켜 주고 있는 모양이더구나. 역시 부연이가 천한 네 때를 평소에 많이 벗겨주었도다."

소아는 그저 낮게 고개를 끄덕였다. 저리 생각하시니 저리 생각하시게 둘밖에. 갑자기 큰 서방님이 목소리를 낮추고는 말을 이었다.

"부연이는 내가 지금 계속하여 찾고 있다. 어머님의 소원이니 어찌하겠느냐. 남해안 일대와 땅끝까지 사람을 보내놓았으니 언젠가는 연락이 오겠지. 제 놈이 재주도 재물도 없이 버텨야 얼마나 버티겠느냐. 내 이놈을 잡으면 그대로 주리를 틀어버릴 것이야."

아마도 동이를 두고 하는 말일 게다. 도주를 했다면 아무래도 더 밑의 지방일 터이니 큰 서방님의 말대로 어쩌면 그 행보가 들통날지도 모르겠구나.

"허면 저는 어찌 되는 것인지요. 저도 알고 있어야 대처를 할 수 있을 것 같아 여쭙니다."

"허허. 역시 총명한 아이로다."

일단 제 몸 걱정부터 하는 소아였으니 총명한 것인지 이기적인 것인지는 모르겠으나, 워낙 이기적인 데 도통한 큰 서방님이라 소아의 그런 말이 전혀 거슬리지 않은 것이리라. 사실 소아로서는 제 몸보다는 부연 아기씨를 찾게 되어 모든 것이 정상으로 돌아왔을 때의 부모님과 남동생의 안위가 어찌 될지 몰라 걱정이 되었던 것이다. 이 댁에 오는 조건으로 면천을 하였는데, 부연 아기씨를 찾아 말짱 도루묵이 된다면 부모님과 남동생은 다시 전의 천한 신분으로 돌아가야 하는 것일까.

큰 서방님이 수염을 쓰다듬으며 느긋하게 말했다.

"어차피 부연이를 찾아도 바뀌는 건 없을 게야. 혼인이 아이들 장난도 아니고 이 댁에 무슨 말을 하겠느냐. 만약 이 모든 것이 거짓이었다는 것을 알게 된다면 누군들 가만히 있겠느냐. 그저 너는 부연이를 잡아오든 말든 네 할 일만 하고 있으면 되는 것이야."

"명심하겠습니다."

어쨌거나 부모님과 동생에게 혹시라도 면천이 말짱 도루묵이

되었다는 나쁜 소식이 갈 일은 없는 모양이니 다행이었다. 소아
는 오로지 그것만으로도 다행이라 여겨야 한다고 스스로를 위
로했다.

정 없는 남편을 견디는 것은 어렵지 않았다. 항시 긴장하며
부연 아기씨의 흉내를 내야 하는 것도 파주댁의 도움으로 어느
정도 할 수 있었다. 그러나 어찌 되었든 누구의 명령이었든 이
미 이렇게 된 일, 남동생만은 좋은 세상을 살기 바랐다. 그저 땀
방울의 결과도 빼앗기는 일 없이 제 땅이나 일구며 근심없이 한
평생 살아갔으면…….

"그나저나 매제는 어찌 지내는고."

소아는 할 말을 찾지 못하고 입술을 우물거렸다. 어찌 지내는
것인지 자신도 얼굴을 봐야 대답을 할 터가 아닌가 싶었다.

"여전히 과거에는 관심이 없다더냐."

"차차 하시겠지요."

소아는 혼례 전에 큰 서방님이 서방님더러 호인이라고 칭했
던 것을 기억하고 있었다. 천하에 호인이라……. 그다지 그렇게
보이지는 않았는데.

"아니면 여전히 그 모양으로 돌아다니는 게로구나."

순간 시선을 낮추고 있던 소아의 눈이 번쩍 떠졌다. 그녀의
머릿속이 복잡해지다가 곧 평정을 찾았다.

내 그럴 줄 알았다. 이미 알고 계셨던 게다. 못된 인사 같으
니.

호인이라고 칭했던 것도 다 이 혼인을 성사시키기 위해 자신을 속였던 게 분명하다. 파주댁의 말마따나 어린아이들까지 놀음에 빠진 권의 상황을 아는 것 같은데, 큰 서방님이 알 리가 없었던 것이다. 소아는 다시금 큰 서방님이 원망스러워졌다. 그러나 이제 와서 어쩌란 말인가. 알았던들 이 혼인을 자신이 피할 수 있었겠는가.

"놀음꾼이라니, 과거시험에 뜻이 없는 것은 그렇다 쳐도 참 큰일이로구나. 유감이야."

행여 그런 생각이실까. 어쩐지 그 말투가 그리 걱정스러워하는 것처럼 들리지 않았다.

소아는 입술을 꼭 깨물고 나서는 말했다.

"서방님께서 현재 조금씩 놀음에서 손을 떼시려고 노력하고 계십니다."

아, 제멋대로 입술이 또 움직이기 시작하는구나.

"놀음이라는 것이 본디 한 번에 딱 끊을 수는 없는 게 아니겠는지요. 저와 약조를 하였으니 곧 성실한 모습을 보여주실 것입니다."

물론 그런 약조를 한 일도 없거니와 서방님이 놀음에 빠진 것을 알아낸 것도 금방이었다. 그러나 소아는 무슨 자존심인지는 모르겠지만 그런 말을 흘리고 있었다. 아니, 이것은 자존심 싸움이라기보다 너무나 무시하는 듯한 말투를 보이는 큰 서방님에 대한 원망이었다. 그래도 서방님이라 편을 들고 싶었다. 큰 서방님 같은 인사에게 무시를 당하다니 그 자체가 얼마나 안타까운 일인가.

"내자에게는 꿀을 바른 말을 흘릴 수 있는 게 남자다. 순진하게 믿지 말고 단속을 잘하여야 할 것이다. 물론 단속을 한다고 잡히겠냐만."

도대체 큰 서방님이 오늘 오신 이유가 격려를 하기 위함인가, 감시를 하기 위함인가, 오히려 기를 죽이기 위함인가.

아무래도 성격이 엇나간 인사라고 생각하며 소아는 시선을 돌렸다. 몇 마디를 더 나누고 큰 서방님이 떠나기 전까지 소아는 정말이지 답답한 시간을 보내야 했다.

권이 돌아온 것은 닷새째 밤이었다. 전에 오전에 들어왔다가 유 대감에게 바로 붙잡혀 간 일이 있어서 그런 건지 달이 뜬 시각에야 돌아온 것이다. 마치 밤손님처럼 슬그머니 들어온 권 때문에 소아는 화들짝 놀라야 했다.

속저고리 차림으로 자려고 누워 있던 소아는 비명 같은 소리를 질렀다.

"에구머니! 누, 누구냐!"

"서방이오."

사람을 놀라게 하고서도 느긋한 음성으로 휘적휘적 들어와 불을 밝히는 권을 보고서 소아는 혀를 찼다. 사람이 어떻게 저렇게 뻔뻔할 수 있는 것일까. 불을 밝힌 권이 갑자기 소아를 홱 노려보았다.

"서방님께서 연락두절인데 잘도 자고 계시구려."

뭐 뀐 놈이 성낸다고 소아는 기가 찼다. 잠 못 이루는 나흘을 지내고 피곤을 참다못해 오늘에야 일찍 잠자리에 든 것인데. 그 억울함을 어찌 말로 다 설명할까.

그러나 소아는 함께 맞불을 놓기보다는 평정을 찾았다. 그리고 낮은 소리로 말했다.

"서방님께서는 닷새 동안 더 건강해지신 듯합니다."

"허!"

"바깥 음식이 입에 잘 맞나 보옵니다."

"바가지 긁는 마누라가 없으니 아무래도 체질에 더 맞나 보오."

"다행이옵니다. 어디에 계시든 건강하시니 한시름 놓았습니다."

진정 그리 생각하는 것인지 어조 하나 흐트러지지 않고 말하는 소아를 보며 권은 속에서 무언가가 이글이글 끓어올랐다. 물론 금단 증상을 참다못해 투전판으로 달려갔지만, 무슨 말이라도 하고 싶어 애써 용기를 냈는데 훌쩍 잠이 들어버린 각시 때문에 성이 났던 그날 일을 각시는 여전히 반성하지 않고 있는 모양이다.

지금도 오히려 바깥 음식이 입에 맞느냐는 둥 말을 하며 늦게라도 들어온 서방님을 감히 또 타박하고 있는 것이다. 감히 아녀자가 하늘같은 서방님을 핀잔주다니!

권은 상석에 앉아 짐짓 엄한 표정으로 입을 열었다.

"평소 사람과 다투지 않으며 고난을 겪는 중에도 원망하는 일 없으며, 무슨 이야기를 들어도 놀라지도 기뻐하지도 않는 덕을 갖추면 아들을 낳을 수 있다 하오."

소아는 갑자기 아들 타령을 하는 권을 의심스러운 눈으로 보았다.

"무슨 말씀이신지요."

"총명한 부인께서 말귀를 못 알아들을 때가 있구려. 그 덕을 지키면 아들을 낳을 수 있다 하오. 허나 아들을 못 낳으면 칠거지악이오. 부인은 내가 말한 덕 중에서 하나도 지키지 않고 있소. 그러니 부인은 칠거지악 감이라는 결론이오."

소아는 권의 전혀 말도 안 되는 논리를 듣고서 황망한 얼굴을 했다. 권은 자신의 승리라고 생각을 했는지 더욱 기세 좋게 말했다.

"부인께서는 자주 다툼을 하자 하며 원망을 하곤 하질 않소?"

"소첩이 언제 누구를 원망하였는지요?"

"일전에 형수님 앞에서 구히고 싶은 어떤 것이라 하면서 은근히 이 몸을 빗대지 않으셨소? 나를 원망한 게 아닌가 말이오."

순간 소아의 눈동자가 흔들렸다. 그제야 까맣게 잊고 있던 그날의 일이 생각이 나면서 온 얼굴이 화끈거렸다. 서방님께서 그 의미를 알아차리셨을 것이라고는 생각지 않았던 것이다. 간절하게 갈구하는 것은 아니었지만 전혀 돌아봐 주시지 않는 마음 때문에 자신도 모르게 원망이 섞여 나갔던 것이다. 소아는 너무 나 당황스러워 얼른 말을 둘러댔다.

“소, 소첩이 했던 말은 그, 그런 의미가 아니었습니다.”

“아니었다?”

“계수나무보다 비, 비싼 장작과 오, 옥보다 귀한 식량이라…… 쇠, 쇠고기를 먹고 싶은 마음이었을 뿐입니다.”

마음이 들키는 것이 그리 싫었던 것일까. 소아는 자신도 모르게 다른 말을 둘러대고 있었다. 그 말에 권의 얼굴이 급격하게 찌푸려진 것은 말할 것도 없었다.

“뭐, 뭐시라? 단지 쇠고기?”

“그, 그렇습니다. 이 댁에서는 쇠, 쇠고기를 전혀 보질 못하여…….”

어허, 황당하도다. 이렇게 한심할 수가 있다니.

실상 닷새 동안 투전 패를 잡고서도 자꾸만 머릿속에 각시의 그 말이 떠오르곤 했었는데, 그래서 그럴 때마다 자신이 먼저 놀라 고개를 저어버리곤 했었는데 사실 아내가 염두에 둔 대상은 서방의 마음 한자락이 아닌 그까짓 쇠고기였다니. 어찌나 실망감이 드는지 권은 손이 다 덜덜 떨리려고 했다. 사실 각시가 자신을 은근히 빗대어 무언가를 갈망했다 하여도 별 상관할 바가 아니라고 무던히 생각하려 했지만…… 그래도 어찌 아내가 되어서 남편보다 쇠고기를 더 구하고 찾고 바란단 말인가! 내가 쇠고기보다 한참 못하다는 말이오, 정녕!

“부인.”

온통 얼굴이 붉어져 있는 소아를 보며 권이 천천히 입을 열었다. 소아는 행여나 빨간 자신의 얼굴이 들킬세라 시선을 피하고 있었다. 한숨 소리가 흘러드는가 싶더니 권의 목소리가 함께 밀려들었다.

“되었소. 잠이나 잡시다.”

“어, 어서 주무시지요.”

기다렸던 듯 얼른 돌아눕는 소아의 등을 보며 권은 요상한 상실감과 허전함을 느꼈다. 이게 무슨 황당한 감상인지.

그래서 권의 동작에도 필요없는 힘이 들어가 심지가 휘청거릴 정도로 세게 불어 불을 꺼버리고는 이불을 홱 걷고 벌렁 누웠다. 깜깜한 어둠이 소아의 화끈거리는 양 볼을 숨겨주었다. 이어 어둠을 찢어버리듯 성이 잔뜩 들어간 권의 목소리가 들려왔다.

“잘 주무시다가 꿈에서 쇠고기나 담뿍 드시구려!”

도대체 왜 저렇게 화를 내는 것인지 소아는 몸을 잔뜩 웅크린 채 고민해야 했다. 하긴, 아녀자가 쇠고기를 먹고 싶다는 말을 했으니 실망스러운 것인가? 그런 말을 해서는 안 되었던 것일까.

동상이몽(同床異夢)이 폴폴 피어오르고 있는 방은 점점 더 어둑해졌다.

물론 이튿날 아침부터 유 대감이 경을 친 것은 당연한 일이었다. 당장 제 놈을 마당으로 끌고 나와 멍석말이를 시키라는 유 대감과 그런 남편을 말리는 안씨 부인의 목소리가 담을 넘어설 정도였다.

권은 쥐 죽은 듯 방 안에 앉아 있었고, 며느리들은 숨을 죽인 채 발끝을 들고 다녀야 했다. 형님들이 번갈아 돌아가며 권에게 호통을 치고 그야말로 기와장이 들썩거리는 하루였다. 허나 워낙 자주 있었던 일인지 권은 일정량 이상의 자숙은 하지 않고서 그저 심드렁한 얼굴을 하고 있었다.

"동서, 지금은 새 사람이라 이러하지만 앞으로는 동서가 현명하게 행동해야 하네. 언제까지고 아버님께서 동서를 예외로 두시지는 않을 거라는 말이야. 이제 서방님을 다잡을 사람은 안사람인 자네일세. 서방님의 허물은 곧 자네의 부족함으로 연결될 거야."

그렇게 살짝 귀띔해 주는 큰형님의 말씀은 틀리지 않았다. 소아 역시 그렇게 생각하고 있었다. 이제 이 댁의 귀신이 되었으니 이 댁의 법도대로 살아가야 하는 것이다. 그리고 제 본분을 다하지 않은 며느리는 말마따나 칠거지악으로 몰려도 할 말이 없는 것이었다.

소아는 곰곰이 생각해 보았다. 허나 도대체 어떤 방도를 써야 놀음 구덩이에 이미 온몸이 빠져 버린 서방님을 건져 올릴 수 있단 말인가. 사흘을 멀다 하고 투전에 손을 대야 숨을 쉴 수 있는 것으로 보아 자신의 서방님은 놀음꾼 중에서도 상 놀음꾼이었다. 서책을 펴는 것은 본 일도 없으며 과거시험은 아예 안중에도 없는 것 같았다.

물론 그리 왈자로 한평생 살더라도 배 곯을 일 없을 것이고 평생을 등 따시고 배부르게 살 수야 있겠지만, 어디 아버님의 올곧은 성품으로 자식의 그런 모습을 두고 보고 계실 분인가 말이다. 지금도 내 자식이 아니라고 저리 길길이 뛰고 계시니.

"내 자식이 아니니라."

순간 소아는 언젠가 처가에서 들었던 대감마님의 그 말이 떠오르면서, 부연 아기씨와 서방님이야말로 천생연분이 아닐까 싶었다. 부연 아기씨도 부친께 내 자식이 아니라 선언을 들었고, 서방님도 마찬가지가 아닌가 말이다.

서까래가 내려앉을 정도의 호통으로 흔들리던 집안이 겨우 가라앉은 것은 오시(午時)가 지나가는 시각이었다. 권은 형님들의 닦달을 견디다 못해 어쩔 수 없이 서책을 끌어안고 있었고 소아는 부엌일을 거드는 체하며 한숨을 내쉬고 있었다.

글자 따위는 보기도 싫은 권의 한숨과 그런 서방님 덕분에 시름이 마를 날이 없는 소아의 한숨이 어쩐지 비슷한 색으로 흘러나왔다. 기와집의 사람들은 누구 한 사람 할 것 없이 바쁘게 움직이고 있었지만, 소아는 어쩐지 자신과 서방님만 그 속에서 외면받는 것 같은 그런 기분을 느끼고 있었다.

그날 밤, 소아는 불 밝힌 방에서 권을 기다리고 있었다. 안으로 들어선 권은 뻔뻔한 얼굴로 상석에 앉았다. 소아는 얄밉기 그지없는 서방님을 흘끗 쳐다보고는 다시 시선을 아래로 두었다.

"이부자리는 펴지 않소?"

그래도 잠은 자겠다는 것인지 속 편한 소리나 내뱉고 있는 서방님이었다. 소아가 아무런 대답이 없자 권이 다시 물으려는 찰나 밖에서 파주댁의 목소리가 들려왔다.

"아씨, 주안상이 준비되었습니다."

"어서 들여라."

주안상이라는 말에 권이 고개를 갸웃했다. 그러나 소아는 권 쪽은 쳐다보지도 않고서 약간 옆으로 옮겨 앉기만 했다. 곧 파주댁이 간소하게 차린 주안상을 놓고서 방을 나갔다.

"잔을 받으시겠나이까."

소아가 곡주가 담긴 병을 들자 권은 얼떨떨한 얼굴로 일단 잔을 받았다. 알싸한 향을 풍기는 술을 한 번에 비운 후 권은 싱긋 웃었다.

"부인도 한 잔 하고 싶으신 게요?"

"소첩이 무슨 술이옵니까. 가당치도 않습니다."

권이 비웃듯이 웃고는 다시 한 잔을 요구했다. 소아는 그저 말없이 술잔을 채웠다. 권은 그런 소아를 흘끗흘끗 살피고 있었

다. 다른 날도 새치름한 얼굴을 하는 각시이기는 하였으나 오늘
은 어쩐지 비장감마저 느껴지는 굳은 표정이었다. 게다가 갑작
스런 주안상도 무슨 뜻인지 알 수 없었다.

"소첩, 서방님께 드릴 부탁이 있습니다. 술이 필요할 듯하여
주안상을 준비했습니다."

"해보시오."

갑자기 부탁이라니, 권은 여전히 소아의 속내를 알 수가 없었
다. 치마를 다소곳이 여미고 앉은 소아가 입을 열었다.

"부부는 합심(合心)을 해야 하는 것이지요."

하, 합?

권은 가슴이 덜컥 내려앉아 저도 모르게 상체를 약간 뒤로 뺐
다.

합심(合心)이라 하면 합일(合一), 합일이라 하면 하, 합궁(合
宮)…… 을 말하는 것인가!

자신도 모르게 권의 기세가 눈에 띄게 위축되었다. 그런 것은
아무리 해도 자신이 없었던 것이다. 남녀 간의 합일에 대해서는
여전히 문외한이니 어쩌겠는가.

"부, 부인……."

권이 무슨 말이라도 하려 하였으나 소아는 권이 말할 시간을
주지 않고서 얼른 제 할 말을 이었다.

"부부간이란 무릇 모든 것이 하나가 되어야 하고 추호도 이질
감이나 소원함이 존재해서는 아니 되는 것이라 생각하옵니다."

그, 그렇겠지요. 허나…….

"한 잔 더 드시지요."

권은 저도 모르게 얼른 술잔을 내밀었다. 쪼르르, 맑은 소리를 내며 술잔이 채워지고 권은 다시금 술잔을 비웠다.

"오늘 밤부터……."

몸을 약간 모로 틀고 앉은 모습 그대로 소아가 시선을 아래로 깐 채 입술을 열었다. 취해서 그런 것인가. 순간 소아의 옆얼굴이 발그레해지는 것처럼 느껴지는 순간 권의 아랫배가 마치 싸하듯 묘한 요동기가 느껴지더니 심장이 울렁거렸다. 느끼니 처음인 갑작스러운 감각에 권의 손가락이 미세하게 떨렸다. 어찌하여 불빛에 어른거리는 저 옆얼굴이, 아래로 향해 있는 속눈썹이 어여뻐 보이는가. 말도 안 되는 일이었다. 그 까맣기만 한 미운 얼굴이…… 고와 보였다.

"오늘 밤부터 소첩, 서방님께……."

소아의 수줍은 뺨과 낮으나 고운 목소리가 권의 청각과 시각을 붙들어 끌어당겼다. 권은 저도 모르게 침을 꿀꺽 삼켰다. 순간 심장에서 시작된 어떤 덩어리가 불쑥 올라와 온몸을 훑고 지나갔다. 순간 몸의 마디마디에 열이 이는 것 같더니 아랫배가 부글부글 끓어오르는 요상한 감각이 느껴졌다. 그리고 그 붉은 점막 덩어리 같은 기운이 몸의 한 곳으로 집중이 되더니 갑자기 남자의 뿌리 끝으로 온통 집중이 되었다.

그것은 놀라운 감각이었다. 한창 소년일 때 자신도 모르게 몽정을 하던 그때처럼, 온몸의 감각이 예민하게 살아났다. 그 순간 소아가 천천히 고개를 들었다. 반들거리는 각시의 눈빛이 별처럼 반짝이며 권에게 닿는 순간 그는 화들짝 놀라고 말았다.

마치 무언가 간질이는 것이 온몸을 훑고 가는 것처럼 근질근질거리던 감각이 한꺼번에 온몸에 쫘악 펼쳐지더니 뿌리 끝이 불끈 서는 것이었다. 그 묵직함과 뜨거움에 자신도 모르게 신음을 내뱉는 순간 소아가 오늘따라 더욱 붉은 입술을 달싹이며 말을 이었다.

"오늘 밤부터 소첩, 서방님께 투전을 배울까 합니다."

하기 힘든 말이었는지 뺨을 발그레하게 물들이고서 흘린 그 말에 권의 몸 곳곳에 서려 있던 힘찬 기운이 일시에 소멸되었다. 동시에 위용을 드날리며 고개를 세웠던 뿌리도 함께 수그러들고 말았다.

자신이 고자가 아니었음을 깨달았지만 그 기쁨을 토할 새도 없었다.

"하고 싶던 말이…… 그것이었소?"

기가 막히게도 그에 대한 서운함만 밀려들어 제 몸이 정상이었다는 것 따위는 신경도 쓰이지 않았다. 어찌 이리 갸륵할 정도로 서방님을 가볍게 무시해 주는 아내란 말인가. 어찌 이리 사나이의 굳은 기상을 단번에 눌러주는 각시란 말인가.

"그렇사옵니다."

힘이 쭉 빠진 권과 다르게 소아는 생글생글 웃고까지 있었다.

순간 쪼그라들었던 무언가가 다시 슬슬 힘이 받기 시작했다. 저 깡마르고 볼품없는 각시의 웃는 모습이 어찌 이 순간 반짝인단 말인가. 마, 마치 그 눈동자는 밤하늘에 박힌 별무리 같구나.

"지아비께서 관심을 가지시는 것을 마땅히 따르는 것도 아내의 도리이지요. 그것이 바로 합심이 아니고 무엇이겠습니까."

권은 기가 막혔다. 어감상으로는 맞는 말 같기도 했으나 근본이 잘못되었던 것이다. 지아비가 관심을 가지는 것이라면 투전이고 뭐고 상관이 없단 말인가.

"허면 부인께서 말씀하신 합일, 아니, 합심이라는 것은 그런 의미였소?"

합궁이 아니었다는 말이었다.

어쩐지 상념이 묻은 권의 말이었으나 알아듣지 못한 건지 소아는 깨끗한 미소만을 지었다. 그 환한 얼굴로 지금까지 본 모습 중 가장 풋풋한 미소를 담고서 소아가 활짝 웃었다.

"그렇고말고요. 서방님께서 하시는 것이라면 무엇이든 따르겠습니다."

아아, 이 얼마나 근본을 무시한 순종이란 말인가! 그러나 권은 지금 그런 깊은 생각을 할 여유가 없었다. 오로지 햇볕을 모두 담은 듯 환한 소아의 얼굴에만 정신이 팔려 있었다. 힘이 쭉 빠졌던 뿌리가 점점 단단해지더니 거친 숨결이 토해져 나왔다. 권은 자신도 모르게 술상을 밀치고 소아의 손목을 확 잡아당겼다.

"어맛!"

무방비 상태로 있던 소아가 비명을 흘리며 권의 품으로 날아들었다. 권의 단단한 가슴에 부딪친 소아의 눈동자가 흔들렸다. 낯선 감각에 소아의 심장이 제멋대로 쿵쿵 뛰었다. 권의 거친 호흡이 위에서 쏟아져 내려오는가 싶더니 등줄기를 팔로 억세게 감싸 안은 권이 소아의 턱을 들어올렸다.

'뭐, 뭐지? 갑자기 왜, 왜 이러시는 거지?'

소아는 도대체 정리가 되지 않아 정신을 차리지 못했다. 그저 인식되는 것이라고는 제 호흡을 따라가지 못하고 뛰는 심장뿐이었다.

그러나 그것은 권의 심장 또한 마찬가지였다. 에라, 모르겠다! 싶다고 생각하는 순간 자신도 모르게 이미 소아를 안고 있었다. 도저히 제어할 수 없는 힘에 이끌려 소아의 등을 와락 안은 순간 그대로 소아를 짓누르다시피 해 누르고 있었다. 그리고 불끈 솟아오른 뿌리가 시키는 대로 그녀의 입술을 덮어버렸다.

뜨거운 무언가가 자신의 입술을 타고 넘어가 소아의 입술을 파고들었다. 믿을 수 없을 정도로 부드럽고 감각적인 촉촉함이 입술에 와 닿는 것을 느끼며 권은 더운 기운을 더욱 더해 소아의 입술을 열려 했다. 처음 가지는 접촉은 사내의 마음만 급하게 만들었고, 적셔주고 보듬어주는 전희없이 무작정 문지르다시피 한 입술로 소아의 입술을 공략하는 그 순간, 갑자기 소아가 온몸에 힘을 주어 고개를 돌렸다.

권의 몸이 뻣뻣하게 굳는 동시에 소아는 뿌리치듯 권의 품을 벗어나 도망치듯 멀찍이 떨어져 앉았다. 권은 간절함이 어린 눈으로 각시를 바라보았다. 그러나 곧 그는 자신의 행동을 후회하기 시작했다. 소아의 온몸이 바들바들 떨리고 있었다. 어깨가 애처로울 정도로 흔들렸다.

"부인, 나는……."

소아는 자신도 모르게 무언가가 북받쳐 올랐다. 이것이 바로 남녀 간의 접촉이었던 것이다. 너무나 급작스러운 것이라 놀라지 않을 수가 없었다. 소아는 눈꺼풀까지 올라온 뜨거운 눈물을 겨우 밀어 넣었다. 갑자기 서방님이 무섭고 두려워졌다. 제 온몸을 억압하고 눌러온 힘의 차이를 느낀 것이다.

권은 소아를 쳐다보며 어쩔 줄 몰라 하고 있었다. 잠시 후 그가 천천히 입을 열었다.

"미안하오. 급작스럽게……."

권의 말에 소아는 겨우 마음을 가다듬을 수 있었다. 미안하다 해주시어, 사과를 해주시어 다행이라는 생각이 들었다. 참으로 안심이 되었다. 어쩐지 서방님께 의지할 수 있을지도 모른다는 생각이 들었다. 감사하게도…….

뭐라고 하여도 아무런 핑계를 댈 수 없는 처지이거늘 살펴주고 계시지 않은가. 마음으로…….

그래서 소아는 더더욱 서방님과 놀음을 떼어놓아야 했다. 자신이 기댈 곳이라곤 서방님 한 사람뿐이지 않은가. 지금 상황으

로는 부디 서방님께서 단단한 분이 되시기를 바랐다. 어쩌면 그
것 또한 자신의 욕심이나 이기심일지도 모르겠으나.

“서방님, 내기를 하시겠습니까.”

순간 권의 고개가 번쩍 들렸다. 표정이 자못 심각하니 농을
하고 있는 것 같지는 않은데, 아내가 내기라는 말을 하고 있었
다.

“내기라고 했소?”

“그렇습니다. 서방님께서 하시는 놀이를 소첩에게 가르쳐 주
셔요. 그리고 내기를 하여 서방님께서 이기시면 길일을 잡아 합
궁일을 정하겠습니다.”

그것이야말로 사내의 기세를 완전히 누르는 말이었다. 그렇
다면 그전에는 도저히 안 된다는 말이오?

허나 권은 곧 정색을 할 수 있었다. 총명한 아내가 어찌하여
저리 아둔한 말을 하는지는 모르겠으나 상대는 자신이었다. 놀
음에 한해서만은 귀신같은 재주를 타고난 유권이 아닌가 말이
다. 장안의 내로라하는 투전꾼들도 모두 꼬리를 내린 전설을 아
직 듣지 못한 모양이다.

이기고 들어가는 내기라……. 못할 이유가 없었다.

“다른 말하기 없기요. 오늘처럼 도중에 몸을 사리면 아니 되
오.”

게다가 목안이 누운 방향을 보니, 모두들 아들이라 하지 않았
는가. 아들을 내놓으면 부친께서도 오늘처럼 닦달을 하시지는

않을 것이고, 아내와는 또 운우지정을 나누어 좋고, 또 아내의 묵인하에 투전에 손을 대니 이것은 일석이조, 아니 삼조로다!

"그러 하오면 이부자리를 펴겠습니다."

소아가 살며시 일어나 이부자리를 정돈했다. 그 와중에도 권은 한꺼번에 얻게 될 이득을 셈하고 있었다. 잠시 후 불이 꺼지고 아내의 겉저고리를 벗는 소리가 사각사각 들려왔을 때 불끈하는 힘을 견디지 못한 권이 넌지시 입을 열었다.

"부인, 허면 오늘 밤은……."

"이만 평안히 주무시지요."

허나 쌀쌀맞기가 북풍보다 더 찬 대답이 돌아올 뿐이었다.

✱

"뭐라? 새아기와 권이가 함께 투전을?"

그것은 그로부터 며칠 후 큰 사랑에서 흘러나온 유 대감의 목소리였다. 안씨 부인이 혀를 차며 고개를 끄덕이고 있었다.

"아랫것들 사이에 소문이 퍼졌나 봅니다. 이것 참 기가 차서……. 도대체 그리 보지 않았거늘 그 아이가 무슨 생각을 하고 있는 건지."

안씨 부인의 어투에서 소아에 대한 탐탁지 않음이 고스란히 배어 있었다. 웬만하면 유 대감에게 알리지 않고 자신의 선에서 해결하려 했으나, 이상하게도 큰 며느리가 일단 유 대감에게 먼

저 상의를 하는 게 좋을 것 같다는 의견을 슬쩍 흘렸기에 큰 며
느리를 믿고서 지금 떨어지지 않은 입을 연 차였다.

안씨 부인은 그 말을 내뱉어놓고도 조마조마했다. 지금 당장
이라도 남편이 그 철없는 것들을 불러오라고 성화를 부릴까 걱
정이 되어 심장이 다 떨렸던 것이다. 헌데 유 대감의 입에서 나
온 말은 안씨 부인이 생각지도 못한 말이었다.

"그냥 두어 봅시다. 이열치열이란 말도 있으니."

"이열치열이라니요?"

안씨 부인은 예상외의 반응에 고개를 갸웃거렸다. 안 그래도
별로 놀라지도 않으시는 것 같더니 이후 흘러나온 말까지 그런
것이어서 놀랍지 않을 수 없었다.

"말 그대로요. 새아가가 설마 아무런 생각 없이 내 집 안에서
투전 패를 잡지는 않을 터. 호랑이를 잡으려면 호랑이 굴로 들
어가야 하지 않겠소."

그제야 남편의 말뜻이 조금은 이해가 가는 안씨 부인이었으
나 그뿐이었다.

"아무리 그래도……."

유 대감의 말이 맞다면 그것도 하나의 방법일 수 있겠으나 그
러한다고 무슨 뾰족한 수가 있겠는가. 아내가 서방과 머리를 맞
대고 투전을 하여서 투전 병을 고쳤다는 소리는 들어본 일도 없
었다.

"도대체 사돈께서는 새아가를 도대체 어떻게……."

"어허, 내 자식의 허물을 묽게 하기 위해 남의 자식 허물을 크게 부풀리려 하는 것이오."

유 대감의 따끔한 말에 안씨 부인의 입이 다물어졌다. 유 대감은 경거망동을 한 안씨 부인에게서 고개를 돌리고서 점잖게 수염을 쓸어내렸다. 그리고 천천히 입을 열었다.

"나 역시 며늘애의 생각을 다는 알지 못하겠으나, 최소한 발은 묶어두지 않겠소. 사흘 들이로 담을 넘는 그 버릇부터 일단 고치고 봅시다."

"그게 과연 그리 될까 걱정입니다."

"내가 말을 하기 전까지 부인께서는 며늘애는 물론이고 누구에게든 일절 함구하고 있으시오."

안씨 부인은 어쩔 수 없이 고개를 끄덕였다. 여전히 마음 한 구석은 찜찜하다 하더라도 어쩔 수 있겠는가. 대감이 그리하라 하시니 따르는 것이 아내의 할 일이었다.

"새아기가 체면 때문에 차마 내가 실행하지 못한 것을 하고 있구려."

그래서 유 대감이 그런 말을 했을 때에도 안씨 부인은 그 말 뜻을 잘 이해할 수가 없었다.

한편 신랑 신부가 한동안 달콤한 신혼을 보내야 하는 그 방에서는 아랫것들 사이에 이미 소문이 퍼졌듯 며칠 동안 놀음판이 펼쳐지고 있었다. 엄밀히 말해 놀음판이라기보다는 놀음 교육이었다. 그리고 응당 교육의 자리가 그렇듯 투전 스승 격인 권의 목소리가 매우 높았다. 도대체 잘 알아듣지 못하는 소아 때문에 답답해하는 어조가 방 안을 가득 메우고 있었다.

그리 당당하게 내기를 걸기에 권은 자신의 부인이 어딘가 믿는 구석이 있겠거니 했거늘 그것은 완전한 기우였다. 지금까지 아내에게 여러 번 당한 결과 아내를 만만하게 봐서는 안 된다는 생각을 해서 경계를 했던 것이다. 그래서 아무리 실력 차이가 나더라도 끝까지 견제를 풀지 말자고 생각했더니, 소아는 투전에 소질은커녕 전혀 알아듣지 못하는 날만 벌써 사흘째였다.

기름을 먹인 빳빳한 종이를 다섯 장씩 나눈 권이 다시금 설명을 시작했다.

"세 장의 숫자를 모아 수를 찾는 방식이라고 설명한 것은 기억하시오?"

어설픈 꼴로 종이를 쥐고 있던 소아가 고개를 끄덕였다.

"자, 그럼 대답해 보시오. 이렇게 두 장의 숫자가 같으면 무엇이라 했소? 그렇소. 땡이라고도 하고 땅이라고도 하오. 바로 이 경우의 점수가 가장 높은 거요. 땅이 아닌 경우에는 어떻다고 했소?"

마치 대단한 훈시라도 되는 양 거드름을 피우며 확인까지 하고 있는 권의 질문에 소아는 고개를 갸웃하고서 생각을 더듬고는 대답했다.

"그러니까…… 땅이 아닌 경우에는 두 장을 합한 끝자리 숫자에 따라 결정된다고 하셨지요.”

“오호, 그렇소. 그건 잘 기억하고 있구려. 끗수에 따라서 9땡, 8땡 이렇게 내려가는 거요. 9땡을 가보라고 하는 거요. 자, 이렇게.”

또 권이 이긴 판이었다. 소아는 한숨을 폭 내쉬며 고개를 저었다.

“그리 쉽게 이기시면 어찌하옵니까. 배우는 사람의 입장도 생각해서 봐주셔야 하는 것 아닌가요?”

소아가 입술을 삐죽 내밀고 투정을 부리자 권이 허허 웃었다. 여유가 있어서 그런 것인지 투덜거리는 아내가 귀여워 죽겠다는 표정도 굳이 숨기지 않았다.

“자, 이렇게 3, 8, 8이면 합해서 가보가 되는 거요. 땡이 아닌 경우에는 끗수가 9인 가보가 가장 높은 거요. 그럴 때를 삼팔둑 대가보라고 하오.”

“다시 시작해 보시지요.”

“아무래도 어서어서 합궁일을 정하는 것이 좋을 것 같소.”

“아직 내기는 조금 더 배운 후에 겨루어야 합니다.”

“왜 아니겠소. 하하하.”

권은 신이 나서 시시때때로 활짝 웃고 있었다. 벌써 담을 넘지 않은 지가 사흘이 넘었다는 것도 잊은 것 같았다. 어찌나 순진한 인사인지, 내 부인의 실력이 경지에 이르기 전까지는 당분간 바깥출입을 하지 말아야겠소, 라는 말까지 하며 웃기도 했던 것이다. 그래서 소아는 설레설레 고개를 젓곤 했다. 역시 다른 고민이 없는 그 얼굴을 보고 있으면 귀하게 자란 것이 이런 것이구나, 싶어서 혀까지 쯧쯧 차게 되곤 했다.

"막상 잡아보니 힘들지 않소? 그래도 내기를 걸었으니 중간에 포기는 불가하오."

어찌 저리 상념없는 인생일 수 있는지.

그런 말을 하는 권을 보며 고개를 젓던 소아도 결국은 웃어버리고 마는 것이다. 모르고 있던 사실을 조금씩 알아가고 있었다. 서방님은 생각했던 것보다 훨씬 순수하고 다정한 사람이었다. 마음도 여리고 전혀 악독한 인물이 아니었다. 무척 새하얀 치아와 향기로운 살결을 가진 분이시다. 힘있게 그은 두꺼운 획처럼 까맣고 선명한 눈썹과 반듯한 이마, 시원스레 뻗은 우뚝선 콧날 아래 또 입술은 여인의 것처럼 붉은 기가 돌아 눈에 띤다. 수려한 용모에 잔잔하게 도는 미소는 서방님의 선함을 그대로 드러내고 있었다.

큰 서방님과는 완전히 다른 종류의 성품이랄까.

"자, 내가 이겼소. 슬슬 내기를 하기 전에 가벼운 것을 걸고 하는 게 어떻겠소."

그래도 버릇을 고치기는 한참 멀었는지, 벌써부터 집 안에서 하는 투전에까지 내기 재물을 걸자는 말을 흘리고 있었다. 소아는 단호하게 고개를 저었다.

"소첩은 내놓을 만한 물건이 하나도 없습니다."

"정 없다면 수틀도 좋고 비녀도 좋소. 아, 그나저나 수는 놓고 있는 것이오? 내 기다리고 있소."

소아는 화들짝 놀라 얼른 다른 말로 화제를 돌려야 했다. 그만 자수 놓는 것을 깜빡 잊고 있었다.

"저는 서방님과 놀음을 하고자 하는 것이 아니라 부부끼리 합심을 하고자 하는 것입니다. 그 신성한 의도를 내기 판돈을 걸어 타락시킬 수 없음입니다."

"허! 어차피 신성한 놀음이란 건 존재할 수 없소."

그걸 그리 잘 아시는 분께서 어찌 그리 사흘 들이로 집을 비우시고 놀음에 빠져드신 건지.

소아는 착잡함을 느꼈다. 어쨌거나 이제 슬슬 시작할 때가 된 것 같았다.

"아니, 이게 무슨!"

정확히 그로부터 이틀 후의 일이었다. 소아가 이제 내기를 걸고 하겠다는 말을 하자 권은 옳거니! 하고 득의양양한 미소를 지었다. 하루 정도 일부러 조금 봐주었더니 그 바람에 소아가 가물에 콩 나듯 이기곤 했는데 덕분에 자신감이 붙은 모양이었다. 권으로서는 얼른 내기가 끝나 원하는 바를 이루고 슬슬 밖으로 나가 실제 놀음꾼들과 판을 벌이고자 하는 마음이 급해 일부러 미끼를 던졌던 것이다. 그런데 아니나 다를까, 아내가 얼른 미끼를 물고서는 계획했던 대로 자신감을 얻어 내기 판을 시작하자고 한 것이다.

권은 사악한 미소를 머금으며 아내의 요구에 응했고 드디어 다가올 합궁의 순간을 기다리고 있었다. 그런데 이게 웬일! 믿을 수 없게도 내기 판이 시작되는 순간, 그렇게 헤매던 모습이 어디에 가고 아내의 패에서 8땅, 9땅, 장땡이 터져 나왔던 것이다.

"마, 말도 안 되오!"

권은 신경질이 묻은 소리로 패를 던지다시피 놓고는 아내를 노려보았다. 그러나 소아는 침착한 어투로 이렇게 말할 뿐이었다.

"왜요. 가르쳐 주신 대로 했을 뿐인데요. 자, 소첩이 이겼사옵니다."

"허! 무효요. 연습 판이라는 것도 모르오? 두 번째부터 실제로 시작이라는 것을 내가 깜빡 잊고 말하지 않았구료."

권이 이제는 치사한 방법까지 동원하며 고집을 부리자 소아는 속으로 깨소금을 맛보는 것 같았다. 허나 어찌 저리 뻔뻔하지만 동시에 귀여우실 수 있는지.

"좋습니다. 서방님 뜻이 그러하시다면 소첩은 따라야지요. 그럼 이번부터 실제라고 치겠습니다."

소아가 수긍을 하자 권은 겨우 안도의 한숨을 돌렸다. 놀음의 법칙에는 그런 것이 있다. 꼭 아무것도 모르는 사람들이 첫 놀음판에서 백이면 백, 이긴다는 것이었다. 그것을 바로 소가 뒷걸음질 치다가 쥐 잡는 격이라는 표현을 쓰곤 했는데 주로 이런 점 때문에 아무것도 모르는 사람들이 더욱 놀음에 빠져 헤어나 올 수 없게 되는 시작점이 되는 것이다.

어쨌거나 이번 경우도 그 법칙이 적용된 것일 터이니, 아내는 분명 아무것도 모르고서 운이 좋아 이긴 경우일 게다. 그리고 충만한 자신감으로 연속적인 승리를 바라겠지만 무리로다.

아니, 무리여야 했는데…….

"호호, 이번은 확실하다 하였습니다. 어떻습니까? 제가 또 이겼습니다."

무언가가 잘못되어도 한참 잘못된 게 틀림없었다. 권의 계산대로라면 이번 판에 절대 아내가 이겨서는 안 되었던 것이다. 아니, 그럴 경우는 불가한 것이었다. 그러나 지금 승리의 미소를 짓고 있는 사람은 분명 아내였다.

반면 놀음에 관한 한 귀신같은 재주를, 하늘이 내린 재주를 타고났다는 권은 아무런 손도 쓰지 못하고 연속으로 두 번 심각한 명예 훼손을 당한 상태였다. 권은 심각하게 생각해 보았다. 자신은 한 번 본 패는 뒤집어놓아도 모두 다 외울 수 있었다. 한 번만 보면 마치 새겨지듯 눈꺼풀에 남는 것이다. 그런데 아내는…… 아내는 마치 뒤집어놓은 패를 모두 꿰뚫어 보는 것 같았다. 말도 안 된다. 도대체 어떻게 그런 일이.

게다가 아내는 바로 어제까지만 해도 헤매고 헤매느라 정신이 없지 않았는가. 어떻게 하룻밤 새에 투시력이…… 생길 리는 전혀 없지 않은가.

천적.

그렇다. 그것으로밖에 설명할 수 없었다. 무엇을 해도 서로 먹이가 될 수밖에 없는 천적이었다. 권은 충격과 타격으로 상처 입은 자존심을 겨우 핥아가며 권이 냉랭한 눈으로 소아를 쏘아보았다.

"부인, 설명을 해보시오. 이게 과연 가능한 일이오?"

"소첩은 그저 서방님께서 가르쳐 주신 대로 했을 뿐입니다. 그저 열심히 했을 뿐……."

"허! 계속 그리 허언(虛言)을 할 것이오?"

"소첩은 서방님께서 하시는 말씀은 뭐든 새기고 간직하고 또 귀하게 품을 것입니다. 서방님께서 이리 일부러 시간을 내주시어 가르쳐 주셨는데 어찌 그 시간을 헛되이 할 수 있겠사옵니까."

또 시작된 듯하였다. 아내의 사람을 말려 죽이는 저 능청스러운 비꼬기가.

다소곳하게 웃고 있는 듯하였지만 지금 뒤를 돌면 꼬리가 아홉 개는 달렸을 것 같은 그런 아내의 무시무시한 미소가 말이다.

사실 소아는 일부러 아무것도 모르는 체, 헤매는 체를 하였다. 일부러 틀리게 대답하기도 하고 못 알아들은 척 다른 대답을 하면서 권을 안심시켰던 것이다.

소아는 신분상 쉽게 투전을 접할 수 있었다. 겨울철이 되면 뜨끈한 아랫목에서 아비와 아범들이 모여 짚을 꼬기도 하고 동치미에 탁주를 마시기도 하다가 자연스럽게 투전판을 벌이곤 했던 것이다. 제 방을 따로 갖고 있지 않던 소아도 옆에서 어깨너머로 투전판을 보고 있다가 잠이 든 적도 많았고 또 오가는 판돈들을 지켜보며 홀로 셈을 한 적도 많았다. 물론 성실한 아비가 하는 놀음이란 거의 시간 때우기 용으로 큰 판은 아니었다.

그렇게 자연스럽게 투전을 접한 소아는 어느 때부터인가 무척 자신도 그것을 배우고 싶어졌다. 지켜보니 아주 재미있었던 것이다. 무엇보다 남자들만이 하는 것이라서 흥미로웠고 긴장감도 넘쳤다. 마치 글에 대해 욕심이 있었던 것처럼 자연스럽게 든 호기심이었다.

그리하여 한번 아비한테 그것을 가르쳐 달라고 했다가 호되게 혼을 난 이후로는 호기심을 접고 있었다. 헌데 영 욕심과 미련을 버리지 못한 소아에게 투전을 가르쳐 준 이가 바로 부연 아기씨와 함께 밤길을 밟은 동이였다.

저보다 열 살은 많은 동이는 소아를 예뻐해 주었다. 동이는 손재주가 뛰어나 무엇이든 잘했다. 그가 만든 짚신은 다른 사람이 만든 것보다 훨씬 단단하고 윤기가 났다. 뿐인가, 예술적인 소질이 뛰어났음인지 그림을 그리는 재주도 신비로울 정도였다.

바위 하나를 스윽스윽 그려도 마치 옆에 있는 것처럼 단단해
보였고, 봉우리 하나를 그려도 실제 산을 뚝 떼어다가 종이 안
에 옮겨놓은 것 같았다. 먹뿐이겠는가. 색이 들어가면 더욱 아
름답다고는 했는데 나무를 그리면 그 가지 사이에서 바람이 묻
어나오는 것 같았고, 흐르는 물을 그리면 종이가 흠뻑 젖어서
그대로 개울물이 흘러내릴 것만 같았다.

그리 뛰어난 재주를 가진 동이는 어쩌면 신분을 잘못 타고난
가여운 사람이었다. 생김새도 뚜렷하고 곧아서 온갖 계집종들
이 동이만 지나가도 호들갑을 떨거나 얼굴을 붉히곤 했었다. 그
저 신분을 잘못 타고난 것이 죄라면 죄일까. 그것도 아니면 하
필이면 부연 아기씨 댁의 종으로 타고난 것이 불행한 운명이었
던 것일까.

그러나 괴로운 사랑을 한 두 사람은 결국 함께하기를 선택했
고 동이는 떠났다. 부연 아기씨를 꼭 안고서 말이다. 본래 지체
높은 반가의 여식이나 과부가 신분이 맞지 않는 혹은 해서는 안
될 통정을 하여 집안 망신을 시키거나 사라지면 장례를 치러 버
리곤 했다. 죽은 자식 취급하는 게다. 그리하여 정녕 부모의 마
음속에서, 가족의 미움속에서 지워 버리려는 것이었는지 아니
면 다른 사람 보기가 낯 뜨겁고 창피하여 그런 것이었는지 소아
도 확실한 것은 알 수 없었다.

어쨌거나 동이는 사라졌고, 그가 평소에 소아에게 가르쳐 주
었던 투전이라는 것으로 지금 소아는 서방님께 한 걸음 다가가

고 있었다. 본래는 부연 아기씨의 남편이 되었어야 옳을 이 귀한 분께 말이다.

과연 이것은 또 어떤 삶의 어려운 얽힘인 것인지, 소아는 짐작하기조차 버거웠다. 다만 그 재주로 이리 서방님과 더 가까워질 수 있는 기회를 가지게 된 것은 역시 동이에게 고마운 일이었다. 그래서 소아는 기왕지사 이렇게 된 것, 자신이 할 수 있는 한 최대의 꾀를 동원해 서방님을 붙들어두는 동시에 또 나름대로 서방님을 즐겁게 해드리고도 싶었다. 오로지 투전에 눈먼 서방님을 탓하여 버릇을 고치고자 함은 아니었다. 이리 서로 이마를 맞대고 웃을 수 있어 기쁜 마음도 자신의 진심이었다.

“조, 좋소. 이번 판은 부인이 이기셨소.”

“저런, 소첩은 이제 그만 하려고 하는데요.”

소아는 일부러 몸을 빼려 했다. 당연히 권이 노발대발 목소리를 높여왔다.

“아니, 무슨 그런 예의에 어긋나는 행동을 하려는 게요! 잘 모르겠지만 먼저 이기고서 몸을 쏙 빼는 것은 도리에 맞지 않는 짓이오. 패악이오!”

어찌 저리 대단한 말까지 써가시며 부득불 이기시려는 것인지.

소아는 짐짓 수긍하듯 고개를 끄덕였다.

“그리하면 오늘의 내기는 소첩이 이겼사오니 원(願)을 들어주시고, 다음번 내기는 내일 하시지요. 밤이 깊었사옵니다.”

"워, 원을 들어주다니?"

"어머, 당연한 것이 아니옵니까? 소첩은 분명 서방님께서 이기시면 합궁일을 잡겠다는 내기를 걸었습니다. 그리하면 소첩이 이길 때의 경우도 생각하셨어야지요."

권의 얼굴이 사색이 되었다. 소아의 말이 너무나 당연하게 들려서 반박조차 하지 못하는 모습이었다. 권은 곧 포기를 했는지 어깨를 늘어뜨리고는 고개를 끄덕였다.

"좋소. 대장부가 치사하게 몸을 빼서는 아니 되겠지요. 오늘 내기는 부인께서 원하시는 걸 들어드리는 걸로 합시다. 단 내일 다시 시작합시다."

"그러하오면 이부자리를 펴겠습니다."

소아는 다소곳한 몸가짐으로 일어나 이부자리를 폈다. 권은 지금이라도 저 발칙한 각시를 끌어다가 품 안에 가두고 싶어 손가락이 근질근질했다. 보면 볼수록 얄미운 내 각시였다. 보면 볼수록 더…… 안고 싶은 내 각시였다.

八章. 뚜루룩 길룩, 학 두루미 나래 벌여

이튿날, 소아는 승리의 달디단 보상인 첫 번째 소원을 말했다. 물론 소아가 제 입장을 최대한 활용하여 한 요구라 권은 전혀 즐겁지 못했다.

"허, 꼭 그렇게 이용해야 하겠소?"

뒤통수를 맞은 권이 나름대로 속 좁게 보이지 않기 위해 웃고는 있었지만 그다지 즐겁지 않은 미소였다.

"요즘 너무 바빠 시간이 잘 나지 않습니다. 제 청은 그것으로 정했습니다."

소아가 내건 청은 일전에 권에게 올리겠노라 약속했던 자수 완성품이었다. 마음을 다잡고 침착하게 수를 놓았더니 못할 것도 없었지만 십장생을 화려하게 꾸미는 것이 좀 더 요령과 손재주를 요하는 것이라 쉽지 않았다. 게다가 아무리 해도 자신은 꼼짝도 않고 앉아 수를 놓을 성격이 되지 못하는 것 같았다.

권은 아내가 직접 수를 놓은 건이라도 받고 싶은 욕심이 있었으나 약속은 약속이었으니 어쩔 수 없이 포기해야 했다. 하기 귀찮은 것이리라. 그렇게 생각하며 투덜거릴 뿐이었다.

그리고 또 두 번째 판이 벌어졌다. 소아도 요즘 두 사람이 밤마다 하는 이 짓이 시부모님의 귀에까지 들어갔다는 것을 알고 있었다. 그러나 다른 말씀을 하지 않으셨고, 또 처음에는 눈에 띄게 차가운 시선을 주던 안씨 부인도 이제는 조금 표정을 풀어 주어서 다행이라는 생각이 들었다. 다는 아니겠지만 자신의 마음을 알아주시는 것이라 생각했다. 어쨌거나 권은 며칠 동안 두문불출하고 있었다. 그게 언제까지 갈지는 모르겠으나 처음부터 너무 무리하게 계획을 잡을 수도 없었다.

그리고 권으로서는 분통하게도 두 번째 판 역시 권의 패배였다.

"이럴 수가 없소."

망연자실하게 중얼거리는 권을 보며 소아는 침착한 얼굴을 유지했다. 물론 신기 어린 권의 재주를 봤을 때는 자신의 승리가 놀라운 것이었지만, 기의 상충이라는 것이 세상에 있는 것 같다는 생각이 들었다. 소아도 자신의 승리를 완전히 자신할 수는 없었는데, 요상하게도 권과 자신의 기(氣)가 부딪치면 자신이 우위에 서는 것이었다. 그것은 무엇으로도 설명할 수 없는 것이었다.

"두 번째 소원은 쇠고기를 원없이 먹어보는 것입니다."

"뭐시라! 또 쇠고기요?"

일전에 바로 이 각시가 계수나무보다 귀한 장작이니 어쩌니 하면서 구하기 어려운 것을 남편의 마음인 것처럼 빗대 희망을 품게 했다가 일순간에 배신을 때린 일이 있었다. 바라는 것은 그따위 것이 아니라 쇠고기였다며 소아가 쇠고기 타령을 한 일이 있었기에 쇠고기에 대한 안 좋은 추억을 갖고 있는 권이 짜증을 담은 어투를 내뱉었다. 소아는 싱긋 웃고는 고개를 살짝 저었다.

"하지만 쇠고기는 아버님께서 뜻 깊은 의지로서 금식을 하는 것이니 며느리로서 어찌 반(反)하는 행동을 하겠는지요. 그 소원은 그저 입 밖으로 내본 것만으로도 서방님께서 들어주신 것을 치겠습니다."

이제는 강자로서 약자의 입장을 살펴주는 여유까지 보이는 아내였다. 권은 자존심이 상해서 미치고 팔짝 뛸 노릇이었다. 그리고 또 세 번째의 판에서 또 삼팔가보로 끝을 냈을 때 소아는 단호하게 자신의 원을 말했다.

"내일 아침 당장 짐 싸서 산사(山寺)로 올라가셔요."

그 천지가 진동할 만한 위력의 말에 권의 눈동자가 세차게 요동쳤다. 권의 손에서 우수수 종이 투전 패가 떨어져 내렸다.

“부인, 지금…… 무어라 하셨소.”

“목표는 내년의 대과입니다. 그때까지 내려오지 마시기를 소첩은 바라옵니다.”

“진심으로 하는 말은 아니겠지. 하하하.”

“아니오, 진심입니다.”

소아는 침착한 얼굴로 한 치의 흐트러짐도 없는 시선을 권에게 고정했다. 권의 얼굴에서 핏기가 싸악 가셨다. 그러나 곧 차가운 기색을 풍기며 입을 열었다.

“부인께서는 지금 이까짓 투전에서 나를 이긴 것으로 내 버릇을 고치고자 수를 쓰시는 것이오? 지금 지아비에게 잔꾀를 쓰려 하심이오?”

“서방님께서 진지하시게 생각하여 주신다면 소첩이 겨우 투전을 이용하여 잔꾀를 쓰지 않는다는 것을 아시지 않겠는지요. 이 일은 소첩의 가슴 깊이 진심으로 원하는 것이옵니다. 이제 서방님도 한 가정의 가장이십니다. 그리고 소첩에게는 하늘처럼 높고 고귀하신 분이십니다. 간곡하게 부탁드립니다. 제발 서방님의 자리에서 두 발로 우뚝 서주시지 않으시겠는지요.”

소아는 지금 이 순간만은 듣기 좋은 말로 서방님을 구슬리려 한다거나 자존심 싸움으로 서방님이 제풀에 지쳐 설득당하기를 바라는 것이 아니었다. 오로지 자신이 진심으로 원하는 것이기에 그리 말했던 것이다. 이 얼마나 안타까운 일인가. 그저 왈자로 손가락질을 받기에 소아는 제 서방님이 더 많은 것을 할 수 있을 사람 같았다. 아니, 꼭 그러하리라고 확신했다.

그리고 그런 자신의 진심을 서방님께서 알아주기를 바랐다. 저도 모르게 무언가가 울컥 올라와 마지막 몇 마디는 떨려서 나왔다. 고개를 숙이고 있는 소아의 머리 위로 큰 그림자가 졌다. 아무 말도 않고 있던 권이 천천히 손을 뻗어 소아의 턱을 들어 올렸다. 손가락으로 부드럽게 감싸 쥐면서 새털을 쓸듯 고이 만지고 있었다.

"서방님……."

내 어찌 이리 작은 여인에게 그리 커다란 불신을 심어주었던 것일까. 아니, 그것도 모르고서 그리 한심한 작태를 하고 다녔던 것일까.

권은 무척이나 자신이 초라하게 느껴졌다. 지금 이 순간 자신이 아내가 바라는 방향대로 확실하게 설 것 같은 자신은 확실히 없었지만, 솔직한 마음은 그저 해주고 싶다는 것이었다.

가까이 두고 자주 얼굴을 보고 체온을 느끼면 이리 쉽게 정이 드는 것인가. 세상의 모든 부부가 모두 이러한 과정을 겪고 낯선 하루하루를 보내다가 익숙해지는 것인가. 그리하여 애틋해지고 심장 한구석에 차곡차곡 쌓이는 것인가.

권은 다시금 자신의 피가 더워지는 것을 느꼈다. 그저 귀찮기만 하던 존재에서 낯선 처로, 그리고 얄미운 지어미에서 누이동생 같은 친근함이 들더니 결국 이리 애틋하여, 그래서 더 고와 보이는 아내로 점점 변하는 것이다. 이리 흘러가는 것이 사람의 인연이고, 또 더욱 소중하여 부부의 연이란 말인가.

권은 자신을 올려다보고 있는 수줍은 눈망울을 내려다보며 낮은 목소리로 천천히 입을 열었다.

"내, 약조했던 대로 부인의 청을 듣겠소. 대신…… 내게 격려를 해주시오. 홀로 긴 시간을 견딜 수 있도록, 그대의 입술로."

더운 숨결이 훅 끼쳐 오더니 그대로 소아의 입술을 담뿍 적셨다. 권의 몸과 겹쳐진 소아의 작은 몸이 뒤로 넘어갔다. 깡말라 외면했던 어린 아내의 몸이었는데 지금은 그저 달보드레하게만(연하고 달큼하게만) 느껴졌다. 떨리는 권의 손이 아내의 어깨를 둥글게 만지며 영원처럼 긴 시간을 원한다는 듯 입술을 달게, 달게 마셨다.

소아는 어느새 속눈썹이 젖어 올라 흐느낌을 뱉으며 권의 입술을 받아들이고 있었다. 눈물에 닿은 권이 흠칫 놀라 소아의 뺨을 두 손으로 감싸 쥐고는 다정하게 말했다.

"내가…… 싫소?"

소아는 손가락으로 속눈썹을 훑으며 고개를 저었다. 차마 권의 얼굴을 마주 보지 못하고서 낮게 속삭였다.

"아니옵니다. 어찌 그런 생각을 하겠어요."

"그저 내가 남편이라 그리 대답하는 것이라면 싫소."

"그러하면 소첩이 어찌해야 서방님께서 안심을 하시겠는지요."

권의 눈가에 잔잔한 미소가 묻어났다. 소아의 목 뒤로 팔을 넣어 폭 끌어안은 권이 소아의 귓가에 입술을 묻고는 낮게 말했다.

"그저 웃어주면 되오. 나는 그대의 웃는 얼굴이 좋소."

저고리가 하나씩 벗겨져 내려갔다. 권의 뜨거운 몸은 이미 달아오를 대로 달아올라 있었다. 어떻게 그렇게 관심이 없이 지낼 수 있었는지. 지금처럼 한없이 성을 내며 치솟아 있는 자신의 뿌리를 어쩌면 그렇게 몰랐었는지.

한심하게도 오로지 한 가지에만 미친 듯 정신이 팔려 있었던 것이다. 지금도 손끝에서 느껴지는 종이 패의 감각을 지울 수는 없었지만, 이렇게 어린 아내를 안고 있는 순간만은 너무나 놀음에 미쳐 있었다는 것을 인정하지 않을 수 없었다.

속저고리마저 벗겨져 내려가는 순간 한없이 깡마른 쇄골과 가슴선이 드러났다. 체질이 그러한 것인가. 어찌하면 이렇게 가여울 정도로 마를 수 있을까. 이것은 적당하게 마른 게 아니라 마치 한참 굶은 사람처럼 뼈가 툭툭 불거져 있었다.

허나 권은 그런 아내의 볼품없는 몸도 신경 쓰이지 않았다. 가희아의 풍성한 몸을 앞에 두고도 전혀 동하지 않던 몸이 이렇게나 반응하는데 어쩌란 말인가. 권은 그저 소아의 동그란 두상이 좋았고 얄미운 말을 톡톡 뱉는 입술이 좋았다. 어느 때는 반질반질 윤기가 나고 어느 때는 꾀가 넘쳐 반짝이는 눈동자가 좋았고 자신보다 투전 패를 더 잘 내놓는 길다란 손가락이 좋았다.

　권은 소아의 손가락 하나하나에 모조리 입을 맞추고는 다시
금 아내를 담싹(탐스럽게 끌어안는 모양) 끌어안았다. 어쩔 수 없
이 눈을 꼭 감고서 두려운 어떤 것을 이기려는 듯 바들바들 떨
고 있는 고집이 느껴졌다.

　"휴우."

　권은 옅은 한숨을 내쉬고는 소아의 눈을 뜨게 했다. 조그맣게
아내를 부르니 천천히 눈을 떴다. 그 눈동자가 마치 보늬(밤, 잣
등의 얇은 속껍질)처럼 연하고 부드러웠다.

　"그리 떨 것 없소. 내 더 하지 않으리다."

　소아는 그제야 어깨에 잔뜩 들어갔던 힘을 풀고서 천천히 고
개를 숙였다. 갑자기 그녀의 눈에서 눈물이 주루룩 흘러내렸다.

　"울지 마오."

　권은 소아의 조그만 몸에 자신을 꼭 맞게 겹치고는 등을 토닥
여 주었다. 그저 안고 있는 것임에도 말할 수 없이 따스했다. 아
주 작고 말랐지만 따스하고 부드러웠다. 동그란 볼을 타고 흘러
내리는 눈물을 커다란 엄지로 조심스럽게 닦아주었다.

　"울지 마오."

　권은 소아를 끌어안은 채 눈을 감았다. 어린 아내는 그렇게
한참을 훌쩍이다가 권의 가슴 안에서 천천히 입을 열었다.

　"감사드려요."

　권은 짐짓 모르는 체하며 물었다.

　"무엇을 말이오?"

"부족한 소첩의 청을 진지하게 들어주셔서요."

"부족한 지아비의 정신을 차리게 하려고 잔꾀를 부린 부인이 미워서라도 내 열심히 해 보아야겠소."

부모님 역시 바라는 것일 테니. 거기까지 생각이 미치자 권은 처음으로 자신이 한없이 부끄러워졌다. 이런 마음 참…… 창피한 것이었다.

"그런데 부인, 정말 내일 가야 하오?"

"네, 내일 해 뜨기 전에 떠나셨으면 합니다."

언제 울었냐는 듯 아내는 어느새 또 단호해져 있었다. 항상 여리고 가여운 영혼이기만 하면 좋으련만.

"가기 싫을 것 같소."

권은 소아의 등을 더욱 힘껏 끌어안았다. 괜히 투정을 부려보았다.

"그러하시면 소첩이 산사(山寺)에 올라가 서방님의 학업 기원을 위한 삼천 배를 드리고 오겠습니다."

"차라리 내가…… 가겠소."

그렇다. 천적이었다. 도무지 틈을 주지 않는 아내였다. 그러나 권은 지금 팔 안에 안고 있는 그녀를 앞으로도 더욱 힘껏 끌어안고 싶었다. 그러기 위해서는 이대로는 안 되겠다는 생각이 들고 있었다.

권이 떠밀리듯 산사로 올라간 지도 벌써 달포가 지나가고 있었다. 그날 밤에는 어른스러운 모습으로 가마, 하더니 날이 밝자 취소를 하고 싶다는 기색이 역력한 얼굴이었다. 허나 이미 소아가 먼저 선수를 쳐서 시부모님께 남편의 산사행을 다 알린 후라서 권은 그야말로 땡감 씹은 얼굴로 짐을 꾸려야 했다.

"부디 열심히 하거라. 오로지 스스로를 믿어야 하니라."

안씨 부인은 그런 말로 부담이 백배인 격려를 해주었고 유 대감은 절대 못 믿겠다는 뜻을 얼굴에 드러내면서 싸늘한 눈초리를 했다. 자식이 그나마 마음을 잡고 무언가를 하려 한다는데 부친께서 어찌 그리 불신으로 일관할 수 있는지 신기할 정도라고 권은 생각했다.

소아 역시 눈물을 찍는 안씨 부인과 냉랭한 무언으로 일관을 하는 유 대감 뒤에 서서 권과 같은 생각을 하고 있었다. 겉으로 걱정을 드러내든 속으로 걱정을 누르고 있든 자식을 생각하는 부모의 마음은 매한가지일 테니.

무엇보다도 가장 문제는 바로 당사자인 남편이었다. 가기 싫다는 것을 얼굴 전체에 드러내고 있는 저분께서 과연 어느 정도까지 견뎌주실 수 있을 것인가. 소아는 짧으면 사흘도 안 되어 하산할 수 있는 문제고, 길어봐야 한 달이라는 결론을 내렸다. 그 정도로 소아는 권에게 많은 기대를 하지 않았다. 비록 진심으로 반성을 하고 있는 눈치는 보이고 있었으나, 어디 사람의 습관이란 것이 고쳐지기 쉬운 것인가. 습관이라는 말 자체가 오랫동안 어떤 행동을 되풀이하는 과정에서 저절로 익혀진 행동

방식이 아닌가. 하루아침에 바뀔 수 있는 것이라면 그런 문자의 배열을 하지도 않았겠지.

그저 한시라도 시기가 늦춰진다면 나름대로 소기의 목적을 달성하는 것이었다. 반쯤은 포기한 마음으로 무언가를 기대하는 것은 이래서 덜 피곤한 것인지도 모르겠다.

그렇게 서방님이 집을 떠난 지 달포가 된 어느 날이었다. 소아는 비단 천에 바늘을 꽂고 있었다. 소아로서는 한 자리에 오래 앉아 수나 놓고 있는 것이 좀이 쑤셨지만, 권 역시 하기 싫은 일을 하고 있으니 자신부터 먼저 인고해야 한다는 생각이 들었다.

하면 할수록 자수란 것은 마음을 한땀한땀 놓는 것과 같이 느껴졌다. 정결한 자세로 서방님의 학업이 잘되기를 염원하며 그 소망을 한땀한땀 채우며 소일하고 있는 그때, 몸종인 계집아이가 소아의 거처로 들었다.

"아씨."

소아는 자신을 부르는 몸종을 보기 위해 고개를 들었다. 날은 좋았고 따사로운 햇살이 정원을 채우고 있었다. 그러나 계집종이 가지고 온 소식은 한가롭기만 한 고요한 일상에 파문을 던질 만한 것이었다. 무언가 커다란 돌이 소아의 잔잔하던 호수 한가운데에 풍덩 빠져 버린 것 같았다.

계집종이 소아에게 내민 것은 댕기였다. 고운 다홍빛 댕기를 받아 든 순간 소아는 저도 모르게 수놓던 갑사(甲紗)를 팽개치고 벌떡 일어났다.

"누구더냐. 누가 이것을 전해주었더냐!"

눈에 익은 댕기, 직접 댕기 끝에 수를 놓은 바로 그것이니 소아가 모를 리가 없었다. 소아가 갑작스럽게 소리를 높여 계집종이 화들짝 놀랐다. 이상하다는 듯 자신을 쳐다보고 있다는 것을 느꼈지만 소아는 지금 그런 것을 따질 여유가 없었다.

"방금 전에 대문 앞에서……."

"가보자."

소아는 얼른 54)운혜에 발을 끼워 넣고는 빠르게 걸었다. 계집종이 영문도 모른 채 종종걸음으로 소아를 따라 달렸다. 그길로 대문 밖으로 나갔지만 낯선 이만 오갈 뿐이었다. 자신이 그리는 그 얼굴은 없었다. 소아는 황망한 얼굴로 천천히 고개를 떨궜다. 손바닥 안에서 댕기의 감촉이 서글프게 느껴졌다.

"없어, 없구나."

계집종은 여전히 눈만 껌뻑이며 소아를 쳐다보고 있었다. 소아는 천천히 돌아서 안으로 들어섰다. 그리고 자신의 거처로 와 앉자마자 앞에 앉은 계집종에게 다시 물었다.

"이것을 전해준 이가 다른 말은 없었더냐."

계집종이 송아지처럼 큰 눈을 끔뻑이며 고개를 끄덕였다.

"여인이었지? 입성은 어떠했더냐."

---

54)운혜: 조선여인들이 신던 마른신으로 가장 아름다운 신. 앞코가 제비부리처럼 생겼다고 해서 제비부리신이라고도 불렀다

묻는 소아의 가슴이 찌르르 아파왔다. 그러면서도 동시에 이 하늘 아래 계시다는 생각이 들자 이상하게 안도가 되었다. 이렇게 댕기를 전해주실 정도라면 잘 계신 것이겠지. 어디에서 소아의 소식을 들은 것이겠지. 어딘가에서 지켜본 것인가. 어떻게 지내고 계신 것인가. 행복하신 것인가.

계집종은 혹시 자신이 무언가 실수를 한 것인가 하여 불안한 얼굴로 입을 열었다.

"그것이 입성이 워낙 후줄근하여 처음에는 품일을 하러 온 인사인가 했습니다요. 헌데 댕기만 전하고는 그냥 가기에……."

순간 소아의 눈동자가 물결쳤다. 예상은 하고 있었지만 계집종의 말에 너무나 마음이 아팠던 것이다. 그리 단정하고 고귀하던 분이셨는데. 그리 아름답던 분이셨는데.

"얼굴은…… 얼굴은 어떻더냐. 입성은 그렇더라도 표정은 행복해 보이지 않더냐. 지친 기색이더냐? 그리 많이 마른 얼굴이더냐?"

다그치듯 쏟아져 나온 질문에 계집종이 다소 놀라는 표정을 했다. 소아는 그제야 자신의 모습이 기이하게 비칠 수 있다는 것을 깨닫고는 평정을 찾으려 했다. 그러나 그것이 쉽게 되지 않았다. 입성이 좋지 않다는 계집종의 말이 가슴에 와서 콕 하고 박혔다. 그래도 표정만이라도 행복하신 것 같다 하면 마음이 덜 아파질 것인가. 제발 그렇다고 말해주면 좋으련만.

"죄, 죄송하지만 그것까지는 자세히 보지 못했습니다요. 얼굴을 숙이고 있어서 생김새도 잘 못 본 터라……."

소아는 자신이 계집종까지 난처하게 만들고 있다는 것을 깨달았다. 소아는 손가락으로 눈시울을 쓸고는 옅은 한숨을 흘렸다. 계집종이 눈치를 보며 입을 열었다.

"아씨, 제가 얼른 가서 찾아보겠습니다요."

소아는 천천히 고개를 저었다.

"아니다. 너는 그만 가보거라. 고맙다, 이리 전해주어서."

"아, 아닙니다요."

계집종은 인사를 올리고 천천히 일어나 나갔다. 문이 닫힌 후 소아는 다시 댕기를 들어올렸다. 그리고 그것을 천천히 볼에 비볐다. 부연 아기씨의 것이었다. 댕기 끄트머리에 직접 수놓은 예쁜 연꽃무늬는 부연 아기씨 자신의 이름, 연(蓮)을 상징하는 것이었다. 아름다운 부연 아기씨의 머리카락 끝에서 되롱거리던(가벼운 물건이 매달려서 느리게 연달아 흔들리는 모양) 수줍은 댕기…….

"아기씨, 한양에 계신 것인가요. 어디에 계신다 말씀이라도 해주시지요. 당장이라도 달려가고 싶어요. 당장이라도 달려가 아기씨의 손을 잡고 싶어요. 아기씨의 웃는 얼굴을 한 번만이라도 보고 싶어요."

소아는 진정으로 부연 아기씨가 그리워 댕기를 품에 꼭 끌어안았다. 댕기에서는 아기씨의 연한 향기가 아직도 나는 것 같았다.

상사동의 어느 허술한 기방 한쪽이 떠들썩했다. 그 동리 자체
가 재물깨나 있다는 시전상인들의 집중적인 거주지라 방 밖에
서 들어도 엽전 소리가 짤랑짤랑 요란한 곳이었다. 헌데 저들끼
리 몰래 탕자 나리라 숙덕거리는 겉만 번드르르한 선비 하나가
며칠째 놀음판을 싹쓸이하여 엽전 꾸러미를 챙겨가는 바람에
한숨 소리만 새어나오고 있는 차였다.

어디에서 나타난 것인지 신출귀몰한 선비의 재주에 놀음판의
모든 이들은 입을 떡떡 벌릴 뿐이었다. 선비와 함께 놀음판에
끼어들어 동전 한 닢까지 탈탈 털린 인사 중에는 역관도 있고,
시전상인도 있고, 55)내수사의 별제까지 끼어 있었다. 그 인사들
자체가 재물을 펑펑 써 버리는 재미로 사는 사치스러운 인물들
로 사시사철 청루미색(기생)을 끌어안고 열구지탕에 56)벙거짓골
을 즐기는 한량들이었다.

그런데 그 오입질에 한량질에 도가 난 인물들이 입을 모아 욕
을 하는 인물이 있었으니, 바로 어느 날 갑자기 나타나 놀음판
의 돈이라는 돈은 싹쓸이를 하는 그 선비였다. 그도 그럴 것이
그 신출귀몰한 놀음 재주 때문에 그네들은 제대로 대들어보지
도 못하고 바로 패배해 버리니 성이 나지 않겠는가. 조용히 패
배를 인정하고 쓴웃음을 삼키며 돌아서는 인사들도 있었지만,

---

55)내수사: 왕의 개인 재산을 관리하는 부서로 수입이 많은 알짜배기 자리
56)벙거짓골: 야외에서 고기를 구워먹는 것, 18세기부터 유행했다

거의 대부분이 밖으로 나서자마자 침을 탁 뱉으며 놀음에 미친 것처럼 보이는 선비의 욕질을 해댔다. 도대체 그 옥골선풍이 아깝다는 말도 서슴지 않았다. 물론 입성으로 보아 어느 댁 귀한 자제 분처럼 보였기에 앞에서 대놓고 까불어대지는 못했을지라도 말이다.

"자, 이제 다른 곳으로 한번 가볼까나."

달구리(이른 새벽에 닭이 울 때)부터 저녁 늦게까지 한 몫 단단히 챙긴 권이 느물느물한 웃음을 짓고는 자리에서 일어났다. 그러니까 수중에 있던 돈을 탈탈 털린 인사들이 몰래 욕을 해대던 인물은 바로 벌써 월전(月前)에 산에서 내려온 권이었다.

'내 스스로를 무던히 단련하여 부모님과 아내의 앞에서 부끄럽지 않은 사내가 되리라.'

분명 집을 떠날 때는 그런 마음으로 원기가 충전했었다. 사실 직접적인 원인은 내기에 졌기에 반강제로 입산(入山)하는 것이었으나, 이왕 그렇게 된 일 제대로 해내리라 다짐했었다. 허나 그런 결심은 산사에 들어가 서책을 마주 잡고 앉은 지 채 이틀도 못 가서 허물어지고 말았다.

맹자 왈 공자 왈, 제아무리 듣기 좋은 말들이 쭉 늘어져 있어도 잠깐 다른 생각만 하면 투전 종이가 눈앞에서 왔다리 갔다리 하는 것이다. 그뿐이랴. 수신(修身)하는 마음으로 책상 앞에 앉아 있자니 좀이 쑤시고 어깨가 결리고 허리까지 뻐근했다. 머리는 당장이라도 터질 것 같았고 손은 근질근질했다.

'아니다, 내가 이리해서는 아니 된다. 어찌 이 정도도 못 참아 내고서 사내라고 외칠 수 있겠느냐.'

권은 유혹이 일 때마다 스스로의 뺨을 쳐대고, 지루함이 밀려와 미칠 것 같은 순간에는 엄한 부친의 얼굴을 떠올렸다. 그렇게 정신을 차리고 겨우 서책을 들여다보았다. 그러나 한평생 놀음에 바친 몸은 갑작스런 글공부를 감당하지 못하고서 금세 또다시 하품과 짜증이 슬슬 밀려드는 것이었다. 첩첩산중, 규칙적으로 들려오는 새소리는 청명하기는커녕 더더욱 머리를 어지럽게 했고 심심하기 그지없는 산사의 하루는 점점 무료해져만 갔다.

권은 결국 달포를 채우지 못하고 절을 빠져나오고 말았다. 그 길로 바로 달려온 것이 그립고 그리운 투전판이라. 그리 그립고 그립던 종이 패를 만지는 순간 밀려든 그 희열을 어찌 몇 줄의 문장으로 설명할 수 있으랴. 역시 아무리 해도 자신은 서책의 종이보다는 이 투전 패의 종이가 훨씬 좋구나, 그리 생각하는 권이었다.

그래도 혹시 몰라 부친께서 자신의 하산 사실을 알고서 행여 잡으러 올까 하여 이곳저곳 거처를 옮겨 다니며 투전판을 기웃거리는 찰나였는데, 이번 기방에서도 더 이상의 재미를 느끼지 못해 일어난 것이다.

짤랑짤랑.

벌떡 일어나는 순간, 아내가 길 떠나는 자신에게 억지로 떠안

긴 괴나리봇짐에서 엽전 소리가 절로 울렸다. 그게 바로 투전판에서 긁어모은 엽전 꾸러미 소리가 아니고 무엇이겠는가. 권의 만면에 미소가 그득했다.

"앗차!"

기방을 나서 골목길을 몇 걸음 걸어가던 권이 갑자기 외마디 소리를 내지른 것은 그때였다. 괴나리봇짐 생각을 하니 그제야 아내가 생각난 것이다. 밤을 새며 놀음에 빠져 있을 때는 단 한 번도 생각나지 않았는데, 이제 만족이 될 만큼 놀았더니 겨우 떠올랐나 보다.

"이거 큰일이로군."

권은 중얼거리며 곰곰이 생각하는 척을 하다가 에라 모르겠다, 하며 다시 걸음을 옮겼다. 이미 벌어진 일, 걱정해 봐야 무엇 하랴 싶었던 것이다.

'부인, 용서하시오. 내가 본디 이리 태어난 것을 어찌하겠소.'

권은 태평하게 생각하며 각시가 한시라도 빨리 남편에게 가진 환상을 버려주기를 바라보았다. 어찌어찌하여 놀음 버릇을 고쳐 입신양명 시키고자 하려는 아내의 깊은 속내는 갸륵하다고 생각하는 바였으나.

"이제 슬슬 한 잔 걸치러 가볼까나."

현실적으로 자신은 아내의 원대한 꿈을 들어줄 만한 능력도 인내심도 없는 사내라고, 그렇게 포기해 버리고 마는 권이었다.

소아는 그날부터 전에 없이 바깥나들이를 시작했다. 바깥나들이라고 해봐야 장 구경을 하는 것뿐이었지만, 사실 소아는 그럴 이유로 나가는 것이 아니었다. 혹시라도 아직 부연 아기씨께서 집 근처에서 자신을 보고 있다면 만나보고 싶은 마음에서였다. 그 높은 담 안에서 부연 아기씨를 만나는 것은 불가능하니 자신이 나가야 하지 않겠는가. 총명한 부연 아기씨는 돌아가는 상황을 이미 다 파악하신 게다. 그러니 댕기를 전해주신 것이겠지.

설마 한양에 계시리라고는 생각지 못했다. 눈들을 피해 다니는 처지일 텐데 댕기를 전해주신 것도 놀라웠다. 쓰개치마를 두르고서 일부러 파주댁이 아닌 다른 몸종을 데리고서 대문 밖으로 나섰다. 파주댁은 바로 안방마님이 손수 붙여주신 어멈이니 부연 아기씨가 감히 가까이 다가오고 싶겠는가. 그러한 판단을 내리고 밖으로 나온 소아는 구경을 하는 척하며 일부러 천천히 걸었다.

허나 며칠을 그리 일부러 바깥출입을 하여도 부연 아기씨의 그림자도 못 보았다. 쫓겨 다니는 신세이니 벌써 한양을 뜨신 것은 아닐까. 댕기를 보내놓고 마음이 놓이지 않아 일부러 다른 곳으로 가버린 것일까, 아니면 혹시 다른 일이 있으신 것은 아닌가.

궁금증은 산처럼 커지고 수심은 강처럼 깊어졌지만 부연 아기씨의 모습은 어디에도 찾아볼 수 없었다. 게다가 안씨 부인이 소아의 잦은 외출을 달갑지 않아했기에 나흘도 채 못 가 소아의 발은 다시 묶였다. 아기씨를 만나보고 싶은 마음에 심장이 타들어갔지만 명색이 대가 댁의 갓 혼인한 막내며느리이니 행동에 제약이 있는 것은 당연했다.

"아씨!"

소아가 막 자신의 거처로 들어서는데 파주댁이 헐레벌떡 뛰어왔다. 소아는 힘이 하나도 없는 얼굴로 파주댁을 돌아보았다. 파주댁이라면 고향의 안방마님과 연락을 주고받고 있는 사람이었다. 아무래도 소아 홀로 보내놓고 마음을 탁 놓고 있을 수는 없을 것이니 왜 안 그렇겠는가. 그래서 소아도 파주댁을 통해 안방마님의 서신을 몇 차례 받아보기도 했었다. 서신에는 딸을 대하듯 자연스러운 걱정들이 담겨 있었다. 물론 조금만 더 자세히 읽어보면, 눈치없이 들키지 말고 잘해야 하느니라! 라는 뜻을 알아챌 수 있었지만.

'하아…… 차라리 안방마님께서 부연 아기씨가 한양에 있다는 사실을 알아채셨으면 좋겠어. 그래서 나도 아무런 제약도 받지 않고 걱정없이 살던 전으로 돌아가고 싶어. 그게 가능하기만 하다면 그러고 싶어. 불가능하겠지만…… 정녕 이리 사는 것은 사는 게 아니구나.'

소아는 속으로 눈물을 삼키고 있었다. 부연 아기씨의 입성이 그리 초라하더라는 계집종의 말을 전해 들은 후부터 이 모양이었다. 도무지 어떤 것에도 흥미가 없고, 그나마 익숙해지려고 하던 대가 댁의 막내며느리 역할도 점점 버거워졌다. 너무나 힘에 겨웠다. 아닌 척하고 있었을 뿐.

"아씨, 결국 사단이 났습니다요."

"사단이라니."

소아는 생기없는 눈으로 파주댁을 쳐다보며 낮게 물을 뿐이었다. 지금은 그저 부연 아기씨에 대한 걱정과 미안함뿐이었다. 이 자리는 본래 부연 아기씨의 자리가 아니던가. 초라한 입성으로 고생해야 할 사람은 자신이 아니었던가. 도대체 왜, 어찌하여 부연 아기씨는 그러한 선택을 하시었는가. 그리하여 자신까지 이다지 괴로운 상황에 밀어 넣으셨는가.

원망스럽고 원망스럽다. 그럼에도 아기씨가 가엾고도 가엾다.

"나리께서 벌써 산사를 떠나셨다는구먼요. 지금 노마님께 듣고 오는 길입니다. 사람을 시켜 알아보셨는데 글공부를 작파하시고 떠나셨다는 말에 대감마님의 성화가 이만저만이 아닙니다요."

소아는 파주댁을 물끄러미 쳐다보고 있었다. 들어보니 파주댁이 걱정스러운 얼굴로 부랴부랴 고할 만도 한 일이었다.

'부연 아기씨께서 잡히시면 나는 이제 죽을 일만 남은 것인가.'

어쩌면 그런 생각이 들었는지도 모르겠다. 하나로는 정리하기 힘든 여러 가지 생각들의 가닥 중에 그런 마음도 어쩌면 있었는지도 모르겠다. 부연 아기씨께서 잡히시어 자신의 처지가 밝혀지면 죽임을 당하는 것도 모자랄 만큼의 화를 당하는 것은 당연지사였다. 그리하면 제 남동생과 부모님에게까지 해가 갈 수도 있다. 그런 생각에 이르니, 지금 파주댁이 전한 소식이 부연 아기씨에 관한 것이 아니라서 다행이라는 생각이 문득 든 것이다. 문득, 아주 짧은 순간 든 안도감이었다.

'내가 이리 어리구나. 내가 이리 이기적이구나. 그래도 질긴 목숨은 붙들고 있고 싶다고 그리 발악을 하는 게로구나.'

소아는 자신을 향해 고개를 설레설레 저었다. 그나저나 달포도 못 채우고 역시나 산을 내려왔다는 철없는 지아비는 또 어떻게 해야 하려나.

"지금은 어디에 계신다고 해요?"

"아이고, 아씨. 누가 들으면 어쩌시려고!"

아직 자신에게 말을 잘 놓지 못하는 소아 때문에 기겁을 한 파주댁이 주변을 살피며 소리를 낮춰 말을 쏟아냈다.

"아무도 없으니 걱정 말아요. 보는 이 있는 곳에서는 실수하는 일이 없을 것이니 너무 염려 말아요. 서방님께서는 어디 계신다고 하나요?"

"……소문으로는 이곳저곳 안 나타나는 곳이 없다고 합니다요."

파주댁이 쭈뼛거리며 대답했다. 이런 말을 고하는 것이 쉽지는 않을 테니 당연하지 않겠는가. 들은 대로 확실하게 다 말하지는 않았으나 파주댁이 하지 않은 말이 무엇일지 소아는 짐작할 수 있었다. 서방님이 나타난다는 이곳저곳이란 게 놀음판이 아니고 어디겠는가.

소아는 엷은 한숨을 흘렸다.

"그래도 달포 남짓 떠나 계셨으니 놀라운 일이 아니에요. 사흘이나 채우실까, 걱정하였는데 말이에요."

그러면서 소아가 또 연하게 웃기에 파주댁은 눈만 멀뚱히 떠서 소아를 쳐다보았다. 그 반응이 대감마님 내외분과 판이하게 틀려 놀라웠던 것이다. 사랑채에서는 장죽이 타기를 두드리는 소리가 요란한데 소아는 태평한 소리만 하고 있는 것이다.

"아씨……."

"첫술에 배부르겠어요. 그건 그렇고 어머님께서 절 부르시지는 않나요?"

"그런 소리는 없었습니다요."

소아는 고개를 끄덕이고는 파주댁더러 나가보라고 했다. 소아의 거처를 나선 파주댁은 그야말로 고개를 갸웃거리고 있었다. 어릴 때부터 의젓한 아이라는 것은 알고 있었지만, 그런 소식을 듣고도 저리 평정을 유지할 수 있다니, 놀라울 뿐이었다. 게다가 첫술에 배부르겠냐는 그 말도 일리가 있었다.

"아이고, 우리 나리께서는 어찌 수치도 모르시는 것일까. 지어미에게 무시를 당하는 게 수치가 아니고 무어란 말인가."

파주댁은 고개를 설레설레 저으며 행랑채를 향해 종종걸음으로 걸었다. 무엇보다 소아가 생각보다 더욱 의연하게 제자리를 지켜주고 있는 것 같아 안도의 마음이 절로 들었다.

첫 번째 잔꾀는 보기 좋게 실패를 했고. 다음번에는 또 어떤 방법으로 남편을 들쑤셔 볼 지에 대해 소아가 또 다른 꾀를 짜내려고 노력하고 있을 그때, 권은 얼큰하게 취해 기방을 나서고 있었다.

"어디 내 못난 각시 얼굴이나 보러 갈까."

술도 기분 좋게 취했겠다. 고작 놀음에서 이긴 걸 가지고 하늘같은 남편을 멋대로 조종하려 했던 얄미운 각시의 얼굴이 떠오른 것이다. 그때에는 잘해보겠다는 의지가 들기도 했었지만, 지금 생각해 보니 갈수록 얄밉고 억울했다. 고작 밉상인 얼굴을 빳빳이 들고 있는 곱지도 않은 아내 때문에 산사에서 어차피 되지도 않을 공부를 하며 그토록 생고생을 한 게 아니고 무언가.

"내 이번에 집에 가면 다시는 하늘같은 남편을 감히 조종할 수 없게끔 본때를 보여줄 것이야!"

권은 생각할수록 얄미운 각시를 생각하며 이를 갈았다. 사실 산에서 내려올 때는 조금만 놀다가 다시 돌아갈 생각도 있었지만, 막상 내려와 보니 결코 다시 올라갈 마음이 생기지 않았다. 그 죽음처럼 고요한 절에서 서책을 다시 볼 생각만 해도 머리가 지끈거린 것이다. 이제는 새소리만 들어도 학을 뗄 정도였다.

게다가 많이 귀찮기도 했고.

그런 생각으로 슬슬 집에 갈 생각을 하며 기루의 대청마루를 내려 밟고 얼마쯤 걸어 중문을 지나는데, 마침 연못 쪽에서 누군가가 다가오고 있었다. 순간 권의 걸음이 우뚝 멈추더니 안색이 파리해졌다. 너무 갑작스러운 일이라 술이 확 깨는 것 같았다.

"아니, 귀하신 이분께서 누구실까요."

굳이 악독한 조소를 숨기지 않고서 웃다가 곧 시침을 뚝 떼고는 낭창낭창 걸어오고 있는 저 나긋나긋한 움직임의 여인은 바로 가희아였다. 여전히 여인의 얼굴은 연꽃이 봉우리를 확 닫을 정도로 아름다웠다.

마치 보란 듯 교태를 담은 미소를 흘리고 있는 그 여인은 길게 찢어진 반달눈을 가늘게 뜨고서 홍홍 웃어왔다. 한 줌이나 될까. 그 가는 허리에 고운 능라단 치마를 휘휘 휘어감은 채 다가오고 있는 여인의 하얀 얼굴에서는 전보다 더한 완숙미가 넘치고 있었다.

"얼굴빛이 붉사옵니다. 설마 이년 때문은 아니겠지요?"

능수능란한 여인의 어투와 마치 만들어진 듯 반짝반짝 빛을 발하는 그 잘난 미소에서 시선을 돌린 권이 흠흠 헛기침을 하고는 얼른 대답했다.

"술이 좀 과했나 보구나."

데뚝한(표가 나게 오똑하다) 콧날의 권은 얼른 가희아를 외면하였다. 그도 그럴 것이 전의 경험으로 비추어 보아 저런 오해는 얼른 풀어줘야지, 저 여인은 제 생각대로 판단하고 믿어버리는 특징이 있었던 것이다. 물론 이 여인을 보는 순간 아깝게도 얼마쯤 술이 깨어버렸다. 안타깝도다. 계획상으로는 취한 상태로 부친의 분노를 이겨내려고 했었거늘.

너 때문이 아니다! 그리 대답을 했음에도 가희아는 제 갈 길은 가지 않고 여전히 홍홍 웃으며 앞에 서 있었다.

"나는 가는 길이었으니 너는 네 갈 길을 가거라."

차가운 어조로 말을 한 권은 연못에 두고 있던 시선을 옮겨 가희아를 쳐다보았다. 순간 권의 심장이 철렁 내려앉아 그 반동으로 걸음이 저로 모르게 두어 걸음 밀려났다.

"아니, 왜 그러시는지요?"

가희아는 그 커다란 눈을 깜빡이며 영문을 모르겠다는 듯 얇은 입술을 비틀며 웃고 있었다.

"아, 아니다."

권은 아무렇지도 않은 듯 정색을 하고는 속으로 가슴을 쓸어내렸다. 저렇게 금방 표정을 바꾼 가희아라지만, 방금 전 눈빛이 마주친 순간의 놀라움은 이루 말할 수 없었다. 하루를 남겨두고 인간이 되지 못한 한(恨)이 서린 구미호의 눈빛이 그러했을까. 분명 가희아는 마치 잡아먹을 듯 사납고 날카로운 시선으로 자신을 쏘아보고 있었던 것이다. 아주 무섭게, 순간…… 소름이 확 끼칠 정도로.

'과연 눈꼬리가 길어 그런가. 어찌 저리 안광이 번뜩이는 여인일 수가 있는 것인지.'

권은 설레설레 고개를 젓고는 짐짓 아무렇지도 않은 듯 걸었다. 가희아를 스쳐 지나가는 순간 그녀가 천천히 고개를 숙여 예를 취하는 시늉을 했다. 그러나 권은 그런 행동마저 괜히 소름이 쫙 돋아서 일부러 원을 크게 그리며 되도록 그녀와 닿지 않는 선에서 걸어 그녀를 지나쳤다. 그리고 드디어 빠져나왔다고 생각한 순간 등 뒤에서 가희아의 목소리가 들려왔다.

"이년, 언제까지고 서방님을 기다리고 있겠사옵니다. 이년의 마음은 오로지 서방님 한 분만의 것이옵니다."

그대로 멈춰 선 권의 등줄기로 식은땀이 한줄기 흘러내렸다. 등 뒤로 가희아의 따끔따끔한 시선이 느껴져 와 뒤통수가 찌릿찌릿했다. 권은 침을 꼴깍 삼키고는 입을 열었다.

"되, 되었다. 내 사양하겠다."

그리고 권은 그길로 바로 속도를 높여 마치 도망치듯 기루를 빠져나갔다.

"이년의 마음은 오로지 서방님 한 분만의 것이옵니다."

물론 생각해 보면 매우 절개가 곧은 갸륵한 말이겠으나 권에게는 결코 그렇게 들리지 않았다. 그 말을 하는 가희아의 날카로운 목소리에 매서운 오기가 바늘처럼 따갑게 박혀 있었던 것이다. 실로 무서운 여인이었다.

"역시 여인이란, 내 아내처럼 다소곳하고 포근한……."

중얼거리던 권은 그나마 기루에서 얼마 벗어나지도 못한 거리에서 걸음을 천천히 멈췄다. 권의 짙은 눈썹이 꿈틀거렸다.

"사실…… 내 각시도 그다지 다소곳하고 포근한 면은 없지."

그뿐인가. 생각해 보니 가희아보다 더 독하면 독했지, 덜할 것 같지는 않을 것 같다는 예감이 들었다. 그것은 직감 같은 것이었는데, 불행하게도 그 생각이 맞을 것 같다는 판단이 일었다. 그러므로 이대로 집으로 들어가면 부친의 성화는 물론이거니와 도대체가 종잡을 수가 없는 아내에게 더욱 당할 수도 있다는 판단이 내려졌다. 부친의 분노는 이미 습관이 되어서 이제는 그리 두렵지 않았다. 진짜 문제는 바로 자신의 각시였다.

"어허, 또 무슨 말을 해서 이 속을 뒤집을꼬."

아무리 생각해도 이대로 들어가면 손해를 볼 것 같아, 권은 괴나리봇짐을 진 채 방향을 집과 반대편으로 틀었다. 아무래도 기왕지사 밖으로 나온 것, 며칠 더 있다가 들어가는 것이 나을 것 같다는 판단에서였다.

❋

권이 집으로 오던 방향을 틀어 다른 놀이판으로 옮겨간 이튿날, 소아에게 한 통의 서신이 전해졌다. 서신을 들고 온 사람은 다름 아닌 일전에 부연 아기씨의 댕기를 전해준 계집종이었다. 겉봉이 봉해진 서신은 그저 다른 것과 다름없는 평범한 서신이

있는데, 그것을 받아 드는 순간부터 소아의 손은 사시나무 떨리
듯 떨리고 있었다.

서신에 묻어온 아련한 향기에 눈물이 핑 돌았다. 계집종을 물
리고 소아는 천천히 서신을 펼쳤다. 역시 부연 아기씨의 향기가
한지에 가득 퍼져 있었다. 익숙한 서체에 소아의 가슴이 일렁거
렸다. 스스로도 막지 못한 사이에 눈물이 그렁그렁 맺혔다.

소아는 천천히 서신을 가슴에 안았다가 겨우 눈물을 추스르
고 한자한자 읽어 내려갔다. 여전히 글귀에서는 그 어진 심성과
아름다운 마음이 드러나 있었다. 다만 혹시나 하여 그런 것인지
소아를 아씨로 깎듯이 대우하고 있었다.

《멀리서 아씨를 뵙고서 이렇게 글귀를 몇 자 적어 보냅니다. 바
깥출입을 하시는 모습이 혹시나 저를 찾으시는 것인가 하여 고민
고민하다가 이렇게 몇 자 적게 되었습니다. 저는 누구보다 행복한
마음으로 지내고 있으니 걱정하지 마시어요.

어찌하여 한양에 있는 것인가 많이 궁금하셨을 것입니다. 큰오
라버님께 쫓기느니 차라리 등잔 밑이 어둡다고 일단은 이곳에 있
기를 택했습니다. 허나 오래 머무르지는 않을 것이어요. 그러니
절랑은 걱정 마시고 아씨 맘 편히 가지셔요.

이리 가여운 삶을 영위하느라 아씨에게까지 못할 짓을 시켰습
니다. 어쩌면 큰오라버님이시라면 그런 생각을 하셨을 수도 있었
을 거라는 생각이 들었습니다. 이 댁의 혼사 소식을 듣고 혹시나

하여 찾아왔다가 아씨의 모습을 보고 가슴이 아렸습니다. 저는 죽을 때까지 정인과 함께할 수 있어 행복하다 하나 저로 인해 아씨께서 힘겨우시다면 그 마음의 무게가 어찌 가볍겠어요.

부디 절랑은 걱정 마시어요. 고단한 삶이라 하더라도 그분과 함께 있을 수 있어 행복한 마음임을 이해해 주시기 바랍니다. 무엇보다 아씨께 너무나 죄송한 마음입니다. 절랑은 깨끗이 잊으시고 부디 편안하시기를 바라옵니다.〉

글자가 다 젖어버렸다. 눈물에 젖은 한지는 금세 힘을 잃었고 소아는 그것을 깨닫는 순간 얼른 자신의 비단 저고리에 한지를 눌러 눈물을 말려보았다.

어찌 이리 속 깊은 마음이실 수 있을까. 어찌 이리 가련하고 애잔한 사람이 있을까.

감히 부연 아기씨에게 존대를 받는다는 것이 서신을 읽는 내내 마음이 무거웠다. 부연 아기씨가 어떤 선택을 했고, 그 선택으로 인해 자신의 삶이 어떻게 바뀌었든 소아는 부연 아기씨를 단 한 번도 원망한 적이 없었다. 아니, 원망할 수조차 없었다. 부연 아기씨를 위해 자신이 할 수 있는 일이라면 무엇이든 하고 싶었을 뿐.

다만 차라리 부연 아기씨께서 동이일랑은 잊고서 그저 자신의 운명을 따랐다면 지금 쫓기는 신세보다는 덜 고단하지 않을까. 그 귀한 아기씨께서 계집종의 눈에도 허름해 보일 만큼 가여운 행색을 할 일은 없지 않았을까. 단지 그런 생각을 했을 뿐이었다.

그리고 자신은…….

자신 역시 서방님을 속이고 시댁 어른들을 속이고, 어느 순간에는 자신마저 속이고 있는 이런 삶을 살지는 않았겠지. 허나 이것이 모두 운명이라면 받아들여야 했다.

"애기씨, 부디 행복하셔요. 절랑 안심시켜 주시려고 하신 말씀이 아니기를 빌어요. 행복하셔야 해요. 편안하셔야 해요. 한평생 동이에게 사랑받으셔야 해요. 한평생……."

눈물이 그치지 않았다. 소아는 온몸의 힘이 빠진 채 기진맥진하여 천천히 눈을 감았다. 이상하게 눈꺼풀도 뜨기가 힘이 들었다. 부연 아기씨를 지켜드리고 싶었다. 이렇게 자신을 걱정해 주시는 부연 아기씨의 행복을 위해 무엇이든 해보고 싶었다. 그러나 할 수 있는 게 없어서 가슴이 아렸다. 부연 아기씨의 해사하게 웃는 모습이 떠오르는 순간, 그 모습이 마치 터지는 꽃봉오리 같다는 생각을 했다. 그 고운 잎을 벌리기 위해 봉오리는 얼마나 아팠을까. 그런 생각을 하는 소아의 안에서도 무언가가 톡 터져 버려 갑자기 온 심장이 아파왔다.

파주댁은 대감마님께서 출타하신 사이에 비비적거리며 나타난 저 기막힌 위인을 한탄스러운 눈으로 쳐다보고 있었다. 감히 똑바로 올려다보지는 못했지만 그 시선이 안 닿을 만한 곳에서 속으로 욕질이고 비웃음질이고 한 바가지는 퍼붓는 중이었다.

그것을 아는지 모르는지 달포하고도 열흘이 더 지나 나타난 서방님은 유유자적하기만 했다.

"아씨는 안에 계시더냐. 서방님이 오셨는데 어찌 이리 기척도 없더냐!"

그래도 주제에 어흠, 하는 헛기침 소리를 내는 꼴이 그렇게 얄미울 수 없었다. 야속스럽기도 하신 서방님이로고. 그나마 인간 되라, 독수공방 각오하고 산사로 떠민 아씨의 아린 속은 짐작도 안 하는 것인지 다시 나타난 그 뻔지르르한 얼굴이 얄밉기 그지없었다.

'물설고 낯선 남의 집이라. 아무리 죽어서도 뼈를 묻어야 할 아씨의 자리가 여기라고 해도 한시도 편치 않을 것은 당연지사인데, 어찌 서방님은 자신의 고독과 인고를 각오하고서도 지아비의 입신을 위해 결단을 내린 아씨의 마음을 저리도 모르실까.'

파주댁은 감히 입 밖으로는 내지 못하는 말들을 삼키고 있었다. 달포 이상 밖으로 싸돌아다닌 꼴이라기에 서방님의 행색은 초라한 곳이 한 군데도 없었다. 때때 맞춰 옷도 지어 입고 잘 먹고 잘 잤는지 얼굴이 오히려 전보다 더 좋아졌다. 저 말갛고 고운 얼굴로 그리 썩어 문드러진 속을 가진 분이시라는 걸, 그 누가 믿을까.

"어허! 아씨는 무엇 하고 있느냐 묻질 않느냐!"

그래도 하늘이 전부 제 편이라 생각하고 있는 건지 권은 당당
하게도 외치고 있었다. 그 꼴이 보기 싫어 파주댁은 허리를 굽
실 숙이고는 입을 열었다.

"아씨는 안에 계십니다요."

"안에 있다? 안에 있는데도 오랜만에 집을 찾은 서방님을 맞
지도 않는다는 말이로구나!"

호통을 치는 본새가 죽어도 저 잘못은 모르는 뻔뻔한 얼굴이
었다. 파주댁은 갑자기 눈물이 핑 돌았다. 그래서 무어라고 말
을 하려는 찰나 등 뒤에서 날카로운 호통 소리가 울렸다.

"네 이놈! 네놈이 여기는 어쩐 일이더냐!"

이크! 권은 화들짝 놀라 몸을 돌렸다. 아니나 다를까, 어머님
께서 얼굴에 온통 노기를 띠고서 자신을 노려보고 있었다. 권은
뜨끔한 속을 내리누르고는 일부러 느릿느릿 입을 열었다.

"어머님, 소자 돌아왔사옵니다. 그동안 강녕하셨는지요."

"허어, 강녕? 네가 지금 강녕이라고 물은 것이더냐?"

"그, 그렇사옵니다. 소자, 글공부를 마치고 돌아와……."

"입 다물지 못할까!"

갑자기 버럭 터져 나온 소리에 권의 몸이 움찔했다.

"그 발로 당당하게 걸어 들어온 것도 모자라 이제는 어미에게
거짓까지 고할 참이냐! 네가 지금 산에서 내려오는 길이더냐?
아니면 놀음판에서 오는 길이더냐!"

역시 짐작대로 어머님께서는 모든 것을 아시는 모양이었다.

그렇다면 아버님께서도 이미 알고 계시는 것이겠지. 그래도 일단 시침을 뚝 떼고 밀어붙이기로 했다.

"어머님, 무슨 오해가 있었던 모양이옵니다. 소자 월전에 내려온 것은 사실이나 소자가 해야 할 만큼은 하고 내려왔사옵니다. 그리고 내려온 길에 잠깐 벗들을 만나 회포를 푼다는 것이 좀 늦어졌나 봅니다. 놀음판이라니요, 가당치도 않습니다."

"이런 뻔뻔한 놈을 봤나! 네놈의 뒤를 밟은 사람들에게 직접 들은 말임에도 그렇게 꽁지를 빼겠다는 게냐!"

하이고, 시간도 많으시옵니다. 언제 미행까지 시키신 것이옵니까.

설마 부모님께서 뒤를 밟기까지 했으리라고는 생각하지 못했기에 권은 일순간 당황했다. 처가 있을 때와 없을 때가 이리 다른가 보다. 전에는 아무리 오래 밤이슬을 맞고 돌아다녀도 뒤를 밟는 일 따위는 없었던 것을.

권은 더욱 억울한 눈을 하고 소리치듯 말했다.

"당치 않은 말씀이십니다. 그것은 소자를 음해하려는 말이옵니다! 소자는 글공부를 마치고 잠깐 벗들을 만난 일밖에 없사옵니다!"

권이 도무지 반성하는 기미를 보이지 않자 안씨 부인은 손으로 이마를 짚고서 휘청거렸다. 어찌 저런 녀석을 아들자식이라고 뱃속으로 낳았다는 말인가. 어찌 저리 염치가 없을 수 있단 말인가.

"그렇게 끝까지 거짓으로 일관하겠느냐?"

"추호도 거짓이 아니옵니다. 소자가 어찌 감히 어머님의 앞에 서 거짓을 고하겠사옵니까. 소자를 믿어주십시오. 억울합니다."

어쨌든 지금은 끝까지 시치미를 떼는 것이 최선의 방법인 것 같았다. 어머님의 얼굴에 드러난 노기가 저 정도이니 아버님의 그것은 오죽하겠는가. 그러니 마지막까지 악착같이 우길 수밖에 없었던 것이다.

"내 보는 눈들도 있으니 더 말은 않겠다."

안씨 부인의 말에 파주댁이 시선을 허공으로 헛짚고는 급히 딴청을 피웠다. 권도 안씨 부인의 말처럼 파주댁의 눈치를 슬쩍 살폈다. 안씨 부인은 그런 아들자식의 모습이 또 수치스러워 얼굴에 열이 확확 올랐다.

"그나저나 이 사람은 안에 있다면서 어찌 나와 보지도 않는 것이옵니까."

권은 툴툴거리다가 안씨 부인의 매서운 눈초리와 마주치고는 히뜩 놀라 어깨를 움츠렸다. 안씨 부인이 차갑게 입을 열었다.

"못 나올 밖에. 벌써 사흘째 고열에 시달리고 있다. 네놈이 변변치 않으니 그리 건강하던 애가 저리 골골한 게 아니더냐!"

무섭게 소리를 친 안씨 부인이 치마를 홱 여미고는 휙 돌아섰다.

"어머님!"

갑자기 권이 큰 소리로 자신을 부르자 안씨 부인이 걸음을 멈추었다. 그래도 제 아내라고 걱정은 되는 모양인 게다. 안씨 부인은 일부러 모르는 척 물었다.

"아직도 할 말이 남았더냐?"

"어머님, 소자…… 속이 출출하여……."

"네놈에게 줄 쌀이라면 한 톨도 없다!"

기가 막히고도 막히도다! 어찌 저리 태평하고도 뻔뻔할 수가 있단 말인가. 안씨 부인은 제 속으로 낳은 자식임에도 도저히 이해가 가지 않아 혀를 차며 돌아섰다. 그래도 며느리에게 등이 떠밀려 나갔을 때는 혹시라도 놀음병이 고쳐지지 않을까 하여 기대를 하지 않은 것은 아니었으나 이제는 슬슬 포기라는 말을 실감하고 있었다. 제 속으로 나은 자식이었지만 손을 놓아야 할 것 같다는 생각이 들었던 것이다.

무시무시할 정도로 냉랭한 바람을 남기고 안씨 부인이 사라진 후 권은 머쓱하여 허허 웃었다. 마침 그런 모습을 파주댁이 뚫어져라 쳐다보고 있는 것이 느껴져 더욱 입장이 난처했다.

"어머님께서 무슨 안 좋은 일이 있으신가 보구나. 그건 그렇고 출출하니 어서 상이나 좀 봐오너라."

파주댁은 허리를 숙여 인사를 올리고 돌아섰다. 돌아서는 파주댁의 두터운 입술이 제멋대로 삐쭉거리고 있다는 것을 권은 알지 못했다.

"흐음."

권은 헛기침을 하고는 일부러 뒷짐을 지고 팔자걸음을 하며 안으로 들어섰다. 요 당돌한 각시가 또 무슨 잔꾀를 부리고 있는 것인지 구경해 줄 마음이었다.

문풍지가 곱게 발린 문을 여니 방 안에는 이부자리가 깔려 있고 소아가 누워 있었다. 열이 있다고 하더니 구색을 맞추려고 한 모양인지 이마에 젖은 천까지 올려져 있었다.

"부인, 서방 돌아왔소."

권은 태평한 얼굴로 일부러 들으라는 듯 큰 소리로 말하고는 마치 가부좌를 틀듯 정색을 하고 앉았다. 그래도 소아가 눈을 감고 있어 권은 피식 웃음을 흘렸다. 꽤 그럴듯한 환자 노릇을 하고 있는 모양이었다.

자신이 벌써 서책에서 도망쳐 나와 놀음판을 돈 것을 어머님께서 아시고 계시다면 아내가 알고 있는 것은 당연할 터. 이때쯤 슬슬 돌아올 것을 미리부터 짐작하고서 지금 이렇게 깜찍한 환자 흉내를 내고 있는 것이리라. 그 깜찍한 아내의 성격이라면 이런 꾀를 쓰고도 남았던 것이다.

"다 알고 있으니 그만 일어나시오. 그렇게 한다고 무에가 틀려지겠소. 이미 글공부에서 떠난 마음을 나라고 어찌하겠느냔 말이오. 부인이 아무리 용을 쓴다고 해도 내가 불가능하니 그만 포기하시오."

그래도 묵묵부답이었다. 소아는 눈을 감은 채 죽은 듯 누워만 있었다. 얼굴이 벌겋고 이마고 얼굴이 젖어 있는 것을 보니 땀인 양 물이라도 묻힌 모양이었다. 권은 한숨을 폭 내쉬고는 말을 이었다.

"부인도 그만 포기하시고 편하게 생각하시오. 모든 게 다 좋은 게 좋은 것 아니겠소. 내 비록 과거 등용은 되지 못하더라도 부인은 책임질 수 있으니, 우리 세상을 즐기며 삽시다. 인명이라는 것은 정해져 있는 바, 무엇 하러 그리 아등바등 골치 아픈 일까지 억지로 해가며 살려하는 것인지. 부인, 내 말이 틀리오?"

권은 나름대로 간직해 온 자신의 삶의 방식을 이야기하고는 하하 호탕하게 웃어 젖혔다. 그 소리에 깜짝 놀란 것인지 소아가 천천히 눈을 떴다. 권의 미간이 찌푸려졌다. 기가 막히게도 자신이 떠들어대는 동안 아내는 자고 있었던 모양이다. 자는 사람 옆에서 안빈낙도를 읊고 있었다니.

"부인, 그런 눈에 빤히 보이는 잔꾀를 써서 나를 다시 돌려보내려는……."

중얼거리던 권의 목소리가 천천히 잦아들었다. 그의 눈동자가 짙어지더니 몸을 쑥 옮겨 소아에게 가까이 다가갔다.

감고 있을 때는 몰랐는데 그 눈이 떠지는 순간 자신의 생각이 틀릴 수 있다는 것을 알아챈 것이다. 권의 입가에 맴돌던 조소의 기운이 서서히 걷혔다.

"부인!"

권은 얼른 손을 뻗어 소아의 이마를 만져 보았다. 젖은 천이 올려져 있었음에도 이마는 펄펄 끓고 있었다. 장난이 아니었다.

잔꾀가 아니었다. 자신을 도로 내쫓기 위한 깜찍한 짓거리가 아니었던 것이다.

힘이 완전히 풀린 까만 눈동자는 도무지 한 곳에 고정되지 않았다. 물기가 그렁그렁 맺힌 올롱한(눈이 오목하고 동그란 모양) 눈동자는 전과 다르게 빛이 사라져 있었다. 그렇게 꾀가 넘치던 반질반질하던 조약돌 같던 눈동자가 아니었다.

"서방님……."

하얗게 말라 버린 입술에서 마치 새어나오듯 목소리가 흘러나왔다. 지금에야 눈에 보이기 시작했다. 마르고 갈라진 입술, 얼마나 앓았는지 마른 입술의 군데군데 피까지 맺혀 있었다.

"마, 말하지 마오."

권은 자신도 모르게 소아의 손을 덥석 잡고서 꼭 쥐었다. 가슴이 뭉클해졌다. 그리 새살거리던(생글생글 웃으면서 재미나게 자꾸 지껄이다) 아내가 아니었다. 이리 아프리라고는 생각하지 못했다.

"나는, 나는……."

열이 펄펄 끓는 작은 손이 그의 손 안에 쥐어져 있었다. 맥박이 뛰는 건지 아닌 건지 힘이 하나도 없는 그 몸은 흡사 종잇장 같았다. 이대로 손을 놓으면 그대로 날아가 버리거나 사라져 버릴 것 같았다.

"나는…… 부인이 나를 또 골탕 먹이는 것이라…… 그리 생각을 하였소. 서책이 무서워 도망쳐 나온 한심한 서방을 되돌려

보내느라고 꾀를 부리는 것이라…… 그리 생각을 하였소. 나는……."

권은 말을 잇지 못했다. 오로지 가슴이 철렁할 뿐.

"왜 이리 아프시오. 나는 아픈 사람은 그리 본 적이 없어서…… 어찌해야 할 바를 모르겠단 말이오. 부인, 나를 생각한다면 털고 일어나시오. 어찌 이리 열이 난단 말이오."

권의 손이 바들바들 떨리고 있었다. 이런 마음은 처음이었다. 무언가가 이렇게 애잔하고 안타까운 마음이 드는 것은 생전 처음이었다. 그랬기에 권은 지금 자신이 무슨 말을 하고 있는지조차 알 수 없었다. 그저 자신의 머릿속에 간절하게 떠오르는 바를 소아에게 쏟아낼 뿐이었다. 소아가 천천히 입술을 달싹여 입을 열었다.

"부연…… 서방님…… 저는 안타까워서…… 부연……."

열에 들떠 의식이 붕 뜬 것처럼 보이는 소아는 도무지 알아들을 수 없는 단어만 나열하고 있었다. 권은 그런 소아의 손을 더욱 꽉 쥐었다. 어찌하여 자신의 이름을 되뇌는 것인지 알 수 없었다. 안타깝다 하기도 하고 슬프다 하기도 하고 괴롭다 하기도 했다.

"그래요, 부인. 내가 여기에 있으니, 부인의 지아비가 여기에 있으니 마음을 놓아요."

그 말을 한 후 소아의 눈동자가 파르르 진동하는가 싶더니 속눈썹이 파닥파닥 떨렸다. 그리고 갑자기 그 눈에서 눈물이 주르를 흘러내렸다. 권의 심장이 철렁 내려앉았다.

"부인……."

부인이 아픈 게 자신 때문인 것 같다는 생각을 지울 수 없었다. 결국 자신이 아내 하나 지켜내지 못하고 이렇게 속병이 들게 한 것이리라.

"서방님……."

소아가 땀에 흠뻑 젖은 얼굴을 겨우 돌려 권을 마주 보았다. 여전히 눈동자는 흠뻑 젖어 있었다. 권은 고개를 끄덕였다. 이리 여리고 작은 사람인 줄 진즉 알았어야 했거늘.

"서방님, 부디…… 소첩을 지켜…… 주시어요. 소첩을……."

소아는 더 말을 잇지 못하고 그저 하염없이 눈물만 흘렸다. 무슨 일이 있어도 부연 아기씨에게 폐가 되고 싶지 않았다. 자신일랑은 행복하니 소아더러 편하게 지내라는 부연 아기씨의 그 글귀가 가슴에 박혀서 지워지지가 않았다. 박힌 말은 따끔따끔 심장을 후벼 파 숨도 쉬지 못하게 하고 미친 듯 파헤치기만 했다.

태어나 지금까지 벗인 양, 감히 자매인 양 보살펴 주신 부연 아기씨의 행복을 망치는 사람이 되고 싶지 않았다.

'아기씨, 정녕 동이와 함께하시는 날마다의 순간이 행복하신 거지요? 소아는 그렇게 믿으면 되는 거지요? 그러니 저얼랑은 지금의 이 자리를 지키고 있으면 되는 거지요? 본래 아기씨의 자리라고 해도 절대 소아의 자리라고 생각하고 꼭 붙들어야 되

는 거지요? 그리 생각하여야 하는 거지요?'

이것은 모시던 아기씨의 은혜를 갚는 수준이 아니었다. 가슴 깊이 부연 아기씨를 은애하고 사모했던 것이다. 그리 떠나 버리시었을지언정 아기씨의 선택을 한 번도 무시한 적도 원망한 적도 없었다. 그럼에도 위험을 무릅쓰고 자신에게 서찰을 전한 부연 아기씨의 마음을…… 감히 어찌 방정맞게 '그 마음을 다 안다' 할 수 있겠는가.

'서방님, 부디 부탁이어요. 서방님께서 바로 서시어 이 미천한 제가 부연 아기씨의 앞날을 방해하는 사람이 되지 않게끔 해 주시어요. 제가 죽을 때까지 부연 아기씨인 양 그리 생각하며 살겠사옵니다. 그러니…… 그러니 제발 저를 지켜주시어요.'

눈물이 흘러내려 권의 모습이 어른거렸다. 소아는 자신의 손을 꼭 잡아주고 있는 권을 느낀 순간 부탁을 하고 싶었다. 애원을 해보고 싶었다. 감히 이런 열에 들뜬 때가 아니었다면 어떻게 그런 말을 입에나 올렸을까. 이리 걱정해 주시는 것도 자신으로서는 복에 겨운 일인 것을.

권의 얼굴이 일그러지고 있었다. 화가 나신 것일까. 건강 하나 잘 간수하지 못하고 이렇게 탈이 난 주제에, 곱지도 않은 허울뿐인 아내인 주제에 같잖은 애원을 하여 성이 나신 것일까.

그러나 소아는 더 생각을 할 수 없었다. 또다시 꿈같은 환영이 밀려들면서 부연 아기씨가 나비인 양 꽃인 양 나폴거리고 있었다. 소아는 부연 아기씨를 부르며 환상 속으로 빠져들었다.

그녀는 다시 펄펄 끓는 열에 지쳐 잠이 들어버렸다.

"크흑."

소아의 손을 쥐고 앉은 권의 목에서 무언가를 억누르는 소리가 새어나왔다. 그저 소아의 손을 꽉 쥔 채 고개를 숙이고 앉아 있던 권은 그 길로 벌떡 일어났다. 그리고 소아를 두고서 방문을 홱 밀어젖히고 뛰다시피해 밖으로 나갔다.

"애고머니!"

와장창! 쨍그랑!

그 순간 방으로 상을 들이던 파주댁과 부딪친 권의 몸이 휘청거리고 파주댁은 여기저기 대청마루에 널브러진 반찬 종지들을 끌어 모으느라 정신이 없었다. 국그릇은 내팽개쳐져 있고 나물은 밥과 섞여서 반질반질한 마루 꼴이 말이 아니었다.

"아이고, 서방님. 어쩌자고……."

탄식을 하며 바닥을 훔치던 파주댁이 고개를 들었지만 앞에 서 있을 거라 생각한 권은 이미 저만치 뛰어가고 있었다. 파주댁은 도대체 무엇이 어떻게 된 일인지 눈을 껌뻑거리다 방 안에 있을 소아가 걱정돼 벌떡 일어나 방 안으로 달려들어 갔다. 그러나 소아는 여전히 잠들어 있었다.

벌써 며칠째 저리 열이 펄펄 끓어 파주댁뿐만이 아니라 어른들의 걱정도 이만저만이 아니었다.

"그건 그렇고 서방님께서는 도대체 뭐가 그리 급하시어 저리 뛰어나가시는고. 기왕지사 오신 것, 불쌍한 아씨 옆에서 자리나 좀 지켜주시면 좋을 것을."

파주댁은 못내 소아가 가엾고 안타까워 저고리 끝으로 눈시울을 훔쳤다. 제 연분 찾아 훨훨 떠나 버린 부연 아기씨의 팔자는 본인이 그렇게 재촉하였으니 그렇다치더라도, 아무 상관도 없는 소아는 이리 끌려와 저리 마음고생을 하며 틀어박혀 살 아이가 아니었던 것이다.

비단 옷에 사시사철 입맛 돋우는 음식이 있으면 무엇 하겠는가. 정신 못 차리는 한량 서방님에, 언제 자신의 처지가 들킬지 몰라 불안한 나날. 저리 아프지 않고 어떻게 배기겠는가. 파주댁은 그런 생각을 하고 있었다.

한편 중문을 지나 사랑채로 정신없이 뛰어가던 권은 마침 출타해서 돌아오시는 부친과 형님들을 발견했다. 사랑채의 57)홍예문 앞에서 권의 58)혜(鞋)가 멈췄다.

"형님, 안 그래도 형님을 찾던 길이었습니다!"

권이 애타는 얼굴로 다가갔지만 그 이전에 벼락이 내리쳤다. 무시무시한 얼굴의 유 대감이 먼저 나서서 쩌렁쩌렁 울리도록 소리친 것이다.

"네놈이 누구더냐! 무슨 놈이관데 내 집에서 이리 서성대는 것이야!"

---

57)홍예문: 문의 윗부분을 무지개 모양으로 반쯤 둥글게 만든 문
58)혜(鞋): 신발, 가죽신

그나마 간당간당 달려 있던 정도 이젠 완전히 떨어진 유 대감이었다. 이제나저제나 권이 돌아오기만을 기다리고 있던 차에 '네 이노옴, 잘되었다!' 라는 생각만 들었던 것이다.

"뭣들 하느냐! 저놈을 집 밖으로 내치지 않고!"

유 대감의 노기가 하늘을 찔렀다. 함께 출타했던 권의 두 형님들은 걱정스러운 눈으로 그런 부친을 바라보고 있었다. 그리고 또 탐탁지 않은 눈으로 권을 흘끗 쳐다보았다. 정이 떨어진 사람은 부친만이 아니었다. 처까지 들인 주제에 도무지 정신을 차리지 못하는 권은 이제 집안의 완전한 애물단지요, 남 보기에 부끄러운 수치였다.

"아버님, 알고 있사옵니다. 소자의 죄는 알고 있사오니 우선 소자의 부탁을 들어주시옵소서. 형님께 우선 드릴 말씀이⋯⋯."

"무슨 할 말이 있더냐! 놀음판에 쏟아 부을 밑천이 떨어진 것이더냐!"

한 번도 호통을 치지 않던 형님까지 그렇게 매몰찬 소리를 하고 나오자 권은 망연자실해졌다. 마음은 이렇게 급한데 이제 아무도 자신을 믿어주지 않았다. 믿어주기는커녕 남을 대하듯, 아니, 원수를 대하듯 싸늘한 시선만을 주고 있었다.

그제야 권은 깨달았다. 자신이 잘못 살았음을, 너무도 안일하게 살아왔음을.

후회라는 것을 생전 처음으로 깨닫고 있었지만 늦었단 말인가. 이 조급한 마음을, 열이 펄펄 끓는 몸으로 울고 있을 각시를 생각하자 또 이렇게 마음이 애틋해지는데도 이제 아버님도, 형님들도, 그 누구도 자신을 밀어주지 않는 이 답답한 마음을 어찌 표현해야 할 것인가.

유 대감이 노한 음성으로 행랑아범을 향해 소리쳤다.

"무엇 하고 있느냐! 당장 이놈을 내치고 다시는 내 집 안으로 한 걸음도 들이지 말라 했거늘! 서두르지 않으면 네놈들도 무사하지 못할 것이니!"

대감마님의 서슬 퍼런 강압에 행랑아범들이 슬슬 눈치를 보며 다가오기 시작했다. 권은 미치고 팔짝 뛸 것 같았다.

"아버님! 소자 드릴 말씀이!"

"기회는 이미 여러 번 주었다. 네놈에게 줄 기회란 건 이제 더 없다는 소리다!"

유 대감은 싸늘하게 돌아섰다. 행랑아범들이 달려들어 권의 양팔을 잡고 꼼짝도 못하도록 억압했다.

"놓아라, 이놈들! 놓아!"

권이 미친 듯 몸을 틀며 외쳤지만 아무도 그의 말을 들어주지 않았다. 돌아서는 유 대감의 뒤를 따라 그리 아껴주고 위해주던 형님들도 함께 멀어지고 있었다. 권은 온몸의 힘을 끌어 모아 행랑아범들을 내팽개치고는 그대로 달려가 유 대감의 진로를 막고서 바닥에 무릎을 털썩 꿇고 앉았다.

"네 이노옴! 비키지 못할까!"

어느새 안씨 부인까지 안채에서 달려 나와 있었다. 안씨 부인의 시선이 마당에서 무릎을 꿇고 있는 막내자식에게 가 닿았다.

'저 아이가 또 무슨 말을 하여 복장을 긁어놓으려고.'

자칫 잘못하여 이대로 유 대감의 분노가 터질 것이 두려웠던 안씨 부인이 다가가려는 순간 권이 고개를 푹 숙인 채 입을 열었다.

"소자, 그동안 입에 발린 소리들로 아버님의 귀를 현혹시켰사옵니다. 그리하였기에 지금 소자가 올리는 말을 아버님께서 믿지 않으셔도 드릴 말씀이 없사옵니다. 허나 한 번만 들어주십시오. 소자, 마지막 청이옵니다."

"되었다! 네 말대로 이제 어떤 말도 듣고 싶지 않느니라!"

"이 세상에 은수저, 금 수저를 쥐고 태어나 이름값을 한 번도 못하고 살았사옵니다. 내자가 저리 아픈 것도 모두 다 못난 소자 때문이옵니다. 놀음에 미쳐 살았사옵니다. 한 번도 서책을 가까이 하지 않았사옵니다. 노력이라는 것을…… 하지 않고 살았사옵니다."

터져 나오는 권의 말에 외면하고 걷던 유 대감의 걸음이 천천히 멈췄다. 이어 형님들의 시선도 천천히 권에게 가 닿았다. 권은 무릎을 꿇은 채 말을 이었다.

"형님, 못난 아우의 청을 들어주십시오."

잠시 너른 마당이 고요해졌다. 권의 형님 유재는 앞발치 쪽에 서 있는 안씨 부인을 쳐다보았다가 지그시 권을 내려다보았다.

"할 말이 있다면 해보거라."

권이 천천히 고개를 들었다. 총명한 눈동자를 가진 아우이거늘 어찌 장안의 왈자로 이름을 날리며 허송세월을 하고 있는가. 그런 탄식이 절로 들었다.

"산사(山寺)는 고요하고 새소리는 청아하기는커녕 지루하였습니다."

"허허, 할 말이 그것이었더냐. 그래, 고요한 산사라 지루하더라? 그러하면 산사에 놀음판이라도 벌여줄까?"

"본디 지그시 앉아 서책을 들여다본 일이 없는 불민한 제가 이끌어주는 어떤 이도 없이 스스로와 싸워봐야 시간을 죽이는 것과 다름없음이니. 형님께서 이 우매한 아우에게 스승을 소개시켜 주십사 청합니다."

유재의 빈정거림이 있었음에도 권은 발끈하지도 평소처럼 태평하게 남의 다리를 긁는 소리를 하지도 않았다. 오히려 똑바른 눈길로 그런 놀라운 말을 청하고 있으니 유재는 놀라웠다. 유재는 동생인 유선과 눈빛을 주고받았다가 곧 입을 열었다.

"학문이란 스스로를 갈고닦는 것이니라. 네가 지루한 시간을 견뎌내지 못하고 스승이 이끄는 대로만 의지하려 한다면 그 또한 시간을 죽이는 것과 다르지 않고 무엇이겠느냐."

"창피한 말이나 형님의 말씀이 맞습니다. 저는 지루한 시간을 스스로 견뎌낼 자신이 없습니다. 허나 그런 저 자신을 인정하는 것도 하나의 배움이라고 생각합니다. 부디 안 된다는 말씀은 마시고 불민한 아우를 도와주십시오. 형님을 믿고 따르듯 이 한 몸 바쳐 배우겠습니다.”

아우의 단호한 말에 유재는 입술을 지그시 닫았다. 도무지 무슨 낮도깨비의 수작인 것인지, 갑자기 저리 제 허물을 인정하고 나오는 것도 나름 적응이 잘되지 않았다. 언제나 철이 덜 든 상태로 어기적어기적 다니기만 하던 한량이 아우가 아니었던가.

허나 아우의 말은 틀리지 않았다. 그저 지금 열이 펄펄 끓고 있는 내자에 대한 안타까움으로 정신을 차리겠다고 제아무리 설쳐 대도 스스로가 자신의 상태를 인정하고 받아들이지 않으면 곧 며칠을 못 가 의지는 무용지물이 되는 것이다. 아우가 실망을 안겨준 일이 어디 한두 번이었던가. 그러나 지금 앞의 아우는 과거와 조금 다른 것도 같았다. 물론 완전히 믿을 수는 없는 노릇이었지만.

마침내 유재는 결정을 내리고 입을 열려 했다.

“그럴 필요 없다!”

그러나 유재가 채 한 마디를 내뱉기도 전에 먼저 부친의 냉랭한 목소리가 터져 나왔다. 유재는 난처한 눈으로 부친을 돌아보았다. 그곳에 바위처럼 단단하고 얼음처럼 차디찬 부친의 무정한 시선이 기다리고 있었다. 이제 아무것도 믿지 않겠다는 뜻이리라.

권도 망연자실한 눈으로 부친을 올려다보고 있었다.

“아버님…….”

“네놈의 맹세를 듣는 것도 이제는 덧없다. 그저 네놈 하고 싶은 대로 살아라. 누가 막겠느냐! 단, 내 다시는 네놈의 얼굴을 보고 싶지 않으니 내 눈에 띄지 않는 곳에서 놀음을 하든 주색질을 하든 네놈 하고 싶은 대로 하면 될 것이야!"

"아버님!"

"살림을 따로 내어줄 터이니 네 내자가 완쾌되는 대로 함께 나가거라. 더 이상 문중의 수치를 내 집안에 둘 수가 없음이야. 재물은 아니 주어도 되겠지? 투전으로 벌어들이면 될 것이 아니더냐."

권은 지금 이 순간 부친이 그렇게 원망스러울 수가 없었다. 그러나 원망보다 더한 것은 온 얼굴이 화끈거리는 이 수치심이었다. 권은 어쩔 수 없어 천천히 고개를 수그렸다. 부친을 원망할 수가 없었다. 모든 것은 자신이 만들어 버린 행로일 뿐.

도포 자락이 권의 옆을 냉랭하게 스치고 지나갔다. 난처한 기색으로 서 있던 유재와 유선도 결국 옅은 한숨을 흘리고는 유대감을 따라 걸음을 옮겼다. 권은 흙바닥에 주먹을 박은 채 고개를 푹 숙이고 앉아 있었다. 무기력감이 온몸을 덮쳐 왔다.

결국 이대로 모든 것에서 버려지는 말로가 기다리고 있었던 것인가. 그것을 위해 그리 안일하게 살아왔던 것이로구나.

권의 머릿속으로 소아의 까무잡잡한 얼굴이 떠올랐다. 동글동글, 꾀가 잔뜩 들어 있는 눈동자를 반짝이던 모습도 보이고 또 방금 전 기력이 사라져 초점이 없던 아픈 눈동자도 보였다.

처는 처일 뿐.

어찌 그런 말에 휘둘려서 내가 평생 책임져야 할 그 사람을 무시했는가. 지아비와 지어미로 묶였음에도 어찌 그리 매양 홀로 두고, 왈자의 아내라는 손가락질을 받게 했는가. 어머님 말씀대로 그 건강하게 총명하던 아내를 저리 쇠약하게 만들었는가.

'아버님, 어머님, 형님들. 죄송합니다. 소자가 이리 못났습니다.'

"제 놈을 반촌(泮村)으로 보내라!"

그때 갑자기 들려온 유 대감의 목소리에 권의 고개가 번쩍 들렸다. 권의 큰형님인 유재도 놀라 커다래진 눈으로 부친을 쳐다보았다. 반촌이라 함은 성균관 근처의 마을로 성균관 유생들이 방을 잡아 공부하던 일종의 하숙촌이 아니고 무엇인가.

'아버님……'

마지막 기회를 주려 하심인가. 권은 뜨거워진 눈시울로 부친을 바라보고 있었다.

"네놈에게 명륜당에서 배움을 받을 기회를 줄 테니 어디 한번 해보아라. 단 더 이상의 기회는 없음을 알아야 할 것이야."

부친은 더 이상의 말은 삼간 채 홍예문 너머로 사라졌다. 명륜당은 성균관의 유생들이 강학을 하던 곳으로, 왕이 이곳에 들러 유생을 격려하거나 직접 가르침을 내리기도 하였다. 물론 명륜당에서 강학을 받거나, 59)동재 · 서재에서 생활을 하기 위해서

----

59)동재 · 서재: 일종의 기숙사, 성균관의 학생들은 이곳에서 먹고 자는 것이 원칙이었다

는 진사시나 생원시에 합격을 하여야 했다. 허나 권은 진사시는
커녕 과거의 '과' 자도 모르는 위인이었다.

　상재생(上齋生)이라, 첫째로 진사시와 생원시에 합격한 유생
을 일컬었다. 우선은 그들 유생들에게 입학의 기회가 주어졌으
나, 하재생(下齋生)이라 하여 60)음서(蔭敍)로 입학을 하는 방법도
없지는 않았다. 아마도 부친의 말뜻은 하재생으로 입학의 기회
를 만들어주겠다는 것인 듯했다. 물론 꼬장꼬장한 유 대감의 성
정상 그러한 방식을 용납할 수 없는 인격이었으나, 오죽했으면
그렇게라도 자신을 밀어 넣으려 하겠는가, 하는 생각을 하니 권
은 착잡한 마음이 밀려왔다.

　성균관 유생들에게는 동재나 서재에서 생활을 하면서 일정
점수를 취득해야 대과 초시에 응시할 기회가 주어졌다. 권은 천
천히 입술을 깨물었다. 무슨 일이 있어도 이번만은 자신과의 싸
움에서 이겨야만 했다.

　그것은 아내의 앞에서 당당하기 위해서이기도 했지만, 무엇
보다 음서와 같은 추악한 제도를 경멸하며 평생을 곧은길만을
고집하신 부친을 위해서이기도 했다. 부모 되는 마음은 언제나
자식에게는 지고 마는 것인가.

　"아버님께서 기회를 주신 게다. 어쩌면 당신께서 여생(餘生) 동
안 스스로를 수치스러워하실 일을 네가 선동한 게야. 상황이 그

---

60)음서(蔭敍): 공신이나 현직 당상관의 자손을 과거에 의하지 않고 관리로 채
용하는 일을 일컸는다. 혈통을 중시하는 신분제 사회의 특징이기도 하다

러한데도 성심을 다해 학문을 갈고닦지 않으면 그것으로 끝이라는 걸 알아야 할 것이다. 네게 관직을 준 것이 아니다. 관직으로 갈 수 있는 길을 알려주는 것이니 명심해야 할 것이야."

큰형님 유재의 말에 권은 묵묵히 고개를 끄덕였다.

"무엇보다 내자를 소중히 여겨야 한다. 마지막까지 너를 믿어줄 사람은 가족과 내 여인밖에 없느니라."

"서방님, 부디…… 소첩을 지켜주시어요."

형님의 말과 동시에 아내가 힘겹게 했던 그 말이 떠올랐다. 권은 다시 한 번 입술을 지그시 깨물고는 주먹을 천천히 말아 쥐었다.

九章. *밤중에 문을 여니

이 년이라는 시간이 시나브로 흘러갔다. 고래등처럼 커다란 기와집 후원에서 빨간 댕기가 나비처럼 날아다니고 있었다. 소아는 방울 소리를 터뜨리며 뛰어다니고 있는 어여쁜 계집아이를 바라보고 있었다. 권의 둘째 형님 유선의 여식으로 올해 일곱이라 한창 곱고도 고왔다. 고운 비단 당의를 남실거리며, 그 복사꽃처럼 어여쁜 뺨을 분홍빛으로 물들이며 계집아이는 후원을 낭창낭창 잘도 뛰어다녔다.

봄이 오고 있나 보다. 툇마루에 앉은 소아의 뺨에 따스한 햇살이 부서져 내렸다. 까르르, 계집아이의 맑은 웃음소리가 들릴

-----

*밤중에:밤새 기다린 끝에

때마다 소아의 입가에 작은 빛 줄기가 돌았다. 남편이 없는 시댁이란, 아무리 어른들께서 잘해주셔도 외롭고 쓸쓸한 하늘빛이었다. 스산한 바람이 불고 이따금씩 비라도 오는 날에는 그 외로움이 더 짙어졌다. 처마 끝에서 뚝뚝 떨어져 내리는 빗물이 마치 자신의 마음 같아 더욱 고적했다. 흔들리는 촛불을 볼 때마다 가슴에 서늘한 바람이 부는 것 같았다. 그리하여 이따금씩 웃을 일이 생길 때에도 마치 구름 낀 61)볕뉘를 쬐는 기분이었다.

권이 성균관으로 떠난 후 자리를 털고 일어난 소아는 파주댁으로부터 권과 유 대감 사이에 있었던 일을 들었다.

아버님께서 마지막 기회를 주신 것인가. 허나 아무리 서방님의 생각이 단호하셨다고 해도 그리 쉽게 바뀌실 분은 아니실 것을.

소아는 아무래도 걱정이 그치지 않았다. 해도 소아는 웃는 낯빛을 잃지 않았다. 염려스러운 것은 사실이었지만, 아녀자가 지아비를 믿지 않으면 누가 믿겠는가.

오랜 열병에서 눈을 떴을 때 소아의 머리맡에는 삼작 노리개가 놓여 있었다. 원형의 62)밀화(蜜花)가 황색, 적색, 남색의 세 가닥 진사(眞絲)에 아름답게 매듭이 되어 있었다. 그리고 소아는 뒤늦게 노리개의 아래에 있는 서신을 발견했다.

---

61)볕뉘 : 작은 틈을 통하여 잠시 비치는 햇볕. 조선시대 학자 남명 조식(曺植)의 '삼동(三冬)에 뵈옷 입고' 라는 시조에 등장하는 표현이다
62)밀화(蜜花) : 호박 중에서도 누런빛이 나는 것. 마치 꿀이 엉킨 것 같다 하여 밀화라 한다

<부인, 달포도 채우지 못하고 산에서 내려와 이곳저곳을 기웃거리며 다니다가 눈에 띄어 산 것이라오. 이 누런빛을 보고 있으니 이상하게 부인의 얼굴이 생각나더이다. 어여쁘다는 뜻이니 오해하지는 마시오. 나는 할 일이 있어 떠나오. 부인의 쾌차한 얼굴을 보지 못하고 가는 것이 마음에 걸린다오. 부디 빠른 시일 내에 훌훌 털고 일어나기를 바라오. 그래서 내가 없는 동안 아버님 어머님을 잘 부탁드리겠소.>

권이 남긴 것이었다. 언제 왔다가 간 것인지, 또 할 일이란 게 무엇인 것인지, 스스로 떠나겠다는 말을 남긴 이유가 무엇인지 소아로서는 아무것도 짐작할 수가 없었다. 와중에도 자신을 놀리고 싶어 서신에서까지 농을 치고야 만 남편이 살짝 얄밉기도 했다.

소아는 열에 들떠 권이 집에 온 사실을 기억하지 못했다. 그러니 자신이 병중에 권에게 했던 말 역시 기억하지 못하는 것은 당연했다. 그저 꿈속에서 있었던 일이거니 했다. 그래서 후에 파주댁에게서 남편과 아버님 사이에 있었던 일을 들었을 때도 얼떨떨하기만 했다. 파주댁의 말을 보아하면, 서방님께서 정신을 차린 것 같은 모양이라는데.

어디까지 믿어야 할지 알 수 없었다.

그런 불신이 기본적으로 깔린 상황이었지만 소아는 이따금씩 이렇게 밀화 노리개를 꺼내보곤 했다. 가만히 들여다보고 있자면 마치 정인(情人)의 표식인 듯 설레는 것이다. 걱정이 가득 묻어나지는 않았지만, 그러한 마음이 조금은 느껴지는 서신의 내용 역시 소아의 뺨을 붉게 만들곤 했다.

어머님, 아버님을 잘 부탁한다는 서신의 마지막 구절처럼 서방님은 이 년 동안 한 번도 집을 찾지 않고 성균관에서의 생활을 했다. 따라서 소아는 소아대로 권이 없는 생활에 익숙해져야 했다. 곁에 있을 때에도 워낙 자주 담을 넘어, 있으나 없으나 마찬가지였지만 막상 그 긴 시간 동안 아예 얼굴도 보지 못하니 궁금하고 또 그립다는 생각이 들기도 했다.

시댁 분들 모두 인덕이 높은 분들이었기에 시집살이는 겉으로는 평온했지만, 아무리 계시나마나 한 서방님이라도 있을 때와 없을 때는 틀릴 수밖에 없어서 소아는 기둥도, 주춧돌도 없는 누각에 홀로 서 있는 것 같은 느낌이 들 때가 많았다. 홀로 견뎌야 하는 긴긴 밤은 외로웠고 더욱 고적했다. 그래도 서방님께서 노력의 결실만 얻으시면 그 모든 것이 헛된 시간이 되진 않을 것이라고 소아는 믿었다. 그리하여 위로는 시부모와 시숙, 형님들을 공양하고 아래로는 아랫것들에게 흠이 잡히지 않도록 근신하며 또 노력하는 삶을 살았다.

다행스럽게도 들리는 소문으로는 권이 전혀 놀음판 쪽으로는 고개도 돌리지 않고 학문에 정진을 하고 있다는 것이다. 시부모님은 흡족한 눈치였고 그 소식을 들은 소아 역시 기꺼웠다. 물론 어느 한순간 그 모든 기쁨이 물거품으로 변하는 소식이 들려오지 않을까 조마조마한 마음이 없는 것은 아니었다. 허나 권이 그리 노력을 하고 있다는 것 하나만으로도 소아로서는 정말이지 놀라운 사실이었다.

꽃봉오리가 터져 만개를 하고, 간밤에 풀꽃에 맺혔던 이슬이 햇빛에 말랐다. 녹음(綠陰)은 더욱 짙어지면서 담 너머로 사계절이 살처럼 빠르게 동시에 냇물처럼 느리게 흘러가고 있었다. 세월은 소아의 어린 얼굴에 성숙함을 불어넣어 주었다. 정갈하게 빗질하여 매죽비녀와 호박 뒤꽂이를 꽂은 쪽 찐 머리에서는 윤기가 흐르고 녹두비누로 씻은 얼굴은 전과 확연할 만큼 말개졌다. 연두 반회장 숙고사 저고리와 남색 갑사치마를 떨쳐 입고 권이 놓고 간 삼작(三作) 노리개를 늘어뜨린 소아의 모습은 어김없이 여염집의 아씨였다.

많은 것을 변하게 하며 고요히 세월이 흘러갈수록 남편의 빈자리가 조금씩 더 피부로 느껴졌다. 떨어져 있는 사이, 그립다는 마음이 무엇인지 조금씩 깨닫고 있었다.

✳

배행꾼(윗사람을 모시고 따르는 사람)이 불 켜진 양각등을 들고 밤길을 밝히며 걷고 있었다. 권은 오랜만에 저잣거리로 나온 지라 가슴까지 상쾌했다. 옥안 선풍이라, 꼬박 일 년을 성균관에서 수신을 하며 오로지 학문에만 정진한 권의 용모는 달빛 아래에서 더욱 빛이 나고 있었다. 단정한 도포와 갓, 남갑사(藍甲紗) 대님을 친 바지 아래로 발걸음이 경쾌했다.

대과 초시를 준비하기 위해 그동안 권은 경서(經書) 암통(暗通:암기)과 운자를 정하여 시를 짓는 학업을 게을리 하지 않았다. 그동안 몇 번이나 유혹이 있었고, 자제력이 무너지는 일도 많았다. 그렇게 놀음판에 미쳐 돌던 본성이니 오죽했겠는가.

허나 권은 그럴 때마다 부친과 모친의 얼굴을 떠올리고 또 형님들과 형수님들의 시선을 생각하며 마음을 다잡았다. 그리고 무엇보다 아직 소녀의 티를 벗지 못한 고울 것 없는 아내의 얼굴을 반추하여 와신상담의 기회로 삼았다.

금일(今日)은 초시를 사흘 앞둔 날이었다. 갑자기 큰처남으로부터 연통이 들어와서 지금 큰처남을 만나러 가는 길이었다. 시기가 어째 불안한 날이었으나, 조정의 부승지로 있는 큰처남이 조언을 해주려는 의도가 아닐까 하여 만나러 가겠다는 기별을 보냈다.

큰처남이 직접 보내준 배행꾼이 도착한 곳은 연꽃, 모란꽃 내음이 가득한 휘황찬란한 기방이었다. 과거를 앞둔 유생으로서는 좀 더 조용하고 소박한 곳이었으면 하는 마음이 있었기에 권이 눈살을 살짝 찌푸렸다. 허나 사내들이란 무릇 그런 것, 한 잔을 마셔도 꽃이 있는 곳에서 마시는 풍류를 즐길 줄 아는 큰처남의 특징이려니 하고 웃어넘기기로 했다. 게다가 오랜만에 만나는 매제이니 잘 대접하고 싶은 마음도 숨어 있는 것이리라.

사르르 녹을 것 같은 미소를 짓는 기녀를 따라 안으로 들어서니 문간부터 벌써 꽃내가 살살 풍기고 온갖 악기 소리가 바람에 섞여왔다. 63)가객·금객이 내는 음률과 악공들의 재주인 듯했다. 또한 양색단 속저고리에 갖은 패물을 차고 64)화갑사 긴치마를 휘감고서 65)모초단 윗저고리를 화려하게 받쳐 입은 기녀들이 즐비하게 늘어서 권을 맞았다. 모르긴 몰라도 큰처남이 꽤나 신경을 쓴 모양인데 권은 어쩐지 기분이 떨떠름했다. 그저 반가운 처남을 만나 진솔하게 술잔이나 기울이고 싶었던 것이다.

꽃 천지는 꽃 천지인데 어째 마음이 거북스러운 무릉도원이라……. 권은 혹시나 자신의 얼굴에 기죽은 마음이 드러날까 하여, 일부러 그 규모도 큰 기루를 뒷짐을 진 채 의연하게 걷는 척을 했다. 흙바닥을 밟을 때마다 사방에서 해금 소리와 피리 소리, 그리고 가야금 소리가 간드러지게 흘러들고 있었다.

"하하, 반가우이."

드디어 기녀가 열어주는 문을 지나 분내 짙은 어떤 방으로 들어갔을 때 큰처남이 권을 반기며 맞았다. 고작 두 사람의 주안상임에도 마치 수랏상인 양 그야말로 상다리가 부러지도록 차려져 있었다. 너비아니뿐 아니라 산 꿩으로 요리한 생치전, 말

----

63)가객·금객: 노래와 거문고 연주를 전문적으로 하는 민간의 직업 음악인
64)화갑사: 꽃무늬 비단
65)모초단: 질 좋고 무늬가 아름다운 비단

린 꿩의 건치전에 생선전은 물론이고, 갖은 양념을 넣은 초장을 곁들인 문어, 전복, 66)약포(藥脯)와 특산물인 곶감, 호도에 희고 고소한 맛이 일품인 67)백자(柏子) 등 과실은 또 어떠한가. 그런 맛 좋은 음식들이 보기에도 좋게 널려져 있으니, 일부러 스스로를 수련하느라 늘 소박한 식사만 고집하던 권의 눈이 휘둥그레졌다. 근 일 년 만에 상차림다운 상차림을 보니 침이 절로 꼴깍 넘어갔다.

"이거 원…… 68)'도화원기'의 별천지가 따로 없습니다."

권은 큰처남의 환대를 받으며 자리에 앉았다. 큰 서방님도 권을 마주 보고 앉아 호탕한 웃음을 흘렸다.

"아우님께서 성균관에서 글공부를 하시더니 비유 또한 박식해졌으이."

"박식이라니요, 부족합니다."

"기왕지사 '도화원기'가 나왔으니 69)'산중문답'이나 한번 읊어보고 시작하는 게 어떤가."

"하하, 그것도 좋지요."

---

66)약포(藥脯): 쇠고기를 얇게 저미어 진간장, 기름, 설탕, 후춧가루 따위를 넣고 주물러서 채반에 펴서 말린 포
67)백자(柏子): 잣나무 열매
68)'도화원기': 중국 진나라의 도연명이 지은 책
69)'산중문답': 중국 성당기(盛唐期) 낭만주의 시인 이백(李白)의 한시, '도화원기'에서 소재를 취한다

<문여하사서벽산(問余何事棲碧山).

소이부답심자한(笑而不答心自閑).

도화유수묘연거(桃花流水杳然去).

별유천지비인간(別有天地非人間).

묻노니, 그대는 왜 푸른 산에 사는가 웃을 뿐, 답은 않고 마음이 한가롭네. 복사꽃 띄워 물은 아득히 흘러가나니 별천지일세, 인간 세상 아니네.>

권이 낮고 묵직한 목소리로 '산중문답'을 읊는 동안 부연의 오라비인 이효량은 예리한 시선으로 권을 지켜보고 있었다. 권은 한가로운 표정이었으나 의미를 되짚듯 깊은 목소리의 울림을 내고 있었다. 설마하고 물어본 이효량은 뜻밖의 결과에 또다시 속에서 무언가가 꿈틀거리고 있었다.

"하하하. 대과를 내일모레 앞둔 사람이 낭만이나 찾고 있다니 조금 우스꽝스럽기는 합니다."

권이 쑥스럽다는 듯 웃고 이효량을 쳐다보는 순간, 이효량은 얼른 날카로운 시선을 거두고 점잖은 미소를 흘렸다.

"아닐세. 과거야말로 유생들의 가장 낭만적인 마당이 아닌가. [70]계옥(啓沃)을 향한 선비들의 순수한 소망이 아닌가 말일세."

"듣고 보니 그도 그렇습니다. 유생으로서 이리 호화로운 자리에 앉아 있는 것이 마치 바늘방석에 앉은 것 같아 사실 불편한

----

70)계옥(啓沃): 임금을 가까이서 보좌함

마음이었습니다.”

권의 말에 이효량의 얼굴이 또 눈에 띄지 않게 살짝 일그러졌다. 주제에 제대로 정신이 박힌 말을 하고 있으니 이효량은 기가 차면서도 또 가슴 한편에 짜증이 밀려 올라오는 것이다.

“불편한 마음일랑 갖지 말고 그저 누이를 아끼는 오라비의 정성이라고 생각해 주게. 아우님께서 권속(眷屬:권솔, 아내의 낮춤말)을 위하여 그리 개과천선을 하였으니 이 어찌 놀라운 일이 아니겠는가.”

이효량은 칭찬을 하는 체하며 일부러 권의 속을 떠보았다. 개과천선이라, 자신의 과오를 깨달아 달라졌음을 칭찬하는 이 말을 들으면 무언가 반응이 있겠지. 자존심이 상하여 싫은 기색을 내비칠 수도 있을 것이다. 내 속이 지금 뒤집어지니 남의 속도 뒤집고 싶은 마음인 게다. 그러나 권은 당황스러운 얼굴을 하고서는 오히려 부드럽게 웃고 있었다.

“그러게 말입니다. 형님 앞에서 부끄러울 따름입니다.”

띵. 가야금을 타고 있는 것도 아닌데, 어째 현이 끊긴 것 같은 소리가 들렸다. 이효량은 기가 차게 하는 권의 변한 것 같은 모습에 더욱 무언가가 부글부글 끓고 있었다. 대체 그 천한 것의 무엇 때문에 이 조롱거리 파락호가 제정신을 차렸단 말인가.

‘내 누이는 지금 천한 놈에게 꼬드김을 당해 어디에서 무슨 고생을 하고 있을지 생사도 모르고 있거늘, 이놈이 그 천한 년과 배를 맞추고 희희낙락이라 이것이렷다?’

자존심이 상했던 것이다. 그 자리는 본래 누이동생인 부연의 자리, 그렇다는 것은 제정신만 차리면 나는 새도 떨어뜨릴 정도의 권세를 지니고 있는 이놈의 배경 또한 부연의 것이어야 한다는 소리였다. 그 권세가 부연의 것이 되면 오라비인 자신의 것으로 이어지는 것은 당연지사.

헌데 부연은 지금 추악한 짓을 저지르고 훨훨 날아간 상태요, 남의 이목이 두려워 천한 것을 위장시켜 밀어 넣었더니 제깟 것이 주제도 모르고 본래 부연의 것을 제 것인 양 꿰차고 앉아 현모양처 소리를 들으려는 계략을 꾸미고 있는 게다. 성도 없는 소아라는 천것이 감히 부연의 것을 얻어 받아 무언가를 일구고 있다는 게 그렇게 자존심이 상할 수 없었다. 매제라는 이놈이 끝까지 파락호 노릇을 했더라면 이리 배가 아프지는 않았을 것을.

개구리 올챙이 적 시절 생각 못한다고, 가짜 신부를 밀어 넣고서 그저 소아가 부연의 흉내만 잘내주고 있어도 다행이라고 조마조마해하던 시절이 분명 있었는데 이제 잘살고 있다고 하니 가슴속에 묻혀 있던 못된 마음이 꿈틀거리며 일어서는 게다.

권이 소아 덕에 개과천선을 하든, 무엇 때문에 정신을 차리는 모양새를 하고 있든 그것은 사실 과정에 지나지 않았고 소아로서는 여전히 하루하루가 가시방석과도 같은 날이거늘, 게다가 안씨 부인의 까칠한 태도를 대할 때면 더욱 심장이 벌떡거리거늘, 큰 서방님은 소아의 처지는 전혀 생각도 않고 여동생이 했어야 할 일을 소아 제깟 것이 하고 있다는 것에 대한 자존심만 내세우고 있는 것이다.

소아가 부연의 허물을 덮어준 것이 아닌, 부연의 자리를 꿰차고 수작을 부리고 있다고 생각하고 있으니 바로 그게 문제였다. 상전의 자존심이 무엇이라고, 아랫것의 가여운 인생은 보듬어주지 않고 감히 네깟 것 주제에, 라는 생각만 하고 있으니 이효량의 사람됨 자체가 많이 부족했다.

이효량은 일부러 느긋하게 수염을 쓰다듬고는 말했다.

"부끄러워할 것도 없네. 부족한 누이를 보내놓고 내 항상 근심이 많았으이."

여전히 일부러 찔러보는 이효량의 눈동자가 권의 반응을 살피느라 떼구루루 바쁘게 구르고 있었다. 권이 수줍은 듯 슬쩍 웃더니 입을 열었다.

"착하고 고운 사람입니다."

콰광! 이번에는 마른하늘에 날벼락이 내리치는 소리였다. 이효량은 너무 짜증이 나서 잘못하면 주안상을 엎어버릴 뻔했다. 그런 상태의 이효량임을 알지 못하는 권은 그저 그를 소아의 오라비로만 의식하고서 자신의 마음속 깊은 말을 털어놓았다.

"이제라도 내 식솔을 책임져야 한다는 마음이 들었으나 늦은 건 아닐까 항상 걱정입니다. 형님께서 앞에서 이끌어주십시오. 그저 형님만 따르겠습니다."

"허…… 허허. 그, 그래야지. 걱정 말고 나만 믿게. 내…… 누이를 그리 아껴주니 이보다 기쁜 일이 어디 있겠는가. 자네가 아무리 색주가를 쓸던 파락호였다 한들 현재의 모습이 중요한 것이 아닌가."

이효량의 속에 담긴 말이 날카로운 어조를 품고 함께 나갔지만, 권은 그런 비꼬는 말에 반응조차 하지 않았다. 그저 겸허히 수용하는 자세를 보이고 있으니 더욱 미치고 팔짝 뛸 노릇이었다. 그 천한 것의 어디가 곱고 착하다는 말인가!

"자, 한 잔 받으시게. 내 오늘 밤 자네와 71)풋술 따위 집어 던지고 달디달게 매우 기분 좋게 취하고 싶네."

안면 근육을 실룩거릴 정도로 어색한 웃음을 지으며 이효량이 말하자 권은 정중한 몸짓으로 도포의 소매를 살짝 젖히고 술을 받았다.

"술 냄새를 마시니 벌써부터 72)불콰해집니다. 워낙 갑자기 마시는 술이라 제가 형님의 주량을 따를 수 있을지 걱정입니다."

"뭐니 뭐니 해도 사내다움의 으뜸은 주량이 아닌가. 자, 걱정일랑 마시고 오랜만에 73)광음(狂飮)을 한번 해보시게나. 무릇 그동안 쌓인 몸 안의 찌꺼기를 풀어줄 것은 술뿐이 더 있겠는가. 나 역시 과거를 앞두고 코가 삐뚤어지도록 마셨었지."

"허나, 형님. 광음을 하기에는 일자가 촉박하여……."

"아니, 이 무슨 소심한 소리인가. 정녕 그 말이 대범한 사내의

---

71)풋술: 맛도 모르면서 마시는 술
72)불콰하다: 술기운으로 인해 얼굴빛이 불그레해지는 것
73)광음(狂飮): 미친 듯 정신없이 마시는 술

것이던가? 본디 시험의 결과라는 것은 그동안 보낸 세월이 쌓는 내공의 결과이지, 고작 며칠 남은 기간의 아등바등거림으로 얻어지는 것이 아니란 말일세. 내 말이 틀린가?"

권은 그게 또 그런 것인가, 하며 고개를 끄덕거렸다. 하긴, 그동안 열심히 해왔겠다, 오랜만에, 아니, 생전 처음으로 가족으로부터 한량이나 파락호가 아닌 유생 취급을 받으니 기분이 묘하게 좋았다. 그동안 노력한 보람이 있는 것 같아 뿌듯해지기도 했다. 게다가 자신을 이리 좋은 자리까지 일부러 불러 띄워주는 사람이 그 누구인가. 바로 아내의 오라비가 아닌가!

'형님께서 이리 인정을 해주실 정도이면 내 각시도 지금쯤이면 이 몸을 인정하고 있는 것이렷다.'

그런 생각을 하자 권의 입가에 벙글벙글 미소가 피어올랐다. 이제 초시에 합격하여 부모님과 아내가 지켜보는 가운데 금의환향하는 일만 남은 것이다. 술맛이 그야말로 꿀맛이었다.

이효량은 권의 입가에 피어오르는 미소를 예리하게 감지하며 계속해서 술잔을 채워주었다. 단순한 것인지, 모자란 것인지 아우님은 잘도 넙죽넙죽 받아 마시고 있었다. 새털 같이 많은 날, 나는 새도 떨어뜨리는 권세를 지닌 유경춘의 막내자식 권이라면 초시 실패 한 번 따위야 다시 일어설 기회가 있을 것이다. 막말로 초시 따위 실패하면 또 어떤가. 74)음직(蔭職)으로 생원이든

---

74)음직(蔭職): 과거(科擧)를 거치지 않고 다만 조상(祖上)의 혜택(惠澤)으로 얻던 관직(官職). 백골남행(白骨南行)

진사든 아무 벼슬자리나 꿰찰 수 있는 것을. 이번 성균관 입학 역시 유경춘의 입김이 들어간 것쯤은 모두 알면서도 모르는 체하고 있는 사실이니.

"내 자네와 이리 술자리를 가지니 기분이 좋네."

"형님께서 이리 기별을 넣어주시어 제가 더 좋았습니다."

주고받는 말들이 참으로 다정하고 화목했다. 그러나 그 속으로 구렁이가 천 마리쯤은 기어가고 있음을 권은 전혀 알지 못하고 있었다. 이효량이 처음부터 권을 불러낸 것은 초시를 망쳐버리기 위해서였다.

그 이유는 항간에 들리는 소문이 이효량의 기분을 잡치게 했기 때문이다.

혼인한 남자가 변하는 이유는 단 한 가지, 아내의 영향 때문이 아니겠는가. 물론 이효량은 믿고 싶지 않은 바였고 믿을 수도 없는 사실이었으나, 이미 알 만한 사람들 사이에 소문은 돌대로 돌아 뉘 댁의 지혜로운 여식이 뉘 댁의 한량 서방의 놀음병을 고쳤다는 소문이 파다했던 것이다. 그런 소문 따위 절대로! 용납할 수 없었다.

게다가 이효량이 머리를 굴려봤을 때 아무리 생각해 보아도 권은 아직 정신을 차릴 시기가 아니었다. 그러니 쓸데없이 권의 정신을 차리게 하고 있는 소아의 발칙한 행동이 도무지 이해가 되지 않았다.

'그년이 제 무덤을 제가 파고 있다는 것을 무지해서 전혀 모르고 있구나, 에잇! 네년이 모르고 있으니 처음부터 이 일을 계획한 내가 처리해 주려는 게다. 그러니 네년은 이런 내게 추호라도 원망의 마음을 갖지 말아야 할 것이야.'

사실 말이야 바르지 않은가. 매제라는 놈 자체가 본래부터 한량이고 왈자에 투전꾼이었다면 앞으로도 한동안은 계속 그리 한심하게 사는 쪽이 자신의 문중을 도와주는 것이었다. 계속해서 그렇게 많이 비어 보이는 짓을 해야 오히려 이효량의 입장에서 마음을 탁 놓을 수 있다는 말이었다.

'제 놈이 구멍이 숭숭 뚫린 한심한 판단력을 가지고 있었기에 부연이와 바꿔치기 한 소아 년의 정체를 모르는 게다. 암, 그렇고 말고. 지금까지 내 생각대로 착착 잘되어가고 있었는데 소아 그년이 괜히 일을 만들어 귀찮게 하는구나. 제 서방이 쓸모없이 똑똑해져서 천한 제 년의 정체를 의심이라도 하기 시작하면 큰 일이라는 것도 모르다니. 한심한 것, 아무래도 살을 맞대고 사는 부부인데 여기에서 더 똑똑해지면 네년에게 먼저 일이 일어난다는 걸 왜 몰라. 그저 노름에 반은 미쳐 살아야 아직은 내가 안전해지는 게다. 그렇고 말고.'

이효량은 이번 계략이 잘되어 부디 앞으로도 한동안은 권이 놀음판에서 살아주기를 기대하는 바였다. 더불어 소아, 제깟 것이 딴 마음을 품고서 제 서방을 정신 차리게 해서 무슨 꿍꿍이속이라도 가지고 있는 것이라면 그에 대한 응징도 해줄 터였다. 어차피 천것이 스스로 생각하고 판단한 것 따위 용납할 수 없는 이효량의 자만심이었다.

✻

유경춘의 기와집은 침묵에 휩싸여 있었다. 높은 솟을 대문 너머로 그 어떤 이도 함부로 큰 행동을 하지 못했다. 무겁도록 가라앉은 대기 안에는 불쾌함과 실망스러움이 한데 엮여 있었고, 그 대부분은 역시 사랑채에서 나오는 기운이었다.

소아는 자신의 거처에서 망설이고 있었다. 이제 방법은 하나밖에 없었다. 자신이 짐을 싸서 이 댁을 제 발로 걸어 나가든가, 권을 꽁꽁 묶어와 사랑채 앞에 패대기를 쳐놓든지. 생각 같아서는 후자 쪽을 하고 싶었지만 아녀자로서 그럴 힘도, 그럴 수도 없었으므로 소아는 단정하게 머리를 매만지고 결심한 듯 자리에서 일어났다.

흉흉한 소문이 돈 것은 초시가 있는 이튿날부터였다. 권이 75)홍화문에 76)부문을 하지 않았다는 것이었다. 시험 자체를 치르지 않았다는 것도 놀라운 것이었는데, 차라리 그것은 약소한 것이었다. 과거를 치르지 않은 원인이 드러나면서는 넓은 뜰의 꽃이 우수수 떨어지는 충격뿐 아니라 기와장이 들썩거릴 정도의 노여움이 진동했다.

---

75)홍화문: 창경궁의 정문, 과거 시험장
76)부문: 과거장에 입장하는 것

그것은 과거 일을 앞둔 사흘 전의 일이라고 했다. 한심스럽게도 그 며칠을 참지 못한 권이 성균관을 뛰쳐나가 그 길로 기방으로 향했다고 했다. 그것도 모자라 얼큰하게 취한 권이 제 버릇을 고치지 못하고 놀음 패거리들과 어울려 다시금 투전 패를 손에 쥐었다고 했고, 한 번 투전목을 잡으면 기본이 닷새 엿새인 권이니 그대로 과거를 놓치는 것은 당연지사였다.

결국 일 년 가깝게 글공부를 한 것은 모두 허사로 돌아갔고 그 일은 가족들에게는 돌이킬 수 없는 충격과 허무를 안겨주었다. 흉문을 듣고 온 사람은 큰형님 유재였고, 당장이라도 그 귀를 비틀어 끌고 오고 싶었으나 남세스러워 그저 제 놈이 제 발로 돌아오기만을 기다리고 있었다. 아직까지 놀음에 미쳐 있는 것인지 그로부터 열흘이 더 지났음에도 코빼기도 비치고 있지 않은 형국이었다. 하기야 그동안 그렇게 그리웠던 투전판에 엉덩이를 깔고 앉았으니 어찌 자제력을 챙기겠는가.

'참으로 잘나신 분이십니다.'

소아는 이제는 한숨을 쉬기도 아까워 그저 속으로 중얼거리며 큰 사랑채로 향했다. 홍예문을 넘는 소아의 발걸음이 그렇게 무거울 수 없었다. 서방님도 없는 시집살이를 일 년이나 견딜 수 있었던 것은 그래도 내 서방님께서 언젠가는 그 나래를 활짝 펴실 것이라는 희망과 기대 때문이었다. 무슨 부귀영화를 누리려고 서방님의 입신을 바라는 것인가. 아니었다. 그저 자신과는 관계없이 서방님께서 훨훨 날아가시기만 하면 되었다.

그것은 부연 아기씨를 위해 자신이 할 수 있는 유일한 것이기도 했으며, 아무리 생각지 않으려고 해도 남의 삶을 대신 살아주고 있다는 데서 오는 책임감이기도 했다. 은연중에 이 자리에 부연 아기씨가 계셨다면, 혹은 서방님의 본래 아내는 자신이 아니라는 생각을 자주 했다. 만약 부연 아기씨가 제자리를 지키셨다면 서방님께서 저리 정처없이 방황하지는 않으셨을 거라는 자괴감도 일었다.

본래 그런 분이셨다고 해도 부연 아기씨였다면 자신보다 지혜롭게 서방님의 마음을 잡았을 것이라는 생각이 부연 아기씨의 서신을 접한 뒤 더욱 커졌다.

부연 아기씨의 당부대로 내가 내 자리를 지켜야 한다. 내 자리를 지키는 가장 최우선의 방법이야말로 현명한 지어미가 되는 것이다. 현명한 지어미란 지아비가 훨훨 날 수 있도록 내조를 하는 것이다. 그러나 그것도 여의치 않아 이리 또 한 번 서방님의 낙마 소식을 듣고야 말았다. 그것은 무언가가 우수수 무너져 내리는 상실감으로 다가왔다.

아, 과연 저는 어찌 해야 옳은 것인가요, 아기씨.

소아는 석고대죄를 하는 심정으로 천천히 사랑채의 마당 가운데에 무릎을 꿇고 앉았다. 금·은·비취·산호 비녀 모두 버리고 초라한 나무 비녀를 꽂고서 갑사 저고리 대신 삼베 저고리 차림을 한 소아의 얼굴이 초췌했다.

"아버님, 어머님."

　　마치 읍을 하듯 아무것도 깔지 않은 그 맨흙바닥에 앉은 소아가 입을 열자 저 멀찍이에서 그녀를 지켜보고 선 파주댁이 웃고름으로 눈물로 짓무른 눈언저리를 찍었다. 영창문이 열리자 유대감과 안씨 부인의 모습이 드러나고, 마당에 앉은 며느리를 발견한 순간 안씨 부인의 눈매가 찌푸려졌다.

　　"지금 무엇 하고 있는 게냐."

　　"드릴 말씀이 있어 무례를 범하옵니다."

　　"그래, 말해보거라."

　　"지아비의 허물은 곧 저의 허물, 그 많은 나날 동안 아내로서 마땅히 해야 할 내조를 하지 못하여 또다시 실망을 안겨 드렸으니 부족함을 통감하여 내쳐주십사 간청을 드리옵니다."

　　"이 무슨 경박한 언행이더냐. 내 아무 말도 아니 했거늘, 어찌 사대부의 아녀자가 그리 경솔한 언행을 내세워 귀한 공간을 더럽히고자 함이냐!"

　　안씨 부인의 눈초리, 어투 모두 냉랭하기 그지없었다. 소아의 경솔한 행동을 타박하는 이유도 있었지만, 사실 더한 이유는 역시 소아의 말처럼 남편의 마음 하나 다잡지 못한 부족함에 대한 질타였다. 제 아들의 부족함이라는 것은 누구보다 잘 알 수 있었지만, 처를 얻으면 어찌어찌하여 달라질 것이라는 기대를 했기 때문이다. 그러나 번번이 기대는 실망으로 무참히 깨어지고, 아들자식에 대한 미움이 이제는 며느리에게까지 옮겨진 상황이었다.

아들을 잘못 키운 당사자는 어미인 자신이라는 것을 안씨 부인 자신도 알고 있었다. 그러나 이번에 또 아들의 칠칠치 못한 행동을 접하고서 그 쓸쓸함을 풀 데를 찾지 못했던 시어머니의 원망은 가장 만만하고 탓하기 쉬운 며느리에게로 모조리 향하고 있었다. 일전에 아들을 부추겨 집 안에서 투전판을 벌인 것도 유 대감은 이해하고 수긍까지 하는 입장을 보였지만, 안씨 부인은 그저 며느리의 경거망동으로만 인식이 되었던 것이다. 아녀자가 쓸데없이 설쳐서 서방을 더욱 기가 막힌 위인으로 만들어 버린 것이 아니고 무엇인가라는 생각이었다.

며느리가 음전하고 지혜로우면 그건 그것대로 내 아들이 잘났으니 당연한 일이노라 만족스럽게 여기고, 며느리가 제 할 바를 못하면 그건 그것대로 아들에게 피해를 주는 못된 며느리라고 치부해 버리는 것이 칼자루를 쥔 시어머니의 간편한 사고방식인가. 여자의 적은 여자라…… 안씨 부인은 그렇게 모든 것을 며느리 탓으로 돌리고 자신은 마음이나마 편해지려는 준비를 하고 있었다.

"네 부족함을 진심으로 통감했다면 오히려 더욱 언행을 죽이고 인고하며 기다리는 것이 아녀자의 해야 할 도리이거늘, 어디라고 먼저 나서는 게야! 네 너를 좋게 보았건만 배운 것이 없는 듯 행동하는구나."

날카로운 말끝이 소아를 콕콕 찔렀지만 소아는 마음을 모질게 먹고 입을 열었다.

"무례를 무릅쓰고 온 것은 드릴 말씀이 있는 이유이옵니다."

순간 안씨 부인이 역정이 묻어나는 얼굴로 소아의 말을 막으려 했지만 소아는 빠르게 말을 이었다.

"모든 사물에는 보이지 않는 면이 존재하고 있다고 감히 말씀드리옵니다. 보이는 면으로는 실패를 하였고 허무를 안겨드렸다 하나, [77]사랑은 한 해 동안 열심을 다하였습니다. 그 노력의 열매가 맺히지 않았다고 하여 노력이라는 꽃봉오리가 맺혀 있는 줄기까지 쓸모없는 것으로 치부하는 것은 너무나 가엾습니다. 처음 집을 나섰을 때 기간은 고작 달포였사옵니다. 허나 다음에는 한 해로 길어지지 않았는지요. 비록 목적지까지 도착하지 못하고 낙마를 하셨다고 하나 지금껏 열심히 채찍질에 박차를 가하신 노력만은 인정해 주시옵소서. 낙마를 하신 대가는 제가 물러나는 것으로 달게 받을 것이오니, 죄는 저에게 물으시고 서방님께는 격려를 해주시옵소서. 마지막 원이옵니다."

소아의 말에 홍예문 안쪽이 잠시 조용했다. 안씨 부인의 표정은 여전히 냉담했으나 입은 열지 않고 있었다. 유 대감은 그저 지그시 소아를 쳐다보고 있을 뿐이었다. 돌아오는 대답이 없는 말을 고한 소아는 천천히 자리에서 일어났다. 그리고 다소곳이 이마 앞에서 두 손을 모아 진심 어린 절을 올렸다. 이것이 지금까지 자신을 감싸주시고 가족으로 여겨주신 시부모님에 대한

---

77)사랑: 시댁에서 남편의 어른에게나 여자 동서간에게 남편을 말할 때 ('사랑방에 거처하는 사람' 이라는 뜻)

마지막 인사일 것이고 보답일 것이었다. 부디 자신이 이 자리를 물러서는 것으로 또 있을지 모를 서방님의 기회를 구박하여 아예 없애 버리는 일이 없기를…….

부연 아기씨의 허깨비 행동을 하면서 는 것이 있다면 한심한 서방님 때문에 깊어진 한숨 소리와 이런 사대부의 예법뿐이었으니, 자신이 할 수 있는 최대한의 예절을 갖추어 절을 올리고 소아가 천천히 일어났다. 그리고 고개를 숙인 채 몸을 돌렸다.

“그리 생각했더냐.”

순간 들린 유 대감의 목소리에 돌아서던 소아의 걸음이 멈칫했다. 소아는 다시 천천히 몸을 돌려 시아버님을 쳐다보았다. 지금껏 단 한 마디도 없었던 유 대감이었다. 안씨 부인은 못마땅한 얼굴로 남편을 보고 있었다. 유 대감은 그런 안씨 부인은 돌아보지 않고서 말을 이었다.

“그리 생각하였냐고 물었느니라.”

소아는 공손히 허리를 숙이고 목소리는 다소곳하되 어투는 단호하게 대답했다.

“그러하옵니다. 비록 지어미로서 자격이 없어 사랑에게 도움이 되지는 못하였으나 막 펼치려고 하는 학 두루미의 나래만은 지켜봐 주십사 간청을 드리옵니다.”

“그것이 마지막 원이라는 말도 맞더냐.”

“그러하옵니다. 비록 멀어져 있더라도 마음속으로 사랑이 원하는 바를 성취하기를 기원 또 기원하겠사옵니다.”

"위에서 어떤 언질을 하지 않았음에도 홀로 판단하여 멋대로 행동하는 것은 방종이니라. 부족함을 통감하였다면 근신하며 제자리를 지키거라."

급작스러운 유 대감의 말에 소아의 심장이 철렁 내려앉았다. 그것은 생각지도 못한 말이어서 놀라울 따름이었다. 동시에 부담스러운 말이기도 했다. 어쩌면 소아는 진심으로 자신의 부족함을 인정하고 나가고 싶었는지도 모르겠다. 부연 아기씨의 허깨비라는 이 자리를 내어놓고 싶은 것이 아니었을지.

그러나 유 대감의 어조는 단호했다. 그런 유 대감을 안씨 부인이 탐탁지 않은 눈으로 쳐다보고 있었다. 그런 모습을 살짝 보니, 역시 시어머님은 나가겠다는 자신을 잡기는커녕 오히려 보내 버릴 생각을 하고 있었구나 하는 생각이 들어 조금 서운하기도 했다. 물론 진심으로 나갈 생각이었지만 서운한 것은 서운한 것이 아닌가. 허나 더욱 알쏭달쏭한 것은 시아버님의 태도였다. 어떤 면으로 보아도 자신은 지금 용납 받을 상황이 아니지 않은가.

"아버님……."

물론 이대로 집을 나간 후, 어떻게든 권을 찾아 달마저 뜨지 않은 어느 어두운 밤에 골목길에서 습격을 할까 하는 생각도 했었지만……. 그렇게 해서 그 얄미운 서방님에게 복수를 할 수만 있다면 얼마나 좋을까.

"긴말할 것 없다. 제아무리 학 두루미가 나래를 펼쳐 날더라

도 필시 처음에는 땅을 디디고 도약을 할 터, 제 놈이 돌아왔을
때 제가 디디고 설 그나마 미더운 흙 한 줌도 없으면 어느 곳을
디디고 서겠느냐.”

소아의 가슴이 더워지며 눈에 눈물이 핑 돌았다. 그제야 시아
버님의 말씀하시는 의도를 조금은 알 것도 같았다. 감히 모든
것을 다 알아들었다고는 할 수 없겠으나, 그 깊은 의미를 이해
할 수 있을 것도 같았다.

받쳐 주는 사람이 되어라. 뉘가 나를 밟고 선다 하여 밟혔다
아프다 수선 떨지 말고 고운 흙이 되어주어라. 그리해 주겠느냐.

소아는 차마 시부모님 앞에서 눈물을 흘릴 수 없어 돌아섰다.
그리고 그 순간 바로 눈물이 줄기줄기 떨어져 내렸다. 자신의
진심을 알아주신 시아버님의 깊은 속정과 인자함을 느끼며 소
아는 홍예문을 넘어섰다.

‘서방님, 알고나 계시나요? 서방님께서 이번에 저버린 것이
무엇인지 알고나 계시나요? 그 소중한 것을 잃어버리시고도 서
방님은 그리도 편하신가요? 가슴이 아프지 않으신가요?’

소아가 홍예문을 돌아 사라졌을 때 안씨 부인은 언짢은 시선
으로 유 대감을 돌아보았다.

“대감, 저 아이를 그냥 내보낼 생각은 저도 없었습니다. 허나
제 잘못을 아는 것도 필요한 일이고 그것은 아녀자들의 일이옵
니다.”

“대관절 저 아이가 잘못한 것이 무어란 말이오. 한번 들어나
봅시다.”

“그것은…….”

“총명한 마음으로 고한 진심을 들여다보지 않는 것도 외면을
넘어선 방종이오. 부인께서도 속된 마음을 버리시오. 잘못은 내
자식이 했소. 그리 저 아이에게 원망을 쏟으면 내 자식의 허물
을 조금이라도 덜어질 것 같소?”

“대감, 어찌 이 사람을 그리 보시는 겝니까.”

안씨 부인이 억울하다는 듯 조금 과한 표정을 하고 말했지만
사실 속으로는 뜨끔한 바였다. 유 대감은 어흠, 헛기침을 하고
는 고개를 돌렸다. 안씨 부인은 그래도 영 마음에 들지 않아 혼
잣말을 하듯 말을 이었다.

“저 아이 말대로 벌써 한 해가 지나지 않았습니까. 헌데 기미
는 보이지도 않습니다. 후사를 잇지 못하는 것은 칠거지악이 아
닙니까. 대감 말대로 총명한 아이라 제가 스스로 먼저 잘 알 터
이니 스스로 나가겠다고 하는 게 아니겠습니까.”

그러나 유 대감은 일언반구없이 자리에서 일어났다. 안씨 부
인은 꼬장꼬장한 양반이 도대체 무엇 때문에 그리 막내며느리
를 감싸고도는 것인지 알 수가 없었다. 아닌 게 아니라 보면 볼
수록 느끼는 것이었지만 며늘애는 가끔 제대로 교육을 받은 여
염집의 규수라고 하기에는 지나치게 경솔한 언행과 판단을 보
일 때가 있었다. 생각해 보니 놀음에 빠진 남편의 버릇을 고치

기 위해 저까지 투전을 하자 하는 것 하며, 아랫것들에게 너무 스스럼없이 구는 것도 그러했다.

지금이야 흠을 찾으래야 찾을 수 없을 정도로 음전한 것은 사실이었지만 돌이켜 보면 여러 가지 마음에 안 드는 면들이 있었던 것이다. 뭐라고 콕 집어 말할 수 없지만 사소한 것들이 하나하나 마음에 걸리는…….

물론 아직은 나이가 많지 않은 이유도 있겠지만 만약 회임의 기미가 보이지 않을 시기라고 해도, 도무지 합궁을 한 것인지 아닌 것인지 그것조차 영 의심스러웠으니 볼수록 부부 사이의 금실 또한 그다지 좋아 보이지 않는 것이다. 부부간에 정이 없으면 남편이 밖으로 도는 것은 더욱 당연지사가 아니던가. 생각해 보니 아들자식이 며늘애를 곱게 여겼더라면 그 긴 시간을 굳이 집 밖에서 과거 준비를 하겠다고 나선 것도 의심스러워졌다. 점점 가면 갈수록 며느리에 대한 불신이 쌓이고 있었다.

화려한 칠보 문갑과 삼층장이 방을 빼곡하게 둘러 채워져 있었다. 그 요란스럽게 윤이 나는 경대와 묵직한 화로만 보더라도 이 방 주인의 사치를 알 수 있는 것이었다. 장침(長枕)에 한 팔을 기대고 비스듬히 누운 권은 연방 옅은 한숨만 흘렸다가 도로 주워 삼켰다가 다시 흘리기를 반복하고 있었다.

이슥한 밤이었다. 촛불이 외롭게 타고 있는 모습을 바라보면서 앉아 있는데 문밖에서 인기척이 났다. 긴장한 얼굴로 정면을 쳐다보니 초록 저고리 차림의 청루 미색이 안으로 들어섰다. 이러한 화려한 방 치장에 몸에 휘감고 있는 비단도 값비싼 천, 그리고 둥둥 떠다니고 있는 백분과 색분 내음, 바로 이 방의 주인인 기생이 아니고 누구겠는가.

"피곤하실 텐데 일찍 자리에 드시지요. 이부자리를 보아드리러 왔사옵니다."

권은 곰살갑게 자신을 대하고 있는 아름다운 여인을 쳐다보았다. 일전에 만났을 때는 눈에 섬광까지 뿜어가며 그리 무서운 삵처럼 겁나게 하더니, 어찌 이렇게 금세 표정을 바꿀 수 있는 여인인지 모르겠다. 별로 여우에게 홀린 것처럼 몽롱하지도 판단력이 흐려진 것도 아닌데, 그저 이 여인이 하고 있는 대로 따르고 있는 자신의 상황이었다.

"나는 잠시 더 사색할 것이 있으니 먼저 건너가 잠을 청하여라."

권은 일부러 귀찮은 기색을 보이며 견제하듯 말했다. 만약 전과 같았다면 이런 말에 분명 쌍심지를 켜고 달려들어야 할 텐데 그게 바로 권이 알고 있는 그 여인, 가희아의 성격 같음에도 가희아는 지금 연하게 웃고 있었다. 마치 처음 만났을 때 자신을 깜빡 속아 넘어가게 했던 요조숙녀의 흉내 그대로였다. 아마도 또 그때의 흉내를 내고 있는 것이리라.

'네 마음대로 하여라. 요조숙녀이든 천년쯤은 너끈히 한을 품은 것 같은 구미호의 아가리이든 괘념치 않으니.'

그저 지금 권은 모든 게 귀찮고 식상하고 허무할 뿐이었다. 가슴속이 텅 빈 것 같은 허전함을 어찌 채워야 할지 모르겠다.

큰처남과 술을 마시던 것까지는 기억이 났다. 헌데 그 후에 어찌 자신이 놀음판에 끼어들게 되었으며, 하필이면 그날 그 기루에서 꽤 흥미로운 놀음판이 벌어진 것이며, 도대체 언제 술판을 걷어치우고 놀음판으로 완전히 판을 바꾼 것인지 아무것도 생각이 나지 않았다. 정신을 차리고 보니 벌써 사흘이 지나 있었고, 그제야 자신이 참혹한 실수를 저질렀다는 것을 깨달았지만 결국 투전 패를 손에서 놓지 못했다. 그렇게 사흘이 또 지나서야 권은 놀음판을 끝내고 곯아떨어졌다. 그리고 일어나 보니 이 방에 옮겨져 있었는데, 미치고 팔짝 뛰게도 그곳은 바로 가희아의 처소였다.

그때 가희아의 얼굴을 보고 얼마나 놀랐던가. 꿈에서라도 만날까 겁이 나서 슬슬 피해 다니고 있었는데 하필 바로 그 면전에서 곯아떨어져 자고 있었다니. 자고 있는 동안 목줄이 뜯기지 않은 것이 다행이라는 생각이 절로 들었다. 그때까지도 바로 전에 연못 앞에서 만났을 때의 섬뜩함이 가시지 않았으니.

헌데 다시 만난 가희아는 한창 다시 요조숙녀 흉내를 내는 시기인 모양이었고, 걱정했던 무시무시한 집착의 기미도 보이지 않았다. 오히려,

"백지장도 맞들며 낫다 하지 않았사옵니까. 속앓이를 하시는 것인가요? 이년 비록 천한 기생이오나 속이라도 시원하도록 이년이 벽인 양 말씀하여 보셔요. 벽에게 말하는 것이니 서방님 수치스러울 것 없고, 벽은 감정이 없으니 서방님을 비웃을 일도 없지 않사옵니까."

그렇게 살살 구슬리는 것이었다. 물론 권은 전혀 자신의 이런 한심한 상황을 말하고 싶은 마음이 없어 입을 꾹 닫고 있었다. 말은 그럴듯하게 했지만 가만히 들어보면 비웃고 싶어 죽을 지경이라는 뜻 같이 들려 더욱 입을 다물고 있었던 것이다.

"이년은 그저 서방님을 편히 모시고자 하는 마음뿐이었사옵니다. 편하게 침수를 드시도록 이부자리를 보아드린 것뿐이니 이년을 곡해하지 마시어요. 서방님께서 편히 주무셨다면 그것으로 되었사옵니다. 요기를 하시고 가실 곳으로 가셔도 좋사옵니다."

만약 가희아가 권을 붙들고 늘어졌다면 권은 아마도 도포 자락을 매몰차게 빼어내고는 문을 벌컥 열고 나가 버렸을 것이다. 그러나 막상 가라고 하니 막막하기만 했다. 대체 어디로 간단 말인가.

물론 갈 곳은 많았다. 본가로 들어가서 부친에게 멍석말이를 당하는 길도 있었고, 부친 몰래 아내의 처소로 가서 이리 망가진 자신을 비웃음당하는 길도 있었다. 큰처남을 찾아가 아무리 술에 취했다고 한들 어찌 놀음에 손을 대는 자신을 막아주지 않았느냐고 따지다가 천하에 한심한 놈이라는 손가락질을 당하는

길도 있었고, 뒤늦게 과거 시험장으로 가서 통곡하고 우는 길도
있었다.

도대체…… 그 많은 곳 중 어디에 간단 말인가.

"내…… 며칠만 신세를 져야겠다."

결국 권은 가희아가 떠밀어도 나갈 수 없는 처지였기에 그렇
게 눌러앉게 된 사연이었다. 권이 그 말을 하는 순간 가희아의
입꼬리가 슬쩍 말려 올라갔으나, 자신만의 고민에 휩싸인 권은
그런 변화를 살필 여력이 없었다. 그저 자신의 앞에 당면한 모
든 문제들로 인해 머리가 터질 지경이었다. 또다시 실패자와 의
지박약자가 된 자신…….

'부인, 나는 어쩌면 좋소. 부인은…… 지금 무얼 하시오. 벌써
내 일을 들으셨겠지요. 무슨 생각을 하고 있소. 궁금해할 자격
도 안 되지만, 그게 어째 궁금하구려. 하하, 하하하…….'

그렇게 하루에도 몇십 번 몇백 번씩 쓴웃음을 흘리는 것이 권
의 소일거리 전부였다.

열흘 하고도 또 사흘이 지났다. 무기력에 빠진 권은 도무지 앞
으로의 일을 어찌해야 할지 결정하지 못했고 그저 가희아가 차
려 올리는 밥을 꾸역꾸역 입속에 넣고 해가 기울면 전전반측하
다가 잠이 들고 날이 밝으면 눈을 뜨는 삶을 지속하고 있었다.

'무언가를 새로 시작할 수 있을 것 같지 않소. 나는…… 실패
자요.'

　권은 그렇게 고해를 하듯 멀리에서 아내에게 하루에도 몇 가
지씩 마음속으로 중얼거리곤 했다.

　'이렇게 앞이 보이지 않아 깜깜할 때 이상하게 더 부인이 생
각나는구려. 부인이라면…… 내게 무언가를 가르쳐 줄 것도 같
은데, 그것도 수치스러울 자존심이 있다고 차마 그대의 얼굴을
볼 용기가 없구려.'

　권은 머리카락을 쥐어뜯는 소일거리를 하나 더 추가하고는
또다시 넋을 놓고 앉아 있었다. 그때 인기척이 들리더니 가희아
가 안으로 들어섰다. 매일 꿀로 세수를 하는 그녀의 말간 얼굴
에 미소가 담긴 채 안으로 들어서 가야금을 벽에 세워 놓았다.

　"서방님, 어째 미동도 않고 앉아 계시옵니까."

　다소곳하게 앉은 가희아는 여전히 한 떨기 꽃이었다. 허나 저
서방님 소리는 도대체 듣기가 싫었다. 금자병풍(金字屛風) 앞에
앉은 권은 지루함을 숨기지 않는 얼굴로 가희아를 흘끗 쳐다보
았다가 다시 자신만의 상념에 빠질 뿐이었다.

　사실 방에는 가희아가 일부러 신경을 쓴 듯한 문구들이 모여
있었다. 자개 박은 책상에 산호필통(珊瑚筆筒)에 [78]비취연상(翡翠
研床), [79]만호연적(滿糊硯適), [80]봉황필(鳳凰筆)까지 갖추어져 있
었으나 그리하면 무엇 하겠는가. 권이 이미 글공부에 마음이 떠

----

78)비취연상(翡翠研床): 벼루, 먹, 붓, 연적, 종이 따위를 넣어두는 조그만 책상
79)만호연적(滿糊硯適): 벼루에 먹을 갈 때 쓰는, 물을 담아 두는 그릇
80)봉황필(鳳凰筆): 썩 좋은 붓

나 버린 것을. 아니 마음이 떠났다기보다 스스로에게 너무나 실망을 하여 오히려 수치스러운 마음에 한서(漢書)를 가까이 하기 염치없었다.

"무료하시면 투전꾼들이나 불러 모을까요?"

순간 권의 서글서글한 눈매가 단박에 찌푸려졌다.

"네가 지금 나를 두고 농을 걸려는 것이냐? 아니면 수작인 게냐."

"수작이라니, 당치 않사옵니다. 이년은 그저 서방님께서 근심을 털어내시기를 바라는 것이옵니다."

"그래서 나를 이리 망친 그 놀음이라는 것에 또 손을 대라는 말이더냐? 나를 부추기는 것이더냐!"

"성내지 마시옵소서. 이년이 경솔한 말실수를 하였습니다. 이년의 생각에는 그저 막는 것이 능사는 아니라고 생각하였사옵니다. 이년이라고 서방님께서 놀음 방에 갇히시어 나오지 않는 것을 좋아하겠사옵니까. 그것이 아니옵고 차라리 마음을 아예 떼지 못하시어 욕구를 한꺼번에 터뜨리실 바에야 차라리 그 좋은 재주를 썩히지 마시옵고 원하시는 대로 하시라는 뜻이었사옵니다. 이년은 서방님께서 무슨 일을 하던 막을 마음이 없사옵니다. 그저 서방님께서 좋아하시는 것이면 이년 역시 따르고 북돋을 것이옵니다."

캬, 그 말본새 한번 요란하였다. [81]여필종부(女必從夫)라, 이제

---

81)여필종부(女必從夫): 아내는 반드시 남편을 따라야 한다는 말

는 완연히 아내의 역할을 하려는 가희아였다.

"지체 높은 아씨께서는 서방님의 취미 생활을 막으시려는 것만 같지만 이년의 입장은 다르옵니다. 이년은 한 세상 서방님께서 원하시는 모든 것을 하시었으면 하는 마음이옵니다. 입신양명이야 언제고 하시면 되는 게 아니겠사옵니까. 서방님께서는 언제고 마음만 잡수오면 무엇이든 이뤄내실 분이니까요."

가희아가 지금 한 말은 불과 일 년 전까지만 해도 권이 그토록 부르짖던 주장과 딱 맞아떨어지는 것이었다. 길지 않은 세상, 원하는 것 하다가 마음을 단단히 먹고 아버님께서 원하시는 과거 따위 치르면 되지 않겠는가. 무에 그리 바쁘다고 그리 아등바등하는 것인지 권 자신은 이해가 가지 않았던 것이다. 늘상 부르짖던 말을 가희아가 마치 자신의 속에 들어갔다가 나온 사람처럼 줄줄 읊고 있자 권의 입가에 미소가 벙글 피어올랐다.

그러자 82)미술(媚術)이 뛰어난 것은 물론이요, 꾀도 잘 내기로 유명한 가희아도 함께 미소를 지었다. 권이 천천히 입을 열었는데, 한마디 이어갈 때마다 그의 미소가 사라지고 얼굴이 굳었다.

"네 화술이 진정 나를 기분 좋게 하는구나. 허나 네가 보기에 내가 83)청맹과니 같더냐. 한 세상 원하는 모든 것을 하고 입신이

---

82)미술(媚術): 남자를 호리는 여자의 미색
83)청맹과니: 사리에 밝지 못하여 눈을 뜨고도 사물을 제대로 분간하지 못하는 사람을 비유적으로 이르는 말

야 언제고 하면 되는 거라고 하였더냐? 허면 언제고 하면 되는 그 쉬운 것을 어찌하여 나는 두 번이나 기회를 놓쳐 잃었던 것일까? 그리하여 지금 이리 어디에도 못 가고 처박혀 있는 한심한 신세가 되었을까. 네 말이 정녕 나를 위한 것이더냐, 아니면 내가 못된 짓을 하도록 인도하는 [84]창귀 같은 것이더냐.”

언짢은 기색을 드러내고 타박을 한 권이 자리에서 벌떡 일어났다. 생각지 못한 가희아가 동그래진 눈으로 권을 올려다보았다. 이런 듣기 좋은 말을 하면 필시 넘어오게 되어 있다고 이효량, 그 인사가 귀띔을 해주었거늘.

권은 가희아를 차가운 눈으로 노려본 후 어흠, 헛기침을 하고는 방을 나가 버렸다. 그야말로 가희아는 얼떨떨한 눈으로 그 자리에 앉아 있었다.

한편 밖으로 나온 권은 무엇에도 흥미를 잃은 마음으로 거리를 걸었다. 쓰개치마를 쓰고 지나다니는 모든 여인이 어째 내 각시 같아 눈길이 갔지만, 금세 열정은 싸늘히 식었다. 각시는 아마도 지금쯤 오만 정이 뚝 떨어져 있을 것이니 생각하면 무엇하겠는가. 또 실망을 안겨주었거늘.

어쩐지 놀음도 다시 하기 싫고 글공부를 다시 하기도 싫었다. 그렇다고 유유자적한 마음도 아니라 도대체 무엇 때문에 살아가고 있는 것인지 알 수가 없었다.

‘요망한 계집 같으니라고.’

----

84)창귀: 남을 못된 짓을 하도록 인도하는 사람에 비유. 못된 귀신

물론 지금 걷어 먹여주고 입혀주고 재워주는 것은 고마웠으나, 가희아가 그 속살거리는 혀로 자신을 선동할 수 있으리라고 생각한 자체부터가 우스웠다. 자신을 살살 구슬려 휘두르고 싶은 모양인데, 살살 구슬리는 것도 각시보다는 한 단계 아래가 아니던가! 어디에서 감히 도전을 하려고.

"쯧쯧."

권은 어디에서도 각시의 그림자를 찾아내는 자신에게 혀를 차 보이고는 터덜터덜 흙바닥을 밟고 걸었다.

한편 소아는 외출에서 돌아오는 길이었다. 정말 놀라운 일이었지만, 유 대감께서 친히 소아에게 들러 갑갑하게 안에만 있지 말고 파주댁과 더불어 장 구경이라도 하고 오라 말씀하여 주신 것이다. 며느리 사랑은 시아버지 사랑이라 하지만, 유 대감의 경우에는 전무후무한 일이었기에 놀라웠다. 두 형님들은 질투를 할 일이라며 소아를 놀리기도 하는 모습이었지만 전혀 사심이 없어 보이는 보기 좋은 느낌이었다. 그렇게 대부분의 가족들이 권이 돌아오지 않는 며칠 동안 위로를 해주며 따스하게 대해주었다. 허나 시어머님의 태도는 눈에 띄게 차가워져서 이제는 때와 장소를 가리지 않고 타박을 했다. 한 번 눈 밖에 난 며느리는 계속해서 미운 모습만 보이지 않는 것이리라.

그리하여 제아무리 멋진 85)단목문갑(檀木文匣)에 서책을 놓

---

85)단목문갑(檀木文匣): 박달나무 문갑 단

고, 86)문채 좋은 87)대모면경(玳瑁面鏡)에 얼굴을 비추어 보고, 88)용지연(龍池硯)에 먹을 갈아 향긋한 향을 맡아도 외롭고 불안한 하루였다. 제아무리 재물이 넘쳐나고 일신이 편해도 마음이 향긋해야 살 수 있다는 것과 같지 않겠는가. 그런 날이면 서방님이 괜스레 원망스러워지기도 하고 그랬다가 또 날개 꺾인 그 신세가 가여워 눈물이 글썽 맺히기도 했다.

자신도 어쩔 수 없이, 그저 어디에 계시든 귀한 서방님의 옥체 편안하시기만을 바라는 여염집 아녀자처럼 되는 모양인 건지.

막 대문으로 들어서던 소아의 운혜가 갑자기 멈추더니 고개를 휙 돌렸다. 순간 긴 기와담의 끝자락에 붙어 있던 어떤 그림자가 샤샤삭 사라졌다. 그저 조용할 뿐이었다. 잘못 본 것인가? 소아는 고개를 천천히 바로 하고 다시 걸었다. 그랬다가 또 고개를 휙 돌려보았더니, 겨우 마음 놓고 슬금슬금 기어나오던 흰 도포의 끝자락이 움찔하며 쑥 들어갔다.

오호라, 그러셨군요.

소아는 비웃듯 일부러 그 끝을 계속 쳐다보고 있다가, 벽에 붙어 바들바들 떨고 있을 가여운 서방님의 그림자를 무섭게 노려보고는 곧 아무런 일도 없었다는 듯 대문 안으로 휙 들어가

---

86)문채: 아름다운 광채, 무늬
87)대모면경(玳瑁面鏡): 누런 바탕에 검은 점이 있는 장식용품으로 된 거울
88)용지연(龍池硯): 용을 아로새긴 벼루

버렸다. 한편 소아의 예상대로 담벼락에 납작 달라붙어 호흡을 들이 삼키고 있던 권은 대문이 닫히는 소리가 들리자마자 겨우 숨을 몰아쉬고는 안도의 한숨을 흘렸다. 어찌나 눈치가 빠르신 각시이신지…….

그나저나 그저 의아해서 돌아본 것일 뿐인가, 아니면 눈치 챈 것일까. 평소의 각시를 생각해 보면 알아챘을 만도 한데, 냉정하게도 대문 안으로 쏙 들어간 것이다. 역시 실망을 해버린 것일까. 아니야, 어쩌면 내 빠른 동작 덕분에 전혀 모를 수도 있어. 아마도 눈치 채지 못한 게야. 그렇지 않다면 저리 냉정하게 들어가 버릴 리가 없지. 그래도 내가 명색이 지아비인데…….

"나으리."

"으엇!"

딴생각에 빠져 있던 권은 바로 옆에서 들린 소리에 그야말로 똥줄에 불이 붙은 사람처럼 펄쩍 뛰어 올랐다. 그리고 자신을 요리조리 살피듯 쳐다보고 있는 사람이 파주댁이라는 것을 알아채고는 겨우 한숨을 돌리고서 흠흠, 헛기침을 했다. 무방비 상태로 놀라는 바람에 체통이고 뭐고 완전히 우스운 꼴만 들켜버렸다.

"흠흠, 파주댁이군."

"나으리, 예서 무엇 하시는 겁니까요?"

"흠흠, 나는 그냥 지나는 길이었지. 그러는 파주댁은 무엇을 하는 건고."

“저야 아씨께서 가보시라 하셨으니 왔습지요.”

그 말에 권의 눈이 휘둥그레졌다. 역시나…… 못 알아챌 각시가 아니었다.

“내, 내가 예 있는지 아시더라는 게냐.”

“서방님의 도포 자락을 설마 몰라보겠냐고 하셨습지요.”

“그, 그리 말했더란 말이냐? 그것이 정말이냐.”

권은 너무나 애걸하듯 달려들었지만 파주댁은 싸늘하고 썰렁하기 그지없었다. 감히 아랫것 주제에 상전을 닮은 것인지 달려드는 권의 손을 마치 쳐내듯 쏙 피한 파주댁이 그 뚱한 얼굴로 말을 이었다.

“아씨께서는 늘 서방님 걱정뿐이십지요.”

“그, 그렇겠지. 나, 나도 그렇다고 전해주…….”

“그런 말씀은 낯간지러워 못 전합니다요.”

권은 기가 막혀 입을 쩍 벌렸다. 어찌 저리도 뚱한 여편네가 있는지.

“좋다. 네 마음대로 해라. 아버님, 어머님은 평안하시느냐.”

“평안하실 리가 없지 않습니까요? 정녕 몰라서 물어보시는 것입니까요?”

이, 이런 고얀 것! 내 이리 한심한 처지라고 해도 어째 너 같은 천한 것이 감히! 라고 외치고 싶었지만 그 뚱한 얼굴을 직접 본다면 자신처럼 아무런 말도 못 할 것이리라. 넓적한 돌에 놓아 빨래 방망이로 몇 번은 쳐서 울퉁불퉁한 바위에 널어놓고 몇 날 며칠 말린 삼베 같은 얼굴이 아니고 무엇인가. 그러고 보니 젖은 행주를 몇 번 짜서 부뚜막에 널어놓아 바짝 마른 것 같은 비실비실 작은 각시와 환상 궁합이긴 했다.

"흠흠, 말이 너무 심하구나. 허나 내 진득한 아량으로 참아주겠다."

"망극합니다요."

헌데, 그렇게 참고자 했거늘 빈정거리는 꼴이 갈수록 가관이라 결국 권이 버럭 소리를 쳤다.

"네가 정녕 무서움을 모르는구나! 내 비록 이리 떨려나서 한심한 꼴을 하고 있다 한들 감히 어디라고 입을 톡톡 놀리느냐!"

"아니면 제가 진정하게 생겼습니까요? 아이고, 불쌍한 우리 아씨. 믿어주고 챙겨줄 서방님도 안 계신 낯선 곳에서 구박덩이로 전락하여 하루에도 열두 번은 더 눈물을 짓는데. 그 모습이 어찌나 짠한지 이 불쌍한 년 눈에도 더 불쌍해 보여, 가여워 환장하겠는데 어찌 이년이 나으리를 좋은 마음으로 대할 수 있습니까요. 아이고오! 가여운 우리 아씨! 애달파서 어쩌나. 눈물 나서 어쩌나. 아이고오!"

이럴 생각이 아니었는데 화가 난 권의 기세가 쑥 들어갈 정도로 갑자기 파주댁이 통곡을 시작하는 것이다. 그건 그렇다 쳐도 구박이라니, 이게 무슨 소리인가!

"아, 알아들을 수 있게 말을 해야 하지 않더냐! 구박이라니. 대관절 그게 무슨 소리더냐. 내 답답하다."

"구박입지요. 구박이고말고요. 서방님께서 그리 집을 비우시고, 과거에 미끄덩 떨어지신 것도 아니고 아예 치르지도 않았다는 소문이 들려온 후로 노마님의 노기가 하늘을 찌릅니다요. 사사건건 아씨를 걸고넘어지고 어찌나 구박을 하시는지, 오죽했으면 아씨께서 짐을 싸들고 스스로 나가시려 했을깝쇼."

"지, 짐을 싸서 나가다니! 내 각시를 누가 내쫓는단 말이냐! 아니, 감히 아녀자가 어찌 서방의 허락도 없이 집을 나가! 내 당장!"

"하이고, 뭘 몰라도 한참을 모르십니다요. 누가 내쫓아야 나갑니까요? 서방님의 허락이 있어야 나갑니까요? 당최 아씨의 마음이 불안하고 불안하니 오죽하셨으면 석고대죄를 드리는 심정으로 마당에 무릎을 꿇고 사죄에 사죄를 올린 후, 부족한 제가 며느리 자리를 고이 내놓겠다, 이리 나온 게 아니겠습니까요."

권의 얼굴에 한자락 바람이 스치고 지나갔다. 힘이 쭉 빠진 권이 중얼거렸다.

"나…… 때문이로구나. 나로 인해 아씨가 죄를 받으려 하였던 것이구나."

"말을 해서 무엇합니까요. 바로 그게 아니고 무엇이겠습니까요."

아무리 그렇다고 해도 듣기 좋은 말이라고, 그게 무슨 나으리 때문이겠습니까요. 라고 한마디 해주면 오죽 좋으련만 이 쓸데

없이 솔직하기만 한 아랫것은 도무지 원수 보듯 자신을 보는 것을 그치지 않았다. 고얀 것 같으니라고.

"하루 종일 반빗간(주방)에서 헤어 나오지를 못하고 계시니, 노마님의 성화로 아씨께서 이제 완전히 이 댁 부엌데기가 되고 무엇입니까요. 그나마 잠깐 쉴 때에도 이것 하여라, 저것 하여라 쉴 새 없이 시키시고 야무진 손으로 그 많은 지시 다 들어놓으면 어찌 이리 못하였느냐, 어찌 이리 한심하냐 구박이시니 아씨께서 날이면 날마다 살이 쪽쪽 빠지시어 밤이면 밤마다 온몸이 아파 앓는 소리가 담을 넘습니다요. 그렇다고 함부로 울 수도 없으니 그 가슴 타 들어가는 거야 오죽하겠습니까요."

"마, 말도 안 된다. 어머님께서 그리 고약하신 분이 아니거늘."

"믿기지 않으시면 믿지 않으셔도 됩니다요. 언제 아씨께서 서방님의 신뢰에 감싸여 살았을깝쇼. 제아무리 영특하다 해봐야 아씨 겨우 홍색짜리(갓 시집온 새색시)이니, 그저 구박하시면 구박하시는 대로 타박하시면 타박하시는 대로 눈물 한번 못 짓고 입술 꼭 깨물고 모든 것을 감당하실밖에 없습지요. 하이고, 우리 아씨 가여워서 어쩌누. 서방님 사랑을 못 받는 걸로도 모자라 그 맵다는 시집살이에 몸 축나서 어쩌누. 모든 게 다 가여워서 어쩌누."

이제 대놓고 앞에 눈 퍼렇게 뜨고 있는 권의 흉을 보는 걸로도 모자라 한탄을 하는 파주댁을 보며 권은 시름에 잠겼다. 어찌하여 그런 상황에까지 처하게 했을까. 자신 때문에 이제 처까지 곤란하게 만들었다. 어찌 이리 자신은 못난 인간인지.

"그래서…… 아씨 건강은 어떠하느냐."

"만날 몰래 눈물 한 바가지씩 쏟아내는데 그 몸이 배겨나겠습니까요. 그것도 모자라 기생 소문까지 들으셨으니…… 혹장(酷杖:가혹한 형벌)도 그런 혹장이 없습지요. 서방님께서는 어찌하여 우리 아씨를 이리도 아프게 하십니까요."

"기, 기생 소문이라니?"

권의 눈이 번쩍 떠졌다. 불안한 마음에 입술이 파르르 떨렸다.

"가희아인지, 거희아인지 그 소문이 장안에 파다합니다요. 노마님께서는 그 소문을 접하시고 이제는 아예 아씨를 내칠 기색을 비추고 계시지 않습니까요. 하이고, 우리 아씨 가여워서 어쩌누. 그런 소문을 듣고도 그저 서방님 옥체만 건강하시면 된다고 저리 말씀을 하시니, 우리 아씨 애달파서 어쩌누."

권은 천천히 돌아서고 있었다. 이루 말할 수 없는 충격에 망연자실해졌다. 경솔하고 짧은 생각 때문에 두 번 아내를 상처 입히고 말았다. 갈 곳이 마땅치 않아 가희아의 집에 머무른 것은 아니었다. 그저 무기력한 마음에 어디에도 나다니고 싶지 않아 그저 눌러앉아 있었던 것뿐인데, 세상의 소문이란 역시 이리도 칼날 같구나.

그 소문이 가희아가 일부러 낸 것이라는 사실을 모르는 권은 그렇게 자신을 원망할 수밖에 없었다. 파주댁에게 무슨 말을 할 수도 없었기에 권은 터덜터덜 왔던 길을 되돌아가는 것이 다였다.

"가희아라는 기생의 집에서 자리를 깔았다더라."

일부러 파주댁을 보내고 홀로 안채로 들어서는 소아의 머릿속에서 맴도는 말이었다. 그 소문을 들은 것은 벌써 이틀 전이었다. 놀음도 모자라 이제 슬슬 오입까지 하시는 것이다. 그것도 천하절색으로 이름난 기녀라니……. 시집온 새색시는 수치스러움과 허무에 치를 떨어야 했다. 허나 양반의 법도상 아내가 남편의 첩에게 무슨 말을 한단 말인가. 투기를 해도 칠거지악이니 이렇게 여자에게 형편없는 제도가 있을까. 내 남편을 내가 지키겠다는데, 어찌 질투조차도 허용되지 않는단 말인가.

처음 안방마님께 이것도 안 된다, 저것도 안 된다는 교육을 받을 때부터 진즉 알아봤지만, 그 사대부의 법도라는 것은 도대체 정체가 무엇이기에 여인이라는 존재를 이렇게나 수를 놓다 망쳐 버린 천 쪼가리처럼 취급을 한단 말인가. 참으로 몰인정하고도 못된 법이 아니고 무엇인가. 무릇 부부란 것은 백년가약을 맺는 동시에 그분의 몸이 내 몸이 되고, 내 몸이 그분의 몸이 되는 것이 아닌가. 그것은 단순히 육체의 합일을 떠나 마음의 합일을 의미하는 것이라 생각했다. 그런데 내 서방님의 마음이 홀랑홀랑 날아가는 것이 보이는데도 이를 앙물고 참고 있어야 한다니.

세상의 모든 사대부들이 그리 무정하게 부부로서 사는 것인
가. 무정한 것이 바로 사대부들이 그토록 추켜세우는 법도라는
말인가. 내 님을 내가 지키지 못하도록 눈 감고, 귀 막고, 그저
바깥세상과 동떨어진 안채에서 수나 놓고 내훈만 입에 단내가
나도록 읊는 것이 여인의 삶인가. 입에서 단내가 나니 자연히
서방님은 더 멀어지시는 것이 아닌가?

요점이 흐려졌으나 그러한 강요 자체가 바로 사대부의 법도
라는 게 소아는 불공평하기만 했다.

'내 본디 사대부로 태어나지는 않았으나 이리 정떨어지고 억
울한 법도는 보다 보다 처음이구나.'

이 년이라는 세월도 세월이라고 나름대로 그 잘난 사대부의
법도를 몸에 익히느라 갖은 고생을 하였다. 다만 그런 불공정한
법도를 목숨인 양 여기고 살아가야 하는 사대부로 태어나지 않
은 것이 그렇게 다행일 수 없었다. 다만 내 발로 이 댁을 걸어
들어왔으니 이제 그 법도가 남의 이야기만은 아니라는 것이 참
으로 착잡했다.

허나 문제는 법도는 법도요, 덧정이 없어 떠난 남편은 남편이
었다. 법도를 떠나서 남편에게 실망감이 와락 들어서 이제 더
기대해야 무슨 소용일까, 그런 생각만 들었다.

"바깥출입이 어찌 이리 잦느냐!"

다른 생각을 하고 들어오던 소아는 갑작스레 들린 큰 소리에
걸음을 우뚝 멈췄다. 며칠 전부터 어떻게 하면 막내며느리를 잡

아 잡수실까 궁리 중이신 것 같은 시어머니가 매서운 눈을 하고
서 노려보고 있었다. 소아는 대번에 고개를 조아리고 멈춰 섰
다.

"죄송합니다."

솔직히 원망스러운 마음이 드는 건 사실이었다. 서방님께서
저리 밖으로 도시는 좋게 말하면 자유롭고 나쁘게 말하면 제멋
대로인 성격인 것은 자신의 탓이 아니지 않은가. 타고난 본성이
제 잘못 아닌 일까지 감수하며 그 타박을 받아들일 만큼 속 넓
고 음전한 여인이 아니었기에 소아는 속으로 수없는 전투를 치
르고 있었다. 허나 당장 주리를 틀리어 내쫓기지 않으려면 감히
시어머니께 어떻게 반항을 한단 말인가. 말도 안 되는 일이었
다. 그저 반가의 아녀자란 인고, 인고, 인고해야 하는 것이었다.

"아버님께서 허락을 하시어……."

"네가 지금 핑계를 대려는 것이냐? 감히 어디라고 함부로 아
버님을 끌어다가 붙일까!"

"그런 게 아니옵니다. 저는……."

"되었다. 점점 변변치 못한 변명만 늘고 있구나. 안 그래도 제
집에 정 못 붙이는 서방이면 제가 먼저 자리를 지키고 있어야
하거늘. 쯧쯧."

안씨 부인은 타박이란 타박은 죄다 늘어놓고서 몸을 홱 돌렸
다. 저리 심하게 돌아서는데도 다리 한번 삐끗하지 않으신다.
소아는 그런 건방지고도 건방진 생각을 하며 서 있었다.

"오죽 칠칠치 못하면 제 서방이 다른 곳에 눈까지 돌릴까. 마음 하나 잡아놓지 못하다니 저리 한심스러울 수가."

마지막까지 구박을 잊지 않고 남긴 시어머니는 이내 눈에서 사라졌다. 소아는 쓰개치마를 정갈히 챙기고서 곧 걸음을 움직였다.

'휴우, 서방님. 소아에게 이제 주시다 주시다 못해 서방님을 나눠 가져야 하는 아우까지 주시려는 겝니까.'

소아가 지나는 자리마다 꽃잎이 우수수 떨어지는 것 같았다.

十章. 밤비에 새 잎 곧 나거든 날인가도 여기소서

가희아의 처소로 돌아온 권은 섬돌을 딛고 마루 끝에 걸치고 앉았다. 집을 나설 때는 해가 기울고 있을 때였는데 지금은 꽤 어둑해져 있었다. 불 꺼진 방을 가만히 쳐다보고 있던 권은 곧 안으로 들어섰다.

기다리지 않을 때는 잘도 찾아 들어오던 가희아가 오늘은 늦었다. 그는 벽 한쪽에 세워져 있는 가야금을 멍하니 쳐다보고 있었다. 요기를 하고도 한참을 그렇게 앉아 있을 때였다. 문이 열리는가 싶더니 가희아가 안으로 들어섰다.

순간 권의 눈동자가 짧게 흔들렸다. 들어서는 가희아의 옷차림새가 기묘했다. 저고리는 어디에다 벗어 던져 놓았는지 박의 속처럼 흰 어깨가 훤하게 드러나고 젖가슴의 속살까지 여과없이 비치는 것이다. 교태를 가득 담은 미소를 담은 가희아의 도발을 권은 조용히 쳐다보고 있었다. 술을 한 잔 걸치지도 않았는데 머릿속이 빙글빙글 돌았다.

가희아의 뒤로 술상을 든 계집종이 따라 들어와 상을 내려놓고 나갔다. 가희아가 맞은편에 앉아 권을 바라보았다.

"서방님, 외출은 잘 마치셨는지요."

"그저 그랬다."

"어투가 더 차갑사옵니다. 찬바람을 쐬고 오셔서 어투에도 찬 기운이 스며들었나 보옵니다."

"지금 너와 말장난을 할 기분이 아니니 옷이나 정식으로 입어라."

"열이 많아 그런 것이니 신경 쓰지 마시옵소서. 자, 이왕 차려진 술상이니 한 잔 받으시지요."

열이 많아 옷을 얇게 입고 있다는 말도 안 되는 소리를 하며 가희아가 술 주전자를 들었다. 권은 슬슬 혀를 차면서 잔을 들었다. 쪼르르, 맑은 술이 채워지자 권은 술을 단숨에 비웠다.

"들어오신 지가 언제인데 아직까지 의관을 정제하고 계신지요. 편하게 벗으셔요."

"내 이런 차림이 편하다. 어디에서든 체통을 생각하여야 하는 선비가 아니더냐."

가희아가 마치 비웃듯 슬쩍 웃음을 흘렸다. 그러나 권은 못

본 체하며 술잔을 다시 비웠다.

"내 오늘 저잣거리에 나갔다가 기묘한 소문을 들었다. 너와 내가 어찌어찌한다는 풍문이었는데 혹시 들었느냐."

"보는 눈들도 많고 찧고 까부는 입들도 많으니 자연히 퍼져 나간 소문인 게지요. 그런 것에 어찌 하나하나 신경 쓰고 살겠는지요."

"제아무리 기녀라고 하나 내가 실수가 많았던 것 같다. 나로 인해 맞지도 않은 소문이 떠돈다면 네게도 좋지는 않겠지."

"호호, 서방님께서는 어찌 근심을 만들어하시는가요. 살꽃 팔아 사는 이년의 박복한 팔자를 지금 비웃으시는 겝니까. 기생에게 기둥서방이 있든 말든 그것이 어찌 흠이 되겠는지요."

가희아가 제법 호탕하게 말하고 있었다. 권은 그런 가희아의 말갛고 고운 얼굴을 지그시 들여다보았다. 편견을 가졌었는데 이 여인은 생각했던 것보다 그리 나쁘지는 않은 것 같았다. 처음에는 그저 무섭다는 생각만 하였거늘, 이제 생각해 보니 그리 경박하지도 막되어먹은 여인도 아니었던 것이다.

"살꽃을 판다……."

"기생의 일이라는 것이 사내를 침방으로 불러들이는 것밖에 없지 않겠사옵니까."

"허어, 그런 셈이 되는 게냐."

"허나 이년 그리 미천한 삶으로 인식되는 년이라고 해도 무조건 가볍게 살아오지는 않았사옵니다."

　권은 가희아의 타고난 반듯한 이마와 희디흰 살결을 바라보았다. 천한 신분으로 태어난 여인이라…… 박복한 삶이었다. 이리 잘난 외모를 가지고 웃음을 파는 여인으로 살아가야 한다니, 괴롭지 않을까 하는 생각이 들었다.

　"내가 너에게 잘해준 것이 없는데 어찌 나를 도와주려는 게냐. 과연 나를 네 손 안에 넣고 주무르고 싶은 것이냐."

　"건방진 말인지 모르겠으나, 지금 간청만 하면 이년에게 평생 먹고 살 재물과 땅을 줄 권세있는 어르신들도 많사옵니다. 과연 이년이 무엇 때문에 관직에도 나가지 않은 서방님을 제 기둥으로 삼으려고 안달이겠는지요."

　"기분이 좋지는 않은 말이나 일리는 있구나. 그렇지 않느냐? 네 말대로 내가 무엇이관데 그런 좋은 자리를 마다하고 굳이 나를 보고 있는 게냐."

　"첩 자리를 꿰차고 앉으면 이년의 일신은 편하겠지요. [89]쌍문초 도리불수 초록 저고릿감 날 사주오. 은죽절, 금봉채 갖은 노리개 날 해주오. 두리소반 주전자 화로 양푼 대야 날 사주오. 동래반상 안성유기 구첩반상 실굽다리 날 사주오. 백통대 음대 금대 수북 담뱃대 날 사주오. 문어 전복 편포 안주하게 날 사주오. 이래저래 원하기만 하면 이년, 평생을 놀고먹고 지낼 수도 있겠지요."

　"흐음……."

---

89)이춘풍전 중, 기생이 춘풍을 홀려 돈을 뜯기 위해 읊은 말

"축첩이 횡행하니 첩으로 앉아 있다 한들 누가 이년더러 죽일 년이라 욕하겠는지요. 허나 이년은 재물보다는 마음이 이끄는 대로 살고 싶은 년이옵니다. 기생의 순정도 순정이라고 욕을 하 겠지요. 허나 기생의 절개도 이리 굳건할 수 있다는 것을 세상 사람들에게 비웃으며 알려주고 싶은 마음입니다."

그 말을 하는 가희아에게는 거짓이 없어 보였다.

"내 마음을 원하는 게냐."

"오로지 그것뿐이옵니다."

"허면 마음을 주지 않으면 나는 네게 거치적거리는 짐밖에 되 지 않겠구나."

"마음은 서방님의 안에 있는 것, 영원히 서방님이 계시는 한 이년에게 서방님은 가장 큰 의미가 되겠지요."

권은 가희아의 그 말이 기특하여 은근히 기분이 좋아졌다. 열 계집 마다하는 사내 없다더니 자신이 그러한 꼴이로구나. 차라 리 놀음꾼과 기생의 조합이 어쩌면 가장 잘 어울리는 게 아닐까 하는 생각도 들었다. 자포자기하는 심정으로 권은 또다시 술잔 을 비웠다. 목구멍을 따라 독한 술은 잘도 넘어가고 점점 갈수 록 정신이 흐릿해졌다.

"나는 참으로 한심한 인물이다. 책임져야 하는 아주 작은 것 마저도 지키지 못하는 위인이 아니더냐."

꽤 거나하게 술이 취한 권은 어느새 90)잔주를 늘어놓고 있었

---

90)잔주: 술에 취하여 자질구레한 말을 늘어놓는 것

다. [91]개개풀어진 눈이 가희아를 향하자 그에 반해 말짱한 가희아가 연하게 웃었다. 희미한 시야로 보이는 가희아의 고운 얼굴은 마치 꿈결에서 만난 선녀처럼 아름다웠다. 권은 천천히 자신의 소매 안으로 손을 넣어 무언가를 꺼내 가희아에게 건넸다.

"받아라."

권이 던지듯 가희아의 손에 놓은 물건을 든 순간 가희아의 눈동자가 흔들렸다. 그것은 모란이 새겨진 갑사향낭이었다. 소아를 만나지 못하고 터덜터덜 돌아오는 길, 권은 옛 친우들도 만날 겸 저잣거리를 지나 친우들이 자주 모이는 기방으로 향하고 있었다. 분명 놀음판이 벌어지고 있을 터였지만 지금 심정으로는 투전 패를 억지로 쥐어준다고 해도 마음이 동하지 않는 상황이니, 혹시 투전을 다시 시작할지도 모른다는 걱정을 딱 붙들어매고 발걸음을 친우들에게로 옮긴 것이다. 시장 거리를 지나가는데 문득 쪽빛 끈이 어여쁜 갑사향낭이 보였다. 순간 저 주머니에 향을 담아 은은한 향기를 풍기며 사락사락 걷는 각시의 모습이 겹쳐 보였다.

그러나 권은 아내가 아닌 가희아를 위해 향낭을 샀다. 멀리서나마 아내의 모습을 보고, 넓적 바위처럼 생긴 파주댁 여편네의 온갖 따가운 말들 속에 담긴 아내의 고생과 안쓰러운 상황을 들었을 때, 내가 계속 이리 넋을 놓고 있어서는 안 된다는 생각이 들었다.

---

91)개개풀어진: 술에 취해 눈에 정기가 흐려지는 것

아내 앞에 선다는 것이 아직 참으로 면목이 없고, 대과를 치르지 못한 것에 대한 자괴감에서 헤어나지 못해 끝내 돌아오고 말았지만 이대로 이 생활을 지속해서는 안 될 것 같다는 판단을 내렸다. 그렇게 생각하니 문득 가희아에게 선물이나마 주고 고마움을 표시하고 나가는 것이 사람의 도리라고 생각하고 구입을 한 것인데, 친우들을 만나 가희아와 자신이 관계된 소문을 들으니 더욱더 잘 샀다는 생각이 들었다. 이로써 가희아에게 작으나마 정성을 표시하고 후딱 나가는 것이 좋을 것 같다는 판단이 들었다.

부디 바라는 것은, 가희아가 너무 큰 오해만은 하지 말았으면 좋겠는데…….

"서방님……."

권은 가희아를 쳐다보지 않은 채 비스듬하게 앉아 술만 마셨다.

"혹여 이것은…… 아씨께 주실 선물이 이년의 손에 들어온 것이 아니옵니까."

권이 천천히 고개를 돌렸더니 가희아가 슬픈 눈을 하고 있었다. 권은 천천히 손을 뻗어 가희아의 볼을 쓸어주었다.

"오해하지 마라. 너를 위해 마련한 것이니."

고마운 마음은 전해야 할 것 같아서였다. 그저 그런 마음이었는데 저리 소녀처럼 좋아하니 문득 측은한 마음이 들었다.

"서방님!"

그런데 갑자기 가희아가 몸을 날리듯 하여 권의 품속으로 파고들었다. 그 바람에 권의 몸이 살짝 뒤로 밀렸다.

"이년 너무나 감격하였사옵니다. 생각지도 못하였습니다. 어찌 이리 귀한 것을……."

"값진 것도 아니다. 네가 가지고 있는 것에 비하면 좋은 축에도 들지 않는 게 아니더냐."

권은 다 좋았으나 자신의 품을 꼭 붙들고 놓아주지 않고 있는 가희아 때문에 낑낑거리며 그녀를 밀어내고 있었다. 그러나 그럴수록 가희아는 더욱 권의 품 안으로 파고들었다.

"내가 술을 마셔 좀 덥구나. 저리로 좀 물러앉아라."

"싫사옵니다. 그럴 수 없사옵니다."

가희아의 말랑한 몸이 더욱 권의 몸에 밀착되어 왔다. 안 그래도 속살이 훤히 비치는 육체가 여인의 향기를 풍기며 바짝 다가오자 권의 몸에 반응이 훅! 하고 일었다. 게다가 얼근한 취기 때문에 몸에서 더욱 열이 나니 환장할 노릇이었다. 내 정신이 내 정신이 아닌 듯한 상태에서 풍겨오는 속살 내음은 그를 흔들 만한 것이었다.

그러나 그것은 사내라면 누구나 가지고 있는 본능 같은 감각의 장난질일 뿐, 권은 언제나 그랬듯 이 여인의 저돌적인 행동이 부담스럽기만 했다. 아내로 인해 여인을 안고 싶다는 생각에 눈을 뜬 자신이다. 그러니 착 감겨오는 여인의 체취가 아내의 것과 겹쳐서 온몸에 불길이 지펴진 것뿐이었다. 게다가 살꽃을 판다는 가희아의 말에 계속 측은한 마음이 남아 있어 너무 단호한 냉정함을 내비치지 못하는 상황이었다. 다만 제발 너무 가까이 붙지만 말아줬으면 좋겠다는 생각이 들 뿐이었다. 그리고 권의 머릿속에는 계속해서 대문 안으로 모습을 감추던 소아의 뒷자락만 아른거리고 있었다. 이런 일로 또 한 가지 죄책감을 더 덧얹기는 싫었다.

"이년 죽을 때까지 서방님만을 따르겠사옵니다. 이년을…… 지켜주셔요."

그때까지 '좀 더 확 밀어볼까' 하는 생각만 하고 있던 권의 동작이 정지했다. 지켜주셔요. 가희아의 그 말이 아내가 열에 들떠 했던 말과 겹쳐지며 갑자기 이 공간이 흔들흔들 흔들리고 아련해지며 소아의 향기가 어렴풋이 밀려들었다. 이리 풍만한 여인의 몸을 가진 것도 아니었다. 이리 교태를 담고서 착착 감겨오는 것도 아니었다.

"서방님……."

가희아가 그 만개한 꽃처럼 보들보들 생기있는 입술을 살짝 벌리고서 고개를 들었다. 서방님, 이라 부르며 생글 웃던 소아의 얼굴이 가희아의 얼굴과 겹쳐졌다. 허리 아래에 뻐근해진 자신의 뿌리를 느끼며 권은 지금 바로 저 입술을 탐하고 싶었다. 진하게 입술을 머금고서 꽃 즙을 가득 마시고 싶었다.

'부인…….'

취한 권은 가희아의 몸에서 풍겨 나오는 좋은 향에 현혹되어 가희아를 와락 안았다. 안 그래도 가희아는 사내를 흐리는 향을 속저고리 깊숙이 차고 있었던 것이다. 서방님만 내 사내로 만들 수 있다면 세상 모든 것을 얻을 것 같았다. 이 준수하고도 새치름한 사내를 갖고 싶었다. 무엇보다 그는 양반입네, 하며 옷소매에 바람을 일으키며 뽐내는 이도 아니었고 예사로 상것들을 무시하며 목청 돋워 꾸짖는 인물도 아니었다.

평범하지 않은 명가의 자손이면서도 수줍은 향기가 느껴졌고, 비록 놀음에 미쳐 있다고 하나 준수한 마음이 느껴졌다. 자신만 보면 절절매면서 어떻게 하면 빠져나갈까 궁리를 하던 모습도 귀여웠다. 처음에는 그 용모 덕에 홀빡 빠졌지만 지금은 그런 해사한 소년 같은 면 때문에 더욱 마음에 들었다.

권의 숨결이 더욱 뜨거워지고 있다는 것을 느끼고 있었다. 뺨을 짚고 지나간 사내의 떨리는 손가락이 가희아의 입술에 머물렀다. 마치 비단처럼 보드라운 살결을 손가락 끝으로 느낀 권이 천천히 몸을 숙였다. 가희아는 마치 버선발로 뛰쳐나가 맞이하듯 얼른 고개를 움직여 권의 입술을 맞았다.

그렇게 두 입술이 짜릿하게 맞닿는 순간 갑자기 권이 가희아의 어깨를 꾹 누르더니 자신의 몸을 벌컥 떼어냈다. 가희아는 아잉, 콧소리를 내며 권의 품에 안기려 했다. 허나 권은 눈꺼풀에 쌍꺼풀을 만들어가며 정신을 차리려고 애쓰고 있었다.

"서방님, 이년에게 두 번의 상처를 주시려는 것입니까."

가희아의 목소리에 간절한 애원이 묻어났다. 미안한 마음이었다. 허나 권은 입술이 닿는 순간 가희아가 소아가 아니라는 것을 깨달았다. 무언가 자신의 의식을 몽롱하게 흐리는 기운이 이방에 떠다니고 있었지만, 그런 것에 져서 아내의 체취를 잊을 만큼은 아니었다. 권은 벌떡 일어났다.

"서방님!"

가희아가 권의 도포 끝자락을 잡았지만 권은 힘주어 도포 자락을 빼어내고서 그길로 문을 벌컥 열고 뛰어나갔다. 뒤에서 가희아가 자신을 목 놓아 부르짖고 있었다.

"허나 사내에게도 절개가 있는 게다."

권은 미친 듯이 달려가고 있었다.

✻

그 소리는 처음에는 알아채기 힘들 정도로 간헐적으로 들렸으나 곧 주기가 짧아지며 누구라도 느낄 수 있을 정도로 소리도 커져 있었다.

뻐꾹 뻐꾹.

그런데 도대체가 다 알아들을 수 있는 저 새소리를 뒤집어쓴 육성은 무엇인지. 소아는 기도 안 차서 읽던 책을 탁 덮고 자리에서 일어났다. 꽤 화려하게 돌아오리라고 생각했더니 그렇게 초라한 귀환일 수 없었다. 놀라울 것도 없었다. 언제쯤에야 들어올지 그 시기가 문제였으므로.

‘왔으면 들어올 일이지.’

소아는 문을 열고 툇마루에 서서 주변을 둘러보았다. 그러나 전혀 새소리 같지 않은 뻐꾹뻐꾹 소리를 낸 인사는 어디에도 없었다. 잘못 들은 것인가? 소아는 고개를 갸웃거리다가 몸을 돌리려 했다.

“부인!”

그때 어둠 속에서 남편의 것으로 추정되는 목소리가 다급하게 들려왔다. 숨 죽인 그 소리는 마당 한쪽에 있는 다복솔 뒤편에서 나는 것인 듯했다. 소아는 천천히 심호흡을 하고서 툇마루를 내려섰다. 시각이 해시(亥時:밤 아홉 시부터 열한 시까지)를 넘어서고 있었으니 모두 침수에 들었을 터였다.

“서방님이시옵니까?”

“모, 목소리를 좀 낮추시오.”

여전히 형상이 없는 목소리는 그렇게 겁을 잔뜩 집어먹고서 안달복달을 하고 있었다. 저리 겁이 나면서 어찌 그리 큰 저지레를 저질렀을꼬.

“모습이 보이지 않습니다.”

소아는 목소리가 들리는 쪽의 앞쪽에서 멈춰 서서 말했다. 소아의 말대로 권은 빛이 전혀 비치지 않는 쪽에서 어둠 속에 완전히 묻힌 채 나무 뒤에 서 있었다. 담을 넘어 아내의 거처까지는 침투할 수 있었으나,

“차, 창피하니 그런 것 아니오.”

말 그대로 창피해서 도무지 안으로 들어갈 수가 없었다. 세상에서 가장 무서운 것이 부친의 호통일 줄 알았더니, 지금까지 가희아의 집에서 신세를 질 정도로 무서웠던 이유는 사실 아내 때문이었나 보다. 차라리 혼인 전처럼 부친에게 달달 볶일 일만 있었다면 차라리 언제나처럼 무덤덤하게 들어왔을 것이다. 설마 죽이기야 하시겠느냐, 하는 마음으로 유유자적 들어오곤 했었는데 아내를 대하는 것은 부친을 대할 때와 차원이 틀렸다.

소아는 피식 웃음이 나왔다.

"창피한 것은 아시옵니까."

"그렇게 놀리지 마오. 나도 사람이오."

어둠을 사이에 두고 두 사람은 말을 주고받고 있었다.

"미안하오. 나 때문에 부인께서 고생이 많으시오."

"서방님 덕분에 긴장된 나날을 보내고 있었으니 부정하지는 않겠사옵니다."

그가 이렇게 돌아와 주어서 안심은 되었으나, 그러지 말아야지 했음에도 계속해서 머릿속에 떠오르지 않는 생각이 있었다. 그것은 바로 기생과 얽힌 소문이었다. 그 기녀는 너무나 아름다워 때로 선녀처럼 눈이 부신다고 하였다. 그 기녀는 장안을 떠들썩하게 할 정도의 명기라고 했다. 서방님께서는 그 기녀를 품으신 것일까. 그 여인과 마음을 주고받으신 것일까.

"지아비라고 하나 이리 못났으니 어찌 빛을 받으며 부인의 얼굴을 쳐다보겠소."

"그러하시면 밤새 그곳에 계실 것이옵니까. 이부자리를 나무 뒤에 펴드리면 될는지요."

"여전하시구려, 부인께서는……."

씁쓸한 목소리가 나갔다. 아내는 그저 자신을 놀릴 생각만 하고 있었지, 보고 싶었던 마음 같은 것은 전혀 없는 것 같았다. 이러니 그리움 따위는 저잣거리에 버리고 올 걸 그랬다.

"밤바람이 찹니다. 어서 안으로 드셔요."

"나는 그럴 자격이 없는 사람이오."

"서방님께서 아니 계시는 동안 내칙편(內則篇)을 밤낮으로 읽었지요. 언제나 서방님께서 말씀하셨던 대로 지어미는 그저 지아비께서 하시는 대로 따를 뿐이옵니다. 찾아오신 서방님을 내치는 아녀자가 세상 어디에 있고, 서방님께서 스스로 하신 행동을 탓할 아녀자는 세상천지 어디에 또 있겠사옵니까."

"그것은…… 전혀 마음에는 없는데 내칙편에 그리 적혀 있으니 따르는 것으로 들리는구려."

"지어미가 할 도리를 해야 하는 것이지요. 소첩은 어차피 서방님의 처일 뿐이지 않습니까."

소아의 말이 권의 심장에 파고들어 허한 바람을 남기고 지나갔다. 아마도 파주댁이 말한 것처럼 가희아와의 소문을 이미 알아버린 아내가 그에 대한 투정 아닌 투정을 부리는 것이리라. 안 그런 척하면서도 제 속을 드러내고 있는 아내가 얄미울 만도 한데 전혀 그렇지 못했다. 미안함도 있었지만 그보다 더한 것은 서운함인 것 같았다. 자신이 무슨 행동을 하고 다니든, 어떤 여인과 배를 맞추고 다니든 상관하지 않겠다고 말하는 듯하여…….

"나는…… 또 한 번의 기회를 잃었소. 한심한 사내요."

"흥진(興盡)하면 비래(悲來)하고, 고진(苦盡)하면 감래(甘來)라고 하였습니다. 쓴 것이 다하면 낙이 온다 하였으니 서방님께서는 한 번의 실패를 괘념치 마셔요. 그저 한 번 더 무척 쓴 것을 맛보셨다 그리 생각하시고 다음에 또 단 것을 바라고자 노력하시면 되옵니다. 쓰고 단 것은 언제고 서방님의 주위에 널려 있습니다. 언제든 다시 시작하실 수 있으시옵니다."

어둠 저편에서는 아무런 소리도 들리지 않았다. 권이 무슨 생각을 하고 있는지 소아는 짐작할 수가 없었다. 좀 더 많은 교감을 하고, 서방님에 대해 좀 더 많은 것을 알고 있었더라면 이럴 때 더욱 도움이 되는 말을 드릴 수 있을 텐데, 그것이 아쉬웠다. 부연 아기씨를 생각해서라도 서방님께서 더 좋은 길을 그 발로 밟고 다니시기를 바랐다. 그리하면 부연 아기씨도 동이와 다른 곳에서 행복하실 것 같았다.

"부인."

먼저 들어가 있으면 따라오시겠거니 생각하고 먼저 몸을 돌리려는데 권의 목소리가 들렸다.

"말씀하셔요."

"혹시…… 내가 보고 싶지는 않았었소?"

소아의 손끝이 가늘게 떨렸다. 생각지 못한 말에 입술이 달싹였으나 쉽게 말이 나가지 않았다. 갑자기 무슨 소리시란 말인가.

"대답이 없구려. 전혀 그런 마음도 없었나 보오."

"서방님."

"말씀하시구려."

"서방님께서 마음을 위로받을 곳이 계시다고 들었사옵니다. 내칙편을 다시 새기자면 지아비께서 하시는 대로 따라야 하며 절대 투기를 해서도 아니 되는 게 아니겠사옵니까."

"내칙편은 참…… 할 일 없는 인사가 쓴 모양이구려. 내 남편 일에 질투조차 하지 말라니 거 참."

권의 어투에 씁쓸함과 허전함이 감돌았다. 소아는 무슨 말인가 하여 눈을 깜빡거렸다.

"나는 내칙편이 싫소!"

그래서 그런 투정기 다분한 권의 목소리가 들려왔을 때는 기가 막혀 웃을 수도 없었다.

"부인은 그만 들어가 보시구려. 들어가서 내칙편이나 한평생 새기시오."

도대체 뭐가 마음에 안 든 건지 투덜거리는 철이 덜 든 지아비가 계신 어둠을 한참 바라보고 있던 소아는 곧 고개를 끄덕였다.

"알겠습니다. 서방님께서 그리하시라면 그리하여야지요."

일부러 소아가 얄밉도록 딱 부러지게 몸을 돌릴 때였다. 갑자기 등 뒤 어둠 속에서 무언가 바람을 가르는 소리가 나더니 묵직한 손이 소아의 어깨를 홱 돌려세웠다. 순간 심장이 덜컥 내려앉은 소아는 고개를 번쩍 들었고, 권은 소아의 작은 어깨를 두 팔로 안아 가슴에 와락 끌어안았다.

"서, 서방님……."

"그렇게 가지 마오. 내가…… 미안해요."

술기운이 풍기는 권의 가슴에 갇힌 소아의 눈동자가 물결쳤다. 지금 서방님이 무슨 말씀을 하신 것인가. 미안하다니……. 참말로 그리 말씀하신 것인가.

"사과하리다. 사과하면 사과를 받아주어야 하는 거요. 내칙편에 그리 나와 있다고 하지 않았소."

소아는 천천히 눈을 감았다. 이렇게 큰 몸으로 그저 투정을 부리는 아이 같은 언행을 흘리고 있음에도…… 편안해졌다. 안 그래도 불안한 상황에서 다른 아름다운 여인까지 나타나면 꿔다 놓은 보릿자루보다 더 박복한 이년의 팔자가 되리라고 생각했건만, 그래서 그저 서방님께서 이 집에서 자리만 지켜주시어도 감사해야지, 절대 투기 같은 것 부리지 말아야지, 절대 밉고 미워도 주무시는 와중 잣 같은 것 그 얼굴에 던지지 말아야지 생각하고 있었는데.

'서방님, 조금씩 반가의 아녀자답게 음전함을 배우고 있었는데 어찌 무언가를 바라게 만드시나요. 저에게 욕심이란 것을 자

꾸만 가지게 하시나요.'

"춥소?"

안고 있는 소아의 마른 어깨에 찬 기운이 묻어 있었다. 그래서 그런 것일까, 아내가 더욱 애틋하게 여겨졌다. 못 본 사이에 어딘가가 변한 것 같긴 한데 그게 어딘지 잘은 모르겠다. 그저 가슴 한 켠을 아리게 하는 것 같은 느낌뿐.

'춥지 덥겠사옵니까.'

"누가 볼까 남세스럽사옵니다. 어서 안으로 드시지요."

"밀지 마시오. 조금만 더 이대로 있고 싶소. 그러면 아니 되오?"

'그걸 말이라고 하십니까? 춥고 창피하고 불안해 미치겠습니다.'

"어서 안으로 드셔요. 사실 많이 서늘하옵니다."

소아의 말에 그제야 권이 소아의 몸을 다시 한 번 더 힘을 주어 와락 끌어안았다가 떼고는 천천히 걸음을 옮겼다. 안으로 들어서는 순간에도 권은 소아의 안은 어깨를 감싸 안고 놓지 않았다.

✳

생각지도 못한 평화로운 나날들이 지나가고 있었다. 권은 사랑채에서 글을 읽고 있었다. 부친께서는 갑자기 호인이 되신 건지 다음날 아침에 권을 보고도 다른 말을 하지 않았다. 전 같았으면 벌써 열두 번도 장죽이 날아왔어야 옳을 텐데도 고요한 수면 같았다. 헌데 그것이 폭우가 치기 전의 고요와는 또 다른 것이어서 권은 얼떨떨했다. 저리 가만히 웅크리고 계시다가 갑자기 푸닥거리를 하실 기미를 보이지도 않았다는 것이다.

어쨌거나 위기는 넘겼고 권은 가희아의 처소에서 단 한 번도 관심을 두지 않았던 서책들을 다시 가까이 했다. 마음이 안정이 되면서 다시 글공부를 할 마음이 들었다. 이번 기회는 지나갔지만 아직 완전히 끝난 것은 아니라는 말이었다.

"한 번의 실패를 괘념치 마셔요."

용기가 사라지려 할 때마다 어린 아내가 했던 말을 떠올렸다. 믿어준다는 것이 이렇게 힘이 될지 전에는 미처 몰랐다. 그저 언제나 애물단지로만 취급을 받아 어느 것 하나 심각하게 고민해 본 일이 없었는데 지금은 자신을 믿어주는 아내에게 조금이라도 좋은 모습을 보여주고 싶었다. 조바심이 날 정도였지만 마음을 편히 갖기로 했다. 과유불급이니…….

권은 글공부를 할 때 이외에 잠시 사랑채를 떠나게 되면 이따금씩 넋을 놓고 앉아 있곤 했다. 그때마다 그의 시선은 마당을 거니는, 파주댁과 이야기를 주고받고 있는, 형수님들과 걸어가고 있는, 방에 앉아 수를 놓고 있는 아내에게 향하여 있곤 했다.

그러다가 소아와 눈이 마주치면 화들짝 놀라 얼른 고개를 돌리곤 했다.

무엇이라 정확하게 집어내기는 힘들었지만 각시의 모습이 변했다. 세월이 흘렀으니 당연한 일이겠지만 성숙한 것 같다는 느낌을 받을 때마다 권은 자신의 몸에서 일어나는 예민한 변화를 감당하기 힘들었다.

그날 권은 성균관에서 함께 글공부를 하던 유생을 만나 담소를 나누고 집으로 돌아오고 있었다. 근처까지 왔을 때 권의 걸음이 우뚝 멈췄다. 치마저고리를 덮어 쓰고 있는 여인이 있었는데 천천히 몸을 돌리는 폼이 낯에 익었다. 아니나 다를까, 가희아의 말간 얼굴이 드러나자 권의 눈이 커졌다.

몸종도 없이 홀로 온 듯하였다. 가희아는 화려한 장식을 단 머리를 천천히 숙였다. 권은 얼른 주위를 살폈다가, 결국 어쩔 수 없다는 생각에 헛기침을 하고서 다가갔다.

"왜 왔느냐 타박하시렵니까."

가희아의 얼굴에 쓸쓸한 빛이 돌았다. 권은 천천히 고개를 저었다.

"그럴 마음은 없다. 나는 네가 고마웠고 그리하여 향낭을 전해준 것이다."

"향낭…… 그 때문에 오해를 하였사옵니다. 혹여나 서방님께서 드디어 저를 마음에 두신 것이 아니신가 하여."

"오해를 살 만한 행동을 했다면 미안하다. 허나 그게 두려워

인간적으로 고마운 마음을 전하고 싶은 마음을 저버릴 수는 없었다."

"오로지 그뿐이었습니까. 이년에게 주실 마음은 그런 고마움 같은 것뿐이었습니까."

가희아의 눈동자가 잘게 떨리고 있었다. 젖은 눈에서는 금방이라도 눈물이 뚝뚝 떨어질 것 같았다. 권은 지그시 그녀를 내려다보고 있다가 천천히 시선을 돌렸다.

"처음 너와 만났을 때 내가 말하지 않았느냐. 나는 혼례를 앞두고 있다 하였고 그리하여 너와 더불어 있을 수 없다 하였다. 그 말처럼 나는 혼인을 하였고 내게는 내가 지켜야 하는 아내가 있다."

"사모하시는 것이옵니까."

행인들이 힐끔힐끔 두 사람을 쳐다보고 있었다. 권은 가희아의 마음을 생각하여 일부러 이목없는 다른 곳으로 피하자는 말을 하지 않았다. 이름 모를 풀꽃에 따사로운 햇살이 내리쬐고 있었다.

"내 아내에 대한 마음을 다른 이에게 먼저 내비치고 싶지는 않구나."

가희아는 천천히 입술을 깨물었다. 그렇다, 아니다로 나온 대답은 아니었지만 그 뜻을 충분히 알 수 있는 말이 아닌가.

"항상 그러셨습니다. 이년이 서방님을 그리 오래 뵌 것도 아니었고 많은 속 깊은 이야기를 나눈 것도 아니었습니다. 운이 좋아 서방님을 가까이 뫼실 수 있었으나 그것도 단지 일장춘몽일 뿐이었지요. 허나 그 짧은 기간 동안이나마 서방님께서는 이년을 천한 기생으로 취급하지 않으셨습니다. 더 뵐 수 없다면 그리하여 주시어 감사했다는 마음은 전해야겠다는 생각으로 찾아왔사옵니다. 이년 때문에 난처하셨다면 용서하셔요. 그리고…… 행복하시기를 바라옵니다.”

가희아는 엄숙하고도 얌전한 인사를 하고 천천히 돌아섰다.

“내 많은 여인을 만나본 것은 아니지만 너를 우연히 만난 것을 흉이라 여기지는 않는다. 오히려 또 하나의 인생을 알게 되어 좋았다. 너도 행복하여라.”

권을 스쳐 지나 잠시 멈추었던 가희아는 권이 말이 끝나는 순간 고개를 작게 까딱하고는 다시 걸음을 옮겼다.

‘서방님, 우연히 만난 것은 아니었답니다. 허나 이 가슴속에 서방님의 존함은 꽤 오랫동안 남아 있을 듯하옵니다.’

머물 곳을 찾길 원하는 여인네의 마음이 여린 풀꽃처럼 흔들리고 있었다.

가희아를 보내고 안으로 들어선 권은 그길로 초당에 마련된 자신의 글방으로 가서 서책을 폈다. 이제는 시간이 비면 자연스럽게 서책을 접하곤 했다. 얼마를 그렇게 앉아 있는데 소아의 목소리가 들렸다. 권은 서책을 편 채 들어오라는 말을 했다.

소아는 간단한 다과상을 차려서 들어서고 있었다. 소아가 상을 놓고 앉자 권이 은은하게 웃었다.

“일부러 신경을 썼구려.”

“출출하실 듯하여 들렀습니다. 시간을 빼앗았습니다.”

“아니오. 안 그래도 출출하던 차였다오.”

권은 차를 준비하는 소아의 손끝을 조용히 바라보고 있었다. 본래 가늘고 긴 손가락이 얼마 전까지는 다소 거칠어 보였었는데 지금은 매끈하고 보드라울 것 같았다.

“애고머니!”

권이 자신도 모르게 손을 뻗어 소아의 손을 꼭 쥐는 바람에 소아가 기겁을 했다. 그러나 권은 소아의 손을 놓지 않은 채 오히려 더욱 꼭 쥐었다. 그리고 엄지로 소아의 손바닥을 간지럽게 쓰다듬었다.

“노, 놓으셔요.”

“왜 놓아야 하오?”

“누가 볼까 두렵습니다.”

“부인과 나뿐인데 대관절 누가 본다는 말이오.”

소아는 콩닥콩닥 뛰는 심장을 주체하지 못했다. 전에는 전혀 생각지 못했는데 요즘 들어 권이 자신을 설레게 하고 있었다. 몰래 집안으로 숨어들어 온 첫날 격정적으로 꼭 끌어안아 주던 그 품이 생각날 때마다 숨 쉬기조차 곤란할 정도였다. 그때만 생각하면 얼굴이 붉어지고 몸에서 열이 화끈화끈 올랐다. 지금도 소아는 갑작스러운 권의 행동에 어찌할 바를 몰랐다. 자연히 떡두꺼비 같은 아들을 낳으라고 한 어미의 말이 생각나 더욱 민망해졌다.

두 사람의 눈동자가 마주쳤다. 권의 눈빛에서 불처럼 뜨거운 열기가 뿜어져 왔다. 소아는 너무도 놀란 가슴을 주체하지 못하고서 그저 권의 열정적인 체온만을 느끼고 있었다. 덥석 잡아온 손에 점점 더 힘이 들어가며 붉은 입술이 다가왔다.

그리고 소아의 몸을 살짝 잡아당겨 자신 쪽으로 다가온 순간 권은 소아를 와락 끌어안고서 입술을 짙게 눌렀다. 윤기나는 권의 입술이 소아의 마른 입술을 덮고서 순식간에 온기를 불어 넣었다. 뜨거운 기운이 훅! 하고 끼치며 소아의 입술을 온통 적셨다.

더 참지 못한 손길이 소아의 어깨를 지나 가슴께로 향하며 허겁지겁 소아의 입술을 더욱더 깊이 삼키는 그 순간이었다.

"흠흠. 권아, 글공부는 잘되어가고 있느냐."

후다닥! 갑자기 들린 안씨 부인의 목소리에 권과 소아의 몸이 바로 떨어져 나갔다. 놀란 두 사람은 경황을 찾지 못하고서 소아는 얼른 옷매무새를 가다듬고 권도 서책을 거꾸로 틀어잡고서 머리를 박고 들여다보는 체를 했다.

"들어가겠다."

대답이 떨어지기도 전에 문이 활짝 열리는 순간 소아가 고개를 들었더니 안씨 부인이 탐색하는 눈으로 방 안을 얼른 들여다보고 있었다. 소아는 방금 전의 떨림이 채 가시지 않아 차마 시어머니의 눈을 마주하지 못하고서 시선을 돌렸다.

"어, 어머니께서 웨, 웬일이신지요."

"웬일이 따로 있어야 온다더냐. 글공부하는 데 힘든 점은 없는지 살펴보러 왔느니라."

"어, 없습니다. 소자 걱정은 마십시오."

"그나저나 아가, 너는 어찌 여기에 있느냐? 아녀자가 되어서 서방의 글공부를 독려해 주지는 못할망정. 쯧."

안 그래도 왜 아니 걸고 넘어가시나 했더니, 타박이 쏟아지고 있었다. 소아가 뭐라고 말하려는 찰나 권의 목소리가 먼저 들려왔다.

"안 그래도 출출한 차였는데 다과를 들여와 잠시 휴식을 취하고 있었습니다."

저런 팔불출 같으니라고.

안씨 부인은 자신의 앞에서 제 아내 편을 드는 자식이 못마땅했다. 안 그래도 자의(自意)로 공부를 하는 모습이 대견한 마당인데, 뒤늦게 남녀의 이치를 알아 방해받아 또다시 의지가 꺾이는 것이 두려웠던 것이다. 소아가 권의 대과 실패 때부터 시작된 안씨 부인의 소아에 대한 일방적인 구박은 권이 돌아온 이후에도 계속되었다. 한 번 못마땅하다는 인식을 하니 이제 며느리가 아들과 가까이에만 있어도 지레 눈살부터 찌푸려졌다. 괜히 열심히 하고 있는 제 자식을 방해하는 것으로만 보이고, 순진하고 아둔한 저 녀석이 차마 아내가 찾아와도 내보내지 못하는 것으로 생각되는 것이다.

그런 시어머니의 눈초리와 생각을 어느 정도 짐작한 소아는 나름대로 살가운 말과 정성스러운 행동으로 어머님과의 차이를 좁혀보려고 했으나, 관계는 어째 회복되지 않고 날이 갈수록 찬바람만 불었다. 안씨 부인의 성정 자체가 그리한 것인지 모르겠지만 한 번 눈 밖에 난 사람은 계속 미워하는 특징이 있으신 것 같았다.

소아가 아무리 어머님, 어머님 하며 노력을 해도 안씨 부인의 눈에는 그 무엇도 달갑게 보이지 않았다. 오죽했으면 서방이 기방으로 돌았을까, 그런 생각만 드는 것이다. 지금은 또 무슨 꿍꿍이셈을 두어 남편을 집에 붙잡아두고 있는 건지는 모르겠지만.

"아녀자가 남편의 글방을 함부로 드나드는 것이 아니니라. 다과는 아랫것을 시키면 될 터. 앞으로는 이런 일이 없어야 할 테야."

"예, 어머님."

"하오나 어머님, 저는 제 댁이 직접 가져오는 다과가 더 좋습니다."

저, 저…… 한심한 놈을 봤나!

눈치가 없는 것인지, 뻔뻔한 것인지, 염치가 없는 것인지 이제 대놓고 어미 앞에서 제 아내 편을 드는 권 때문에 안씨 부인은 더욱 속 불이 지펴졌다. 그래서 괜스레 소아만 구박하기 시작했다.

"필요한 것을 들였으면 그만 나가보아라!"

"어머님, 아직 할 말이 남았……."

"무얼 하누. 자, 어서 따라 나오너라."

안씨 부인이 권의 말을 냉랭하게 막아버리고서 소아를 닦달했다. 소아는 그저 나 죽었네, 하고서 자리에서 일어났다. 안씨 부인이 문을 벌컥 여는 순간 권은 상체를 쓱 기울였다. 그리고 일어나고 있는 소아에게 재빨리 속삭였다.

"부인, 해가 지면 가겠소. 기다려 주시오."

워낙 빠르고 낮게 말을 해서 잘 알아듣지 못했지만, 어감상 느껴지는 다급함이 섞인 질척한 말에 소아는 깜짝 놀라고 말았다. 소아는 쿵쿵 뛰는 심장을 누르고는 얼른 안씨 부인의 뒤를 따라 방을 나섰다.

'합궁이라!'

권은 덩실덩실 춤이라도 추고 싶어졌다. 부부에게만 허락된 시간, 그리고 자신과 소아만이 머무를 수 있는 공간, 해 진 후의 부부의 거처를 감히 누가 방해한단 말인가. 그곳에는 어머님마저도 상관치 못할 것이니.

"내 오늘은 기필코!"

거꾸로 놓았던 서책을 바로 잡아놓고서 권은 싱글벙글 웃고 있었다. 찌릿, 전신에 생경한 감각이 일며 심장이 온통 두근거렸다.

✳

어화둥둥 내 사랑아! 금(金)을 주면 너를 사랴. 어화둥둥 내 사랑아! 은(銀)을 주면 너를 사랴. 어화둥둥 내 사랑아!

권이 흐뭇한 얼굴로 다시 서책에 눈을 주고 있는 그때였다. 안씨 부인의 따가운 시선을 등 뒤로 느끼며 거처로 돌아온 소아에게 사색이 된 파주댁이 달려왔다.

"아씨. 크, 큰일이 났습니다요."

어찌나 다급하게 고하는지 파주댁의 입에서 단내가 느껴질 정도였다. 소아는 지금까지 겪었던 것보다 더 큰일이 있을까 하는 마음으로 파주댁을 제법 의젓하게 진정시켰다.

"무슨 일인데 그러오. 그리 겁을 주시면 오장육부가 발등으로 뚝 떨어지는 것 같으니 먼저 진정부터 하세요."

"그리 태평하게 생각할 때가 아닙니다요. 지금 큰 서방님으로부터 인편이 와서 이년이 달려온 것입니다요. 곧 아씨, 아니, 부연 아기씨의 당숙 어른께서 이 댁에 오신다고 하누만요. 아마도 식경(食頃)도 안 되어 당도할 것이라 하십니다요."

"그, 그런……"

눈치 빠른 소아는 대충 상황을 알아차릴 수 있었다. 큰 서방님이 나섰다는 것은 보통 심각한 게 아니라는 뜻이었고, 아마도 당숙 어른이라는 분은 문중의 큰 어른일 터였다. 그것은 소아에게는 긴박한 상황과 같다는 의미이리라.

"자세히 좀 말해줘요."

"저도 경황이 없어서 자세한 이야기는 듣지 못했습죠. 하여튼 큰 서방님의 말씀으로는 당숙 어른께서 부연 아기씨를 직접 본 일이 있는 분이라 하니 일단 무슨 일이 있어도 당숙 어른과 만나지 말라는 당부셨습니다요. 만에 하나 문중에서 알아버리면 발칵 뒤집히니 아씨께서 어떻게 해서든 당숙 어른을 피하시라고."

"도, 도대체 지금 어떻게 그 어른을 피하라는 말이어요. 식경도 안 되어 도착한다면 언제 대문을 넘을지 모르는 일인데, 지금 나갈 수도 없고 그렇다고 집안에 있으면서 어찌……."

소아 역시 일순간 당황하여 어쩔 줄을 몰라 하고 있었다.

"어찌합니까요. 하이고, 가슴이 떨려 살 수가 없습니다요. 서방님께서 돌아와 안정된 지 겨우 며칠이나 지났다고. 하이고!"

파주댁이 가슴을 팡팡 쳤다. 소아는 이런 때일수록 자신이 정신을 똑바로 차려야 한다는 생각을 했다. 그러나 아무리 생각을 해보아도 도무지 이 파국을 헤쳐 나갈 수가 떠오르지 않았다. 안 그래도 시어머니의 눈 밖에 난 지금임에 더욱더 상황만 궁색해지는 것 같았다. 사방에서 가시가 박힌 벽이 점점 좁혀져 오고 있는 기분이었다.

"우선 서방님을 좀 모셔와 줘요."

"아기씨, 서방님은……."

"자, 어서요."

파주댁은 뭐라고 더 말을 하려다가 그저 고개를 떨어뜨리고서 몸을 돌렸다. 몇 걸음 걷던 그녀가 소아를 돌아보고는 중얼거렸다.

"아씨께 무슨 일이 있든 이 파주댁은 끝까지 아씨를 따르겠습니다요."

"고마워요."

정 많고 눈물 많은 파주댁의 눈가가 벌써 젖어 있었다. 주름과 눈물로 짓무른 그 눈가를 보며 소아는 가슴이 찡해왔다. 제 어미가 지금 자신을 본다면 저런 눈이리라. 중문을 넘어 사라지는 파주댁의 뒷모습을 보고 있던 소아는 천천히 저고리 고름을 바로 하고 안으로 들어섰다.

어화둥둥 내 사랑아! 옥(玉)을 주면 너를 사랴. 어화둥둥 내 사랑아! 비취를 주면 너를 사랴. 어화둥둥 내 사랑아!

한편 야밤에 있을 운우지정에 대한 기대로 설레고 있던 권은 갑자기 파주댁이 달려와 아내가 자신을 부른다고 하니 어안이 벙벙하여 일단 따라 나섰다. 처음에는 그런 마음이었으나 점점 아내의 거처와 가까워지자 문득 얼굴이 붉어지며 쑥스러움에 슬쩍 미소가 지어졌다.

'어허, 밤까지 기다리면 될 것을 참지 못하고.'

홀로 김칫국을 두어 사발은 들이키고 있었던 것이다. 물론 자신도 무척이나 날이 얼른 지기를 기다리고 있는 상황이었으므로 아내의 행동이 무척이나 대견하게 느껴졌다. 무릇 부부란 이

부자리에서 서로의 정을 돈독히 쌓아야 하는 법, 혼인 때 쓰러진 목안의 방향만 봐도 아내와 자신은 합궁만 하면 아들을 회임하는 것이었다.

아내와, 또 아내를 닮은 아들이라……

권은 절로 콧노래가 흘러나왔다. 이제 자신이 더욱 학문에 정진하여 대과에 급제만 하면 한 세상 아내와 알콩달콩 재미있게 살아갈 수 있노니.

"어흠, 부인 나를 불렀소."

생각만 해도 신이 나는 상상을 하며 안으로 들어선 권은 소아가 자리를 비켜주자 상석으로 가서 앉았다. 어쩐지 오늘따라 더욱 고운 내 각시였다. 보료에 앉은 권의 얼굴빛이 정색을 하려 했으나 자꾸만 붉어졌다. 낯선 기대로 심장이 콩콩 뛰는 것이다.

"그리 떨어져 있지 말고 가까이 오오."

권이 슬쩍 아내를 쳐다보며 입을 열었다. 소아는 다소곳이 고개를 숙인 채 앉아 있었다. 도무지 꿈쩍도 안하기에 권이 한 번 더 시도를 했다.

"가까이 오시오. 내 부인의 곁에 있고 싶소."

"서방님."

오라는 말은 듣지 않고 소아가 똑바로 자신을 쳐다보고 있었기에 권은 머쓱하여 팔을 천천히 내렸다. 당장이라도 등에 업고 방 안을 빙빙 도는 놀이도 하고 싶고 옷을 벗기는 놀이도 하고 싶고, 여러 가지 하고 싶은 것이 많았거늘.

"말씀하시구려."

아무리 부부라고 하나 아내는 여인이니 여러 가지 쑥스러운 것이 많을 것이다. 또한 합궁을 하기 전에 확인받고 싶은 것도 많을 터이니 아내의 말을 들어주고자 했다. 또한 아내가 원하는 것은 무엇이든 들어주고 싶은 마음이었다.

"서방님께서는 소첩을 어디까지 믿으시는지요."

"어디까지 믿다니. 내가 부인을 믿다 뿐이겠소. 내 몸 같고 내 마음 같은 부인이 아니오."

"그리 깊이 마음을 써주시어 감사하옵니다."

"감사할 게 무어 있소. 부인은 내 지어미요, 나는 부인의 지아비인데 어찌 믿지 않고 지낼 수 있겠소."

무엇보다 나를 먼저 믿어준 부인이 아니오.

권은 그런 굳건한 믿음으로 소아를 바라보고 있었다. 본디 초야를 앞둔 여인의 마음이란 누구나 불안할 터이니 자신이 그 불안을 달래주고 싶었다. 아주 늦은 초야이기는 했으나, 기다린 만큼 낙이 있으리니.

"앞으로 잠시 동안 무조건 소첩을 믿어주시고 소첩의 청대로 따라주실 수 있으신지요."

"하하. 여부가 있겠소. 무엇이든 내 부인의 말대로 따르리라."

"친정의 큰 어르신께서 곧 여기를 찾으실 것이옵니다. 당연히 소첩도 인사를 드려야겠지요.”

“그, 그런 일이 있었소?”

뜻밖의 말에 권의 얼굴에 실망감이 어렸다. 지금 당장이라도 요를 펴려고 했건만, 아내가 자신을 부른 의도는 자신과 전혀 다른 마음이었던 것이다. 그것도 모르고서 홀로 들떠서 있었다니, 참으로 창피하고도 창피하였다.

“그건 그렇고 내가 들어드릴 청이란 게 대체 무엇이오?”

“아, 아씨. 어, 어르신께서 오셨습니다요.”

권의 말과 파주댁의 목소리가 거의 동시에 들려왔다. 순간 소아의 입술이 파르르 떨렸다. 바로 이리로 오시리라고는 생각하지 않았거늘, 이리도 촉박하였던 것이다. 놀란 소아의 눈이 송아지처럼 커지며 손끝이 바들바들 떨렸다. 권은 그런 소아를 눈치 채지 못하고 자리에서 벌떡 일어났다.

“이런, 벌써 오셨나 보오.”

“서, 서방님, 아무것도 묻지 말아주시고 지금 소첩을 잠시만 숨겨주시어요.”

갑작스러운 말에 손님을 맞기 위해 몸을 돌리던 권의 걸음이 멈칫했다. 이 무슨 소리인고, 하고 돌아보았더니 아닌 게 아니라 소아의 몸이 온통 떨리고 있었다.

“부인!”

권이 달려와 소아를 부축하는 순간 소아가 권의 팔에 의지한 채 매달려 애원했다.

"제발 한 번만 묻지 마시고 부디 저를 숨겨주시어요. 모든 건 이후에 말씀드릴 터이니."

"아씨……."

밖에서 파주댁의 목소리가 한 번 더 들려왔다. 권은 소아와 바깥쪽을 잠시 번갈아 보다가 이내 목소리를 높여 바깥에 대고 말했다.

"잠시만 기다려라. 금세 나가겠느니라."

소아는 손끝도 꼼짝하지 못하고 있었다. 천인공노할 짓을 저질렀고 지금 최대의 위기를 앞두고 있자니 솜털까지 바르르 떨리는 것이다. 이런 자신을 서방님이 어떻게 받아들일지 지금은 그것조차 생각할 여유가 없었다. 어쨌거나 큰 서방님의 말을 일단 따라야겠다는 생각뿐이었다.

"무슨 일인지는 모르겠으나, 부인, 안으로 들어가시오."

그때 권이 빠르게 움직이더니 소아의 손목을 끌어 벽장으로 향했다. 소아는 무릎이 꺾이는 등 휘청거리며 권에게 이끌려갔다. 결국 후들거리는 다리로 몇 걸음 걷지 못하는 소아를 권이 덜렁 들어 벽장에 숨겨주었다. 소아는 어느새 눈물을 흘리고 있었다. 빠르게 벽장문이 닫히고 있었다. 소아는 닫히는 문틈으로 권의 얼굴을 바라보았다. 눈물에 비쳐 흔들리는 권의 영상이 소아를 쳐다보고 있었다. 의문은 가득했으나 지금은 지켜주겠다는 마음임을 그 눈동자만 봐도 느낄 수 있었다.

어찌 이리 감사하신 분을…… 부족한 이년에게 내려주시었나요.

벽장문이 닫히고 곧 그렇게 진지하기만 하던 권의 눈동자도 사라졌다. 그러나 소아의 머릿속에서, 가슴속에서 권의 눈동자는 계속해서 빛을 발하고 있었다.

아무것도 묻지 않고 지체조차 하지 않았다. 소아가 원하는 대로 벽장 안으로 그녀를 숨긴 권은 그제야 겨우 자신을 가다듬고서 천천히 문을 열었다. 그곳에 흰 수염을 드리운 유 대감보다 더 고지식해 뵈는 부연의 당숙, 이근평 대감이 서 있었다.

"어허, 그 아이를 만나보고 가려 했더니."

유 대감이 출타를 한 바람에 이근평은 곧 바로 부연을 만나보고자 거처로 들른 것이었다. 물론 부연이 아닌 소아가 그 자리를 대신하고 있으리라는 생각지도 못하고 있겠지만.

"어려운 걸음을 하시었는데 죄송스럽습니다."

권은 정중하게 사죄를 올렸다. 이근평의 입장도 참 황당할 것이, 아무도 못 만나고 가야 하는 게 아닌가. 권은 도무지 어째서 아내가 자신의 당숙 어른을 피하고 있는 것인지 이해가 가지 않았지만 자신을 믿고 있느냐는 소아의 말이 메아리쳐서 용케 참고 있었다. 어쨌거나 가시면 설명을 해주지 않겠는가. 똑똑한 아내가 허튼짓을 할 리는 없을 테고.

"자네가 죄송스러울 것은 없지. 어쨌거나 내 다시 걸음을 해야겠네."

권은 뭐라고 올릴 말을 찾지 못해 입을 꾹 다물고 고개를 숙였다. 무엇보다 부친인 유 대감보다 더 쌀쌀맞고 분위기있게 생긴 어른은 또 처음으로 접해서 기가 조금 죽어 있었다. 꼬장꼬장한 외모를 가진 어른들은 권에게 어려운 사람들이었다. 워낙 자랄 때부터 부친을 어려워해서이리라.

"가만, 그런데 저게…… 무언가?"

가겠다고 했으면 가시면 될 것을, 방을 자연스럽게 둘러보고 막 나가려던 이근평이 어딘가를 향해 시선을 두고 있었다. 심장이 철렁 내려앉은 권이 함께 고개를 돌렸더니, 아뿔싸! 벽장에 아내를 넣을 때 꼬리를 남긴 모양이었다. 하필이면 치맛자락 끝이 벽장 밖으로 삐죽 나온 채 문이 닫혀 있었던 것이다.

"누가 있는 것인가?"

"그, 그럴 리가 있겠는지요."

권이 학을 떨며 손을 내저었지만 이근평의 매서운 눈초리는 벽장에서 떠나지 않았다. 곧 그의 얼음장 같은 시선이 벽장과 권을 번갈아 노려보았다. 결국 미친 듯 머리를 굴리던 권이 덜컥 입을 열었다.

"사, 사실은 안에 누가 있습니다. 그것이…… 내자(內子) 몰래 기생을 들인 차에……."

"어흠! 어흐음!"

권이 채 말을 끝내기도 전에 이근평이 못 들을 소리를 들은 티를 팍팍 내며 매운 헛기침을 해댔다. 권은 창피함에 온몸에

식은땀이 흘렀다. 기껏 낸 꾀라는 게 이런 것이라 참으로 한심하기 그지없었다. 아마도 벽장 속에서 아내도 자신을 어이없어하고 있으리라. 자신이 아내의 반만큼이라도 꾀를 낼 수 있는 사람이라면 좋으련만.

"뵐 면목이 없습니다."

"어흠! 그만 가보겠네."

이근평은 못마땅한 감정을 역력히 드러내며 찬바람이 쌩쌩일 정도로 매몰차게 몸을 돌렸다. 권은 죄 지은 사람처럼 기가 팍 죽어 이근평을 따라나서 배웅을 했다. 그러나 이근평은 떠나는 순간까지 권을 쳐다보지조차 않았다. 내 네놈의 소문은 진즉부터 들었다! 아니나 다를까, 하는 꼴이 가관이로다! 라는 뜻을 명백히 드러내고서 이근평은 중문을 넘어 사라졌다.

"어허, 또 적을 만들었도다."

권은 혀를 끌끌 차다가 한숨을 흘리고는 방으로 들어섰다. 도대체 자신이 이렇게까지 하지 않으면 안 되게 만든 아내에게 할 말이 많았다. 자신의 죄라고는 대낮부터 어떻게 아내를 안아볼까, 하는 설레는 마음으로 이 방에 든 것밖에 없거늘, 어찌 자신을 이리 당황스러운 처지에 놓이게 만들었는지 따져볼 필요가 있었다.

안으로 들어서 문을 닫으니 소아는 이미 벽장에서 나와 한쪽에 서 있었다. 권은 도포를 휙 소리 나게 치고는 상석에 앉았다.

"앉으시오!"

딱딱한 권의 말에 소아가 천천히 앞쪽에 앉았다.

"도대체 무슨 일인지 알아듣게 설명을 해주어야 할 것이오. 살다 살다 이런 경우는 또 처음이 아니지 않소."

소아는 천천히 자신에게서 떠나는 서방님의 존재를 느꼈다. 물론 민망한 상황을 겪으셨으니 잠시 간의 차가움으로 일관하는 것일 수 있겠으나, 자신을 숨겨주는 순간 소아는 이미 마음의 결정을 하고 있었다. 이제 더 이상 이분을 속일 수가 없었다. 또한 언제 다시 찾아들지 모르는 당숙 어른과 또 여러 가지 불안한 감정들을 더 참으며 살 수 있을지 걱정이었다.

허나 걱정은 걱정일 뿐, 자신이 견뎌내야 할 문제였지만 지금 이 순간 소아를 괴롭히는 가장 큰 감정은 바로 미안함, 죄스러움이었다. 다른 누구도 아닌 서방님에 대한 죄스러움이었다.

무조건 자신을 믿어주고 도와준 그 신뢰를 더 저버리기가 힘이 들었다. 또한 그가 자주 안아주고 손을 잡고 체온을 줄 때마다 그런 죄스러움은 더해갔다. 견딜 수 없는 무게로 변해 소아를 내리누르고 있었다.

"이제…… 진실을 말씀드려야 한다고 생각하옵니다."

"진실이라니요. 알아들을 수 있게 설명을 해야 하지 않소."

"소첩은…… 서방님을 속였습니다."

마른 입술을 축이며 흘러나온 말에 권은 그저 단조로운 얼굴로 소아를 쳐다보고 있었다. 도대체 또 아내가 무슨 말을 하는 것인지 잘 짐작이 되지 않았다. 속이다니, 사실 아내에게 속으며 살고 있다는 것은 이미 알고 있는 사실이 아닌가. 자신을 얼마나 여러 번 속였는가. 예를 들어 삐뚤빼뚤 엉성하게 수놓은 천이 파주댁의 연습용이라는 둥 한 일이 있지 않은가. 또한 아무리 생각해 보아도 투전을 못하는 척한 것도 아내가 자신을 속인 것 같았다. 도대체 어떻게 규방의 여인이 투전에 그런 소질이 있었던 것인지는 추측 불가였지만.

어쨌거나 지금은 그런 아내의 재치와 꾀를 어느 정도는 인정하는 상황이었다. 그랬기에 아내에게는 속아도 좋다는 생각을 하고 있기도 했다.

"속고 속인 것은 중요한 문제가 아니오. 도대체 왜 당숙 어른을 피한 것인지 그것부터 말해주시오."

어진 서방님은, 아니, 순진할 정도로 아둔한 서방님은 자신의 말을 잘 이해하지 못하는 것 같았다.

"소첩이 그 대답을 하지 않고 거짓을 고하면 서방님의 마음은 평온하실 것이옵니다. 허나…… 소첩은 그리 할 수 없을 것 같습니다. 그래서 소첩 감히 진실을 고해 올리겠습니다."

소아는 눈물이 또 날 것 같았다. 권은 고요한 자세로 소아의 말에 귀를 기울이고 있었다. 소아는 입술을 야무지게 깨물고 말을 이었다.

"당숙 어른을 피한 이유는 소첩이 당숙 어른을 만나면 아니 되었기에 그러했던 것이옵니다. 서방님께서는…… 소첩이 만약 소첩이 아니더라도 소첩을 믿고 의지하실 수 있으시옵니까?"

“허어, 그건 또 무슨 말이오. 왜 또 울려 하오. 울지 말고 하고 싶은 말을 하시오. 나는 그대의 남편이오. 처를 감싸주는 것이 바로 남편의 해야 할 일이 아니오. 걱정하지 말고 말하시오. 무슨 일이 있어도 부인을 마지막까지 믿겠소.”

그것으로 되었다고 생각했다. 말을 하기는 쉬워서, 막상 모든 사실을 알고 나면 어찌 마음이 바뀔지 모르는 바였으나 이리 마음을 보여주신 것만도 되었다고 생각했다.

“더 이상은 서방님을 속일 수가 없었사옵니다. 그리 말씀해 주신 것만으로도 소첩은 감사하고 행복합니다. 진실을 아시고 소첩을 관아에 넘기셔도 좋습니다. 소첩은 감히 서방님과 부부의 연을 맺을 자격이 없사옵니다. 나으리……”

갑작스러운 호칭의 변화에 권의 얼굴이 얼떨떨해졌다.

“부인, 또 무슨 장난을……”

“나으리, 이년은 사실 부연 아기씨가 아니옵니다. 이년은…… 부연 아기씨의 몸종입니다. 혼인 전에 부연 아기씨의 신상에 커다란 일이 있어 이년이 부연 아기씨를 대신하여……”

“이것이 무슨 말이더냐!”

벼락처럼 들려온 목소리에 소아와 권의 몸이 동시에 움찔했다. 믿을 수 없는 말을 들은 차에 도무지 정리를 하지 못하고 있던 권도 놀라고, 죽음으로도 덮지 못할 죄를 자신의 입으로 고하고 있던 소아의 몸도 움찔했다. 앞이 깜깜해졌다. 북풍처럼 싸늘한 소리를 터뜨리며 안으로 들어선 사람은 안씨 부인이었다.

"어머님."

권이 벌떡 일어났다. 그러나 안씨 부인은 권을 제지해 버리고 곧장 소아의 앞에 가서 섰다. 노리개가 흔들릴 정도로 안씨 부인의 몸이 흔들리고 있었다.

"정녕 네가 지금 지껄인 말이 사실이더냐!"

소아는 고개를 푹 숙였다. 결국 눈물이 주르륵 흘러내렸다. 두려움으로 흘러내리는 뜨거운 눈물이었다. 그럼에도 마음 한편은 오히려 편해졌다. 그저 쥐 죽은 듯 고요히 살면 살아질 줄 알았다. 그렇게 할 수 있으리라고 자신도 있었다. 허나 세월이 흐를수록 조금씩 변해가는 서방님의 모습은 소아를 잔잔한 수면으로 두지 않았다. 죄스러움이 점점 더해지는 가운데 찾아온 당숙 어른의 소식은 소아를 지옥으로 떨어뜨리기에 충분했다.

그리고 요즘 들어 자신을 옥죄어오는 안씨 부인의 타박 역시 소아를 불안하게 했다. 그저 한 마디를 하여도 심장이 벌렁거려 살 수가 없었다. 모든 것이 곧 들통날 것 같아 하늘이 샛노래진 적이 두 번이 아니었다. 괴로운 삶이었다.

"죽을죄를 졌사옵니다."

소아가 할 말은 따로 없었다. 그저 온몸이 덜덜 떨려 그 한 마디밖에 할 수 없었던 것이다. 고개를 숙이고 있는 소아는 권이 어떤 표정을 하고 있는지 알 수 없었다. 아니, 일부러 짐작을 하지 않았다. 일부러 귀를 닫고 감각을 닫고 있었다.

처음 도무지 소아의 말을 알아듣지 못하던 권의 얼굴은 점점 새하얗게 질려가고 있었다. 그러다가 그저 망연자실한 눈으로 아내, 아니, 아내라고 알고 있던 여인을 내려다보고 있었다. 낯설었다. 어찌 이리 낯설 수가 있는 것일까. 믿음…… 그리도 아내에게 감동했던 부분이거늘 어찌 가장 아내를 사랑하게 된 그 면이 지금 혼탁한 그 모습으로 자신을 시험하고 있단 말인가.

'부인, 장난하지 마오. 농하지 마오. 아니라고 말해주오. 어찌 그리 심한 농을 하시오.'

권은 그렇게 외치고 싶었다. 간절한 마음으로 소아에게 다가가려는 순간 날카롭도록 사나운 목소리가 권을 저지시켰다.

"내 어쩐지 이상하다 하였다. 이상하다 하였어!"

안씨 부인의 날카로운 목소리가 소아의 심장을 콕콕 찔렀다. 안씨 부인은 이근평의 머슴으로부터 주인마님이 며느리를 만나지 못하고 가기에 다음에 다시 오겠다는 말을 전해 듣고는 고개를 갸웃거렸다. 집 안에 있는 아이를 어찌 못 만났다는 것인지. 그리하여 소아의 거처로 찾아왔다가 이런 있을 수도 없는 말을 들은 것이었다.

어찌 이런 일이 있을 수가 있을까. 안씨 부인은 도무지 믿기지 않아 그저 온몸을 부들부들 떨고 있었다. 허나 소아는 앞으로 떨어질 운명을 받아들이는 듯 고요했다. 그리고 권은…… 넋이 나간 사람처럼 여전히 그 자리에 정지해 있었다.

十一章. 임 향한 일편단심이야 변할 줄이 있으랴

죽음마저도 달게 받으리라고 생각했다. 안씨 부인에게 끌려가 출타에서 돌아온 유 대감의 앞으로 내팽개쳐지듯 놓였을 때, 그리하여 그 모든 사실을 이실직고했을 때 소아는 죽음을 예감하고 있었다. 치도곤을 당하여 목숨이 끊어져도 할 말이 없었다.

선처를 바랄 수도 없었다. 권은 어디에 있는지 보이지 않았고 세상 모두에게 버림받을 준비를 소아는 하나씩 하고 있었다. 지금까지 자신을 감싸주던 시아버님이었으나, 유 대감 역시 이런 해괴망측한 일을 용납할 수 없었다. 마치 꽁꽁 얼어버린 강물처럼 차갑고 무서운 표정으로 마지막으로 할 말이 있느냐는 유 대감의 말에 소아는 대답하였다.

"이년 하나 목숨을 내놓는 것으로 주인댁에는 피해가 가지 않기를 바라옵니다. 불가한 일이겠으나 그리하여 주시면…… 죽어서도 은혜를 갚겠사옵니다. 이년의 어미 아비와 동생을 거두어주신 은혜를 갚고자 이년이 나서서 감히 부연 아기씨의 흉내를 내고자 한 것이니 부디 이년을 벌주는 것으로 용서해 주시옵소서."

자신으로 인해 큰 서방님이 혹시나 어미 아비와 동생에게 보복을 할까 그것이 두려울 뿐 다른 것은 하나도 미련이 없었다. 그저 자신의 부족함으로 내쳐졌다고 한들 누가 무어라고 하겠는가. 투기를 하였다고 하든지 아들을 못 낳아 그렇다든지 색질을 하여 그렇다든지, 어떤 훼손도 달게 받을 생각이었다. 어떤 죄명으로든 죽음을 받아들이기로 하였다.

"당장 내 집안을 더럽힌 저 아이를 내치시오. 그리고 부인께서는 이 일에 대해 함구하여야 할 것이오."

허나 유 대감이 한 말은 그런 것이었다. 그저 쫓아내는 것뿐이라니……. 소아는 읍을 하고서 외쳤다.

"아니 되옵니다! 이년을 죽여주셔요! 이년은 감히 죽음으로도 덮지 못할 죄를 저질렀사옵니다!"

"대감, 어찌하시려고 그러십니까. 관아에 고발하여 감히 상전을 우롱한 죄를……."

"그리하여 아버님의 이름을 더럽힐 작정이오? 양가 어른들께서 약조하신 혼사가 이리 일그러졌는데, 온 천지에 소문을 내어 저승에 계실 아버님을 욕보이고 내 가문에까지 먹칠을 할 참이오? 그리하셔야 속이 시원하겠소?"

"허나 죄는 저쪽 집안에서 저지르지 않았습니까? 이대로는 화가 나서 그냥 넘어갈 수 없음입니다!"

"그리하고 싶다면 그리하시오! 세상의 손가락질을 받을 자신이 있다면 그리하시오!"

그놈의 명분 때문에 부연 아기씨 대신 가짜 신부 흉내를 내어 지옥문에 한 발을 들였던 소아였다. 헌데 결국 지옥의 문턱에서 덜미를 잡혀 죽음 바로 직전까지 간 상태에서 살아난 것 역시 명분 덕이었다. 어찌 이런 창피한 일을 세상에 드러낼 수 있느냐는 유 대감의 말로 인해 소아는 목숨은 건지게 되었다. 안씨 부인은 씹어 먹어도 모자란다는 눈으로 소아를 노려보았지만 유 대감은 그저 쫓아내는 것으로 결론을 내렸다.

깜깜한 밤, 며느리로서 살아가던 그 집에서 쫓겨나는 그 순간까지도 권의 모습은 찾아볼 수 없었다. 그러나 소아는 차마 권을 바랄 수 없었다. 오로지 걱정되는 것은 혹여 자신의 일 때문에 서방님의 학업에 또 방해가 되는 것이 아닌가. 그리하여 겨우 펼쳐지려는 나래가 다시 접히는 것은 아닌가. 모든 것이 부족한 자신 때문인 것만 같아 매운 음식이라도 먹은 듯 속이 한없이 아렸다.

어찌하여 서방님께 진실을 고한 것일까. 정말 서방님을 생각한다면 지금 같은 중요한 때에 이런 천지가 진동할 사실을 내뱉지 말아야 하는 것이 아닌가. 그 선한 분께서 배신감에 지쳐 저리 달려 나가도록 만들지는 말았어야 하는 것이 아닌가.

그러나 소아는 진실을 고하기로 선택했다. 결정을 그리 내렸으면 행동에 옮겨야 옳았다. 그리고 모든 혼란을 조금은 정리했을 때, 소아는 자신이 잘한 것이라고 스스로를 위안했다. 당숙 어른께서 눈치를 못 채고 가셨다고, 위기를 넘겼다고 하여 고개를 빳빳이 들고 그분을 계속 속여야 하는가.

소아는 자신에게 당숙 어른이 오신 순간 무엇이 가장 힘든 것인지 깨달은 것뿐이다. 거짓으로 이 자리를 차지하고 앉아 언제 들킬지 모른다는 조마조마함과 싸우며 일신을 지키고자 아등바등하는 것보다, 누구도 아닌 서방님을 속이는 것이 가장 어렵다는 사실을 깨닫게 된 것이다. 무슨 일이 있어도 추호도 한 사람에게만은 진실되고 싶다는 이런 마음, 이게 과연 욕심인 것일까, 아니면 세상을 살아가는 데 있어 필요한 당연한 진리인 것일까.

생각을 끊자, 끊어. 그러나 아무리 노력해도 쉽게 정리되지 않는 이 마음의 방황.

그것이 바로 한 사내만을 향해 시작된 여인의 순수한 감정임을 소아는 아직 깨닫지 못하고 있었다. 오로지 그분께만은 진실을 고하고 싶다는 생각, 지금은 그저 그 바람에 충실할 뿐이었다. 더 깊이 생각하기에 자신이 앞으로 헤쳐 가야 할 삶은 너무나 고단했고 현재 닥친 상황도 정처가 없었다. 오금이 저린다는 표현을 써도 모자랄, 그런 두려움이 가득해 진실로 자신의 마음을 돌아볼 여유가 없었다.

집을 떠날 때, 고래등 같은 기와집은 숨 막히게 고요했다. 일부로 모든 종들이 잠이 든 야심한 시각에 거처를 나온 소아는 파주댁이 직접 열고 선 문을 지나 지금까지 몸을 누였던 곳을 나섰다. 떠나기 전 사랑채에 들러 정적이 도는 마당 한가운데 서서 시부모님을 향한 진심을 담은 정갈한 인사를 올렸으나 영창문은 끝내 열리지 않았다. 빛은 흘러나오고 있었지만 대감마님도 안씨 부인도 모습을 비추지 않았다.

길다면 길었고 짧다면 짧았다고 말할 수 있는 세월, 그동안 대감마님과 안씨 부인은 존경할 만한 시아버님과 시어머님이었다. 특히 유 대감의 깊은 성정과 고매한 인격은 생이 다할 때까지라도 이 가슴에 품고 살아갈 것이다. 그 외에도 자신에게 늘 잘해주었던 동서들, 시숙들……. 가족이었던 그분들께 이제는 마음의 이별을 해야 했다. 적어도, 그렇게 나쁜 삶은 아니었다고, 그렇게 힘겹기만 한 지난 이 년은 아니었다고 소아는 생각했다.

오히려 자신에게는 세상을 넓게 볼 수 있는 기회를 주신 분들이었고, 그 정점에 대감마님과 그리고 권이 오롯이 자리를 하고 있었다.

다만 한 가지 이토록 마음을 붙잡는 처량한 상념이 있다면 서방님의 얼굴을 한 번이라도 보고 갈 수 있었으면, 하는 생각이었다. 그분께서는 다시는 접하고 싶지 않을 자신이겠으나, 차가운 조소를 받아도 좋으니 아직 다 새기지 못한 그분의 얼굴을 한 번이라도 더 새기고 싶었다. 어찌하여 그렇게 자세히 보아두지 않았던 것일까. 어찌하여 늘 남의 자리라고만 생각하여 정말 중요한 그분의 준수한 이마를, 단호한 턱 선을, 수려한 콧날을, 다정한 눈동자를 자세히 보아두지 않았던 것일까.

어쩌면 보고 또 봐도 늘 채워지지 않았던 어떤 갈망, 혹은 보고 있어도 내 낭군이 아니라는 자괴감으로 인해 생긴 끊임없는 그리움이 아니었을지. 정말 내 님이셨으면 좋겠다는 바람으로 정작 충족되지 못한 허전함이 아니었을지.

"아씨…… 서방님께서는 정녕 아씨의 마지막 모습을 보시지 않을 심산이신가 봐요. 나가서 아직 들어오지 않으셨어요. 어찌 그리 매정하실 수가……."

완전히 대문이 닫히는 순간 눈물을 찍으며 건네온 파주댁의 말에 소아는 희미하게 웃었다.

두어라, 어찌 원망할 수 있겠는가. 어찌 서운하다 할 수 있겠는가. 겨우 목숨을 부지하고서 쫓겨난 소아의 신세로서는, 나서서 쳐죽이라 고하지 않은 것만으로도 권에게 감사해야 할 입장인 것을.

'다시는 뵙지 못할 내 님이십니다. 감히…… 서방님을 마음 한자락에 품으려고 했사옵니다. 그리되기 전에 이리 떠날 수 있어 다행입니다. 부디…… 편안하시기를……. 과거에 급제하시

어 나랏일 하시며 그 귀한 이름을 널리 알리시기를……'

이제 본래 자신의 이름인 소아마저 버리고 죽은 듯, 송장인 듯 살아야 했으나 언제까지고 서방님이 자신에게 주었던 정 한 자락과 깊은 마음은 잊을 수 없을 것 같았다.

✳

초가의 흙벽은 군데군데 흙이 떨어져 나가 지푸라기가 드러나 있었다. 짚단으로 만들어진 처마는 겨우 비와 따가운 햇볕을 가릴 만큼이었다. 얇은 종이가 발라진 문을 여니 해묵은 문설주가 삐걱 소리를 내며 열렸다. 소아는 담 옆에 있는 대나무 92)통가리를 들여다보고 있는 파주댁을 향해 말했다.

"뭘 그리 살피세요?"

"아씨, 더 주무시지 않고요. 겨우 93)달구리가 지났는데."

"일어나야죠. 이제부터는 바쁘게 살아야죠."

소아는 희미하게 웃고 있었다. 동그란 눈동자를 도르르 굴리며 호기심에 차 있던 어린 소녀는 어느새 성숙해 있었다. 파주댁은 상전들의 명분 다툼으로 인해 기구한 팔자를 겪고 있는 소아가 가여워 또 눈물을 찍었다. 토단으로 내려섰던 소아는 그런

----

92)통가리: 곡식을 저장하는 곳, 해충방지를 위해 단단한 대나무로 엮고 짚으로 지붕을 얹은 모양
93)달구리: 이른 새벽에 닭이 울 때

파주댁을 보며 희미하게 웃었다.

"그렇게 보지 말아요. 저 가여운 사람 아니에요."

"아이고, 아씨."

"그리고 이제 절 아씨라 부르지 말아요. 아씨도, 무엇도 아닌 걸요. 저는 처음부터 소아였고 앞으로도 소아일 거예요."

파주댁은 권의 집에서 쫓겨나는 순간에도 소아의 곁에서 떨어지지 않았다. 만고 쓸모없는 서방님을 겨우 사람 만들어놓았는데 어떻게 이런 대접을 할 수 있느냐는 말로 분통을 터뜨리며 밤길을 소아와 함께 걸었다. 허나 소아는 대감마님도, 안씨 부인도 원망하고 싶지 않았다. 목숨을 살려준 일도 그렇거니와 자신을 내친 것으로 모든 일을 덮어두어 주신 것까지 고마워하지 않을 수 없었다. 또한 이리 살 거처도 만들어주시고 식량도 한 해를 넘길 정도는 보태주었다. 물론 그때까지 일을 하지 않으면 다음 해부터는 영락없이 쫄쫄 굶어야 했다. 그래서 소아는 언제까지고 넋 놓고 있을 수가 없었다.

"삯바느질이고 품일이고 가리지 말고 할 생각이니 말리지 말아요."

"하이고, 아씨께서는 그저 가만히 계시면 됩니다요. 제가 다 하면 되니."

"어떻게 그래요. 그러지 말고 우리 서로 힘을 합쳐서 견뎌보아요."

소아가 파주댁의 손을 꼭 감싸 쥐자 파주댁이 코를 쿨쩍거리며 눈물지었다.

"그리고 제가 부연 아기씨가 아님에도 이렇게 마지막까지 곁에 있어주어서 고마워요. 정말…… 고마워요."

"누가 뭐라고 해도 아씨는 부연 아기씨 대신으로 그 댁에 들어가 하실 만큼 하셨구먼요. 쇤네는 그저 아씨를 아씨로만 생각할 겁니다요."

소아는 자신을 이리 위해주는 파주댁이 진심으로 고마웠다. 반상의 구분이란 본디 피로 나뉘는 것인데, 한낱 천한 피를 타고난 자신에게 이런 의리를 보여주는 것이었다.

소아는 파주댁의 헝클어진 머리와 나무 비녀를 바라보았다. 자신도 전처럼 귀한 패물을 할 처지도 아니라 삼베 저고리에 해어진 짚신을 신고 있었지만 파주댁의 허술한 입성을 보니 코끝이 찡해졌다. 어떻게든 자신이 어떤 일이든 가리지 않고 일을 해서 파주댁의 배를 곯는 일은 없게 해주고 싶었다. 어차피 못하는 일을 시작하는 것이 아니었다. 전에 하던 일을 다시 이어가는 게 아닌가.

한바탕, 봄의 꿈이라……. 꿈이 깨어버린 지금, 비록 고단하고 괴로웠지만 꿈을 꾸는 동안에는 행복했었다.

권은 믿을 수 없는 사실에 망연자실해 있었다. 며칠 만에 돌아와 가장 먼저 한 일은 아내를 찾는 것이었다. 그러나 그는 현재 아득한 눈길로 사랑채 너른 마당에 꿇어앉아 있었다.

"살려서 내보낸 것만도 다행으로 알아야 할 것이야."

안씨 부인은 유 대감의 옆에 앉아 냉랭한 소리로 일관하고 있었다. 권은 도무지 어머님의 말씀을 믿을 수 없었다. 아니, 아버님의 처사에 더욱 실망했다. 어머님께서는 그리하실 수 있는 분이라고 해도 아버님은 본디부터 다른 분이라고 믿고 있었다. 제아무리 그 경중을 따질 수 없을 만큼 천인공노할 일이라고 해도 이리 빨리 모든 것이 끝나 버렸으리라고는 생각지 못했다.

권은 그제야 자신의 무지(無知)가 얼마나 큰 것인지 깨달을 수 있었다. 혼란스러운 마음을 가눌 수 없어 그 길로 술에 절어 살았지만, 돌아오면 조금은 가라앉은 상태에서 아내와 깊은 이야기를 해볼 수 있으리라는 생각을 한 것이다. 아무것도 모르고서 안일하게 대처를 해버렸다. 자신이 생각할 수 있는 깊이가 이 정도밖에 안 되다니…….

처음에는 그저 꿈만 같았다. 아니, 도대체 아내가 무슨 말을 하는 건지 알아들을 수가 없었다. 머리로는 이해가 되는데 가슴으로 받아들여지지가 않았다. 자신이 아내에게 가장 기댔던 것이 바로 '신뢰'였다. 아내라면 무조건 믿었고, 그 신뢰로 인해 아내를 존경하는 마음까지 갖고 있었다. 그런데 바로 그 '신뢰'가 깨진 순간 권의 머릿속은 텅 비어버렸다.

마치 자신이 두꺼운 얼음 속에 갇힌 것 같은 심정이었다. 무언가 어른거리며 바깥이 보이기는 하는데 얼음벽이 너무 두꺼워 도무지 잘 알아볼 수가 없었다. 세상 모든 것이 싸늘하게 얼어버려서 추워서 미칠 것 같았다. 냉기는 자꾸만 심장을 바짝바짝 조여와 금방이라도 숨이 멎어버릴 것 같았다. 저 얼음 밖에서 아내가 웃으며 서 있는데 얼어버린 팔이, 몸이 움직여 주지 않았다. 그렇게 몇 날 며칠을 술에 절어 지냈다.

그리고 천천히 눈을 떴을 때, 권은 두꺼운 얼음에 비치는 햇살을 느낄 수 있었다. 그것은 너무나 포근하고 따뜻한 느낌이어서 쬐고 있는 것 자체로도 기분이 좋아졌다. 몸이 서서히 녹기 시작했고 그렇게나 심장을 얼리려고 아우성치던 몸서리치게 차가운 물의 온도도 천천히 올라갔다.

그 온기의 정체는 바로 아내가 은은하게 웃는 모습이었고, 골몰하게 생각에 잠긴 모습이었고, 눈동자를 또르륵 굴리던 귀염성있는 모습이었고, 입술을 삐죽 내밀고 고집을 피우던 모습이었고, 파르르 떨며 자신의 품에 안겨 있던 그 애틋한 모습이었다.

미친 듯 아내의 향기가 그리워졌다. 너무 늦은 것이 아니기를 바라며 정신없이 달려왔다.

뒤늦게야 깨달았다. 자신이 아내에게 기댄 것은 '신뢰'니 '존경'이니 하는 거창하고 묵직한 의미가 아니었다는 것을. 자신은 그저 어느 순간부터 아내가 사랑스러웠던 것뿐이다. 아무리 허울 좋은 말로 치장을 한다고 해도, 자신이 아내를 바라보았던 눈에 담긴 것은 신뢰니 하는 그런 고리타분한 감정들이 아니었다. 도대체 왜 꾸미려 했을까. 왜 자신의 안에서 일어나는 감정의 변화를 인정하지 않았던 걸까. 그저 안고 싶었고, 입 맞추고 싶었고, 그 입술에 진한 애정을 표현하고 싶었고, 어깨를 떨면 안아주고 싶었고, 얄미운 말을 톡톡 하면 꼭 끌어안아 눕혀 버리고 싶었다. 그게 다였다. 착각을, 지독한 착각을 한 것이다.

실로 중요한 것은 그러한 아내가 자신에게 진실을 말해주었다는 것인데, 모든 것이 무너질 수 있는 혼란을 무릅쓰고도 진실을 알려준 것이었는데, 자신을 믿은 것이었는데, 자신에게 의지를 한 것이었는데 정작 자신은 그 자리를 지켜주지 못했다. 아내가 자신을 믿은 만큼 자신은 아내를 믿지 않은 것이다. 이렇게 한심한 인간이 세상천지 어디에 있단 말인가.

자신은 투전판에 정신이 팔려 왈자라 불린 게 아니었다. 과거를 치르지 않아 한량으로 불린 게 아니었다. 사내로 나서 가장 기본적으로 지켜야 하고 가지고 있어야 하는 신중함이 없어서, 지긋함이 없어서, 미더움이 없어서 왈자라 불린 것이다. 한량이라 불린 것이다. 그러한 사상누각의 상태로 아내를 얻고, 아내에게 떠밀려 학문을 한답시고 주책을 떨다가 그나마도 못해 산사에서 내려오고, 성균관에서 최선을 다한다 스스로에게 잘난 척을 하다가 또 실패를 해서 결국 아내에게 실망을 안겨주었다.

내가 실패를 한 것은 그 누구의 탓도 아닌 나만의 탓. 결국 내가 한심하고 기본이 서지 않아 모든 걸 망쳐 버린 것이다. 그러나 그런 나의 한심함을 탓하지 않고 오히려 감싸준 사람이 누구였는가. 다독여 준 사람이 누구였는가. 진실로 사랑하고 싶다는 마음이 들게 한 사람이 누구였는가. 그럼에도, 그런 부족한 나였음에도, 믿고 의지해 준 가장 소중한 사람이 누구였는가. 그런 소중한 이를 놓쳐 버린 사람은 또 누군가. 오로지…… 나, 내 부족함 때문에.

한심하다, 한심하도다.

권의 심장이 타 들어갔다. 어떻게 속죄를 해야 이 죄스러운 마음을 아내에게 고할 수 있을지, 표현할 수 있을지 미칠 것만 같았다. 자신이 없는 사이에, 남편도 없는 집을 나섰을 때의 아내는 어떤 심정이었을지. 보지 않았음에도 떠오르는 아내의 야윈 어깨 때문에 가슴이 한없이 아렸다.

애틋함, 죄스러움, 안타까움, 슬픔이 한데 어우러져 권을 온통 고통스럽게 찔러댔다.

울었소? 그대는 눈물을 흘렸소? 이리 한심한 지아비는 그대에게 눈물밖에 줄 줄 모르는 사람인가 보오. 어찌하면 좋소, 그대는 대체 어디로 간 거요. 어디에서 홀로 떨고 있는 거요.

"하오나 아버님, 이미 제 댁으로 살아온 사람이고 한 가족으로 받아들여 온 사람이 아니었사옵니까."

유 대감은 지금껏 한 마디도 하고 있지 않았지만 권은 유 대감에게 매달리고 있었다. 어머니의 냉랭한 눈초리를 두고는 아무것도 기대를 할 수 없었다. 무심한 듯 앉아 계시는 아버님이야말로 그 인격을 봤을 때, 그래도 부부로 살아온 두 사람이니 자신들을 금방 갈라놓지는 않으실 것이라 생각한 것이다.

"첩으로 삼았다고 하여도 그 천한 태생을 용납할 수 없거늘, 어찌 하늘을 속이고 거짓으로 감히 유씨 문중을 희롱한 계집을 가족이라 칭할 수 있느냐? 네가 정녕 정신이 나간 게냐!"

안씨 부인은 계속해서 권의 말을 매몰차게 쳐내고 있었다.

"남 보기 부끄럽다. 누구라도 알까 수치스럽다. 아직 누구도 알지 못하는 사실이니 이제 입에도 올리지 말거라!"

"소자는 그리할 수 없사옵니다! 신분이 어떠하든 이 못난 소자가 믿어온 사람이고 처입니다!"

"지금 믿었다고 하였느냐? 처음부터 모든 것이 기만이었음인데 무엇을 믿고 말아! 어찌 저리 한심스러울 수가 있을까. 쯧쯧."

권과 안씨 부인 사이의 설전은 점점 악화되고 있었다. 여전히 유 대감은 외면한 채 권을 돌아보지 않았다. 아무런 동아줄도 없음을 점점 깨닫고 있었다. 이대로 모든 것이 끝나야 한다는 사실밖에는.

"소자가 신분을 버린다면…… 가능하겠습니까. 저리 하루아침에 내쳐진 여인을 처로 다시 맞을 수 있는 것이옵니까."

힘없이 흘러나온 권의 말에 안씨 부인이 기겁을 하였다. 그때 유 대감이 찌푸린 얼굴로 천천히 입을 열었다.

"못난 놈."

권은 흙바닥을 움켜쥐고서 고개를 푹 숙였다. 유 대감이 건조

한 어투로 말을 이었다.

"네놈이 한 번 정을 주면 쉽게 고개를 돌리지 못한다는 것은 알고 있다. 허나 죄를 지은 그 아이에게 이 이상의 아량도 관용도 베풀 수는 없느니라. 정녕 원하는 게 무엇이더냐. 이 길로 그 아이를 다시 잡아다가 관아에라도 끌고가야 포기를 하겠느냐!"

"아버님!"

"거짓 혼례를 올리는 것의 대가가 제 어미 아비의 면천이라 했느니라. 그 아이의 어미 아비까지 잡아 함께 관아에 넣어야 정신을 차리겠느냐."

권은 처음으로 가슴이 타 들어가는 슬픔을 맛보고 있었다. 안씨 부인은 칠칠치 못한 모습을 보여주는 자식을 보다 못해 벌떡 일어나 사랑채를 떠나 버렸다. 유 대감은 장죽의 끝을 바라보고 있다가 영창문에 손을 뻗었다.

"신분을 버리는 것이 쉬울지, 무언가를 지킬 수 있는 힘을 얻는 게 쉬울지 그것은 네놈이 결정할 일이다."

탁!

영창문이 닫혀 버렸다. 권은 천천히 고개를 들었다. 그의 눈동자가 잘게 흔들리고 있었다. 아버님의 저 말씀이 무엇을 의미하는 것인가. 그러나 이미 닫혀 버린 문은 더 이상의 언질을 주지 않겠다는 뜻이 분명했다. 알아서 그 해답을 찾으라……. 권은 흙바닥을 딛고서 천천히 일어서고 있었다.

소아는 닥치는 대로 일을 했다. 사대문 밖에서 거처하고 있다고는 하나 혹시 모를 이목이 있을까 봐 바깥으로 나다니는 일은 하지 못했다. 그저 파주댁이 일거리를 가지고 오면 밤이 새서라도 삯바느질을 하고 대가 댁 마님의 의복을 지었다.

파주댁 역시 남의 집 품일을 하고 농사를 짓는가 하면 소아와 함께 삯바느질을 하고 의복을 지었다.

큰 서방님조차도 다녀가지 않는 것을 보니 자신의 처지가 전혀 알려지지 않았을 지도 모른다는 생각이 들었다. 아니라면 그 성격에 가만히 있을 분이 아니기 때문이었다. 어쩌면 대감마님은 이 일을 그대로 묻어버릴 생각인 것인가. 궁금하기도 하고 불안하기도 하여 밤잠조차 이루지 못했지만 소아로서는 어떤 것도 짐작할 수 없었다. 그리고 그 후로는 서방님도 전혀 볼 수 없었다.

그렇게 달포쯤 지났을 때였다. 초췌한 얼굴로 사립문을 닫던 소아는 저편에서 어떤 인기척을 느끼고 소스라치게 놀랐다. 겉으로는 드러내지 않았지만 그 순간의 떨림을 어떻게 설명할 수 있을까. 쳐다보자마자 담 옆으로 숨어버린 그림자였지만 그것이 누구의 것인지는 짐작할 수 있었다. 문득 언젠가 집에 들어오지도 못하고 담 밖에서 서성대다가 저렇게 똑같은 모습으로 숨었던 그때의 서방님이 생각나 웃음이 설핏 나려고 했다.

그러나 소아는 지금 그를 감히 마주할 수 없었다. 어떤 생각을 하고 예까지 오신 건지는 모르겠으나, 자신이 서방님이라도 그 상실감과 허탈함을 받아들이기는 힘이 들 것이 분명하리니. 그럼에도 예까지 찾아와 주신 것 하나만으로 가슴 한구석이 한없이 설레고 따뜻해지는 이런 감정을 어찌 설명해야 할지.

하지만 소아는 그런 권의 모습을 전혀 눈치 채지 못한 사람처럼 안으로 들어가 버렸고 불을 꺼버렸다.

이년을 아직도 기억해 주고 계신다면 그것만으로도 감사합니다. 감히 바랄 수 없는 호강을 누리는 것 같아 그 마음만으로 끝이어야 한다고 생각합니다. 감히 서방님께 찬 서리를 맞추는 이년을 용서하셔요.

사립은 닫혔지만 서성이는 발자국은 제 갈 길을 찾지 못하고 있었다. 사실 권은 벌써 며칠 전부터 소아의 초가집 근처를 서성이고 있었다. 마음을 다잡아 글공부를 하려고 해도 자꾸만 떠오르는 환영이 그를 미치게 했다. 그는 서책을 채 덮지도 못한 채 달려나와 이렇게 서성대고 또 서성댔다.

남루한 차림의 아내를 보는 순간 가슴이 울컥했다. 지켜주지 못한 마음은 먹구름처럼 한 데로 몰려 금방이라도 세찬 비를 뿌릴 것 같았다.

그대는 어찌 이리 이 내 마음을 모르시오. 아무것도 모르고 살던 내게 심장을 주고 어찌 홀로 뛰라 하는 것이오. 살아가라 희망을 주고 어찌 차디차게 식게 하시오. 내 심장을 가져가고서 어찌 더운 피를 주지 않는 것이오. 고독 속에서 외로이 시들게 하는 것이오.

언제나 그 자리에 있을 줄 알았기에 소중한 것을 몰랐다. 갑자기 들은 천지가 진동할 소리에 놀라 잠깐 넋을 놓았더니 그사이에 손가락 사이로 스르르 빠져나가 버리고 말았다. 아내가 떠나고 난 후에야 자신이 얼마나 아내에게 의지를 했는지 깨달을 수 있었다. 곱지 않은 얼굴이라도, 사랑스러운 새살거림은 눈을 씻고 봐도 찾아보기 힘들지라도 아내가 곁에 있는 것 자체만으로도 행복했던 시절이 있었음을. 언제나 자신을 믿고 바라보고 있는 아내가 있었기에 조금씩 무언가를 시작할 용기를 얻었음을.

진정 괘념치도 않고 떠나 버린 것이다. 아니…… 지켜주지 못해 이리 고단한 삶을 살게 해버렸다. 곧 찬바람이 부는 시절이 다가오거늘…… 얼어버린 손과 발은 누가 따뜻하게 잡아준단 말인가.

소아도 불을 끈 채 잠을 이루지 못하고 있었다. 소리는 들리지 않았지만 느낌으로 알 수 있었다. 스스로 생각해도 신기할 정도로 사립 밖에서 서성이고 있을 서방님의 온기가 느껴졌다. 그 체취가 남루한 창호지를 통해 흘러들고 있었다.

허나 절대 돌아보지 말아야지. 절대 돌아보면 안 되므로.

꽃 같은 내 님입니다. 바람 같은 세월입니다. 강물 같은 운명입니다. 바람에 휘말려 강물에 떠내려가 내 단 하나의 꽃님을 만났습니다. 허나 제 스스로 그 꽃을 꺾어버렸으니 어찌 감히 눈을 똑바로 떠서 쳐다볼 수 있겠는지요. 차라리 눈이라도 멀어 버렸으면 좋겠습니다.

감은 소아의 눈시울이 뜨거워지고 있었다. 숨죽여 흘러내리는 눈물은 숨 쉬기조차 힘겹게 만들었다. 허나 혹시라도 이 소리가 얇은 창호지를 통해 밖으로 새어나갈까 소아는 입술을 꽉 깨물고 있었다.

차라리 처음부터 무정한 님이셨으면……. 제아무리 용을 써도 돌아보지 않는 무심한 분이셨으면 이리 아프지도 않을 것을.

산모롱이(산모퉁이의 휘어둘린 곳)에는 며칠 전에 내린 눈이 채 녹지 않았는데 하늘은 다시 눈을 뿌릴 기색을 보이고 있었다. 소아는 성글게 짠 베옷을 여며 파고드는 겨울바람을 막고서 정주간으로 향했다. 멀리 보이는 산은 마치 추위에 맞서고 웅크린 커다란 덩치의 짐승과도 같았다. 이제 동장군이 성화를 부리면 그나마 볕 좋던 날의 한가닥 여유마저 사라질 것이니.

곡식은 날이 갈수록 바닥을 드러내고 있었고 일거리는 점점 줄어갔다. 소아와 파주댁은 그나마 아침 잣죽, 저녁 깨죽으로 옹색한 끼니를 때우고 있었다. 살이 한참 올라 뽀얗게 변하던 소아의 얼굴은 다시 야위어갔고 움푹 들어간 눈에서는 생기가 사라진 지 오래였다.

그리움으로 하루를 연명하고 괴로움으로 이튿날 아침을 맞는 것이 생각보다 쉽지 않았다. 새벽마다 누가 놓고 간 것인지 알 수 있는 곡식이 사립 안에 들어 있었지만 소아는 한 번도 그것에 손을 대지 않았다. 파주댁도 소아의 마음을 알기에 주린 배를 끌어안을지언정 받자는 말을 하지 않았다.

한 번은 파주댁을 붙들어 패물을 쥐어준 일도 있다고 했다. 소아가 그렇게 억울해하던 쇠고기를 안기고 간 날도 있었고 그 귀한 흰 쌀을 놓고 간 일도 있었다. 그러나 그때마다 파주댁은 마다했고 소아는 그런 파주댁에게 고마웠다.

어찌하여 서방님께서 여전히 마음을 잡지 못하고 저리 이 주위를 오가는 것인지.

다정(多情)도 병이라……. 소아는 오로지 서방님이 가엾고 안쓰러울 뿐이었다.

그렇게 곡식을 놓고 갈지언정 한 번도 모습을 드러낸 적 없이 뒤로만 떠돌던 권이 갑자기 소아의 앞에 나타난 것은, 소아가 물을 길어오던 어느 오후였다.

“부인.”

여전히 자신을 그 호칭으로 부르는 권의 안색도 파리해 있었다. 소아는 일부러 놀란 마음을 드러내지 않고 용케 다잡고는 차가운 눈으로 그를 스쳐 지나갔다. 파주댁이 없는 사이 들이닥친 권은 그날은 물러서지 않았다. 물동이를 널마루에 내려놓은 소아의 손목을 틀어쥔 권이 정주간으로 소아를 끌고가 애처로운 눈으로 그녀를 바라보았다.

“어찌 이러셔요! 누가 볼까 두렵습니다. 어서 가셔요!”

소아는 매몰차게 그 손을 털어냈다. 그저 부연 아기씨의 인연 되실 분이라고만 생각하고 살았기에 잔정 따위 없으리라 생각했다. 늘 삐뚤게만 나가는 철없는 부잣집 도령이라고만 생각했기에 덧정도 남을 게 없으리라고 생각했다. 허나 볼 수 없다고 생각하니 애틋한 마음이 드는 이것이 바로 잔정이요, 덧정이 아니고 무어란 말인가.

그러나 소아는 자신의 마음을 꽁꽁 싸맨 채 보이지 않았다.

"사람들을 부를 것이옵니다. 대감마님께서 아시면 경을 칠 일이옵니다."

"누가 뭐라고 해도 그대는 내 각시였소. 어찌 이리 무정할 수 있단 말이오!"

"참으로 성인군자시옵니다. 차라리 이년을 잡아다 동헌에 고발을 하셔요. 그것이 오히려 이년 마음이 편할 것 같습니다."

"어, 어찌……."

"독한 년입니다. 이렇게 독할 수 없는 년입니다. 그리했으니 그런 어마어마한 일을 하여 서방님을 기만한 것입니다."

"부인의 죄는 없소. 중요한 것은 부인이 내게로 왔다는 것이 아니오!"

"신분이 틀립니다. 감히 바라볼 수 없는 분이십니다."

"도대체 신분이 무엇이오? 진심보다 더 중요한 것이 신분이란 말이오?"

절절하게 외치는 권의 말을 소아는 끝까지 외면했다. 가슴이 철렁 내려앉았지만 못 들은 체했다. 실상 굽이굽이 말속에 있는 그 모든 것이 고마웠지만 그런 마음을 지워 버려야 했다. 그저 서방님께서 가시고 나면 한바탕 울리라. 울어버리리라.

소아는 겨울바람보다 더 차가운 눈으로 칼끝처럼 권을 노려보았다.

"참으로 딱하신 분입니다. 차라리 이년을 탓하고 벌을 주셔야 할 분께서 참으로 정도 많으십니다. 그리 이년의 기세를 살려주시니 이년, 감히 서방님께 한말씀 드리겠습니다. 다시는 오지 마셔요. 그나마 입에 풀칠하며 독한 세상 모질게 살아가려 하는데 서방님께서 이리 드나드시면 이년, 그마저도 못하게 됩니다. 이년은 죽고 싶지 않습니다. 이리 이기적인 년입니다. 그러니 다시는 발걸음 마셔요."

내비치고 싶은 마음은 꽃이 핀 줄기였으나 대신 가시가 잔뜩 달린 줄기로 권을 아프게 쳐버렸다. 소아는 다시는 자신을 찾지 말라 당부하고 몸을 돌렸다. 순간 권이 소아를 돌려세워 와락 안아 입술을 짓이기듯 눌렀다. 소아는 미친 듯 그런 권을 뿌리쳤다. 그러나 소아의 여린 힘을 속박한 권은 엄청난 힘으로 다시 소아를 끌어안고 가둔 채 입술을 덮어왔다.

그것은 진정 사내의 힘이었다. 일순간 두려움이 일 정도로 급하고 열정적이고 뜨거웠다. 포악하기도 했고 간절하기도 했고, 사정을 봐주지 않는 듯 거칠기도 했고 제발 받아달라는 듯 눈물 짓게 만들기도 했다. 결국 소아의 몸이 마치 녹아내리듯 권의 품으로 잦아들었다.

권은 반항하지 않는 소아를 안은 채 끊임없이 소아의 입술을 탐닉했다. 애틋함과 열기가 한데 뒤엉켜 어쩔 수 없는 열정을 만들어냈다. 권은 자신의 품에 완전히 갇힌 소아를 소중하게 보듬고서 입술의 힘을 늦추었다. 폭우처럼 거칠게 시작된 입맞춤은 그렇게 아이 어르듯 잔잔하게 잦아들며 한참이나 더 지속되었다.

얼마를 그렇게 서로의 감정을 녹여 마셨을까. 권은 천천히 소아의 몸을 놓아주었다. 순간 권의 눈동자가 흔들렸다. 소아의 눈망울이 젖어 있었다. 그렁그렁 맺힌 눈물이 눈을 깜빡이는 순간 뚝뚝 떨어져 내렸다.

"나는……."

권은 자신이 소아를 놀라게 한 것이라 생각하여 말을 잇지 못했다. 소아는 얼른 고개를 돌려 눈물을 닦아내고서 고개를 저었다.

"심려치 마셔요. 그저…… 놀랐을 뿐입니다."

"부인……."

소아는 천천히 고개를 들어 권을 쳐다보았다.

"그리 부르시면 아니 돼요. 몇 번을 말씀드려야 아시겠어요. 저는 서방님께서 강제로 이끄시면 따를 수밖에 없습니다."

"그렇게 말하지 마오. 가슴이 아파요."

"진정 이년을 취하시고 싶다면 명분을 만들어오셔요. 서방님께서 어떤 결정을 내리셔도 모두들 수긍하고 따를 수밖에 없는 위치에서 이년을 안으셔요. 그것이 제가 드릴 수 있는 마지막 말입니다.”

권이 천천히 손을 뻗어 소아의 뺨을 쓰다듬었다. 야위고 볼품 없는 그 뺨이 어찌 이리 애틋할 수 있을까. 권의 눈동자가 이전과 다르게 진지함으로 빛나고 있었다. 어둡게 가라앉는 것이 아닌, 빛을 담고 있었다.

“그리할 것이오. 마지막에 그대의 손을 잡을 수 있다면 내 더운 피까지 모조리 버리겠소.”

“버리라 함이 아니옵니다. 취하라 말씀드리는 것입니다.”

아주 힘이 없어 보이는 사람이었으나, 그것이 바로 아내라는 여인이었다. 권은 이미 그것을 느끼고 있었다.

“강계(江界)는 인삼과 담비가죽이 자랑이오. 담양(潭陽)은 채색 상자, 동래(東萊)는 담배 기구라 하옵니다. 경주(慶州)의 수정, 해주(海州)의 먹과 보령(保寧)의 벼루는 팔도에서 소문난 귀한 재물입니다. 허나 지금 이년에게는 서방님만이 귀하고 귀한 자랑거리입니다. 실망하지 않게 해주셔요. 다시 찾아오시면 그때에는 구정물 세례를 할 것이옵니다. 진심이어요.”

소아는 자신의 뺨을 어루만지고 있는 권의 손을 털어내듯 고개를 돌리고서 밖으로 향했다. 권은 아련한 눈동자로 그 자리에서 있었다. 나무문이 삐그덕 소리를 내며 열리려는 순간 권이 낮은 소리로 말했다.

“내, 부인을 찾으러 오리다. 그리하면 그때에는 받아주시겠소?”

“기다리겠습니다. 허나…… 힘에 부치시면 오지 않으셔도 좋습니다.”

문이 닫혔다. 권은 한동안 어두운 그 자리에서 움직이지 못했다.

✻

어떻게 넘길까 했던 추운 계절이 지나가고 연둣빛 바람이 불었다. 연둣빛 바람은 금세 녹음을 살랑살랑 흔드는 시원한 바람으로 바뀌었다가 뙤약볕으로 농군들의 이마에 땀방울을 적셨다. 황금빛 들판에 곡식이 야물게 익어가고 추수를 하느라 땀에 번들거리는 농군들의 얼굴에 웃음이 가득했다. 타작이 끝난 텅 빈 밭을 쓸고 지나가는 바람에 찬 기운이 서리더니 그 노랗던 들판이 하얀 눈으로 뒤덮였다.

계절은 몇 번이나 같은 모습을 주기적으로 베풀어주었고, 사람들은 사계절에 맞추어 살아가고 있었다. 소아도 오로지 한 가지를 바라며 궁핍한 삶을 견뎌갔다. 목숨이 붙어 있는 한, 살아지는 것이니 무엇을 탓하고 무엇에 조바심을 내겠는가. 그럼에도 단 한 가지, 조바심이 나는 것은 임을 향한 마음이라…….

언제고 서방님이 다시 오면 진정 구정물을 쏟아 부으리라. 그리 모질게 다짐하고 있었건만, 몸 사리는 것으로 유명하신 서방님은 이후 찾아오지 않았다. 달이 뜨는 밤이면 장독에 정한수를 떠놓고 오로지 임 잘되시기를 기원하고 또 기원하였다. 밝은 달빛은 소아의 야윈 뺨을 보듬어주듯 쓸어주며 빛 가루를 뿌려주곤 했다. 오로지 달만이 의지처였고, 파주댁만이 마음을 주고받는 유일한 사람이었다.

그렇게 세 번의 해를 보낸 어느 날 소아는 섬돌에 놓인 가죽신을 보고 심장이 콩닥콩닥 뛰었다. 드디어 오신 것인가.

반가운 마음에 평상심을 잃고 문을 열었을 때, 안에 있는 사람은 슬프게도 서방님이 아니었다. 그러나 그 나름대로 소아는 갑작스러운 인물의 방문에 심장이 덜컥 내려앉았다.

"무얼 하고 있는 게냐. 들어오지 않고."

냉랭한 소리를 쏘아대는 인사는 다름 아닌 큰 서방님이었다. 소아는 이루 말할 수 없는 상실감을 누르며 안으로 들어섰다. 기다리는 것은 이리도 고통스러운 것이었던가. 그것도 모르고서 큰 소리를 떵떵 쳐냈더니 오히려 기다림이 자신을 비웃는구나. 어찌 된 일인지 눈물이 날 것 같았다.

그때 차라리 붙잡을 것을. 서방님 하자시는 대로 못 말리는 척 따를 것을. 잊으셨으면 어쩌나. 언약 같은 것 따위 벌써 기억 저편으로 밀어버리셨으면 어쩌나.

"이렇게 허무한 일이 있을 수가 있느냐. 내 너의 소식을 근래에나 알았으니 이것이 가능한 일이란 말이냐!"

대뜸 성부터 내는 큰 서방님이었다. 소아는 언젠가 한 번은 부딪쳐야 할 일이었기에 마음을 단단히 먹고 있었다.

"그 댁에서 문이고 입이고 꽁꽁 걸어 잠그고 있었으니 그것은 그럴 수 있다고 해도 발 달린 네가 어찌 내게 이리 입을 다물고 있을 수가 있더란 말이냐!"

펄펄 뛰는 낯짝이 꼭 성난 소 같았다. 소아는 더욱 살이 쪄서 뒤룩뒤룩 굴러갈 것 같은 큰 서방님의 기름기 도는 얼굴과 잘난 풍채를 슬쩍 보았지만, 여전히 입은 꾹 다물고 있었다.

"내 너에 대한 걱정 때문에 하루도 바늘방석이 아니었던 날이 없었거늘!"

그런 것치고는 너무나 혈색이 좋으신 것 아니옵니까.

"그 댁에서 아무런 말도 하지 않으시기에 내가 먼저 찾아갈 수 없으니 어서 네년이 이실직고 하여라. 쫓겨난 지 벌써 삼 년이 지났다고 하니, 그동안 어떤 일이 있었는지 제대로 말해야 할 것이야!"

"드릴 말씀은 없사옵니다."

"뭐, 뭐시라!"

"설명을 원하시면 설명해 드릴 수는 있으나, 어른들께서 함구하시라 한 것이 분명하니 이년 또한 입을 다물겠사옵니다. 큰 서방님께서 어찌 이년의 처지를 알아내시어 찾아오셨는지는 모르겠으나, 큰 서방님의 말씀을 들어보니 대감마님도, 노마님도 가짜 혼사를 결코 들추지 않으신 것 같사옵니다."

“그, 그렇다면 모두들 알아챘더란 말이더냐! 들킨 것이냐! 어찌 된 것이냐!”

“이년이 이런 신세가 되었다면 당연히 들킨 때문이겠지요. 허나 들통날 일이 결국 들통난 것일 뿐이라고 감히 생각하옵니다.”

“네, 네년이 지금 목숨을 내놓고 싶은 게로구나!”

“이년의 가치없는 목숨은 도대체 몇 개이관데 이리저리 이년의 허술한 목숨 줄을 붙들고 그리들 닦달을 하시는 것이옵니까.”

큰 서방님은 말문이 막혀 당장이라도 뒤로 넘어갈 것 같았다. 소아는 부연 아기씨의 오라비 되시는 분이라는 생각을 하고 또 하면서 올라오는 울분을 내리눌렀다.

“만약 이 일이 세상에 알려질 시에는 이년의 목숨 하나만 끊기는 것이 아니옵니다. 그러니 큰 서방님께서는 이 이상 언행을 자제하시고 돌아가셔요. 굳이 그 댁에서 숨겨주신 일을 들추어 덧내려 하실 마음이 아니시라면.”

“감히 네년이…… 내게 이래라저래라 명을 내리는 것이냐!”

“감히 어찌 그럴 수 있겠는지요. 이년은 그저 합리적인 방안에 대해 서방님께 말씀을 올리는 것이옵니다.”

“오냐, 네년이 그런 식으로 다 된 밥에 재를 빠뜨렸구나. 그따위로 행동을 하여 어른들의 눈 밖에 나 쫓겨났구나. 제 서방 마음 하나 못 잡고 그 자리마저 지키지 못했구나.”

소아는 그저 묵묵히 입술을 꼭 깨물었다.

“그리 거두어 살게 하고 네년 어미 아비를 진정으로 생각해 주었더니 이리 은혜를 원수로 갚는구나. 어디, 그 잘난 입방정 이 언제까지 갈지 두고 보자꾸나! 내 무슨 일이 있어도 네년의 방자함만은 용서하지 못할 게야! 잊지 못할 게야!”

큰 서방님은 자신의 화를 소아에게 전부 풀어내고 있었다. 뒤 늦게 알게 된 소아의 소박 사실에 간담이 서늘해진 것이다. 죄를 지었으니 벌이 두려운 것은 당연할 터, 지금까지 감쪽같이 모르고 있었던 사실 때문에라도 더욱 조바심이 난 것이다. 그리 하여 이렇게 더욱 자신을 닦달하고 있는 것일 테니.

“파리 목숨보다 더 가벼운 것이 종년들 목숨이니라. 알고서 그리 입방정을 찧느냐!”

큰 서방님의 으르렁거림은 점점 거세지고 있었다. 소아는 고개를 숙인 모습 그대로 천천히 눈을 감았다. 부연 아기씨를 위해서라면 언제까지고 무슨 일이든 하고 싶겠으나, 이분을 위해서는 그리하고 싶지 않았다. 그리 생각하며 마음을 다잡고자 하였으나 눈물이 핑 돌았다.

“어흠!”

그때였다. 밖에서 기척이 들리어와 소아는 천천히 고개를 들었다. 큰 서방님도 때아닌 헛기침 소리에 화들짝 놀라 밖을 살피는 기색을 보였다. 소아는 또 무슨 일인가 하여 천천히 자리에서 일어났다. 큰 서방님은 체면이 체면인지라 구석으로 숨었으나 소아는 그 체면 따위 전혀 고려해 주지 않고서 문을 열어

버렸다.

청삼을 떨쳐 입고 번쩍이는 [94]삽금대(鈒金帶)를 허리에 찬 이분이 누구신가! 청·홍·황 삼색(三色)의 가화(假花)를 단 [95]어사화를 늘어뜨리고 있는 이분이 누구신가! 그리 바라 마지않던 늠름한 모습으로 서 있는 이분이 누구신가. 다시 태어난다면 그 신분에 맞는 사람으로 나서 또다시 내 낭군으로 만나고 싶었던 이분이 누구신가. 다음 세상에는 천민이면 같은 천민, 양반이면 같은 양반으로 태어나 누구의 방해도 없이 천년만년 해로하고 싶었던 이분이 누구신가.

"서……."

소아가 입을 열려는 순간이었다. 권이 입술에 손가락을 대더니 뒷짐을 지고 있던 손을 앞으로 옮겼다. 그 바람에 소아는 문간에 선 채 달싹이던 입술을 멈추어야 했다.

결국 해내신 것인가. 소아는 이루 말할 수 없는 눈으로 권을 바라보았다.

'보시오, 부인. 약조를 지키었소.'

[96]장악원의 [97]어악(御樂) 소리 요란하게 울려 퍼질 제, 문과 전

------

94)삽금대(鈒金帶): 허리에 두르는 띠의 일종, 과거에 급제한 자가 두르는 것으로 조각한 금색 장식물을 붙인 띠
95)어사화: 문무과에 급제한 사람에게 임금이 하사하던 종이 꽃
96)장악원: 조선시대 궁중에서 연주하는 음악과 무용에 관한 일을 담당하던 관청
97)어악(御樂): 임금 앞에서 아뢰는 궁중 음악

시(殿試)에 급제한 권은 98)어주 삼 배, 99)사화, 100)홍패를 하사 받
았다. 그리고 101)홍개를 높이 쳐들어 장안을 거쳐 집에 도착했
다. 그렇게 102)삼일유가(三日遊街)를 마친 후 권은 곧바로 소아에
게 달려왔다.

유 대감은 그런 권의 행보를 막지 않았다.

"모든 것을 가져보았느냐. 잊은 것이 있으면 직접 찾아오너
라."

그 말씀을 해주셨을 뿐이었다. 권은 기쁜 마음으로 나귀를 타
고서 얼룩얼룩 산자락을 옆으로 넘기며 바람처럼 달려온 길이
었다.

'이리 두 사람이 서로의 부족한 면을 채워주기 위해 아버님
대에 이미 정해진 약조였더란 말입니까. 그것이 진정 아버님께
서 바라시던 것이었는지요.'

처음부터 일부러 모든 것을 비밀에 부쳤던 이유도, 매몰차게
쫓아내는 시아버지의 모습을 보였던 이유도 권이 스스로 제 처
를 구할 때를 기다렸던 것이다. 당장의 수치보다는 조금 더 깊
고 먼 미래를 볼 수 있는 성정이었으므로.

----

98)어주: 임금이 신하에게 내리던 술
99)사화: 어사화(御賜花)
100)홍패: 과거에 합격한 최종 합격자에게 내어주던 증서
101)홍개: 붉은 빛깔의 비단으로 만든 양산 모양의 의장
102)삼일유가(三日遊街): 과거에 급제한 사람이 사흘 동안 시관과 선배, 친척들
을 방문하는 풍습

　한숨과 함께 뒷짐을 진 채 하늘을 올려다보는 유 대감이 있으리라고는 권은 감히 짐작이나 했겠는가. 아니면 그런 깊은 부정(父情)을 이미 느끼고 있을지도.

　권은 소아가 볼 수 있도록 자신의 가슴 앞에서 한지를 들고 있었다. 소아는 도대체 권이 무슨 일을 하는 것인가 하여 눈을 깜빡이고만 했다.

　〈다른 말없이 이 글을 읽어주시오.〉

　글이 적혀 있나 싶었더니 첫 번째 한지에 써진 내용은 그것이었다. 이것이 무슨 흉내를 내는 것도 아니고……. 권의 손놀림에 따라 한 장이 아래로 떨어졌다.

　〈어쩌면 다음 해까지 홀로 있게 되면 다른 여인을 강요받을 수도 있을 거요. 허나 오로지 그대를 위해서, 그대의 사립문 안쪽만 지켜보고 싶소. 내가 바로 그대에게 어울리는 사람이오. 여기 이 사람이 바로 그대에게 주어진 운명이오. 오로지 그대만을 향하는 이 사람을 부디 돌아봐 주시오.〉

　소아의 눈동자가 천천히 마지막 문장까지 닿았을 때 권은 또다시 한 장의 한지를 떨어뜨렸다. 그리고 마지막 한지에는 마지막 권의 마음이 담겨 있었다.

<부인은 내게 완벽한 사람이오. 마지막까지도 신분이 문제라면 내 죽어서 그 신분을 없애고라도 그대를 얻겠소.>

주변이 고요해질 만큼 진지한 미소를 머금고 있는 권을 바라보고 있던 소아는 천천히 방문을 나섰다. 그리고 권의 앞에 섰을 때 몸가짐을 바로 하고서 마음을 다해 절을 올렸다. 그 가여운 이마가 흙바닥에 닿으려는 순간 권은 얼른 달려들어 소아를 안아 세웠다.

"부인을 찾으러 왔소. 부인께서 원하시는 대로 장원 급제를 하였소. 이번에는 오로지 내 능력으로 찾아온 것이니 이제 내치지 마오."

소아의 눈에서 눈물이 퐁퐁 솟아올랐다. 이게 무슨 일인가 싶어 눈을 휘둥그레 뜨고서 숨어 지켜보고 있던 파주댁도 코를 팽 풀며 훌쩍이고 있었다. 큰 서방님이라는 인사가 와서 소아의 속을 뒤집는 꼴을 손 놓고 보고만 있었는데, 이런 기쁜 일이 생긴 것이다. 과거에 급제한 서방님께서 아씨를 마중 나오신 것이다.

'하이고, 우리 아씨. 우리 서방님 반가워서 어쩌나. 저리 장하셔서 어쩌나.'

부연의 큰오라비 이효량은 벽에 딱 붙은 채 밖의 상황에 귀를 기울이다가 혀를 차고 있었다. 저놈이 급제까지 하다니…… 아이고! 부연아 이것아! 네 복을 네가 차고 잘살아지더란 말이냐!

그런 마음으로 이효량은 또 속을 팡팡 쳤다. 참을 수 없는 신경질이 불쑥 치밀어 올라 배가 미친 듯이 아파왔다. 이대로 방바닥을 데굴데굴 굴러대고 싶을 정도로.

"오랜 시간이었소. 기다려 주어 고맙소."

소아를 가볍게 안은 권은 진심으로 고마운 마음을 전했다. 모든 것을 견뎌내고 인고할 수 있었던 것은 모두 다 그대의 공이리니. 그대가 저곳에서 손짓을 하고 있지 않았다면 어찌 땅을 구르고 날 생각을 하였겠는가. 오히려 흙을 파고 안으로만 숨어버리려던 이 부족한 한량을 사내로 만들어주었으니.

"모든 것이 다 서방님의 노력 덕이옵니다. 소첩은 아무것도 한 것이 없사옵니다."

"그저 여기에 있어준 것만으로 모든 것을 해준 것이라오."

세 번의 추운 계절이 지나갈 동안 한 번도 그 손을 따뜻하게 녹여주지 못했다. 이리 얼어버린 고운 손을 꼭 잡아주지 못했다. 권은 소아의 손을 부드럽게 쥐고서 자신의 큰 손으로 덮어주었다. 주고받는 눈동자 속에 서로에 대한 신뢰가 가득 담겨 있었다. 그것만으로도 이미 충만했던 것이다.

얼싸, 그 선비 거동 좀 보소! 걷는 곳마다 진창이요, 듣는 말마다 흉 천지였거늘 선비는 애기마님을 만나 허물을 벗고 훨훨 나는 나비가 되었다. 얼씨고 절씨고! 동네 잔치는 이제 막 시작될 참이었다.

外傳

말쑥한 생김의 유신은 방년 십오 세, 한창 글공부에 여념이 없어야 할 도령이다. 사내인지 계집인지 분간이 안 갈 정도로 고운 얼굴, 시냇물에 씻겨 동글동글 깎인 자갈처럼 말간 눈망울, 석류처럼 붉은 입술을 한 신의 준수함은 그 얼굴을 한 번 본 사람들의 눈에 박히다시피 하며 새겨졌다.

본래가 왕가의 후손이요, 부친이 정2품 [103]좌참찬(左參贊) 유권이니 명가의 후손이오. 그 준수하고 청아한 인물 또한 따를 자가 없으니 근방에 소문이 자자할 정도였다. 쳐다보는 시선은 곧고 어투 또한 또박또박하여 대하는 모든 이를 흡족하게 하고,

---

103)좌참찬(左參贊): 조선시대 의정부(議政府)에 소속된 관직

계집처럼 고운 눈동자에 고집이 담길 때는 또한 서글서글한 빛까지 내뿜으니 미래가 촉망받는 인물이 될 터였다.

그야말로 제 부친을 닮아 옥골선풍 귀한 선비의 향기를 벌써부터 풍기고 있었다.

허나 이렇게 누가 봐도 모자람이 없는 아들 신이 그 부모 되는 권과 소아에게는 너무나 버거운 골칫거리였으니, 소아는 그럴 때마다 남편인 권을 눈이 찢어져라 노려보았다.

그럴 때마다 권은 흠흠 헛기침을 하며 그 시선을 슬쩍 피하곤 했는데…… 소아가 그럴 수밖에 없었던 것이, 손에 옥만 쥐어주며 키운 그 귀한 아들이 글공부에는 전혀 관심을 두지 않고 쓸데없는 소리만 물어와 자신을 귀찮게 해왔기 때문이다. 피는 속일 수 없다고 어찌 하는 짓이 점점 더 누구를 닮아가는 것인지.

"소자, 풍문으로 접한 것이온데, 아버님께서 젊은 시절 귀신도 울고 갈 재주를 지닌 투전 실력을 가진 분이라 들었는데 그것이 사실이옵니까?"

도대체 어디에서 들은 것인지 그런 소문들을 물어오는 것이었다. 필시 권의 벗 중 한 사람이 제 자식들에게 입을 놀린 것이리라. 그게 아니면 감히 누가 정2품 품계를 가진 권의 소문을 떠벌리고 다닐 수 있겠는가.

이제 중년에 막 접어드는 소아는 속으로 기겁을 하였으나 침착함을 가장하고 말했다. 지금 남편이 이 자리에 없으니 다행이 아닌가. 물론 있었다면 소아가 또 한없이 노려보며 보이지 않는 타박을 했겠지만.

"그런 소리를 어디에서 듣고 다닌 것이더냐. 학문에 정진을 하여야 할 시기에 정신이 어지럽구나!"

일부러 다시는 그런 말을 꺼내지 못하도록 단단히 으름장을 놓을 생각이었다. 허나 이게 잘될지 모를 일이었다. 아름답다는 표현이 어울릴 정도로 잘난 외양에, 눈에 넣어도 아깝지 않을 자식이었건만 벌써부터 몽환적인 성향이 강해 도무지 현실에 눈을 돌리지 않았던 것이다. 부친이 그랬던 것처럼 자식인 유신도 과거와 학문에 신경을 쓰기는커녕 날아다니는 나비를 쫓아 한없이 바라보고 있기 일쑤였고, 서(書)보다는 화(畵) 쪽에 강한 재주를 보이곤 했다.

몽환적인 성격이 강한 것은 외탁을 한 것이고, 현실에 눈을 돌리지 않은 것은 친탁을 한 것이리라. 그 잘난 외모만 보고서는 어머니와 아버지의 좋은 면만 쏙쏙 골라서 태어났구나! 모두들 감탄을 하였지만 정작 부모인 권과 소아는 긍정하지 못했다. 아무래도 자신들의 안 좋은 면만을 골라서 타고난 게 분명하다고 생각하고 있었다.

"어머님, 소자는 조금 더 느지막하게 학문을 시작할까 생각하옵니다."

"그것은 또 왜 그러느냐."

"좀 더 인생사에 대해 배워보고 싶사옵니다."

"글 속에 모든 것이 들어 있느니라."

"글은 타인이 타인의 경험을 적어놓은 것뿐이옵니다. 소자는 직접 세상을 배우고 싶사옵니다. 내일부터라도 행장을 꾸려 떠나고 싶은 마음만 그득하옵니다."

결국 소아는 아연실색하고 말았다. 신의 아래로 딸만 내리 셋을 낳았으니 신이야말로 권을 이을 장자였고 독자였는데 어찌 이리 무심할 수 있단 말인가!

"네가 네 자리를 지키면서도 충분히 세상을 배울 수 있느니라. 조정에서 일을 하며 아버지의 뒤를 받치고 어명을 따르면서 백성을 구제할 수 있지 않겠는가. 민초들의 삶을 보살피는 것이야말로 가장 복된 일이니라."

"직접 보지 않고서는 어차피 겉만 아는 것이 아니겠사옵니까. 그러니 임금께서도 야밤에 비밀스럽게 민생시찰을 나오는 것이 아니온지요."

"허나, 그것은……."

"그저 책상머리에 앉아 상소나 올리는 것이 관리 된 자의 할 일이라고는 생각지 않사옵니다. 가슴으로 느끼고 그 느낀 것을 머리로 생각할 때 비로소 백성들을 위한 올바른 정사를 이룰 수 있는 게 아니겠는지요."

이제 다섯 아이의 어미가 된 소아는 벌써부터 아들에게 말싸움에서 밀리고 있었다. 전이었다면 무슨 꾀라도 내어 아들을 설득하겠건만 이미 머리가 여문 자식을 나 자신을 위한다는 빌미 때문에 잡아둘 수도 없는 노릇이었다. 말이 좋아 세상을 배우러

다니는 것이지, 바람처럼 구름처럼 흘러다니는 은거자와 무엇이 다른가! 잘못하면 풍류를 쫓아 이 산 저 산 명산을 찾아 기생을 끼고 청산별곡을 논할 수도 있는 것이 아니겠는가.

"내, 아버님과 의논을 하여볼 터이니 너는 네 거처로 가 있거라."

그렇게 겨우 가라앉혀 신을 제 처소로 보낼 수 있었다. 소아는 갑갑증을 느끼며 권이 퇴궐하기만을 기다리고 있었다. 도대체 이 양반은 이러한 상황을 알고나 계신 것인지!

소아는 애꿎은 가슴만 툭툭 쳤다. 밖에서 안을 주시하고 있던 파주댁이 얼른 냉수를 가져다주어 그나마 겨우 한숨을 돌릴 수 있었다.

"부인."

퇴청하여 집으로 돌아온 권은 방 안으로 들어서자마자 훅 끼쳐 오는 싸늘한 기운에 살짝 긴장한 얼굴을 했다. 엷게 머금고 있던 미소도 천천히 가셨다.

"무슨 일이 있는 게요."

"오셨습니까."

소아는 권이 앉도록 옆으로 비켜섰다가 권이 앉자 자신도 앞에 앉았다.

"혹시 무슨 근심거리가 있소?"

벌써부터 소아의 눈치를 살피던 권이 슬쩍 말을 하자 소아가 천천히 입을 열어, 낮에 신에게 들었던 말들과 그로 인한 근심을 털어놓았다.

"허허허. 그것이 무에 그리 걱정이라고. 무릇 사내란 그리 배포가 커야 하는 거요."

그럼에도 권은 저리 태평한 말만 하고 있으니 소아는 자신만 안달을 내는 꼴 같아서 기가 막혔다. 허나 권의 여유로움과 느긋함이야 이미 알고 있는 사실이었으니 이런 대답도 어느 정도는 예상한 일이었다. 다만 권이 언제나처럼 이리 나오니 자신만 조바심이 날 뿐이었다.

"그러다가 정말 집을 나가 떠돌아다니기라도 하면 어찌하시렵니까."

"그야 노잣돈 떨어지면 돌아오겠지요. 무얼 그리 미리부터 걱정을 하고 그러오."

"그리 쉽게 말씀하실 일이 아닙니다. 또 그 아이가 한 말이 무엇입니까. 하필이면 투전 이야기를 꺼낸 것하며, 저는 불안합니다."

"허! 신이, 그 아이가 나처럼 놀음판이라도 돌아다닐까 걱정하는 게요?"

권이 무슨 그런 말도 안 되는 소리를 하느냐는 듯 묻자마자 소아가 찌릿 그를 노려보았다. 그것이 바로 대답이었기에 권은 머쓱한 얼굴을 하고서 고개를 슬쩍 돌렸다.

"그저 귀신에 가까운 재능이었다고 하니 제 아비라도 자랑스러워 물어본 것뿐이 아니겠소."

"자랑스럽다고 말씀하셨습니까?"

권은 흠흠 헛기침을 하고는 또 시치미를 떼고 있었다. 어찌 저리 부자가 똑같을 수 있을까. 그 피가 어디에서 오겠느냐는 생각이 드는 차였다. 그래도 아들 신은 남편만큼 염치가 없는 행동을 밥 먹듯이 하는 정도는 아니었다. 그래서 더욱 지금 이 시기에 신을 다잡아야 한다는 생각이 들었다. 그 일례로 자신 역시 남편의 놀음병과 비현실적인 성향을 고치기 위해 얼마나 고생을 하였는가.

"제가 수를 낼 테니 따라주셔요."

소아의 말에 권이 의아한 얼굴을 했다.

"무슨 수가 있겠소?"

"며칠 동안 계속하여 생각한 일입니다. 적당한 규수도 이미 알아놓은 상태이고요."

"적당한 규수라면……."

어차피 모든 것은 경험으로부터 배우는 것이 아닌가. 어디로 튈지 모르던 장안의 104)파락호 권을 바로 잡은 사람이 자신이니, 그 부친을 너무나 빼다 박은 아들이라면 비슷한 규수를 짝 지어 주면 해결될 일이리라.

물론 권과 아들인 신은 어느 면에서는 다른 면도 있겠으나 너

---

104)파락호: 재산이나 세력이 있는 집안의 자손으로서 집안의 재산을 몽땅 털어 먹는 난봉꾼을 이르는 말

무나 닮은 점이 많은 부자였기에, 지금은 비록 신이 세상을 배우겠다는 커다란 이상을 품고 있다고 해도 온전히 믿을 수가 없었다.

세상을 배우러 다닐 것인지, 세상을 배우는 와중에 더불어 술과 색을 배우고 놀음까지 배워 부친에게서 물려받은 피로 놀음판의 새로운 일인자로 세대교체를 할지는 아무도 모를 일이 아닌가 말이다.

넓은 세상에 나가 호연지기(浩然之氣)를 키우는 것도 중요하겠으나 아무래도 어미 되는 소아로서는 마음이 놓이지 않았다.

"알아보니 우의정으로 계신 현 대감댁 막내 규수가 신이와 여러 모로 어울릴 것 같습니다."

"그렇다는 것은 신이를 혼인이라도 시키겠다는 것이오?"

"그것밖에는 방법이 없습니다. 혼인을 하고 처자를 두면 저도 책임감을 느껴 제자리를 지키겠지요. 지금처럼 평생 이상만 쫓으며 살겠습니까. 현명한 아내가 지아비를 옳은 길로 인도할 것입니다."

언젠가 권의 혼사를 앞두고 시어머니인 안씨 부인이 유 대감과 했던 말을 소아가 지금 똑같이 하고 있다는 것을 알 리가 없었다.

"흐음, 부인의 뜻이 그러하다면 그리하시오."

언제나처럼 권은 소아의 뜻을 따라주겠다는 뜻을 비쳤다. 지금까지 권의 그런 신뢰와 이해심으로 부부의 연이 끊임없이 따스하게 지속된 것이라고 해도 과언이 아니었다. 소아는 새삼 남편에 대한 정을 새록새록 느꼈다. 이제는 전처럼 시도 때도 없이 불처럼 뜨거워지는 혈기를 내뿜지는 않았지만, 오랫동안 서로를 믿고 의지하며 바라보고 살아온 부부는 이제 서로의 눈동자만 보아도 무슨 말을 하고 싶은 것인지 알고 있었다. 그것이 바로 가장 아름답고 커다란 연(戀) 한 증거가 아니고 무엇이겠는가.

"그래, 어떤 규수요? 소문으로는 언뜻 들은 것 같소만 그리 총명하다고 하였는데."

"총명하지요. 그리고⋯⋯."

소아가 말끝을 흐려 권이 의아한 눈을 했다. 그때 소아는 마치 신부의 집에서 첫날밤을 지내고 이튿날 새벽에 일어나 권을 괴롭히곤 하던 그 표정으로, 혹은 스스로 투전을 하겠다며 나서서 권을 아연실색하게 만들곤 하던 그 눈빛을 했다. 그 빛을 뿜는 눈동자는 꾀가 잔뜩 담겨 있어 권의 마음을 끌기도 했으나 때때로 권을 어쩔 수 없이 굴복하게 만드는 잔꾀를 만들어내는 아주 얄미운 빛이었다.

아뿔싸! 권이 뒤늦은 두려움을 깨닫고 있는 그때, 점잖은 선비를 괴롭혀 선동하곤 하던 애기마님의 그것처럼 매우 영악한 빛을 띤 눈으로 소아가 천천히 말을 보탰다.

"매우 총명한 아이지요. 그리고 아주 천방지축이라고도 하더이다."

　유교, 그리고 성리학으로 갑갑하던 그 시대에, 소아는 또 하
나의 애기마님을 다음 세대에 물려주려 하고 있었다.

後記

梨大 한국학포럼서 '사대부 부부관계' 재조명.
"1年 365日 붙어 지내며 자녀 교육하고 술자리도 같이" 아내가 남편에게 인생 조언도…… "여필종부(女必從夫)만은 아냐".

"지금 나는 홀아비를 면하지 못했으니 배가 고파도 채울 데 없고 추위도 따뜻함을 구할 데 없으며 ……근심이 있어도 함께하자 할 데 없고 잘못이 있어도 따끔한 소리 들을 데 없소. 글 읽을 때 막히는 곳 있어도 풀어달라 할 데 없으며 어려운 일 만났을 때도 해결해 달라 할 곳 없소. ……내가 느끼는 원통함과 슬픔을 어찌 가히 그칠 수 있으랴, 아아, 슬프다."

18세기 문신(文臣) 신경(申暻 1696~1766)이 64세 되던 해 아내를 여의고 쓴 '아내 숙인 윤씨를 제사하는 글(祭內子淑人尹氏文)'의 일부다.

흔히 권위적 가부장제의 시대라고 생각하기 쉬운 조선시대에도 여필종부(女必從夫)나 부창부수(夫唱婦隨)만이 전부는 아니었다.

한편 같은 포럼에서 '이덕수 집안의 여성들'을 발표한 강성숙 박사(구비문학 전공)는 영조 때의 문인 이덕수(李德壽 1673~1744)가 아내를 위해 쓴 묘지명을 분석했다. 젊어서 죽은 부인 해주 최씨를 기린 묘지명에서 이덕수는 보통 남자들이 선호하는 온순한 아내가 아니라 강직한 성품을 가진 아내의 덕을 칭송했다. '성품 또한 강직하고 발라서 내가 잘못하는 것을 보면 반드시 옳은 것으로써 깨우쳐 주었다'. 병상에 누웠을 때에도 남편이 바둑을 둔다는 이야기를 듣고는 '당신이 책 읽는 소리를 들으면 문득 마음이 기뻤는데 지금 어째서 이러느냐' 며 잔소리를 그치지 않는 아내의 모습은 '나를 바른 길로 인도하는 존재'로서 기억됐다는 것이다.

[조선일보 유석재 기자.]

위 기재 사실은 조선일보에 기고된 기사를 가져온 것이다. 이 기사를 보면서 필자는 생각했다. 잘못된 상식이었던 것인지, 아니면 위의 일례에서 보인 부부의 모습 중 일부분의 사실이었는지 모르겠지만, 아무리 조선시대의 부부라고 하더라도 매우 괴리적으로 지낸 것은 아니었다는 것이었다. 사대부, 즉 성리학을 기반으로 한 양반들의 부부 생활에 대한 재조명에 관한 기사를 보면서 애틋함과 부부가 서로 간에 얼마나 믿고 의지하고 있는지를 느끼게 되었다. 즉 상경상애(相敬相愛:서로 존경하고 사랑함)가 기본인 관계가 부부간이었다는 말이다.

분명히 고지식하고 예의, 체면만을 중시하는 조선시대라고 생각했는데, 이리 가까운 감정의 교류 혹은 아내를 따르는 심하게 말해 공처가 같은 남편의 상도 있었다는 것이다. 그것은 내게 놀라운 충격이었고, 조선시대라고 하더라도 그러한 남편과 아내의 위치 관계가 있었으면 좋겠다는 생각으로 처음 시놉시스를 잡던 내게는 가뭄의 단비 같은 소식이기도 했다.

에피소드들은 코믹적인 효과를 내기 위해 과장된 면이 없지 않으나, 예나 지금이나 부부가 서로를 믿음으로 인해 둘이었던 관계가 하나가 될 수 있다는 것이 쓰면서도 행복했다. 따라서 시대 배경도 칼끝처럼 성리학적 질서가 지켜졌다고 알려져 있는 전기보다는 조선의 후기로 잡았다. 어쩌면 이 글은 나의 소망을 가득 담은 나만의 꿈인지도 모르겠다.

"혹여 몽(夢) 중에 착각을 하신 것은 아니온지요."

글 속에서 소아가 첫날밤도 치르지 않고 저 혼자 자버리는 남편에게 잣 따위를 던지며 이런 말을 한다. 나 역시 어쩌면 이 글을 다 쓴 지금 심정이 꿈이라도 한 판 꾼 것 같은 기분이다. 불가능할 것 같은 상황을 내 의도대로 쓸 수 있었던 것에 행복을 느낀다.

운명이라는 것은, 믿음에 기반을 둔 사랑이라는 것은…… 어떤 장애

물이 있어도 성취될 수 있다. 그리고 합해져야만 한다. 그것이 바로 정
(正)과 반(反)을 넘어 합(合)에 도달하는 논리가 아닐지 생각해 본다.

덧) 이 글의 시놉시스를 잡고 자료를 조사하고 한참 써나가던 무렵,
쓰다 보니 어쩐지 난관에 부딪쳐 그만두고 싶어진 때가 있었습니다.
때 아닌 코믹 시대물에 대한 자신이 별로 없었나 봅니다. 그때가 중후
반을 넘어가는 무렵이었는데 그때까지 쓴 모든 내용을 프린트로 쭉 빼
놓고 착잡하게 앉아 있을 때 그걸 남편이 읽어주었지요. 남편은 그때
제 다른 책을 읽고 있었는데 '난 남자라 그런지 이 시대물이 더 재미있
다' 그러면서 무척 용기를 주더라구요. 결국 다시 진행할 수 있게 되었
습니다. 또 여러 가지 자신이 알고 있는 사료도 알려주어 무척 도움이
되었습니다. 언제나 저를 응원해 주는 남편과 그리고 제 사랑하는 딸
소미에게 고마움을 전합니다. 그리고 제가 거품을 물며 말해주는 시놉
시스를 재밌게 들어주는 동생 영숙이, 사랑스런 정연이, 작가 언니들
모두 감사합니다.
마지막으로 제 글을 출간해 주신 청어람 로맨스 편집팀 분들, 특히
아리따운 종민 씨께 감사드려요.

—추운 겨울 날, 이정숙.

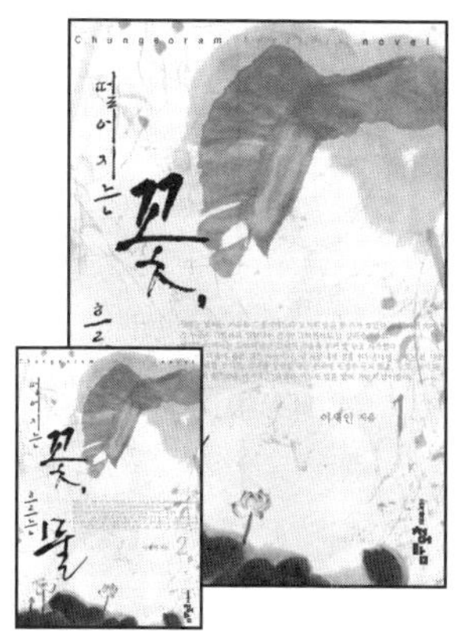

『떨어지는 꽃, 흐르는 물』 1, 2

"높은 곳에 핀 꽃은 늘 물을 그리워할 것입니다."

핏빛의 만남. 주술이 되어버린 사랑.

상화…….

그의 입속에서 처음으로 불려지는 이름이 서러웠다.

● 이새인 지음 값 각 9,000원

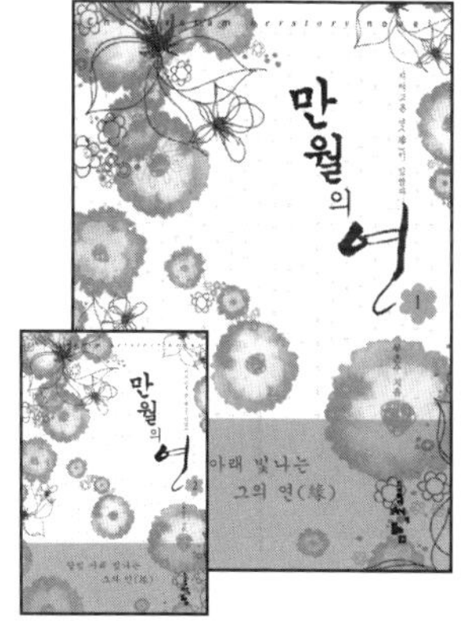

『만월의 연』 1, 2

어미와 동복동생의 안위만이 전부인 하륜국의 여무사, 희(熙).

지독한 연모 같은 건 담지 않겠다 맹세한 상천국 황제 사촌, 휼.

멀고 먼 거리를 뛰어넘어 만나게 되는 운명적인 사랑.

"당신의 목소리…… 참으로 다정합니다. 그대는 누구십니까?"

● 류은수 지음 값 각 9,000원

도서출판 **청어람** chungeoram@chungeoram.com
☎ 032-656-4452 FAX 032-656-4453

『순애보』

10년간의 외사랑에 슬픈 여자 영진과

그녀의 사랑을 받는 무심한 남자 상헌의

담담하나 아릿한 사랑 이야기.

● 안화령 지음 값 9,000원

『추억의 평화다방』

80년대 풍 평화다방에서 차를 마치고

달성공원을 거니는 최악의 선을 본 옥희와 무영.

우연이라도 다신 만나지 않기를 바랐다.

그러나 2년 뒤, 서울에서 극적으로 상봉하게 되는데!!

● 정경하 지음 값 9,000원

『사랑에 관한 몇 가지 오해』1, 2

사랑 뒤에 붙는 수많은 이름을 알지 못하는 당신.

보여줄 수 있는 사랑은 작습니다.

그 뒤에 숨어 있는

보이지 않는 위대함에 견주어보면…….

● 서연 지음 값 각 9,000원

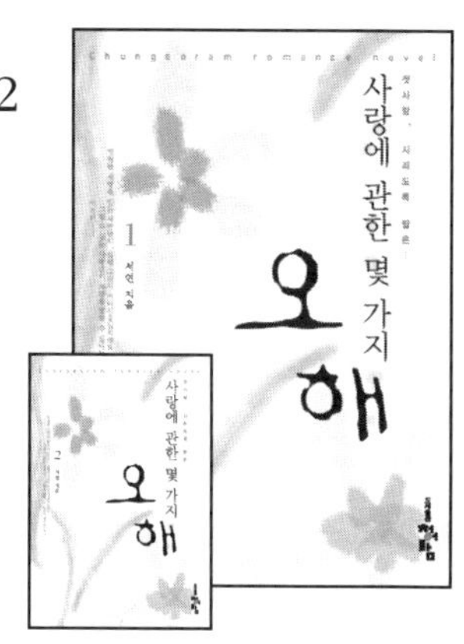

『온리 유』

집 앞으로 배달된 도시락. 분홍색 보자기로

꽁꽁 여민 센스 빵점인 그 도시락 뚜껑을 연 순간

사랑이 시작된다.

인생은 참…… 드라마 같다.

● 진양 지음 값 9,000원

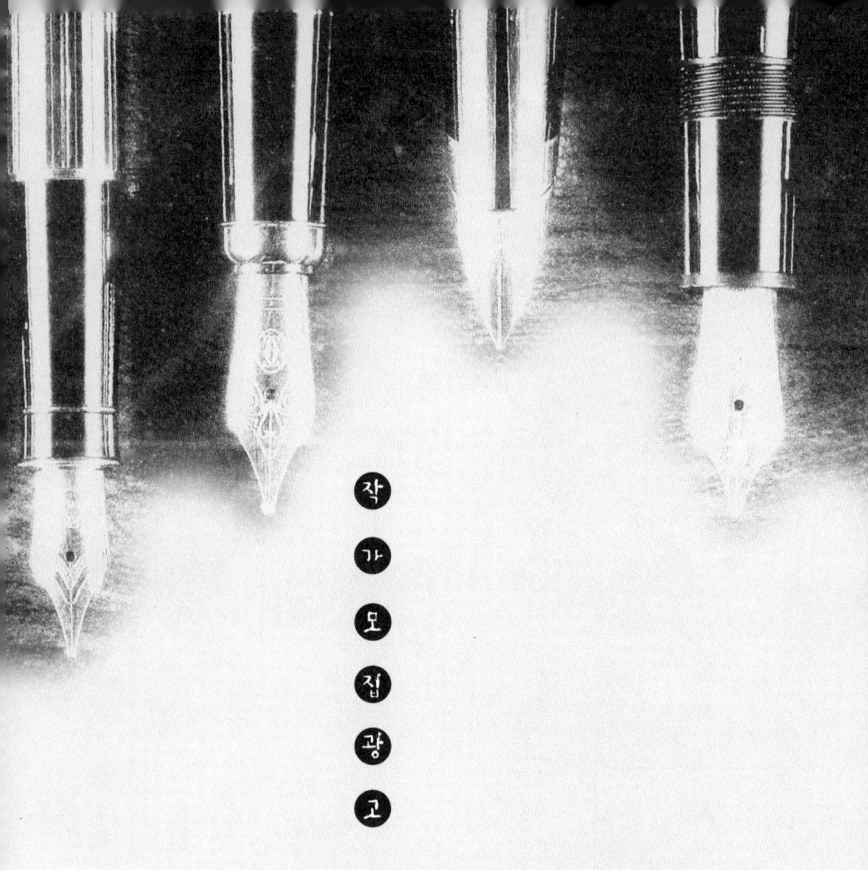

도서출판 청어람의 문은 항상 열려 있습니다.
실력있는 작가 분들의 많은 관심 부탁드립니다.

TEL:032-656-4452 • FAX:032-656-4453
http://www.chungeoram.com
http://chungeoram.egloos.com
e-mail:romance-eoram@hanmail.net